他藏了夏天

十清杏 著

江苏凤凰文艺出版社

图书在版编目（CIP）数据

他藏了夏天 / 十清杳著. -- 南京：江苏凤凰文艺出版社，2025.1（2025.4重印）
ISBN 978-7-5594-8202-0

Ⅰ.①他… Ⅱ.①十… Ⅲ.①长篇小说－中国－当代 Ⅳ.①I247.5

中国国家版本馆CIP数据核字(2024)第008085号

他藏了夏天

十清杳 著

出版统筹	曾英姿
责任编辑	周颖若
特约编辑	朵 爷 虫 虫
封面插图	早文吕
装帧设计	殷 舍
出版发行	江苏凤凰文艺出版社
	南京市中央路165号，邮编：210009
网　　址	http://www.jswenyi.com
印　　刷	湖南天闻新华印务有限公司
开　　本	880mm×1230mm 1/32
印　　张	10
字　　数	318千字
版　　次	2025年1月第1版
印　　次	2025年4月第3次印刷
书　　号	ISBN 978-7-5594-8202-0
定　　价	46.80元

江苏凤凰文艺版图书凡印刷、装订错误，可向出版社调换，联系电话 025－83280257

其实不是那天,
在很早很早的时候,他就想要爱她一辈子。

那一场烟花,是为她而绽放的。

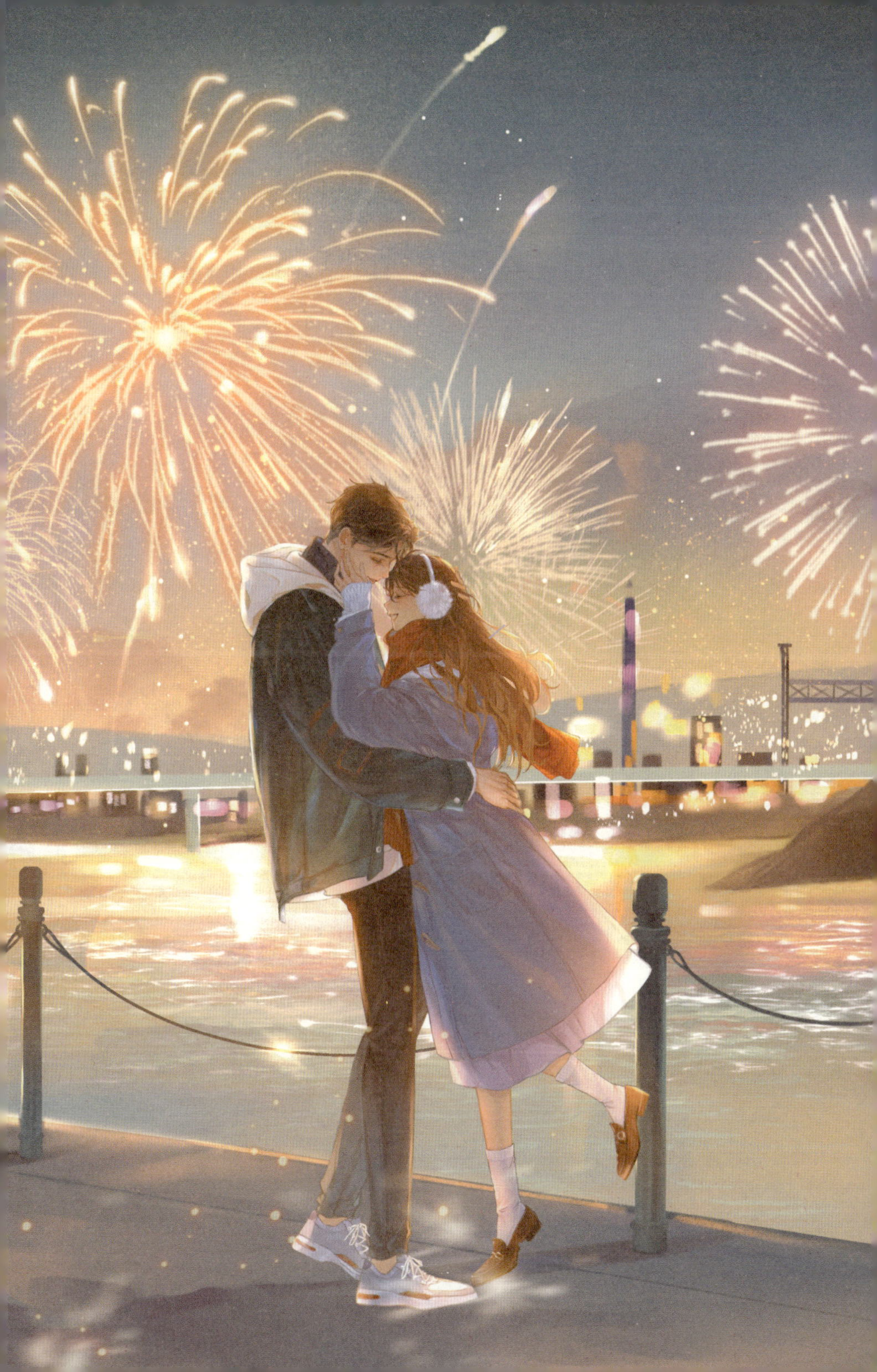

目录 CONTENTS

- 第一章 /001
  "学姐,我叫徐林席。"

- 第二章 /018
  外套

- 第三章 /034
  四年来的第一步

- 第四章 /051
  不一样的日出

- 第五章 /070
  听他的故事

- 第六章 /084
  他的拥抱

- 第七章 /104
  下一个流程

- 第八章 /124
  一次盛大的告白

- 第九章 /144
  一段模糊的感情

- 第十章 /163
  被特意强调的他

- 第十一章 /182
  孔明灯

- 第十二章 /201
  向一端倾斜的天平

- 第十三章 /215
  秋天过去了

- 第十四章 /237
  徐林席，你在哪儿呢

- 第十五章 /252
  噩梦的开始

- 第十六章 /269
  再见啦，徐林席

- 番外一 /288
  徐林席

- 番外二 /311
  旁观者

"不是找其他人。"
"我是来找你的。"
她这句话不是告白，却胜似告白。

魅丽文化　花火工作室

第一章

"学姐,我叫徐林席。"

纪安是被手机铃声吵醒的。

她在吊椅中睁开眼时,窗外已从白天变成了黑夜——她竟然在这张吊椅上睡了一天。

她动了动身子,但或许是因为一个动作保持了太久,她的身子有些僵硬,稍微一动,浑身上下就开始酸痛起来。

放在茶几上的手机不停地响铃和振动,似乎在催促主人快接电话。

纪安却没有理会,直起身子后依旧坐在吊椅上,目光呆滞地看着手机。

手机因无人接听,铃声自动停止了,可没一会儿又响了起来。电话那头的人很坚持,拨打了一遍又一遍。

手机再次从响铃到结束,纪安始终没有任何反应。

等到手机彻底没了动静,又过了十分钟,纪安才起身,慢吞吞地走过去把手机拿起来。

她瞥了一眼,未接来电有二十一个,好友发来的信息有几百条。

纪安伸出手指在屏幕上滑动了两下,指尖落在那一串绿色的语音条时停顿了一下,随后点了一下。

"我说你这两天是睡过去了吗?纪安,你别吓人好吗?"

手机开了蓝牙，语音通过书桌前的蓝牙音箱传了出来。

纪安将手机放下，拉开椅子坐了下去。

她对回响在整间屋子的声音似乎并不关心，任由它一条一条地往下播放，而她自己则打开笔记本电脑开始工作。

"我觉得阿姨的想法是对的，你现在不适合一个人生活，万一出点儿什么事情，我们怎么第一时间发现啊？

"而且你都多久没有出门了？总是一个人闷在屋子里不好。我看了你前段时间发出来的动态，最近又在写新的文稿？纪安，咱们休息一段时间行不行啊？你不能总是沉浸在那个世界里啊！"

屋子里，手指敲击键盘的速度越来越快，纪安死死地盯着电脑上那一串打出来的文字，耳边的声音似乎越来越大了。

啪嗒——

终于，她脑海中紧绷的那一根弦断了。

纪安操起桌上的手机狠狠地往墙上砸去。手机猛烈撞击在墙面上，最后"哐当"一声掉落在地板上，屏幕被摔得四分五裂。

音箱里的声音顷刻间消失了，房间瞬时陷入一片寂静。

纪安脑袋一垂，无力地靠在笔记本电脑的键盘上，随即发出一声巨响。她的额头瞬间红了一片，但她并不在意。她缓慢地抱住自己的脑袋，又狠狠地揉着自己的头发。

她将自己缩成一团，牙齿紧咬着下唇，开始呜咽，指尖因手指的力道泛白。

她的世界，那是她的世界。

纪安再次醒来时，是早晨七点。

天气似乎很好，阳光透过纱窗，有些许光亮洒进卧室，但也只留在这一隅。

她今天要出门，去一个地方。

出门时，她翻出背包里的药瓶，倒了两粒药出来扔进嘴里，没有喝水，咀嚼了两下就直接吞咽，苦涩的味道迅速在口腔里蔓延。

今天去那儿，就算是敷衍也要吃一点儿东西。

纪安出了门。

今天的天气果然很好，跟昏暗的屋子里不一样，外头阳光明媚，但温度不算高。早秋的清晨，小区里有很多人在晨跑，还有人牵着狗狗在散步。

她已经一个多月没有出门了，自从病情加重以后，她就很少出门直面陌生人。这次出门，她特意戴上了口罩，穿上了外套，将自己裹得严严实实的。

纪安没有选择公共交通工具，而是打车去了那个地方。

熟悉的栀子花味在鼻尖萦绕，纪安安静地躺在病床上，听着任遇苏在自己身边"沙沙"地写东西。

"好好吃药了吗？"他问。

纪安睁开眼，用舌尖顶了顶贝齿，嘴里的苦涩还没有完全散去。

任遇苏看出她的心思，不等她开口便叹息一声："纪安，药还是要按时吃的。"

纪安没有回答任遇苏的话，她将脑袋微微往一边歪了歪，望着窗外的树。树叶已经发黄，秋天到了，它们也要走上自己的归途。

一片树叶从树枝上掉落，摇摇晃晃地通过打开的窗户飘进了房间，在空中盘旋了一会儿后，最终悄无声息地落在了木地板上。

纪安的视线一直跟着那片树叶移动。

任遇苏看出纪安魂不守舍，也意识到了她在想什么。

他拿着笔在本子上记录下纪安的情况，刚想抬头问她，躺在躺椅上的纪安却先开口了："已经秋天了吗？"

任遇苏斟酌了一下，说道："是呀，这两天天气已经转凉了。你出门时没有感觉到吗？"

纪安笑了笑："感觉到了呢！"

她的声音有些嘶哑，仔细听，还能听出含着一丝笑意。

纪安跟着任遇苏刚走出诊室，迎面就撞上了匆匆赶来的林妙。

一看林妙就是一路飞奔过来的，自动门刚打开，她就冲了进来，身上穿着的风衣随风飘扬。

她抓住纪安的胳膊，喊道："你要吓死我吗？都几天了，我发给你的信息没两百条也有一百条了吧？你真是连个泡都不愿意冒一下啊！"

纪安疲惫地扬起嘴角笑了笑："这两天太累了。"

林妙一顿，刚想说什么，肩膀就被一只手按住了。她抬头与任遇苏对视一眼，对方无声地朝她摇了摇头。

林妙将视线重新投向纪安，清了清嗓子道："那你现在还累吗？我送你回家休息吧。"

纪安点点头："好，我先去拿点儿药。"

"去吧。"

纪安一走，林妙就抓住任遇苏的胳膊，压低声音道："安安现在情况怎么样啊？到底有没有好转？"

任遇苏抬眸，目光一沉："老样子。"

"你能不能加把劲儿啊？我瞧着她现在的状态是越来越差了。"

任遇苏叹了口气，说道："现在她这种情况算是好的了，毕竟刚适应，情绪不太稳定很正常。你自己看看，比起她之前那副样子，现在已经算好很多了吧。"

说到这里，林妙瞬间收了声，也不再跟任遇苏争论。

等纪安拿完药以后，三人便一同回了纪安家。

任遇苏还有事情，把她们送到单元楼楼下，叮嘱了林妙几句，又不放心地看了纪安一眼，才驱车离开。

纪安见林妙跟着自己，就知道她要做什么了，于是问道："你今天要在我这里睡吗？"

"不行吗？"林妙呛她。

纪安笑了笑，说道："可以。"

晚上，林妙洗完澡从浴室出来的时候，纪安正坐在矮桌前，面前放着一台笔记本电脑，目光直直地盯着电脑屏幕。

林妙擦着头发，扫了她一眼："在写你那什么稿子？"

纪安这才回过身，缓缓地将电脑屏幕合上，应了一声："嗯。"

林妙也没追问，擦干头发后躺在沙发上玩起了手机。一时间，房间里充满了她手机里传出的嬉笑声。

"妙妙。"纪安蓦地喊了一声。

林妙连忙调小了手机的声音："吵到你了吗？"

"没。"

"那怎么了？"

纪安缓缓转过头，视线慢吞吞地从落地窗往上移，最后落在窗外的高楼上，然后她朱唇轻启，缓缓吐出三个字："秋天了。"

徐林席那个少年，就出现在秋天。

纪安仍然记得，2017年的九月，她刚读大二。

徐林席是低纪安一届的学弟，两人高中都是在临安附中上的，但从未有过接触，是完完全全的陌生人。

后来纪安从附中毕业，她与徐林席唯一的关联也断了。

她考到了别的市的大学，不在本地。她原以为自己不会再和徐林席碰面，结果新生开学那天，她在学校的报到处又看到了他。

他来到新生报到处，凭借着那一身整洁干净的穿搭和清秀帅气的长相，在一群大一新生中尤为突出，一米八几的个子也吸引了不少学姐的注意力。

纪安穿着红马甲站在一边，也一眼就注意到了徐林席。

好友林妙站在她身侧，用手肘撞了撞她的胳膊，咋舌道："啧，没想到这一群新生里居然有帅哥啊！"

纪安往徐林席那边看了一眼，很快收回视线。她垂着眼，轻声说："是挺帅的。"

林妙听出纪安话里的不对劲，疑惑地看着她："你不对劲啊，今天怎么这么安静？平时谈论帅哥的时候谁有你积极？"

纪安的性子外向，在朋友面前更是放得开。虽然大一的时候纪安没谈过恋爱，但平时遇到帅哥，纪安是会跟朋友们一块儿谈论的。

可是这会儿来了这么一个帅哥，她却只是不咸不淡地看了一眼，一副镇定的样子，着实有些奇怪。

林妙说："我瞧着这男生白白净净的，可不就是你喜欢的类型吗？怎么这会儿你反倒一点儿兴趣都没有了？平时你可不这样。"

纪安抿了抿唇，不敢说实话。她对徐林席何止是感兴趣，她关注徐林席三年了，今年已经是第四年了。

可这件事本来就是一个秘密，身边的朋友都不知道这件事，也很难相信纪安会暗恋一个男生三年。毕竟在朋友面前，她是比较活泼张扬的，可不像是能藏得住秘密的人。

如果这件事被林妙知道，林妙肯定会问她："你都关注人家三年了，为什么不去跟他认识认识呢？"

纪安当然不敢。

她虽然平时看起来性格外向，但是在感情上，她一直很自卑。在朋友面前，她可以开玩笑，叫嚣自己是一个大美女，但若真让她去面对徐林席，她只会觉得徐林席不可能会喜欢这么平凡的自己。

在林妙的强行逼供下，纪安只能转移话题："我身体不舒服。"

这一招果然奏效，林妙立马抓住她的手臂问道："是不是中暑了？我刚才还说这么热的天找我们来迎新干什么！不然你别站着了，我陪你去那边休息一下吧！"

纪安点头说"好"。但临走时，她回头看了看徐林席。

少年拿着一张录取通知书站在新生报到处，听到管理人员喊他的名字，他循声抬起头，正好往纪安这个方向看了过来。

纪安立刻收回视线，垂着脑袋跟着林妙走到休息处。

休息处在图书馆的楼底下，那里背阴，很凉快。

这次迎新的志愿者是由校学生会组织的，林妙是校学生会纪检部的副部长，纪安跟她是一个部门的。

林妙拉着纪安坐下后，抱怨道，今天的天气太热了。

"就是啊！"旁边的同学也跟着抱怨了几句，许是见到平时最爱说话的纪安没出声，她有些奇怪地问，"纪安今天怎么这么安静？"

纪安抬起头刚要说话，身旁的林妙帮她答了一句："她身体不舒服。"

同学问："怎么样啊？是不是中暑了？要不要去医务室？"

纪安笑了笑："没事，我休息一会儿就好了。"

"那你多喝点儿水。"

"嗯。"

太阳悬挂在高空，学校的树木郁郁葱葱，蝉鸣不断，聒噪得惹人心烦。

天气太热，阳光猛烈，纪安看向外面阳光直射的地方时眼前都出现了些许幻影。

纪安忙碌了一上午，终于等到十二点，上午的迎新工作结束，她们可以去吃饭了。

林妙脱下身上的红马甲，一把扔在椅子上："总算是结束了，我们去吃饭吧！"

纪安点点头，收拾好东西跟着林妙一同走出校园。其间，她回头看了一眼，学校大门还没有关闭，校园内还有一些没出校的家长和新生在校园的大道上走着。

她环视了一周，没有看见想见的人。

纪安的情绪顿时有些惆怅，她缓缓地收回视线。

"今年的大一新生里，没看见几个帅哥，早上遇见的那个一米八的学弟算是我见过的长得最好看的了……不过，新生报到有两天时间呢，说不定帅哥都在下午来，我们到时候可以去操场观摩他们军训……"

林妙一直在耳边絮叨着，纪安嘴上不时地回应几句，但早在今天遇见徐林席的时候，她的心思就飘走了。

纪安没想到事情会这么凑巧。

她知道徐林席的成绩很好，在附中的时候他就经常出现在学校的荣誉榜上。纪安记得，她毕业离开附中的时候，特意去看了荣誉榜，当时徐林席的成绩还是年级中名列前茅的。附中的整体教学水平能在市里排到前几位。所以在附中能名列前茅，已经是很厉害了。

按理来说，如果徐林席高三时也保持着那样的成绩，那可供他选择的大学应该有很多。俞峡大学虽不差，但也只是一个普通的一本院校。以徐林席的成绩，比俞峡大学好的学校他明明也能考上，可为什么来了这里呢？

忽然，纪安的手机响了一声。她垂眸一看，是盛湘语发来了一张图片，随即而来的是她发的一条语音。

纪安点了语音转文字，看完后回了句话，之后点开图片放大看。图片最左边的是徐林席的名字，她直接拉到最后看他的总分。

这时，林妙凑了过来："你在看什么？"

"一个朋友的高考成绩。"

"这样啊！"林妙退开了，嘟囔了一句。

纪安垂下眼，总分592分，分数没比俞峡大学录取分数线多多少。在他们这个高考竞争激烈的省份，省内高校的分数线普遍比较高，592分这个分数，对于俞峡大学的学生来说并不算高。

徐林席高中的时候是个学霸，因为成绩好，家境不错，人长得清秀帅气，在学校算是一个小有名气的人物，不然纪安也不会注意到他。徐林席的成绩在俞中一直是名列前茅的，考上"985"或"211"高校应该问题不大……

所以，徐林席高三那年到底发生了什么事，才导致他的成绩下滑得这么厉害？

"呼——总算是凉快了！"

进到麻辣烫店里，纪安先递了一个空盆和夹子给林妙，自己也拿了一个，然后在食品区挑选起来——这家麻辣烫店属于自助式，自己选好想要吃的食材后，给收银员称重后结算就可以了。

天气炎热，纪安没什么胃口，挑拣了一些清淡的菜就递给了收银员："口味我选不辣的，谢谢。"

付完钱后，林妙直接拉着纪安往二楼走去。二楼相对来说人少一些，只零星坐了几桌。

林妙说："我们坐窗边吧。"

纪安刚要应声，视线却直直地落在了坐在楼梯口那一桌吃饭的徐林席身上。

她顿时身体僵住了。

徐林席注意到楼梯口的动静，只抬眸看了一眼便垂下了眼睛，动作极快，没有一丝留恋。

纪安抿了抿唇，原本瞪大的眼睛也垂了下来，心里刚刚升起的小雀跃顷刻消散。

她欣喜于见到徐林席，但在徐林席的眼里，她不过是一个很普通的路人罢了。

注意到纪安没跟上，林妙回头喊了一声她的名字。纪安这才反应过来，应了一声后快步跟了上去。

落座后，林妙小声地问："你今天怎么总是走神啊，到底在想什么？"

纪安轻轻眨了下眼睛，装作一副不解的模样："有吗？你多想了。"

"是吗？"林妙疑惑地嘀咕了一声。

见林妙的注意力不在自己身上了，纪安这才敢抬起头，趁着侧身从包里拿东西的空隙，悄悄往徐林席那一桌的方向看去。

原本还坐着四个人的座位，现在空无一人，只剩下几个摆在台面上的空碗。人不知道什么时候已经走了。

纪安顿时有些沮丧，她慢吞吞地抽出包里的纸巾，然后坐正。

像这样的偶遇以前也有过，有些时候是真的碰巧遇到，也有一些偶遇是她刻意为之。

尽管她在徐林席面前出现了那么多次，但是他依然不记得她。

转眼过了半个月，大一新生也适应了新环境，学校里的各种社团也开始计划招新了。

吃过午饭后，纪安回寝室洗了个头。林妙因为学生会招新早早地就出去了。纪安觉得自己去与不去都没有太大的区别，便在寝室里洗头洗衣服。快到下午上课的时间，她才从寝室出来。

走到半路，纪安忽然想到今天早上有个快递到了，便绕道去了一趟图书馆——图书馆楼下有一排快递柜。

学校的快递存放分为驿站和快递柜两个地方，纪安的寝室离驿站比较远，所以就特意填了图书馆楼下快递柜的地址。

她刚输入取件码，头顶的一个快递柜门就"啪嗒"一声弹开了。

纪安抬起头一看，居然是最顶层的快递柜。她朝上方伸出手够，只能够到柜口处；又费了全身力气，指尖却只能触到快递盒子——她的身高根本不够。

纪安后退一步，收回手，呼出一口长气后，身体松懈了下来。她不禁朝周围看去。

天气还没转凉，又是午休时间，学生基本上窝在寝室吹空调，下午有课的也都直接往教室方向去了。

快递柜附近除了她，一个人也没有。

纪安不禁皱了皱眉。

她又朝打开的快递柜看了看，准备再试一次，如果还是拿不下来，就只能等傍晚时跟林妙一起过来拿，或者找个学生会的男生帮忙带过来了。

于是，她极力踮起脚，一只手抓着快递柜门稳住身体，一只手不断地往柜子深处探着。

指尖可以触碰到快递盒，却抓不住，随着她一下又一下地推动，快递盒被推得更往里了。

纪安急得额间冒起细细的汗，心里也越发烦躁。

就在这时,她的视野上方忽然出现了一只手,越过她的手将里面的快递盒拿了出来。

纪安一愣,身边不知道什么时候站了一个人,像是围成了一个小圈,将她困在里面。

纪安的感官放大,思绪放慢,能清晰地感受到头顶传来的轻微的呼吸声。她的思绪混乱,一时没站稳,往后跟跄了一步,脚后跟不偏不倚地踩在了身后的人的鞋上。

纪安一惊,立马慌乱地抬起脚,一只手胡乱地撑住身侧的快递柜,往旁边退了两步:"对、对不起。"

稳住身体后,她抬起头,在看到对方的眼睛的那一瞬间忽然愣住了。

徐林席莞尔,伸手将快递盒递给纪安:"给。"

少年穿着白色T恤衫和黑色裤子,垂在裤缝的手上拿着一顶棒球帽。纪安的视线往上移,或许是刚把棒球帽摘下来的缘故,他的头发没有压好,发梢翘起,头发看起来有些乱。

纪安直勾勾地盯着徐林席,双手垂在两侧迟迟没有动作。

徐林席见她没反应,又将快递盒往她面前推了推,嘴角的笑容更灿烂了:"嗯?"

纪安这才反应过来,涨红了脸,又往后退了一步,手微微颤抖着从徐林席手里接过快递盒,霎时间又低下了头。她咬着唇,眼睛死死地盯着地面:"谢谢。"

她的声音像是从齿缝中挤出来的,小声、磕巴。

但徐林席并不介意,朝她笑了笑后便径直离开了。

听到脚步声越来越小,纪安才敢慢慢抬起头。她朝着徐林席离开的方向望去,他的身影逐渐变小,不出十秒,就消失在了拐角处。

这背影对她来说再熟悉不过了,以前,纪安看过无数次他的背影。她不记得自己有多少次这样偷偷看着徐林席,只记得自己不管是偶遇还是刻意为之,她永远都是那个看着他背影的人。

纪安低下头,抱着快递盒往前走了两步。凭着记忆,这会儿她的鞋子正好踩在刚刚徐林席踩过的位置。

她抬了抬鞋尖,嘴角不自觉地扬起,说了一句不轻不重,却含着笑意的话——"谢谢。"

是对你说的谢谢。

纪安拿着快递来到教室，林妙正好从学生会开完会回来。看到纪安，林妙将手里拿着的本子和笔往课桌上一放，然后一边推着纪安往教室门外走，一边道："来来来，我跟你说件事。"

纪安一边被推着往外走，一边疑惑地问："干什么呀？"

林妙一脸神秘："你猜我今天在学生会招新的时候看到谁了？"

"谁啊？"

林妙凑到她耳边说道："徐林席。"

纪安一愣。林妙忽然反应过来："噢，对，忘记说了，徐林席就是我们在新生报到做志愿者的时候看到的那个大一的帅哥。你还记得不？"

纪安顿了顿，而后缓缓点了点头。

"我也是刚知道他的名字。别说，这名字跟他的长相还挺配的，很像小说里男主角的名字。"

看着林妙的花痴样，纪安不禁垂下眼，笑了笑："是啊，挺像的。"

纪安认为，徐林席就是一个经常会出现在暗恋文里的男主角。除了她，注意到他的人不在少数，他是很多女生偷偷喜欢的对象。

林妙顿了一下，突然问道："对了，问他是哪里人的时候，他说他来自临安——你是不是也是临安的？"

此话一出，纪安倏然抬起眼，没来由地感到一阵心慌。

林妙没察觉到她的情绪，摸着下巴说道："我应该没记错吧。"

纪安对上林妙的视线，眼里的波澜已经恢复平静。她轻声道："嗯，我也是临安的。"

"徐林席跟部长是同一个高中的，那他跟你不也是一个高中的？"

校学生会纪检部的部长是纪安的高中学长。他和林妙，还有纪安，都玩得挺好的，除了学生会的工作交集，三个人还经常会一起出去玩。林妙升任副部长就是他推举的。

他现在大四，马上就要实习了，准备卸任学生会纪检部部长一职。他可以写推荐信，相对于其他人，他更想将这个机会给林妙或者纪安。林妙性格相对来说活泼一点儿，社交能力也更强一些，所以林妙一直是下一任纪检部部长的候选人之一。

"是吧。"

"你不认识他吗?他这样外貌、气质都出众的男生应该在你们高中挺出名的吧。"

纪安垂下头,用手指抠了抠快递盒:"不认识,我高中不关心这些事情。"再抬起头时,她脸上已经换上了往常那副笑容,她半开玩笑地说道,"我高中那会儿啊,一天天可努力了,只知道学习呢!"

林妙的注意力瞬间被她带偏,一把搂住纪安的胳膊,调侃道:"装什么啊你,你会那么认真地学习?"

纪安的身子朝她那边靠了靠:"你别不相信啊!我真的很认真的。"

林妙的注意力很快就被转移了,关于徐林席的话题被抛之脑后。然后,她看着纪安手里拿的快递盒,问她买了什么。

纪安松了一口气。

其实倒不是这件事不能说,只不过纪安觉得不太合适。林妙如果知道她对徐林席的情感,肯定会缠着她问东问西,想着帮她去追徐林席。她知道林妙是出于好心,但她现在不想将自己壳中的秘密告诉其他人。

或许一直远离不是好办法,时机成熟的时候她还是会迈出第一步。但纪安想,自己和徐林席关系更近一步该由自己主动推动,而不是借助旁人之手。

等到老师进了教室,林妙才想起最开始跟纪安聊到的话题,她一拍脑袋道:"我都忘了,我本来是找你说徐林席的事情的。我觉得他还不错,你要是喜欢,我帮你多看看呀!"

纪安笑着推托:"行了,行了,林大媒婆!都上课了,你就别牵红线了!这些事情等以后再说吧。"

林妙撇撇嘴:"好吧,你不喜欢这一款也行,我给你留意其他的。"

纪安哭笑不得:"我谢谢你了。"

纪安读高中的时候,在班上有一个玩得很好的朋友,就是盛湘语,她跟徐林席是亲戚。

当时班上也有几个女生很关注徐林席,曾趴在窗前看对面教学楼走廊上路过的徐林席。

看到这幅场景的时候,盛湘语忍不住跟纪安吐槽起徐林席:"怎么这些女生都在看他啊?徐林席这厮的闪光点我是一点儿也看不见。"

纪安忍不住笑出了声："那是你弟，你怎么那么说人家？"

盛湘语说："哎，可能是认识时间太长了，就互相看不顺眼了。你要是喜欢，我一定把他介绍给你，肥水不流外人田。"

对于这句玩笑话，纪安没有当真——与其说是没有当真，不如说是不敢当真。

"纪宝，五点，三号教室，你别忘了。"林妙在镜子前描完唇，满意地朝镜子里的自己点了点头，然后高声对纪安说道。

纪安从床上伸出头朝她看了一眼。下午她们没课，林妙已经换好衣服，准备跟男朋友出去约会了。

今天下午五点，他们部门会在三号教室办个欢迎会，主要是认识一下新进入学生会的成员。

纪安看了眼时间，现在才一点，还有四个小时可以休息。

"宝儿。"林妙拿着手机操作了一会儿，"我把他们都拉进大群了，你帮我通知一下哟！"

"好。"

林妙朝纪安飞了个吻，然后拉开宿舍门出去了，宿舍就只剩下纪安一个人了。

纪安她们宿舍一共三个人，除了纪安和林妙，还有一个别的专业的女生。那个女生除了回寝室休息，其余时间大多泡在图书馆。纪安和林妙跟她当了一年的室友，关系只能说是不远不近。

纪安打开手机，只见"校学生会纪检部"的大群里被拉进来了十多个新人。

新人纷纷在群里问好。

纪安一眼就看到了徐林席的头像——一根棒棒糖被捧在手心。这个头像他从高中用到现在，一直没有换过。

徐林席的微信号，她只看过一次就背了下来。她时不时就会搜索他的微信号，却一次也不敢按下添加键。

纪安舔了舔干涩的唇瓣，缓缓地开始输入文字——

"新来的同学记得改一下群备注——名字＋电话号码。今天下午五点在四号教学楼一楼的三号教室集合，稍后我会把学校的平面图发给大家，如果有不清楚地点的，可以在群里询问。大家记得不要迟到哟！"

信息一发出，立刻引出一堆的"收到，学姐"。

发完消息以后，她便退出了聊天框。恰巧这时，任遇苏发了一条信息过来："今天迎新你不准像上次那样逃了，必须给我过来。"

纪安莞尔，手指轻触屏幕："我又没说我不来。"

任遇苏就是纪检部的部长，也是她从高中到现在的学长。

任遇苏继续说道："整个学生会就你最闲了。我刚才跟林妙说了，给你安排一个新人带带。"

纪安一张脸顿时皱成一团。

她最怕麻烦了，其实会进学生会，还是林妙当时缠着她，她才加入的。好在进去以后，因为有林妙和任遇苏，她过得还算清闲。学生会里有什么事都是让其他人做。

现在忽然让她带个新人，意思就是她得干活了。这虽然是她的本职工作，但她还是觉得有些麻烦。

任遇苏这次铁了心要锻炼她，任她好话说尽，就是没有松口。

纪安直觉他心里憋着坏，但又无可奈何。

想到晚上会在欢迎会上遇到徐林席，纪安在衣柜前挑拣了半天，最终选了一件长度到膝盖上方的小白裙。然后，她又化了一个"伪素颜"妆，整体给人一种干净、清纯的感觉。

时间转眼就到了四点半，纪安随手拿了支口红塞进包里就出门了。

到三号教室的时候，纪安一眼就看到了坐在前排第一个位置的林妙。林妙也很快看到了她，朝她招了招手，压低了声音喊道："纪宝，这里！"

眼瞅着纪安在自己身侧的位置坐下，林妙立马侧过身对她说："我跟你说，任遇苏太不是人了！他居然觉得你闲，要给你安排活儿！"

林妙果然是她的好姐妹，就算是面对任遇苏，也是更向着她的。

在学生会，纪安基本上只听任遇苏的吩咐做事，职位相当于部长助理。对此，学生会的同学也没什么怨言。虽然偶尔会有人在背后说她的闲话，说她和林妙才大一就被捧得这么高。但她毕竟是为部长做事，他们也只敢在背后议论，不敢当面讲。

之前学生会的大小活动，纪安基本上不用参加，后来任遇苏开始准备实习的事情，她也跟着闲了下来。

现在任遇苏突然说，要给纪安排点儿活儿，不能让她太闲——这跟之前形成鲜明的对比，所以纪安觉得他肯定是心里憋着坏。

纪安问："今天任遇苏也会来吗？"

"会吧，他说要来看一眼。"

话音刚落，教室门就被推开了，任遇苏领着一个高个子男生走了进来。跟纪安她们打过照面后，任遇苏还热情地和纪安打了个招呼："好久不见啊，纪妹妹！"

纪安却在看清他身后的人的脸时愣住了。

林妙眯了眯眼，也看清了高个子男生的脸。她低下头，在纪安耳边嘀咕："任遇苏跟徐林席认识吗？"

纪安一脸茫然地摇了摇头，她也不知道徐林席为什么会跟任遇苏认识。

任遇苏眼角上扬，扬起的嘴角带着一丝不怀好意的笑："给你们介绍一个大帅哥，我学弟，徐林席。"

纪安看向任遇苏，只觉得他的笑容有点儿令人发怵。

"徐林席也是临安附中的，就比纪安你小一届。他小子在学校里可不算什么默默无闻的人物，你应该认识吧？"

纪安抬眼朝任遇苏身后看了一眼，在接触到徐林席的视线后，又匆匆垂下了眼。

她强压下自己心中的躁动，抿了抿唇："不认识。"

"不认识也没事，都是老乡，今后多接触就认识了。"任遇苏说着，坐在了纪安身边的座位上，"你不是要带新人吗？正巧你们都是附中的，那你就带他吧。"

纪安瞬间抬起头，满眼震惊。任遇苏敢情是在这里等着她呢！

想到这儿，纪安心里开始不安，自己的心思是不是被人发现了？不然他怎么会突然安排她带徐林席？

可是怎么会被发现呢？她明明藏得很好。

纪安知道自己没法拒绝，不是怕会拂了任遇苏的面子，而是担心自己如果现在拒绝的话，会被徐林席误会。

任遇苏根本不给纪安拒绝的机会，径自对徐林席说道："林席，你就跟着纪安学姐吧！"

纪安微微张开嘴巴，想要说什么。

徐林席却点点头,朝纪安伸出手:"麻烦你了,学姐。"

他的背挺得很直,眉眼弯弯。他的笑容荡进了她的心里,像是朝湖中无声地投入一颗石子,泛起阵阵涟漪。

低头看了看他宽大的手掌,纪安最终伸出手,轻轻握住他的指尖。

这是她第一次触碰他的手指。

纪安垂下眼帘,遮住眼里的波澜,缓缓启唇:"不麻烦。"

欢迎会结束后,任遇苏提出去外面聚餐,大家欣然应允。

一行人里,纪安和林妙走在前面,不过,纪安看起来有些心不在焉。

突然,她感觉身侧有一个人靠了过来,随后她的肩膀一沉,一只手臂搭了上来。

她的鼻间传来淡淡的木质香水味,这款香水的受众比较少,在她认识的人里面,她只知道任遇苏爱用。

知道来人是谁以后,纪安连头都不回了:"你离我远点儿!"

然而,她的警告对任遇苏来说根本没用,他的手依旧搭在她的肩膀上,声音带着笑意:"怎么了呀,纪妹妹?是因为我给你安排了个人?哎呀,我给你找了个帅哥,你还不高兴了。"

听着他贼兮兮的笑声在耳边响起,纪安心里越发郁闷。

她不知道任遇苏到底是出于什么心理——是因为他知道自己喜欢徐林席,还是只是因为徐林席是一个帅哥,想给她搭桥牵线?

不管是出于哪种心理,按照现在这种情况,在接下来好长一段时间里,徐林席都会和她经常接触。因为老干事带新成员就等同于师父带徒弟,要一直带到徐林席成为学生会的正式成员为止,而新成员转正,通常需要两个月的时间。

纪安不知道该不该因为这件事高兴,毕竟这是她从未有过的机会。

跟徐林席长时间接触,这无疑是她心里想拥有又不敢拥有的机会。想要将彼此的关系拉得更近,又担心这种逾越带来不好的后果——担心自己的心思被知道以后,会给对方造成不好的影响,留下一个不好的印象。

虽然林妙觉得任遇苏做这事儿有些刻意,但毕竟徐林席是一个帅哥,她也没觉得有什么不妥,反而跟着任遇苏一块儿撮合他俩:"带个帅哥也挺好的啊!要是相处得不错,就试着发展发展呗,宝。"

任遇苏得意地说道:"你看,林妙都觉得我这事儿做得挺好的。"

林妙哼了一声,说:"算你做了一件人事儿吧。"

任遇苏被呛得哑口无言。

纪安在一旁看着二人因为这事儿斗嘴,斗到最后又双双开始劝说自己可以试一试。她一时间竟然不知道该说什么。

"你俩都少管我!"

想到要跟徐林席变成师徒关系,以后还会有大把的时间和他单独相处,纪安的脸就情不自禁地红了起来,心里开始浮现出一丝窃喜。

担心自己表现得过于明显会被人发现,她忙悄悄抬头看了一眼任遇苏和林妙,见二人的注意力不在她身上,她这才放下心来,然后立马伸手将自己微微弯着的嘴角往下压了压,装出一副严肃的表情。

心里的小雀跃,就留给自己吧!

第二章

外套

　　一行人在大排档吃了一个多小时，散场的时候夜幕已经降临，街边的人也比白日里少了许多。

　　纪安跟几个学生会的同学一同站在街边等任遇苏和林妙结账。趁着等人的空隙，纪安拿出手机看了一眼，发现一个小时之前，微信上收到了一条"好友申请"的验证消息，对方的网名和头像都是她再熟悉不过的——"0723"和手捧棒棒糖的图片。

　　徐林席在聚餐中途就因为有事先走了，应该是刚离开没一会儿就申请了"添加好友"。

　　看着这熟悉的头像和网名，纪安的眼睫毛轻轻颤了颤，抬起手指缓缓地点了"同意"。

　　手机界面一下跳转到了两人的聊天页面，系统立刻发来了一句"我是群聊'校学生会纪检部'的徐林席"，界面上的小字写着"以上是打招呼的内容"。

　　徐林席添加自己为好友了……

　　纪安再次看着这个熟悉的头像和网名，曾经搜索过无数次却一次也不敢按下"添加好友"的账号，忽然成了自己的好友，她觉得有些不可思议。

"叮咚——"

手机传来的一声铃响将纪安的思绪拉了回来。

她垂下眼帘,看到对方发了一个"Hi"的表情,接着发了一句"学姐,我是徐林席"。

只是一条很普通的打招呼的消息,纪安却盯着它出了神。

她的脑海中涌现出从前的自己拿着手机一遍又一遍搜索徐林席这个账号时的场景。她曾经无比奢求的一件事,现在竟真真切切地摆在了自己的面前,让她一时忘记了该如何反应。

"看什么呢,这么认真?"林妙忽然凑到她的跟前,瞥了眼她手里握着的熄屏了的手机。

明明不是在做什么见不得人的事情,但纪安还是被吓得手一抖,将手机往兜里一揣:"没、没有。"

林妙本来没有起疑心,但纪安这个举动倒显得反常且怪异。林妙顿时露出不怀好意的笑容:"怎么,你是不是背着我藏男人了?"

"怎么可能?!"纪安立马反驳,话刚说完,她又觉得自己的情绪过于激动,于是赶紧解释道,"是你突然出现吓了我一跳,我刚刚在发呆呢!"

林妙见纪安把"锅"甩到自己身上,立马不干了:"什么啊?你就是心里有鬼,所以反应才那么大!"

林妙的话音一落,纪安原本想好的措辞也被堵了回去,她顿时哑口无言。换作平常,纪安肯定二话不说就要跟林妙争论,但现在……她心里是真有事儿。

好在任遇苏正好结完账过来,打断了她们的对话:"在聊什么呢?"

担心林妙会说些什么惹得任遇苏也跟着起哄,纪安抢先一步道:"没什么。"然后转移话题,"我们直接回学校吗?"

任遇苏反问道:"不然呢?你还想去哪儿?"

纪安抓了抓脸,说道:"没,本来想再去买点儿零食。"

任遇苏取笑道:"大晚上的,你少吃点儿吧!刚刚在餐桌上都吃了那么多了,你还想吃零食。"

纪安晚上没吃饭,前半场徐林席在,她放不开自己,菜吃得很少。徐林席走后,她才放开一些,当时自己饥肠辘辘,一口气吃了不少——显然她这副样子被任遇苏看在眼里了。

"那回去吧。"

"行啊！早点儿回去睡觉吧。"

校学生会纪检部主要负责检查和记录学生违规违纪的事情，里面的事项分为很多个板块，考虑到涉及的事务较多，部门内部做了分工。

任遇苏既然把徐林席安排在了纪安手下，也就意味着他们要互相协作，更代表了两人之间会有更多的接触。

纪安负责晚自习的巡查。她提前给徐林席发了信息，告知他今天晚自习时间要去巡查。

徐林席回信息的速度很快："好的。请问在哪里等你？"

纪安下午没课，想着直接等晚自习的时间到了再去教学楼。于是，在看了一眼今天要巡查的教室的位置后，她发了一句："在明崇楼楼下等我就行了。"

伴随着"叮咚"一声，对方的信息立刻跳了出来："不好意思，学姐。我刚来这个学校，还不知道明崇楼在哪里。"

纪安眉头一皱，想想也是，俞峡大学很大，很多新生刚来会迷路。

她正想着对策，对方又发来一句："学姐，你从哪儿出发？"

纪安："寝室。"

徐林席："我可以跟你一起去吗？"

纪安一愣。但她一时也想不出更好的解决办法，只能应了下来。

同意以后，她的思绪又放空了。

从寝室到明崇楼，步行大概需要十分钟，她和徐林席结伴同行的话，会有十分钟单独相处的时间。

想到这儿，纪安脸上泛起红晕——她从没想过自己还能跟暗恋的人单独相处长达十分钟。

自从徐林席来了俞峡大学，纪安和他接触得越来越多，彼此之间就好像有一根无形的纽带，将他们的距离拉得越来越近。

想到今天要跟徐林席单独相处，纪安特意化了个妆，又在衣柜前挑选了半天，也选不出到底穿什么衣服好。

最后还是林妙看不下去，把游戏暂时搁置，给她选了件粉色吊带背心和一条牛仔短裤，随后又从自己的衣柜里拿了一件防晒外套在纪安的身上比画了一下："夏天当然得露点儿腿呀！要是你觉得太露了，外面再搭一件防晒外套也挺好看的。"

林妙的眼光一向很好，纪安把这套衣服穿上后，皮肤显得更加白皙了，粉色吊带背心将她的锁骨衬得更为好看，下身搭配的牛仔短裤和黑色中筒袜显得两条腿又长又细。

看着换好装束的纪安，林妙先是夸赞自己的眼光真好，随后又开始调侃纪安："平时不见你打扮，怎么今天开始打扮了？"

纪安心绪有些乱，她的目光躲闪："就，随便穿穿。"

这种借口林妙怎么可能相信，她不怀好意地笑了笑："哦？有秘密了，是吗？"

纪安被林妙说得脸发烫，糊弄了两句就拿上手机出门了。

她们的寝室在二楼，从楼梯口出来以后，纪安刚准备给徐林席发信息说她到楼下等他，忽然，耳边传来一道熟悉的声音——"学姐！"

纪安错愕地抬起头，视线直直地撞上了站在寝室楼门口的徐林席。

他身上也套了件外套，只不过两只袖口向上挽起了一些，露出白皙的手腕。他一只手拿着手机自然垂下，一只手微微抬起，朝她打招呼。

纪安回过神来，赶忙跑了过去："不好意思，你等很久了吗？我刚准备给你发信息。"

徐林席笑着挠了挠头："没有，我也刚到。"

纪安点点头，而后两人自然而然地并肩走在校园大道上。

彼时正值学生上晚自习的高峰，除却他们，校园大道上还有不少成群结队的学生捧着书往各个学院的教学楼走去。

起初，纪安还会有些不好意思，担心只有他们一男一女并肩而行会不会太引人注目了，但转眼她就看到了其他手挽着手的情侣……

一男一女在大学校园里并肩而行再正常不过了。

纪安顿时松了一口气，随即心里萌生出小雀跃——或许在其他人眼里，她和徐林席，也算是众多情侣当中的一对吧。

"学姐。"徐林席忽然低下头喊了纪安一声，然后说了句话。

周围的人群熙熙攘攘，纪安刚刚又走神了，一时间没听到徐林席刚刚说的是什么，于是忙问："什么？我没听清。"

她话音刚落，徐林席忽然弯下腰，蓦地拉近了两人的距离。

他的脸在纪安眼里忽然放大，让纪安的心跳骤停，她不禁屏住呼吸。

他的脸近在咫尺，纪安甚至能感受到他呼出来的气息。

徐林席问："现在呢？可以听见吗？"

他的声音立马将纪安的思绪拉了回来，她的眼睫毛轻轻颤了颤，强装镇定，垂下眼睛回答道："嗯。"

"我刚刚问的是学姐你吃饭了没有，如果没有，可以赏个脸一起去吃个晚饭吗？"

纪安被他的话逗笑了，手指轻轻按在他身上微微一用力，将他的身体往外推了推："一起去吧。还有，不用叫我'学姐'啦，怪严肃的，叫我的名字就可以了。"

徐林席直起身子，嘴角微微扬起："好，纪安。"

只是两个轻飘飘的字，但纪安从来没有听徐林席喊过自己的名字，此时听到了，虽然语调很轻，但还是狠狠地烙印在了她的心上。

说来真是悲哀，明明只是想被他记住自己的名字，单单这件事，她竟直到今天才做到。

不过幸好，她现在在他面前成了一个有名有姓的人，再也不是他视野当中的甲乙丙丁了。

第一次和喜欢的人单独吃饭是什么感受？——网络上出现了一个这样的话题。

底下的回答有很多，大多数说的是自己跟男朋友或者暧昧对象第一次吃饭的场景，都是已经互相知道对方心意的。

而有一个回答，来自一个暗恋者。

她说："最深的感触是害怕，所以只自顾自埋头吃饭了。"

害怕在对视的时候，对方会看穿她的心思；害怕自己吃得太多会被嫌弃，吃得太少又会被人误以为端着架子；害怕自己的举动不合适……

总而言之，只要两人单独相处的时候，就总会担心这个担心那个，过于在意对方的想法，只能压抑自己内心的激动和窃喜，害怕自己会做出愚蠢的事情在对方面前丢脸。

在这种情况下，暗恋者往往会选择逃避，自顾自吃饭，不去和对方互动，也避免了眼神交流。

现在,纪安就是处在这种情形之下。但出乎她意料之外的是,徐林席很健谈,说话不仅幽默风趣,也很懂得分寸,让人觉得很舒服。

纪安原本还有些害怕,也担心自己会和网上那个答主所说的一样。但现实并没有她想的那般。

吃饭时,她的思绪一直跟着徐林席走,注意力也在他的话上面,两人还聊了一些关于晚自习巡查的相关事项。这顿饭她吃得虽然没有跟朋友吃饭时那样轻松,但还算正常,她所担心的事也没有发生。

饭后,两人便前往教学楼准备开始晚自习巡查。

巡查开始前,纪安再次跟徐林席强调:"现在大一新生如果晚上没有课的话,都要上晚自习。为保证纪律,晚自习不允许闲聊。还要留意各班学生是否都到齐了,你可以随机找几个班数一下人数……"

纪安一边走,一边给徐林席讲解,忽然,她听到了一阵吵闹声。

纪安转过头说道:"你先看看我怎么做。"

徐林席还来不及反应,纪安就敲门走进了那间吵闹的教室。

她一改刚刚笑吟吟的模样,一脸严肃地站在讲台旁说道:"晚自习期间是不允许闲聊和走动的,第一次提醒,再发现一次,直接扣分。教学楼里不允许吃东西、带奶茶,请把桌上的奶茶收一收。各位回到自己的位置,我要清点一下人数。"

纪安的声音清脆明亮,很有穿透力,她一说话,教室里就立刻安静了下来。等她讲完,学生们也没敢反驳。

徐林席觉得,此时的纪安才更像一个比他大一届的学姐,自信、严肃,跟他之前所认识的纪安不一样。

清点完人数后,纪安就关门走出了教室。

她低垂着脑袋看手机,一边手指飞快地打字,一边跟徐林席说:"应到四十七个人,缺席三个,而且没有人交请假条,这些情况都如实报在考勤的群里。"说到这里,她猛地抬起头看向徐林席,"考勤的群你加了吗?"

徐林席这才回过神来,说:"没加。"

纪安点点头:"我拉你。"

她从通信录里找到徐林席,将他拉了进去。

等操作完以后,她才将注意力放回徐林席身上:"刚刚看到了吗?大概流程就是这样。有一点要注意的就是,你进去的时候表情要严肃一点儿,不然他们不会把你放在眼里的。所以进去第一步就是震住他们。"

徐林席点点头:"好的。"

纪安笑了笑:"不过一时不会也没事,后面很长一段时间都是我跟你搭档。"说话间,她小心翼翼地注意着徐林席的表情。

这句话既是事实,又是试探——试探徐林席是否认可这个安排。

纪安屏着呼吸,等待着徐林席的回应。她有点儿紧张,也有点儿害怕,害怕他对自己不认可。

好在徐林席只是笑了笑,然后应了下来:"这样挺好的。"

一轮检查下来,两人的工作也完成了。

走过二楼长廊的时候,一个抱着篮球的男生倏地闯入她的视线,纪安的注意力被吸引了过去。

男生穿着黑色的篮球服,径直走到了一间教室外,然后他屈指轻轻地在窗户玻璃上敲了敲。不一会儿,教室里走出来一个女生。而后,两人开始在教室后门处侧耳低语。

纪安低下头,从他们身边擦肩而过。

刚刚这幅场景忽然让她想到高中时期有关于徐林席的一件事。

附中的两栋教学楼之间有一条长廊相连,从纪安的座位往窗户外面看,正好能将对面教学楼的走廊看清楚。

她所在的教学楼大多数是文科班,文、理科班级按教学楼来区分。她可以从窗户那儿看到徐林席所在的班级,他下课的时候总是会跟班上的一群男生站在走廊勾肩搭背地聊天。

徐林席在附中的知名度并不低,帅气的长相、傲人的身高和不错的成绩使他成为附中的风云人物。纪安的QQ空间里常会出现徐林席的名字,或是他的各种侧影、背影的照片。

纪安喜欢看QQ空间,在上面她能看到并保存很多徐林席的照片。

这让纪安想起高中的一个女生,她不像纪安一样只敢偷偷地关注徐林席。这个女生,虽然同样扎着高高的马尾,但是她的发型设计得总是会更亮眼一些。她的皮肤白皙,睫毛长而卷翘,唇红齿白,嘴角常挂着两个浅浅的酒窝。

长相出众的人,不管是男生还是女生,在学校里都分外引人注意。

魏佳就是这样的人——一张鹅蛋脸将五官的优势发挥了出来，她不高不矮，一米六三左右，身材也无可挑剔。

这样一个长相、气质都出众的女生，纪安哪怕只是站在她旁边，都会萌生出一股浓浓的自卑，一种无形的压迫让她只想着快点儿离开。

优秀的人会玩到一起似乎是再正常不过的事情。忘记从什么时候开始，纪安从窗户看到的画面里多了一个女生——徐林席的身边多了一个连她都觉得耀眼的人。

徐林席似乎并不反感魏佳的存在。在纪安的视野里，魏佳常常站在徐林席的身侧。只要有徐林席的地方，就一定会有魏佳的身影。篮球场的观众席上，教学楼的走廊上，就连学校的食堂，离徐林席的不远处总是会坐着魏佳。

"纪安。"

耳边传来的声音一下将纪安从高中的回忆中拉了回来，她茫然地抬起头，视线直直地对上徐林席那一双深邃的眼眸。

她一愣，张了张嘴却没有发出声音。

徐林席问道："我看你刚才心不在焉的，是和我在一起让你感觉不舒服吗？"

他的眼睛一直盯着她，眼神凌厉。

纪安感觉如果被他这样的眼神看得时间再长一点儿，她的心思就会被他发现。

纪安忙移开视线，含糊地回答道："你想多了。"

话音一落，两人之间无形之中生出一股说不来的压迫感，压得纪安快喘不上气来。

良久，徐林席突然移开视线，笑了笑，说道："是吗？那可能是我想多了吧。我总觉得你跟我待在一块儿的时候有一种很强烈的疏离感，不过也可能是因为我俩不太熟悉吧。"

闻言，纪安认真地点点头："毕竟刚认识，相处的时间长了可能会好一点儿。"

徐林席笑着颔首。

两人从二楼的露天楼梯下来。今天的巡查工作结束，后面也没有别的事情了，于是他们准备回寝室。

校园大道弯弯绕绕的，回寝室需要绕一段路，为了缩短路程，纪安选择走中间花坛的小路。

　　相较于校园大道，小路的人流量少了不少，更别提现在是晚自习时间，大一新生基本上在教室上晚自习，大二、大三、大四的学生都在寝室或者图书馆，鲜少有人会在这个时间来花园。

　　花园里树木和草丛居多，自然有不少叮人的蚊虫，他们只走了短短几分钟，纪安的两条大腿就已经被蚊虫咬出了好几个包。

　　碍于徐林席在身边，纪安不太好意思抓痒痒，只能用指尖在腿侧轻轻地挠，想以此来减轻痒意。但这一点儿力度压根儿止不了痒，反而因为力道太小让痒意更甚。

　　随着小路越走越深，蚊虫也越来越多。纪安从小就特别招蚊虫叮咬，跟朋友在一块儿，她总是那个被蚊虫咬得最多的人。

　　她突然有些后悔抄这条近路了，更后悔明明知道晚上的蚊虫很多，还是穿了一条短裤。

　　纪安正心里烦躁之时，忽然听到身侧的徐林席发出了些许声音，她正要转头去看，就发现腰间多了一件衣服，顷刻间，将那讨人厌的蚊虫隔绝了不少。

　　察觉到当下是怎样的情况后，纪安呼吸一滞，目光呆愣地抬起头看向徐林席。

　　徐林席手里还拽着衣服的两只袖子，轻轻地整理了一下围在她腰间的衣服，然后将衣服的袖子打了个松松垮垮的结："这里蚊虫比外面多一些，这样围着应该有点儿防护效果。"

　　他很绅士，哪怕是将衣服系到她的腰间这么亲密的动作，整个过程都没有触碰她的身体，动作小心翼翼。

　　纪安被他这个动作弄得脸颊泛起红晕："哦……好，谢谢。"

　　她着实没想到徐林席会突然做出这样的举动，一时措手不及，竟不知道该作何反应。

　　不过其实并不需要她做什么，徐林席本身就是一个待人很细心的人。

　　纪安抬眼看向徐林席，脱下外衣后，他里面只穿了一件黑色的老头衫，露出精壮的身体。他的身材很好，宽肩窄臀，呈倒三角，典型的衣架子——这是从他平时的穿衣打扮就能看出来的。他手臂上的肌肉刚刚好，不会太瘦也不会太壮实，正是纪安喜欢的那一种。

徐林席以前打篮球的时候也会穿无袖的篮球服，但那时毕竟是在篮球场上，两人隔着一段距离，纪安没有像今天这么近距离地见过。

看清楚他的身材后，她还能闻到他衣服上洗衣液的味道——不浓不淡，香调刚刚好。

或许是因为距离太近，纪安脑子里不禁浮现出很多情景，以至于她不敢抬头直视徐林席了。

"对了。"徐林席突然转过头，"纪安，你当时怎么会想到报考俞峡大学的？"

纪安一愣："没有什么目标，当时高考超常发挥，我就来了俞峡大学。"

徐林席垂眸点点头，忽然不出声了，似乎在想什么。

说到这儿，纪安突然意识到自己或许可以询问一下徐林席高中到底发生了什么，为什么最后会选择来这里。

她没有迟疑，抬起头问："你为什么会来俞峡大学？"

徐林席愣了愣，显然是没想到纪安会问起这个问题。

纪安看见他的眉头微微皱了下，像是被问及了他反感的问题。她突然有些后悔，自己不应该这么冒昧地提起这个话题。

正当纪安想要说些什么转移话题的时候，徐林席出声了："高考没考好，我的成绩能来俞峡大学已经挺好的了。"

"怎么会这样？我记得你成绩很好的。"纪安几乎脱口而出。反应过来后，她开始后悔，自己太激动了。

徐林席也察觉到了她的异样，但也没有多说什么，只是笑着调侃了一句："你高中就认识我了吗，学姐？"

纪安顿时愣住了，心怦怦乱跳，随后她迅速反应过来，补了一句："之前在校园荣誉榜单上看到过你的名字，对你有点儿印象。"

"原来如此。"徐林席笑了一声，"高二期末那段时间，我遇到了一点儿事情，所以成绩下降得很快。好在高三又赶了上来，虽然没有高二那么优异，但能上俞峡大学已经很不错了。"

至于什么事情，徐林席没说，纪安也就识趣地没有继续询问。这属于个人隐私，两人的关系还没到好到可以诉说心里话的程度。

有了徐林席的衣服围住大腿，剩下的路程，纪安少了被蚊虫叮咬的烦恼，她心里也感觉温暖了不少。

走到宿舍楼楼下，纪安将系在腰间的衣服解开，略微整理了一下递还给徐林席："谢谢。"

"没事，帮到你就好了。"

临走之际，徐林席伸出右手的食指和中指举到额前，然后轻轻向外一挥，脸上洋溢着笑容："回头见，学姐！"说完，他就拎着衣服跑开了。

他的背影混入一群刚从图书馆回来的学生当中，很快，他的身影就被一棵大树遮挡住了。

纪安收回视线，将抱在胸前的手臂收紧了一些，然后缓缓转过身朝宿舍楼走去。

回想起他刚刚离开时做的动作以及他脸上洋溢着的笑容，那一瞬间，她好像看到了高中时期在球场上肆意奔跑的徐林席。

纪安低着头，笑了笑。

真是，朝气蓬勃啊。

时间过得很快，月中的时候大一新生才刚开始军训，一眨眼军训就进入了尾声。看着校园大道上穿着军训服成群结队的大一新生，纪安不禁想到了徐林席。

自从上次宿舍楼楼下一别，纪安已经有好几个星期没有见到徐林席了。因为军训要统一管理，作为大一新生的徐林席暂时不用跟着她参与学生会的事务。

俞峡大学的校区不算小，不像当初在附中的时候，学校就那么一点儿大，能偶尔碰见徐林席，现在想要偶遇，简直难上加难。

纪安想借着偶遇趁机看徐林席两眼，以满足自己心中的念想是行不通了。他们两人的上课时间不同，个人活动范围也不一样，除非一方刻意去接近另一方，不然碰上面的机会微乎其微。

纪安脑子里想着徐林席的事情，连林妙的呼唤声都没听见，直到林妙捧着两个柚子走到她面前轻轻撞了她一下，她才回过神来。

"啊？"纪安茫然地看向林妙。

"啊什么？我喊你老半天了，你在发什么呆呢？"林妙抱着两个柚子，不满地瞪着她，"吃不吃柚子？"

纪安顿感抱歉,从她手中接过一个柚子:"对不起!我刚刚没听见。你买好水果啦?"

"嗯!感觉今天店里没啥好吃的,就买了两个柚子。"说完,林妙抱着柚子和纪安一起往寝室走去。想到刚刚纪安的举动,林妙随口问道,"你刚刚在想什么呢?那么专注。"

纪安总不可能将自己在想徐林席的事情告诉林妙,便随口道:"就是突然想到,大一的军训快结束了,那么国庆假期也快到了。"

林妙附和了几句,忽然想到什么,说道:"你说到军训,我想起来了,军训结束的那天晚上有新生才艺会演。"

"新生才艺会演?我怎么不知道?"

"群里发过的啊!你怎么总是不看群消息?"林妙一只手抱着柚子,另一只手从兜里掏出手机,指尖在屏幕上滑动了两下,翻出群通知给纪安看,"喏,在这儿。"

纪安眯着眼凑近林妙的手机看:"真发了啊!我怎么没看到……"

林妙翻了个白眼:"姐姐,你改改你那不看群消息的习惯吧!"

面对林妙的调侃,纪安倒也没再说什么,思绪重新回到徐林席身上——新生才艺会演啊,那徐林席会上台表演吗?

她记得高中时,徐林席就擅长弹唱——弹得一手好吉他,而且他的嗓音低沉、有磁性,唱起歌来特别好听。附中的各种会演上,总少不了徐林席的身影。有时他会跟他班上的同学一起唱歌,对方也是附中另一个较为出名的男生。

每每徐林席在台上唱歌的时候,纪安总会隐匿在人群的某个角落里,偷偷举起手机录下他唱歌的视频,还会将他的歌声设置为手机铃声。之前林妙听到她的手机铃声,还问过这是哪个明星唱的,她只能扯谎说是一个不怎么火的小明星。

从附中毕业以后,纪安就再也没有听过徐林席唱歌,只能听着以前录下的歌声来满足自己内心的想念。

所以,这一次新生才艺会演,他会上台唱歌吗?

晚上,纪安躺在床上看朋友圈,刚好看到了徐林席的一条动态——他发了一张吉他的图片,配文是"好久没碰它了"。

纪安指尖一颤，心里浮现出一个猜想。

徐林席的这条动态下面有不少他俩共同的好友的评论，有任遇苏的，也有一些在学生会共事的同学的。

每一条评论他都回复了，没有落下一个人。

纪安思虑再三，慢吞吞地在键盘上敲下几个字，然后发送——"是要唱歌吗？"

她存了一丝侥幸的心理，想要得到他的回复。

在等待徐林席回复期间，她不断地刷新朋友圈，期盼着顶部会出现一条他的回复。

可是时间一分一秒过去，她收到了不少共同好友点赞的消息，却始终没有等到他的回复。

其实才过去十分钟，纪安却感觉像是度过了一个漫长的世纪。

她心里开始胡思乱想，开始担心他是不是看到了，但是不想回复。想到这儿，纪安连忙翻到自己在他朋友圈动态下的评论，然后摁下"删除"。

评论删除的那一瞬间，她原本担心的情绪顿时消失了，取而代之的是莫名的难受。那是一种可望而不可即的难过，这种感觉，在高中时期出现得最为频繁。

不过一瞬间的工夫，纪安鼻子一酸，眼泪也溢出了眼眶。

胡思乱想之际，她握在手里的手机突然振动了一下，是微信提示。

纪安愣了愣，垂眼去看信息，在看到备注的时候，她的呼吸顿时一窒。

徐林席："刚刚在洗澡，看到你的评论后准备给你回复的，怎么突然删了？发生什么了吗？"

纪安这才发觉是自己太敏感了。在喜欢的人面前，她总是会把一件事无限放大，把不好的一面展现出来。等到事情过去后，她又会陷入自我否定，开始后悔自己做的事。

纪安强压下心中的不安，吸了吸鼻子，回复道："刚刚手抖误删了，没啥事儿。"

信息发出的那一刻，她缓缓舒了一口气。

她怎么会把她的内心世界撕碎展露在他的面前？

面对他的疑问，纪安会做的，或者说她能做的，只有不断地隐瞒。

徐林席："这样啊。哦，对了，新生才艺会演，我要上去唱歌。"

纪安知道他这句话是在回应她的那句评论,但她还是希望,他只是单纯地想和她分享他的事情。

但显然她的期望暂时不能实现。纪安沉思了片刻,回复:"你唱歌一定很棒,加油。"

简简单单一句话,除了对他的肯定,还有对他的鼓励。

接下来又是一段漫长的等待,就在纪安以为徐林席不会再回复的时候,聊天界面突然弹跳出一段徐林席的语音,足足有21秒。

纪安感觉心瞬间提到了嗓子眼儿。

她下意识地看了看四周,确定寝室里只有她一个人后,才颤着指尖点开语音条,下一秒,徐林席的声音清晰地回响在整个房间里。

"其实我有一段时间没唱歌了,本来没打算参加会演的,但班上没人愿意上台,朋友又把我推了出来,我就只能硬着头皮上了。"徐林席的嗓音很低,但不是刻意装出来的,听起来清朗又干净。

纪安眨了眨眼,眼睫毛上还挂着盈盈的泪珠。她依旧打字回复——

"一定会很好听的!如果不是体育馆只有大一新生可以进,我还想去听你唱歌呢。"

徐林席很快发来了语音:"进不来吗?但是我们部门不是要进去管纪律吗?"

就这样,两人开始聊起来,只不过一个发的是语音,一个发的文字。

纪安:"这是好差事,部门里肯定会有很多人会争取这个名额,我不一定抢得到。"

徐林席:"这样啊!"

手机安静了一会儿后——

徐林席:"那你现在方便听我唱一首歌吗?"

纪安有些吃惊,打字的手都颤抖起来:"可以吗?"

徐林席:"当然,因为我好久没唱歌了,学姐你可以帮我听听看合不合适。"

纪安小心翼翼地回复:"好。"

徐林席并没有很快回复,纪安只能死死地盯着手机屏幕,时间过去了近三分钟,徐林席终于发来了一段语音。

纪安迫不及待地点开,徐林席的歌声立刻从听筒里传了出来——

"总有一些话／来不及说了，总有一个人／是心口的朱砂……"

徐林席是清唱的，他低低的嗓音一出来就让纪安起了一身鸡皮疙瘩。

他的歌声总是这样，情感充沛却不会用力过猛，让人感到油腻，他总是会把情绪演绎得恰到好处。每每听到他的歌声，纪安都会不自觉地代入歌声的情绪当中去。

而且徐林席对音乐的兴趣绝不止一点儿，至少在纪安看来，他中学时期是真心地喜欢音乐，也认真对待音乐。他虽然是文化生，但还是愿意在需要争分夺秒学习的高中时期花一部分时间在音乐上面。

"如果爱忘了／泪不想落下，那些幸福啊／让她替我到达；如果爱懂了／承诺的代价，不能给我的／请完整给她……"

一帧帧记忆在纪安脑海中闪现，一段被尘封的往事慢慢浮现出来。

彼时纪安读高三，徐林席读高二。

一次体育课结束，纪安的班主任让她去找年级主任，而年级主任的办公室正好跟徐林席所在班级的教室在同一层楼。她爬了三层楼，发现徐林席的教室门口静悄悄的，没有一个人出来。

纪安有些疑惑，加快了步伐。

她刚走到他们班前门的时候，里面的说话声正好传了出来："你说陈雨从艺术生变成文化生，这都高二了，她能跟上吗？"

里面的人讲话声音很大，纪安只是路过就将里面的声音听得一清二楚。

"她腿伤了，没办法吧。"

"唉；真是惨！哎……"男生话锋一转，"我想起来了，林席，你当初不也想走艺考这条路吗？怎么后面没继续了？"

纪安准备离开的步子一顿——原来徐林席还在班级里。

紧接着，纪安就听见徐林席说："家里人不愿意，拗不过他们。"

他的语气淡然，纪安却能从他的话语中听出一丝落寞。

他只是在陈述事实，陈述一个再平常不过的理由，但依照纪安对徐林席的了解，她觉得他一定很难过。

从他还会花费很多课余时间在音乐上面，纪安就知道，他肯定很想走艺考这条路。

纪安正想着，就听见徐林席笑了笑，说："作为兴趣也挺好。"

之后，徐林席没再说什么，纪安垂下眼眸，轻轻迈出一步，稍顿了顿后继续往前走。

耳边听筒里没了声音,纪安的思绪也跟着收了回来,她缓缓地呼出一口气:"真的很好听!"

徐林席回了个大笑的表情:"多谢夸奖。"

两人在手机上又聊了两句,这才结束话题,各自道了"晚安"。

纪安在床上躺着思考,这一次新生会演,因为徐林席会表演节目,她真的很想去现场看一看。

"咔嗒——"房门被打开的声音骤然响起,而后是林妙扯着嗓子大喊的声音:"我回来啦,宝宝!"

纪安从床上爬了起来,将身子探出床沿,问道:"约会顺利吗?"

林妙点点头,跟她聊了几句约会途中发生的事情。突然,她话锋一转:"对了,纪宝,我跟你说——"

"怎么了?"

"就是新生才艺会演嘛!任遇苏不是把这件事交给另外一个副部长了吗?那个副部长的德行你也知道,铁面无私,规定部门多少人进去就只能多少人进去,多一个人都不行。"

纪安微微颔首:"他那人就那样。"

"但是——现在他临时有事,只能把事情交到我手上,让我跟部门的人一起进去。"林妙朝她抛了个媚眼,"你不是担心自己抢不到名额吗?我带你进去呀!"

纪安轻笑一声:"你这后门开得倒是光明正大!"

"好处自然要留给自家人嘛!"

纪安抿唇笑着。原本还在担心自己会看不到徐林席的表演,现在她可以安心了。

站在舞台上耀眼的徐林席啊……

纪安也不知道自己为什么会突然之间冒出这种想法——想拉近和徐林席的距离。

换作之前的她是绝对不敢的,对徐林席的喜欢,她只想默默藏在心里。在面对他的时候,她也只会当一只把头缩在龟壳里的乌龟。

只是经过这段时间里为数不多的接触,纪安变得大胆了一些,她想朝徐林席靠近一步,再近一点儿,只要一点儿就好。

第三章

四年来的第一步

新生才艺会演的时间定在周六。

纪安原本是想趁着这个时间和同在一个城市的朋友季蔚聚一下,晚上再一起吃个饭。但她心里惦记着晚上徐林席的表演,晚饭肯定是没心思吃下去了。

季蔚看出她有心事,笑着说道:"有事情就回去忙吧,我学校也有事儿。反正我们在一个城市,想再聚也很方便。"

纪安想想也是,季蔚既然给了台阶,那她就顺势下了:"行,今天是我不好,改天我请你吃饭。"

"那我可得好好宰你一顿。"

"手下留情啊,季大侠!"

季蔚笑了笑,说道:"怎么你请客还让别人手下留情呢?"

两人的学校隔得不远,于是她们顺道一块儿打车回去了。

在车上闲聊的时候,季蔚突然提起了盛湘语:"前两天我刷朋友圈,看到了她的动态,她好像要回国了。"

纪安诧异地问道:"回国了?"

盛湘语高考结束以后就出国留学了,因为隔着时差本就不方便联系,加上大家进入大学以后联系就逐渐少了。纪安不喜欢在社交软件上聊天,她跟盛湘语上一次聊天还停留在大二刚开学的时候。

自从盛湘语出国后,纪安就再也没跟她见过面。

季蔚接着说:"我去问她了,她说本来想给我们一个惊喜的,既然都被发现了,那国庆有时间就聚一下。"

纪安闻言,点了点头。

季蔚活动了一下脖子,又道:"但我国庆回不去,学校里有事。回临安以后,你俩倒是可以见个面。"

"你国庆不回去吗?放七天假呢!"

"哎,我也不想,学校那边有事嘛!只能等下次再聚啦!"

纪安只好作罢。她低下头,解锁了手机屏幕,然后点开微信,盛湘语的头像就在消息页面的置顶位置上。

从高中开始,纪安、盛湘语,还有季蔚,她们三个人就在一块儿玩了,会在一起聊各种事,很是要好。

纪安发着呆,所以没注意到一侧的季蔚突然转过头,视线落在了她的手机屏幕上,然后顿了一下。

车子先停到了俞峡大学,纪安便先下车了。

她背上包包,刚要关上车门,季蔚突然喊了一声:"安安。"

纪安下意识地"嗯"了一声,视线也投了过去。

季蔚却没有再往下说她原本想说的话,只是顿了几秒后才笑着说:"拜拜,路上小心。"

纪安也跟着笑了起来:"你也注意安全。"

看着季蔚坐着车离开后,纪安看了眼时间,连宿舍都没回,就直奔新生才艺会演的体育馆。

林妙早就到体育馆了,纪安找到她的时候,她正在门口跟一个男生聊天。纪安小跑过去打招呼:"妙妙!"

"宝宝!"林妙十分做作地和她拥抱了一下,才道,"你跟他一块儿进去吧,我还得在外面等人呢!"

纪安应了一声,和林妙的朋友相视点了下头算是打过招呼,然后说道:"走吧。"

体育馆位置有限,只刚好容纳得下大一新生,如果大二、大三来凑热闹的学生多了，就会显得很拥挤。

学校为了防止这种情况发生，才勒令这次新生才艺会演除大一新生外的学生没有要事不能进入体育馆。怕有人浑水摸鱼，学校还让学生会纪检部在门口核对学生信息。

其实大一新生挺好分辨的——除表演的同学以外，大一新生统一穿着军训服装。

纪安跟在林妙朋友身后顺利进入了体育馆。

两人并不熟，见他有朋友在里面等他，纪安便先一步开口道："谢谢你，同学。我自己去找个位置等林妙吧。"

那人点点头："行。如果有人问你要证明，你就说是跟着我进来的。"

男生将自己的名字告诉了纪安，纪安记下后，两人就分开了。

纪安环顾四周，体育馆内中间的位置已经被穿着军训服装的大一新生坐满了。于是，她在靠右的位置找了个角落坐下。

纪安放眼望去，人山人海，她不知道徐林席在哪儿，也不知道他是不是穿着军训服。

距离开场还有一点儿时间，纪安感觉饥肠辘辘。她没吃晚饭，赶回来的路上也根本没时间买点儿东西垫垫肚子。可现在体育馆没有可以买零食的便利店……

就在纪安发呆的时候，身侧突然坐了一个人。纪安察觉到动静抬起头，见到来人，不禁愣了愣："你不是不在吗？"

任遇苏嚼着口香糖，一副吊儿郎当的样子，也没回头："临时改道就过来了呗！"他转过头，"你为什么会在这儿？我是来找徐林席的，你来干什么？是不是看上哪个大一的男生了？"

纪安的脸瞬间变红了，她瞪了任遇苏一眼："你别乱说，我就是来凑热闹的。"

任遇苏上下扫了她两眼，没说话，继续嚼着口香糖，显然是不相信她这套说辞。

纪安赶紧转移话题："你有东西吃没？我快饿坏了。"

任遇苏还真有吃的东西，他随手丢了个面包给她。

很快，新生才艺会演开始了，现场的灯光瞬间暗了下去，只留了舞台上的灯光。

"老师们、同学们……"

主持人的开场白老套又无聊,纪安听了一会儿就没耐心了,转头端详起任遇苏来。

她一直觉得任遇苏和她还是有点儿相像的。

任遇苏长得不差,身高、样貌在她见过的男生里面也是排得上号的;他家是做生意的,公司在临安那一块儿也是有名气的。这样优秀的男生,她跟他认识了一年,都没见他身边有什么女生。从他同学的口中得知,不止这一年,大学三年里,任遇苏都没跟哪个女生谈过恋爱。

外人还在猜测原因,纪安却早已知道了。

那是一次部门聚会,一群人在KTV里喝得烂醉,晚上回宿舍的时候,纪安作为为数不多清醒的人之一,负责照看林妙和任遇苏两个人。林妙被她男朋友接走,不回宿舍了。于是,街边就只剩下她和任遇苏了。

彼时正好是晚高峰时期,纪安通过手机软件迟迟叫不到车,两人便蹲在马路边吹风等车。

不知道是不是酒精上头,任遇苏突然笑了笑,轻轻喊了声她的名字。纪安问他怎么了,他却不语。纪安被磨得没了耐心,转头自顾自地看起手机不再理他。

突然,任遇苏轻声道:"纪安,林妙都谈恋爱了,你为什么不谈啊?"说完这话,他又收回视线,自顾自地说,"是不是跟我一样的原因……"

纪安倏地转过头,有些蒙地看着他。她不谈恋爱的理由很简单,因为她心里有人。那任遇苏呢?他的理由是什么?

下一秒,她就从任遇苏口中知道了答案。

"我心里有个人……"

他的声音混杂在风中传入她的耳朵,惹得她一惊。她张了张嘴,却没有发出声音。

任遇苏似乎并不在意她的反应,自言自语道:"她跟她男朋友订婚了,就在今天……你说她急什么?这才大三,她急着订什么婚啊!"

纪安喃喃道:"大三,如果谈了很多年,现在订婚也是正常的。"

任遇苏自嘲地笑了声:"也是,他们当然急。两个人巴不得一天到晚都贴在一起,现在订婚,大四一毕业就可以结婚了。"

纪安看着他,沉默了一会儿,然后小心翼翼地问:"任遇苏,你在想什么？"

"在想什么？"任遇苏蓦然垂下头，"当然是在想她。"他开始说起自己的往事，"我陪了她十几年，喜欢了她那么久，最后还得帮着她谈恋爱。真就是青梅竹马抵不过天降。"

任遇苏有暗恋的人，他帮着她去追了她喜欢的人，最后落得这个下场。

他是爱情里的胆小鬼，是爱情里的缩头乌龟，纪安想，自己不也是吗？

任遇苏是如此阳光的一个人，也是外人眼里高不可攀的人，谁又能想到这样的人也会有自己得不到的人呢？

纪安也暗恋了一个人很长时间，在如此平常的一天，她碰到了和自己一样的人。

旁人不能理解的情感，跟你同病相怜的人却可以倾听你的故事，理解你的想法。

纪安心里的防线顷刻崩塌，在与任遇苏的对话中，将自己憋了这么多年的暗恋故事悉数倒出——她对徐林席那份特殊的情感，那个不能诉说的秘密。但她没有讲名字，只是将自己的故事讲了出来。

那个夜晚，他们就像是孤单的灵魂找到了同类，在黑暗中互相舔舐自己的伤口，慰藉那颗孤独的心。

这件事只有他俩知道。她不知道任遇苏喜欢的女生是谁，任遇苏也不知道她喜欢的男生是谁。

等到第二天，双方都默契地没有提及对方的任何事，心照不宣地替对方隐瞒。

"你一直盯着我干什么？"任遇苏蓦地回过头说出一句话。

纪安这才从思绪中回过神。她没有偷看后被人抓到的羞愧，反而大大方方地回应道："看你好看，看看你呗！"

"你盯得我心里发毛，我都要害羞了。"

"你还怕被看啊？"

任遇苏说不过她，索性收回视线，低头发信息。

纪安见状，也没有了逗他的心思。她收回目光，刚准备发个信息问一下林妙什么时候过来，耳畔突然响起了任遇苏的声音："等徐林席表演结束以后，我们要一起去吃个夜宵，你有事没？一块儿来呗！"

纪安瞬间抓住任遇苏话里的重点——"徐林席"！

她虽然被这突如其来的惊喜砸得有些发蒙，却没有露出一丝马脚。她强压下禁不住想要扬起的嘴角，装作思索了一下，然后轻轻点头："行，反正我没事，就跟你一块儿去好了。"

说完，她就注意到任遇苏正在发信息的手指顿了顿，随后他缓缓转过头，看着她的脸庞。

纪安疑惑不已，正想出言询问，却看到任遇苏微微扬起嘴角，发出一声嗤笑。

他这个笑容是什么意思？

任遇苏真是越来越不对劲了，他是知道了什么吗？

然而，任遇苏没给纪安反应的机会，立马转过头。

纪安只能干瞪眼。

突然，他似乎想到了什么，手指停止打字，将手机移至嘴边，然后手指按住屏幕最下方的录音键说道："那你结束以后，我带着纪安来找你。"

他语气轻佻，还特意加重了"纪安"两个字。

纪安心里冒火："你有病啊？！"

任遇苏转过头，语气蔫儿坏："没呢——"

就两个字，他还拖了长调。

纪安心里缓缓而升的气一哽，发不出，也咽不下去。

他一定是知道了什么！

好在任遇苏懂得分寸，见她情绪不对，便没再调侃纪安，立马转移了话题。

纪安被他这么一戏弄，对他后面的话题也兴致缺缺，整个人提不起精神来。

过了一会儿，林妙找了过来，坐到纪安身边，十分自然地搂过她的脖颈儿："找你半天了。"说完，林妙才瞥见任遇苏，不禁有些诧异地问他，"你今天怎么来了？"

任遇苏回答道："临时得空了呗！"

林妙"哦"了一声，收回视线，拉着纪安说了刚刚在门口看到的趣事。

"我今天在门口看了半天，总算是在这届大一新生里面看到了几个帅哥。有个染着红头发的男生特别帅，我还拍了照片。不过我觉得你肯定不喜欢这种类型的，虽然穿着军训服，但还是看得出来是只'花孔雀'……"

自林妙坐下来后，她那张小嘴"叭叭叭"地就没有停下来过，聊到这个话题的时候还掏出手机给纪安看了那个红发男生的照片。

纪安垂眸一看，真如林妙所说，看着就像是一只"花孔雀"。

"帅是帅，但整体感觉不咋样，还是徐林席那样的男生给人的感觉好一些。这么一看，还是徐林席要帅一些，对吧？"

纪安心不在焉地"嗯"了一声。

她心里正想着怎么还没轮到徐林席表演的时候，场馆内突然爆发出一阵震耳的欢呼声。

周围的灯光暗了下来，中央舞台的灯光也暗了下来。

纪安抬头看向舞台，只一眼，那个闪光的少年就闯进了她的心底。

一束聚光灯洒在舞台边缘的人身上，大家的目光落在了他一个人身上。

他穿着军训服，与台下其他的大一新生一般无二，可饶是这样，也难掩他身上那扑面而来的少年气。

只一瞬间，舞台另一侧的光也亮了起来，一个穿着军训服的女生出现在众人的视野当中。

纪安离舞台有些远，但还是能看出这个扎着高马尾的女生气质独特，长相也不差。

纪安的心莫名地揪在了一起。

不一会儿，聚光灯的光束跟着舞台上的两个人停在了舞台中间。这时，少年拿起话筒，朝台下打了个招呼："大家好，我是来自18级计算机系五班的徐林席。"

"我是18级计算机系五班的廖菁文。"女生紧跟着也开了口。

少年又说道："今天我们为大家带来一首《如果爱忘了》，希望大家喜欢。"

"总有一些话来不及说了……"

少年的歌声通过话筒传至体育馆各个角落，也传入纪安的心里。

"如果爱忘了／泪不想落下，那些幸福啊／让她替我到达；如果爱懂了／承诺的代价，不能给我的／请完整给她。"

舞台上的这对俊男靓女虽然没有肢体接触，但是两人光站在那儿，气质就十分契合。

前面的人不停地在讨论台上的两人如何如何般配，纪安坐在后面，听着这些话，心里满是道不出的苦涩，脸上因为看到徐林席表演而露出的笑容也变得僵硬起来。

徐林席长得好看是毋庸置疑的，而这个女生站在他身边，身材、容貌也一点儿都不输给他。

他那样耀眼的人，身边站着的就该是这样与他登对的人。

纪安心里发酸。酸什么？当然是酸站在他身边的人。哪怕知道自己没有资格难过，但还是控制不住自己的内心。

但是再难过又能怎样呢？台上的那一对，的确是男才女貌，天造地设。

最后一句合唱结束，舞台上的灯光重新亮了起来。

纪安抬手擦了下眼角，却发现一片湿润，眼泪不知道是什么时候流下来的。

她慌张地看了眼四周，发现身旁的人并没有注意到自己的失态，这才松了一口气。

纪安怨恨自己的无力，怨恨自己的性格是这样扭捏。

徐林席下台以后，她身侧的任遇苏就站了起来："走了，纪安。"

林妙疑惑地问道："你们去哪儿？"

"找徐林席去吃夜宵咯！你去不？"话刚说完，任遇苏又自顾自地笑了笑，揶揄道，"忘了，你要去陪男朋友。"

林妙笑嘻嘻地说道："是呀，我就不跟你们去闹了，你们玩。"

此时纪安却没反应，任遇苏又喊了一声她的名字，纪安这才跟着站了起来，和林妙道了别，然后跟着任遇苏走到舞台旁边。

在一群表演的人当中找徐林席并不困难，他穿着一身军训服，在大部分穿着日常服装的人群中尤为显眼。

徐林席也看到了纪安和任遇苏，和身边的人打了招呼后就朝纪安他们走了过来："学长、学姐。"

任遇苏笑着捶了下他的肩膀："这次真是让你大出风头了！你今年的桃花运肯定是要'噌噌'往上涨了。"

"你少调侃我。"说完，徐林席又看向一旁的纪安道，"学姐，我还以为你来不了呢！"

纪安还没来得及说话，忽然，有人喊徐林席的名字。纪安循着声音看过去,却见刚刚在台上跟徐林席合唱的女生径直走了过来,问他:"你在这儿干什么呢?"

"我朋友来找我。"徐林席说着,目光投向纪安。

纪安笑了笑,说道:"有个朋友今天也表演,来看看他。"这个时候,她不想在他面前暴露一丝情绪。

只是她刚说完,不知道是不是她的错觉,她感觉徐林席挂在脸上的笑好似僵了一下,就连一旁的任遇苏听到这话也侧过头看了她一眼。

"这样啊!"徐林席笑着附和了一句。

任遇苏似乎在这样的气氛下有些待不住了,催促道:"走啊,去吃夜宵啊!"

"啊,好。"徐林席忽然又道,"菁文和我们一块儿可以吗?"

听到这话,纪安垂在一侧的手指轻轻蜷缩了一下。

任遇苏还是那副懒散的模样,懒洋洋地道:"我都行。你呢,纪安?"

纪安强压下心中的不适,抱歉地道:"我就不去了,身体有些不舒服。"

徐林席看着她的脸,关心地问道:"身体不舒服吗?怎么不舒服啊?"

任遇苏也看着纪安,眉毛微挑。

纪安摇摇头,抱歉地笑了笑:"女生经期,没事的。"她朝几人挥了挥手,"你们玩吧,我先走了。"说完,她就先一步离开了体育馆。

纪安走到外面的时候,刚好刮起了一阵秋风。这个季节的秋风已带着凉意。

她冷不丁打了个哆嗦,于是忙拢了拢前襟,往寝室的方向快步走去。

刚刚贸然离开,纪安也觉得自己处理得不太妥当,也不知道会惹得他们几个如何猜想。

但她一向不是个会愿意委屈自己的人,喜欢一个人可以忍,可一旦到了自己接受不了,让自己难受得快要喘不上气来的时候,她还是选择遵从内心的想法。

"纪安。"正想着,纪安却忽然听到从身后传来的呼唤声和愈来愈近的跑步声。

她回头看去,原来是任遇苏,他追上来后步子才慢了下来,在她身边喘着气。看样子,他是一路从体育馆跑过来的。

他不是该跟徐林席他们聚餐去了吗?

纪安诧异地问道:"你怎么来了?不去吃饭了吗?"

任遇苏喘过气来,抬眼看她:"这话应该我问你吧。"

纪安不明所以,微微拧着眉看着他。

任遇苏忽然问道:"心里不好受?"

纪安心里顿时"咯噔"一下,果然,刚才自己突然说不去聚餐让任遇苏有所察觉了吗?

见她不吭声,任遇苏缓缓地道:"你喜欢的那个人,是徐林席对吧?"

在任遇苏没有说这句话之前,纪安心里一直惴惴不安,担心自己的秘密暴露。但真当任遇苏肯定地问她喜欢的人是不是徐林席的时候,她心里反而没有一丝震惊。女生的第六感告诉她,任遇苏应该早就猜到了,从她之前的种种行为中猜到的。

当自己围得密不透风的城墙被人悄悄开了一扇门的时候,是一种什么样的体验呢?

想象中的慌乱没有到来,纪安反倒松了一口气。这么多年一直紧紧保守的秘密,现在终于能有人一起分享了。

见纪安没有否认,任遇苏也明白了她的意思。他不禁叹了口气:"你既然喜欢他,为什么不试着向前迈出一步呢?或者说出来,也好过你自己一直将这件事情憋在心里这么久。"

纪安并没有正面回答他的话,反问道:"那你呢,任遇苏?你为什么不将你的喜欢说出来?"

任遇苏自嘲地笑了声:"纪安,你知道的,我的情况跟你不一样。我们虽然是同一种人,但情况还是不一样的。我能理解你为什么不敢说出这件事,为什么要将这件事埋藏在心里这么多年。但是,纪安,就是因为我懂这种感受,我才希望你能将这件事说出来。"

为什么?因为任遇苏跟她是同一种人,他知道暗恋一个人的时候涩大于甜,知道面对喜欢的人永远只能站在对方身后看着,知道暗恋者的悲哀。也正是因为这样,他才希望在还能有机会的时候,纪安能改变自己的结局。

任遇苏转过视线,落在前方的道路上。

"因为我理解你,所以我希望你勇敢地当一次追风筝的人。

"你要知道,还能有机会去和自己喜欢的人接触是一件很幸运、很幸福的事情。起码你现在和他还是有希望的,不要等到自己没希望了才开始后悔。

"你问我为什么不把自己的喜欢说出来,纪安,我已经没有机会了。她的身边已经有了其他人,她很喜欢的人,我一辈子都比不上的人。

"我们本质上还是不同的,虽然都有秘密,但你的暗恋还有希望,而我的暗恋早已经是死局。"

从这番话里,纪安听出了任遇苏满腔的酸涩,他将自己的心剖开,只为了劝她为爱勇敢一次。

可是——

"我不敢冒险。"纪安如是说。

"你不去尝试,怎么知道结果呢?你甘心就这样一直在他身后看着他吗?看着他谈恋爱,和其他女生暧昧,而你却连生气的资格都没有。"任遇苏说,"我知道你能忍,如果不是我发现了这件事,你肯定永远都不会告诉我。可是如果你不勇敢地去尝试,怎么会知道结果如何呢?你又没有未卜先知的能力。"

纪安静静地听着他说完,沉默了片刻,忽地抬起头,笑了笑:"任遇苏,你知道我们这种暗恋者的心理吗?"

任遇苏转过头看她。

"我们不敢冒险,的确是因为胆小怯懦,不敢去承担事情的结果,一点儿都不敢。所以我们甘于满足现状,守着一隅之地,不敢逾越半步。我们如果不去冒那个险,起码还给自己留了一分余地,可以自顾自地幻想和他的美好结局,日后再想起这一段经历,也不会觉得难堪。可一旦真的去冒险了,得到了一个不好的结果,那就等同于断了自己幻想的后路。在血淋淋的现实在前,就再也不敢去想象好的结局,而自己只有彻底放下他这一条路可以走了。

"我也觉得人的确应该勇敢。我不想放下他,可如果我勇敢了,最后的结局是不好的,那到时候我不想放下也不得不放下。

"你说,暗恋的人那么多,去尝试的人也有很多,但成功的人又有多少呢?秘密被揭开,他会知道你喜欢他,那么你的暗恋变成了明恋。可是,一开始就选择暗恋的人,又怎么会想要明恋呢?"

纪安说完,任遇苏沉默了很久。两人就这样沿着校园的湖畔走着,也不说话。一直走到分岔路口,任遇苏忽然问她:"暗恋成功的概率有百分之二十,你觉得自己在那百分之二十的概率里吗?"

纪安笑着摇头:"这个概率没有你说的那么多,我也不是那少数的人中的一个。"

任遇苏似乎早就预料到了她这个答案,他反问道:"你看,这明明是你本身不自信罢了,为什么要说到暗恋和明恋这种事上来呢?"

纪安愣了一下。

任遇苏继续说道:"你应该没有去尝试过吧?你想想,你平时跟徐林席相处,他没有拒绝过你吧?你为什么就那么肯定,你对徐林席说出自己的心意后,就一定会被他拒绝呢?"

纪安真没想过这种问题。不过,在平时的相处中,徐林席看起来不像是讨厌她。

任遇苏的想法很简单,他觉得纪安就是不自信。

"既然你从没问过他,他也从没给过你否定的回答,那你为什么就肯定他会不喜欢你?你去试了,为什么就一定是失败的?

"纪安,你明明是不自信,不只是对你与他之间这段感情不自信,你还先否定自己,再否定徐林席……你为什么就不愿意相信自己呢?"

"我……"纪安张了张嘴,却一句话都说不出来。

"你这样轻易地否定自己,那我问你,你难道没有优点吗?"

纪安愣住了。

优点吗?她其实还是有优点的,而且她的闪光点很多。如果不跟徐林席站在一起,她觉得自己还是可以在某一个领域发光的。

"既然有优点,那你为什么要完全否定自己呢?"看懂了纪安的表情,任遇苏继续说道,"你刚刚也说了,在没有去尝试一件事的时候,你还是会幻想有很好的过程和结果。但你难道只甘心满足于这些,不愿意相信自己现实里或许也可以这样吗?难道幻想一件事,比梦想成真还让你高兴吗?"

纪安依旧垂着眼,轻轻说道:"他太耀眼了。"

任遇苏轻叹了一口气:"可是,纪安,正是因为他耀眼,你才注意到他,不是吗?"

这句话如同一个炸弹,瞬间在纪安心里爆炸,她心里震惊了一下。

任遇苏看着她震惊的神情,缓缓说道:"世界上胆小鬼那么多,所以得偿所愿的人很少。你说暗恋的成功率很低,那你有想过吗?那些失败的暗恋者里,有多少是因为没有主动争取而错过的?"

"心理学家提过一个观点,一件事你去做了但结局不好,和一件事你没去做而错过的结局,你往后回想起来,后者带来的遗憾是大于前者的。因为如果你做了,只是结果不太好,那至少你尝试过。但如果你始终幻想而不去行动,你就会想,早知道当时就去找他了,万一成功了呢?"

"现在你可能没有这种想法,但以后,你能保证一定不会有吗?"

"因为我的暗恋是失败的,我一直在后悔,所以我不想你也后悔。"

任遇苏朝纪安轻轻一笑,"不管怎么样,勇敢去试一下,好过当一只躲在自己壳里的缩头乌龟。最差的结果不就是被拒绝吗?你这不见天日的暗恋都经历了这么久,难道还害怕这些吗?所以,带着我那一份遗憾,勇敢地去试一次吧。"

任遇苏平日总是嬉笑着,不正经,纪安很少见他这样认真说话的样子。

但是,看着他,纪安原本飘忽不定的心在这一刻有了片刻安宁。

她虽然还是不能下定决心付诸行动,但的确听进去了很多,聊了这么久,她心里也好受了很多。

于是,她笑着点头:"嗯。"

和任遇苏分开后,纪安回到了寝室。

她打开门锁,推开寝室大门,里面漆黑一片,林妙和另一个室友都还没有回来。

纪安把包包放在桌上,刚准备脱下外套去洗澡的时候,却瞥见了放在笔记本前的一枝花。

这枝花是她中午和林妙吃完饭回寝室的路上,一个男生给她的。那个男生是她的追求者,也是她的同班同学。他从大一就开始喜欢她了,在追求期间给她送过很多花和礼物,也不辞辛苦地在每个早上给纪安她们送来早餐。哪怕这些东西纪安都没有接受过,但他真诚热烈的追求还是在她心里烙下了一枚印记。

上个学期期末,她跟他说清了自己的想法。而这一次,他拦下她,并递给她一束花。他说他这两个月想了很多,终于明白喜欢一个人就要尊重她的想法,他也准备转专业了,最后送一束花,代表着他长达一年的单恋就此结束。

纪安没有接受,而是从那一束花中抽出了一枝,然后对他说:"谢谢。"

她其实知道,在现在这种感情泛滥,人们能轻易说出"喜欢"的时代,能得到一份真诚的喜欢有多么不容易。

那个男生应该是真的喜欢她,就跟她喜欢徐林席一样,感情中都充满了真诚。她也在他的身上看到了自己最想拥有的特质——拿得起,放得下。

那枝花被她拿回来后就放在桌上,之后她就匆匆出门去和季蔚见面了。

纪安拿起这枝花,缓缓地转动了一下。

离开了水,一下午过去,这枝花的花瓣已经开始枯萎了。

鲜花的生命其实很短暂,绽放的那一瞬间即是它的高光时刻。

纪安看着镜子中的自己,肤色白皙,五官端正,虽然不是很出众,却也是看起来很舒服的长相。

明明恰到好处,她却总是追求极致。

纪安将花放到柜子上,收拾一下后就去了澡堂。

热水倾洒在脸上的那一瞬间,雾气氤氲,她脑海中开始不断涌现出任遇苏对她说的那些话。

纪安再回到寝室时,那个别的专业的室友已经回来了。

跟对方打过招呼后,纪安翻找到自己的手机,发现林妙给她发了信息,说今天和男朋友在外面住,让她帮着打掩护。纪安莞尔,回了一个"好"。

林妙和她男朋友的感情真让人羡慕。众人眼中的"高冷男神"在林妙不懈的追求下,最后拜倒在她的石榴裙下。

也是林妙自己勇敢,才能得到这份甜蜜又安稳的感情。

纪安若有所思地擦拭着头发,刚准备去拿吹风机的时候,放到桌上的手机又收到了信息,发出"叮咚""叮咚"两声。

纪安以为是林妙,解开手机屏锁,却看到徐林席的头像出现在微信列表的最上方,头像上还标着红色数字。

她眼睫毛颤了颤,眼中有了一丝波动。

点开对话框,她看到了三条信息——

徐林席:"学姐,你现在在寝室吗?"

徐林席:"你现在方便吗?"

徐林席:"我在你寝室楼门口,你能出来一下吗?"

纪安一愣,难以置信地往窗户那边看了一眼,又飞快地收回视线,原本按着自己脑袋上的毛巾的手也收了回来,用两只手打字:"你来我们寝室楼干什么?"

但很快她又将这句话删了,重新输入:"我刚洗完头,怎么了?"

信息发出去后,纪安的心紧张起来。

说实话,她刚听完任遇苏的那番话,心里的波动其实很大。她不敢现在去见徐林席,生怕自己脑子一热趁着这个机会跟徐林席表白了。

她如果真的这么做了,得到的结局应该会仓促又潦草,那么这么久的暗恋就将是一场笑话。

"叮咚"一声,手机的微信提示声响起,纪安垂下眼。

徐林席:"不急,你先吹头发。"

他像是真有事情。

纪安不敢再耽搁,打开吹风机迅速吹起头发。头发吹至半干时,她拿起桌上的手机往楼下跑去。

刚出楼梯口,她就一眼看见了站在门口的徐林席。他还是站在之前等她的那个位置。

纪安小跑过去,微微喘着气问:"怎么了?"

徐林席见她的发丝没干透,便问道:"你头发还没吹干怎么就下来了?"

"没事,我一会儿再吹就行了。你有事吗?"

见她这副样子,徐林席也不再耽搁,将手里的纸袋递了过去:"学姐你不是生理期吗?我给你买了一点儿东西。"

纪安愣了一下:"给我的?"

"嗯。"

纪安没有立马接过,只道:"你不用给我准备这些的。"

徐林席笑了笑:"你是我师父呀,我给你买点儿东西也是应该的。而且……"他话锋一转,"关于今天的事情,我也很抱歉。"

纪安眉头微微一皱:"什么?"

"部长说,你不习惯和不认识的人一块儿吃饭。"徐林席的神色有些愧疚,"今天晚上的事情,是我没有考虑周到,贸然带我的同学一起聚餐的确不太好。不好意思啊,学姐。"

纪安没想到任遇苏会给她编一个这样的理由。

其实说来也算勉强合理，毕竟当时她直接走掉，在外人看来挺莫名其妙的。任遇苏给她编了个理由，倒是很好地缓解了她的尴尬，也让旁人对她的离开不会产生误会。

"这里面有几包暖宝宝和一碗红糖小丸子。"徐林席有些不好意思地挠了挠后脑勺儿，"听说女生生理期适合喝姜茶，但我怕你闻不惯生姜的味道，担心弄巧成拙，就买了红糖小丸子，你当甜品吃吧。"

纪安见他将事情的缘由解释清楚了，若她不接受，反而会被他误以为自己很介意这件事情，于是，她笑着接过纸袋，轻声道了声谢。

纪安看到徐林席在纸袋被接过以后明显松了一口气，连肩膀都放松了下来。

徐林席脸上的笑容更加灿烂了，跟纪安又说了几句话，考虑到她的头发还湿着，也不好在外面吹风，便催促着她回寝室去。

目送纪安走进宿舍楼后，徐林席刚准备回去，身后突然传来了一声："徐林席！"

他回过头，见纪安拎着纸袋站在离他几米远的位置。

她问："你国庆节要回临安吗？"

徐林席微微颔首。

纪安忽地笑了，眉眼也跟着弯了起来："那到时候我们一块儿回去吧。"

回到寝室后，纪安嘴里还哼着歌。

室友诧异地问道："你怎么了？心情突然这么好？"

纪安眨了眨眼，笑而不语。这么久了，这是她向他迈出的第一步。

国庆假期很快到来，10月1日当天，校园大道上到处是拖着行李箱准备回家的学生，纪安和林妙也在其中。两人走到学校门口时，就看到了林妙的男朋友来接林妙。

"纪宝，到家发一条信息给我哟！"林妙拖着行李箱向纪安挥了挥手。

纪安点了点头，向林妙的男友打了个招呼。

林妙和她男朋友都是本地人，她男友平时在另一个区工作，但这不妨碍两人粘在一起，每到周末，他俩总要出去约会。

林妙走后没多久，徐林席就拖着行李箱来了："不好意思，我来晚了。"

纪安摇摇头:"没事,我也刚到。"

网约车正好到了,纪安刚准备搬起自己的行李箱,谁料徐林席快她一步,将她的行李箱放进了后备厢。

纪安收回手:"谢谢。"

"别客气,这种体力活我来做就好了。"

回临安不过两个小时的高铁车程,倒也不算辛苦,但前一天晚上纪安忙着做课业,熬到凌晨一点才睡,所以一上车就开始犯困。

纪安摇了摇脑袋,想驱散脑子里的睡意。难得和徐林席待在一块儿,她不想就这么睡过去。

"喏。"纪安面前突然伸来一只手,手心放着一对耳塞。她顿了一下,缓缓抬起视线。

徐林席朝她笑了笑:"给你一副耳塞,戴着好睡一些,车上太吵了。"

纪安有些诧异地从他手心拿起耳塞,手指不经意地触碰到了他的手,感觉冰冰凉凉的。

她拿着耳塞道:"谢谢,你准备得真充分。"

"因为我自己睡觉是听不得一丝噪声的,所以平时坐车都会准备一些。"徐林席朝她扬了扬下巴,"快睡吧,等到了我喊你。"

他都这么说了,纪安也不好再说什么,便戴上耳塞靠在椅背上。

"等等。"徐林席的声音再次响起,纪安抬起眼,就见他又从包里抽出一个U形枕,"枕上这个会舒服点儿。"

徐林席就像是哆啦A梦,能不断地从包里掏出一件件东西给纪安——像是特意为今天准备的一样。

不一会儿,纪安浑身上下都被他的东西塞满。她不禁失笑:"你到底还有多少东西?"

徐林席摇了摇头:"没有了。"

"你怎么准备得这么充分?东西都给我了,你用什么?"

"你用就是了,我不困。"徐林席嘴角一扬,脸上的笑容带着一丝不羁,"就当便宜你了。"

听闻此话,纪安也没介意,她弯着眉眼,眼里含着柔柔的笑意,说道:"谢谢。"

徐林席,真的很贴心。

第四章

不一样的日出

　　本来纪安就有些困,徐林席准备的东西更是增添了她的睡意。没过一会儿,她脑袋一歪,靠在U形枕上睡着了。

　　这一觉纪安睡得十分安稳,也睡得很沉,没做一个梦。

　　等纪安打着哈欠醒来的时候,列车正好开进一个山洞,车厢内的灯是唯一的光源。

　　"醒了?"耳畔传来徐林席的声音,她微微侧过头,注意到徐林席手上拿着一本书。

　　"嗯。"她收回视线,"你在看书?"

　　徐林席笑了笑,将书合上:"在看武侠小说,打发打发时间。"

　　"你怎么不玩手机?"

　　"屏幕太亮,刺得眼睛有点儿疼。"

　　纪安了然地点点头。

　　这时,车子正好开出山洞,车窗外一闪而过的建筑和景物映入纪安的眼帘。

　　她正想着高铁开到哪儿了,徐林席像是能看透她的想法,主动为她解答:"现在还在S市,你才睡了一个小时。"

　　纪安有些诧异:"这么短吗?我还以为自己睡了很久。"

徐林席笑了笑，没接话。

想到两人之间的关系可以更近一步，纪安内心雀跃不已，踌躇片刻后，纪安还是开口了："假期有什么安排吗？"

闻言，徐林席合书的动作明显慢下来，而后才将书本放回书包里，垂着眼眸回答说："应该会待在家里吧，照看一下我弟弟。"

"弟弟？"纪安有些愣。

在她的记忆里，徐林席是家里的独生子。盛湘语也曾提到过，徐林席是他们家里最受宠爱的小孩儿。他父母生意做得大，在家族里很有话语权，而他身为他父母的独生子，自然也很讨家里的老人喜欢。

纪安有疑问，但徐林席没有接话茬儿，而是反问道："你呢？你有什么安排吗？"

他在转移话题，她听出来了，看来他并不想提及这个话题。

纪安沉默了一会儿，想到自己可能会跟盛湘语见一面，便回答："应该会跟朋友出去玩，其余的时间就在家里躺着。"她朝徐林席笑了笑，"想好好休息。"

徐林席点点头："这样也好。"

见他没了兴致，纪安识趣地闭了嘴。

她能猜到，徐林席突然转变情绪，肯定跟刚刚他说的那句话有关。但她毕竟是一个外人，不好过问他的事情。虽然在学校的那些日子，两人拉近了一些距离，但关系也没到可以过问对方隐私的程度。

后半段车程徐林席的话明显少了很多。纪安虽然表面上没什么表示，心里却也藏着心事。

列车到达临安后，纪安一下车，一股熟悉感立刻迎面扑来。回到自己城市的感觉就是不一样，有一种浓烈的归属感。

纪安的爸爸很早就已经到车站门口等她了。

纪安看到爸爸站在栅栏旁朝她挥舞着手臂，脸上洋溢着喜悦，微胖的身体扭动着，真是既滑稽又可爱。

纪安微微转头看了眼身侧的徐林席，他低着头，一只手拉着行李箱，一只手拿着手机在发信息。

她犹豫片刻，还是轻声开口道："徐林席。"

徐林席抬起头看向她："嗯？"

纪安指了下栅栏旁的纪父："你要不要坐我爸爸的车？让我爸爸顺路把你送回去。"

"谢谢，不用了。"徐林席朝出租车的方向扬了扬下巴，"我打车回去就行了。"

想到坐她家的车，他也许会不自在，纪安便没有强求，出了车站站口后便跟徐林席道别，然后朝纪父走去。

纪父乐呵呵地上前，一边接过纪安手里的行李箱，一边问："刚刚那是谁？你男朋友？"

纪安被纪父直白的话弄得措手不及，脸瞬间涨得通红，立马出声反驳："你在想什么呢？！那是我同学！"

纪父笑着搂过纪安的肩膀："你爹我也是看那小伙子长得挺帅的，跟我闺女站在一起还挺般配的。"他比了比纪安的身高，"你看你现在都跟我一样高了，女儿大了，迟早都要谈恋爱的。"

纪安红着脸道："你急什么？我才大二呢！"

"我是不急的，就算你成老闺女了，你爹我也不急，总能养得起你。"

"爸！"

"好好好，不说了。"

"哎，哎，这儿呢，安安！"

看到盛湘语招手，纪安赶紧小跑过去。

盛湘语张开双臂狠狠地抱了她一下，声音里的喜悦掩饰不住："终于见面了，你都不知道我多想你！"

纪安也很想盛湘语，毕竟仔细算来，两人有一年多没见面了。

两个女生见面，聊天的话题之广，能从自己身上扯到各自学校的人身上，明明有一年多的时间没见了，平时联系得也少，但真见面了，她们还是有说不完的话。

盛湘语点了一份精致的小蛋糕，将它摆在桌上，拿出手机拍下照片："我要发给蔚蔚看，叫她不回来，馋馋她。"

纪安坐在一旁笑着说："你还没说呢，在大学遇到喜欢的人了吗？"

纪安提到这个话题，正好点燃了盛湘语心中的怒火。她一听就来了气，双手立马搭上纪安的胳膊："你说到这个我就生气！你是不知道，我们学校的人有多烦，嘴巴有多碎……"

盛湘语一张嘴，跟机枪似的"叭叭叭"说个不停，一直说到她自己口干舌燥，才止住话头。她端起桌上的咖啡抿了一口，立刻皱起眉头："好苦啊！这有什么好喝的？"

纪安见状，递上自己手中的奶茶："你不是一向喜欢喝甜的吗？点咖啡干什么？点了就算了，你还不加糖。出了一趟国，你口味都变了？"

"还不是我刚刚跟你说的那个男的。他说奶茶是小孩子才喜欢喝的东西，成年人都喝咖啡……"盛湘语猛喝了一大口奶茶，才发出一声感叹，"果然还是奶茶好喝！"

"不喜欢就不要刻意迎合人家嘛！做自己挺好的呀！喝奶茶和喝咖啡有什么区别？它们不都是饮品吗？"

盛湘语吐了吐舌头："你说的也是啦！"她又说起刚刚提到的那个男生，"突然想起来，其实那个男生嘴巴虽然碎了一些，但人长得还是挺帅的。"

纪安一听，顿感不对劲："你喜欢他？"

"才没有！你不要乱说！"盛湘语强烈地反驳道。

纪安一见她这反应，心中顿时了然。知道盛湘语面子薄，纪安也不再打趣她："行行行，我不说了。"

盛湘语坐回位置，谁知屁股还没有坐热，又嚷嚷着要喝奶茶，一溜烟儿地又跑回收银台处点了杯奶茶。

纪安收起了脸上的笑容，若有所思地盯着盛湘语的背影。

说来今天和盛湘语出来玩，她还想趁机打听一下有关徐林席的事情。她想知道，高三那年徐林席到底发生了什么事情。但时间过去这么久，她还是没找到机会开口。

盛湘语端着一杯奶茶回来了，纪安顺势往旁边坐了坐，给她让出了一点儿位置，以便她坐稳。

待盛湘语坐稳以后，纪安率先打开话匣："湘湘，你知道徐林席现在在俞峡大学吗？"

话问出后，纪安便一直观察盛湘语的神色。

听到"徐林席"的名字，盛湘语愣了一下，反应过来后不禁诧异地问道："徐林席？他去俞峡大学了？跟你一个学校？"

一句话里，盛湘语的问题比她还多。这让纪安有些不解——盛湘语是徐林席的表姐，怎么会连徐林席高考以后去了哪所大学都不知道？

纪安点点头："是啊。你怎么会不知道？"

闻言，盛湘语叹了一口气："安安，你不知道，我大一的时候，家里发生了很多事情。不过我也不清楚具体发生了什么事情，只记得那段时间家里特别不安宁。听我爸妈说，大姨家里出事了，我大姨也跟我大姨父离婚了。"

纪安一愣。盛湘语的大姨，不就是徐林席的妈妈吗？

"我也不清楚他们离婚的原因，反正后来我大姨出国了，连我爸妈都不知道她去哪儿了。徐林席好像是跟他爸爸吧。离婚后，他爸就不跟我们家来往了。我跟徐林席本来也不是很亲近，自那件事情之后，我和他就更没联系了。"盛湘语突然压低声音，"不过我前两天才知道，徐林席他爸好像跟我们市里一个官员的女儿再婚了，两个人连孩子都有了，现在那个孩子已经一岁半了呢！"

孩子已经一岁半了……

纪安细细算了一下时间，顿时震惊地瞪大了眼。

这期间发生了什么事情，不用盛湘语细说，纪安也能猜到。她只是很震惊，她原本是想知道徐林席高三那年发生了什么事情，却没有想到会听到这样的消息。

意识到继续聊这个话题不妥当，盛湘语忙转移了话题："你怎么知道徐林席现在在俞峡大学？你俩互相认识了还是你看到了？"

"认识了。"纪安说，"他进了学生会，我们才认识的，跟他一起巡查过几次教学楼。"

"他现在怎么样啊？我很少在朋友圈'刷'到他的动态了。"说罢，盛湘语掏出手机翻看徐林席的朋友圈，却发现他的朋友圈动态是仅三天内可见，看不到他朋友圈的任何内容。

纪安道："挺好的吧，看着还行。"

盛湘语收起手机，叹了一口气："他过得好就行。说来他真惨……"

后面的话纪安没细听，她还没从震惊中回过神来。

在她眼中，徐林席一直都是耀眼的天之骄子。而徐林席的父母，她读高二时在一次家长会的接待活动中看到过。

那时她作为志愿者，在校门口引导学生家长到学生所在的教室。她正注意着校外的家长们，身侧突然传来一道熟悉的声音。

这是徐林席的声音,她太熟悉了,不用回头,她也知道是他。

她微微侧过头,就见徐林席径直朝一对气质上佳的夫妻跑去。

女人打扮得雍容华贵,脸上的皱纹比周围的妈妈们都少。而男人着一身正装,看起来十分威严。

女人和煦地笑着,抬手轻轻地抚摸了一下徐林席的肩膀。而男人站在她的身侧,脸上带着笑容,眼里流露出慈爱。

徐林席领着他父母从纪安身边经过的时候,纪安听见徐林席的妈妈说了一句:"咱们林席啊,成绩是不用爸爸和妈妈操心的,你自己平时注意放松就好了。"

纪安稍稍侧过头,去寻徐林席一家的身影——他们还没走远。

这时,徐林席的爸爸也说了一句:"是啊!爸爸也看了你的成绩,我儿子就是优秀。"

看着一家三口渐渐走远,纪安慢慢收回视线。那时候她在心里想,徐林席的家庭一定很幸福。

那时候徐林席才高一,而按照盛湘语说的他继母生他弟弟的时间,也就是说,不过短短一年,他的家庭就破碎了。而在她视野当中出现的徐林席和睦的一家三口的模样,现在再也见不到了。

晚上,纪安将今天拍的照片做了一个合集发了朋友圈。不到十分钟的时间,她的朋友圈动态就已经收获不少人的点赞,其中包括徐林席。

她点开徐林席的头像,他的朋友圈状态还是跟今天早上她在盛湘语手机上看到的一样。

徐林席既然点赞了她的朋友圈动态,那他应该也看到了盛湘语和她的合照。

从前,纪安只是他表姐盛湘语的朋友,徐林席不认识她很正常。而现在,他已经和她认识了,她的朋友圈里又出现和盛湘语的合照,他会不会想到他在高中的时候就见过她?

纪安点进她跟徐林席的对话框,两人的聊天记录还停留在国庆放假的第一天。两人各自回家以后,她忙着跟朋友聚会,去外祖家拜访,也没想过主动去找他聊聊天,拉近一下距离。

纪安以为他点赞了她的朋友圈动态以后,会有那么一丝可能来找她问关于盛湘语和她的事情。可她在聊天界面停留了很久,十分钟过去了,二十分钟过去了,始终不见对方给自己发来一条信息。

看来是等不到了。

纪安将手机反扣在桌上,身子慢慢地倒在椅子上,然后深深地呼出一口气。

还是她想多了,在徐林席眼里,她和盛湘语的关系如何与他无关。

国庆假期,纪安在家里待了许多天,明天傍晚就要坐动车回俞峡了。

洗完澡后,纪安披着湿漉漉的长发从卫生间走出来后,从冰箱里拿了一瓶冰镇的可乐。

刚喝了一口,纪母就拎着一个袋子走了进来,见到纪安披着湿发在冰箱前大口地喝着饮料,瞬间气不打一处来,三步并作两步上前就将可乐从纪安的手中抢过来:"你呀你,头发不吹干就站在这里喝冰可乐,是想感冒不成?"

纪安将头上包着的毛巾拿了下来,说道:"我一会儿就吹头发,这不是太渴了嘛!"

纪母推着她往厨房外走,嘴里不停地念叨:"你这是不爱惜自己的身体!你忘记自己来例假痛得死去活来的样子了吗?还敢喝这么冰的饮料!平时在学校我管不着,你是不是没少喝这些碳酸饮料?"

纪安有痛经的毛病,每次来例假的第一天,肚子都会疼得像是被人打了很多拳,肚子上像是压了三百斤的重物一样难受。

之前暑期在家里的时候,她就因为痛经实在受不了,半夜爬到纪母的房间哭着让她给自己找药吃。

可偏偏她还管不住自己的嘴,明明知道自己会痛经,平时应该好好养身子,少吃冰冷的东西,但她总是忍不住,碳酸饮料要喝冰的,平日里也不忌雪糕等冷饮。

纪安向纪母保证了半天,才将她劝走。将房间门一关,纪安顿时卸下全身的力气,将手里的毛巾往床上一扔,人也懒懒散散地倒了下去,陷入柔软的被子当中。

"嗡嗡——"忽然,被子上的手机振动两声,纪安很快就感受到了。

纪安拿起手机一瞥,看到来信人后,噌地就从床上坐了起来。

徐林席?他为什么会突然给她发信息?

纪安感觉自己脸颊的温度骤升。信息还没点开,她脑海里就已经想象了许许多多的情景。

她颤着手点开聊天框,眼睛快速扫过信息。霎时间,她脸上的温度不减反升,最后,满脸通红,"砰"一声倒回床上。

徐林席:"听说明天的天气很好,北高峰那儿或许会有日出,我和我同学准备去看日出。"

徐林席:"学姐,你要去吗?"

说到日出,总会想到日落。

纪安忽然想起很早之前的事情。那时候她高三,徐林席高二,学校组织全校师生去森林公园爬山。

因为出发得比较晚,山又比较高,他们班爬到山顶时已临近下午四点。学校担心再晚下山就要天黑了,在山顶没待多久就组织学生们下山了。

下到半山腰的时候,纪安前边的学生一个接着一个地停住了脚步,她的耳边不断响起惊呼声。

盛湘语突然拉住她的胳膊:"安安,你快看!"

纪安顺着她指的方向看去,顿时被眼前的一幕震撼了。

正值日落时分,橘黄色铺满了大半个天空,也染透了整个临安城。而更远处的地平线上,半个太阳已经隐匿在城市的边缘,光影模糊,周围的景色都变得虚幻。这一场景美得像是一幅画。

纪安将视线落到周围人的身上,他们也都被笼罩在余晖下,灰尘在光里游移,就像是翩翩起舞的精灵。

"哇!"她的耳边忽然响起一声感叹。

纪安抬眸,看到了不远处人群中的徐林席和魏佳,两人并肩站在一起,以落日为背景,令人赏心悦目。

纪安垂下眼帘,遮住了眼里那些不能被发现的情绪。他们以黄昏下的临安城为背景并肩而立,确实是一幅很美、很浪漫的画。

过了一会儿,纪安抬起眼,再度朝山下的临安城看去。地平线的余晖已没了大半,只剩一点儿微光,稍稍不注意,它便溜走了。

这是一场盛大的日落。

凌晨四点,天还未亮,纪安便按约定时间到了山脚,那儿已经稀稀拉拉地站了几个人,看样子也是要去山上看日出的。

人一多，在这山野间便不会显得孤单。

纪安眯了眯眼，在人群中寻觅徐林席的身影。

因为天色昏暗，四周仅亮着几盏不是很亮的路灯，纪安找了好一会儿，也没有找到徐林席。

纪安刚准备发信息给徐林席时，不远处的人群里突然传来一道熟悉的声音——"纪安！"

纪安抬起头。

刚才这一声叫唤在这较为安静的环境中显得格外突兀，周围不少人纷纷抬起头往纪安的方向看了一眼。

很快，徐林席小跑到她面前："早啊，学姐。"

纪安点点头，然后一边和徐林席往他同学那边走去，一边打量着周围，最后得出结论："看来今天是能看到日出的，来了这么多人呢！"

"是啊，我们是看准天气才来的。"

纪安笑着说道："你们男生也喜欢看日出吗？我还以为你们对这种活动没什么兴趣呢！"

"其实是没什么兴趣的，这种活动主要是看跟谁一起。"

徐林席的话音一落，纪安就感觉心脏猛地一缩，像是被人一把抓住了。

她抬头对上徐林席的眼睛，少年眼里含笑，闪亮耀眼得仿佛里面有星星。他微笑着，而他越笑，她的心脏就越缩紧一分，像是被人越捏越紧。

昏暗中，她感觉自己的脸在发烫。

她匆匆移开视线，迅速接过话茬儿："是吗？你这话说得像是对你那群兄弟的其中一个图谋不轨似的。"

"扑哧——"少年瞬间笑出了声，过了几秒，他原本扬起的嘴角撇了一下，又发出一声轻笑，"这话你可别到他们面前说，到时候就算是玩笑话，他们也能给你说成真的。"

纪安缓缓扬起嘴角，说道："不过，跟不同的人来看日出确实是不一样的趣味。"

徐林席笑得抖了抖肩膀："跟朋友一起看是一种趣味，跟喜欢的人一起看是另一种趣味。"

这话说得有些奇怪，纪安刚想要追问，徐林席就已经将她带到他朋友身边了："这是我学姐，纪安，比我们大一届，以前也是附中的。"

"是学姐啊，学姐好！"

"学姐，你高中是哪个班的？我哥跟你一届的。"

……

一群少年十分热情地跟纪安打招呼、问问题，丝毫没给纪安喘口气的工夫。

见纪安有些招架不住，徐林席立马将她往身侧拉了拉："你们少问这么多问题，这是人家的私事。"

"哟哟哟，你这么护着学姐干什么？"

徐林席理直气壮地道："人是我带来的，总不能被你们吓跑吧？"

"我还没问你呢！这么多年你身边都没出现过几个女生，这可是我第一次见你带女生出来玩。你跟学姐啥关系啊？"其中一个男生笑着发问。

纪安没见过这阵势，登时不知做何反应。

徐林席也是如此，刚刚还说得很顺畅，现在却变得有些结巴："当、当然是朋友啊！还能有什么关系？"

"普通朋友还是男女朋友？"那男生不怀好意地追问。

徐林席顿时愣住了。

纪安也有些不好意思，她抬头看向徐林席，却发现他的耳朵已经红了。

好在人群当中还是有打圆场的人，那人推了推那个男生，让他别闹了："你别把学姐吓跑了。"

打圆场的男生说完，又笑着看向纪安："不好意思啊，学姐，我们平时闹习惯了。"

台阶已经递了过来，纪安哪有不下的道理？她摇了摇头："没事，玩笑而已。"

"对了，学姐，你跟林席是一个大学的吗？"

"嗯，我也是俞峡大学的。"

"俞峡大学？"站在边上的一个男生忽然抬头发问。

纪安刚刚就注意到他了。那群男生不停追问自己的时候，这个男生就站在外围，单手插兜，站姿也有些懒散。饶是那群男生一直将话题引到她身上，也不见这男生有什么反应，只是一直垂着眼自顾自地玩手机。

他戴着棒球帽，刚刚一直低着头，在昏暗的环境下也看不清脸，现在他抬起了头，门口的一处路灯的光正好照在他的脸上，纪安这才看清他的长相。

他的五官偏硬朗，鼻梁高而挺，剑眉，桃花眼，给人强势逼人的感觉。

纪安总觉得他有些眼熟,却想不起来是谁。

徐林席见她没回答,便将话题接了过去,笑着道:"对,就是俞峡大学,跟你家'姐姐'一个学校。"

北江被徐林席看穿心事,不禁有些恼火,将手里的饮料往他身上砸去:"你说什么呢!"

徐林席笑着接过饮料,然后转头对纪安解释:"他叫北江,他女朋友也是俞峡大学的,不过应该比我们大不少。"

听到北江的名字,纪安才想起来,北江和徐林席一样都是附中的风云人物,成绩好,家境好,人长得也帅气,跟徐林席这种天之骄子是一路人。他们两人玩得好,经常走在一块儿,在校园里算得上是一道亮丽的风景线。

季蔚以前经常在她耳边念叨,说他和徐林席是附中这两年来最帅的男生。纪安对徐林席身边的人不怎么了解,只知道他们家境都挺好的,在附中也都很出名。

都说优秀的人身边也是优秀的人,这话倒是一点儿都不差。

不过,听徐林席这话中的意思……北江似乎有一个比他大很多的女朋友。季蔚要是知道了,不知道会有多伤心,她可是念叨了北江两年呢!

"行了,别聊了,快走吧,不然赶不上日出了!"

一语惊醒梦中人,一群人顿时散开,各自往自己的电瓶车走去。

"学姐。"徐林席拉了下纪安的袖子,"你没车,坐我的车吧。"

"好。"

纪安和徐林席说过很多次,让他不要叫自己"学姐",她总觉得这个称呼有些别扭,像是所有人都能称呼的。

徐林席却说,他喊她的名字不习惯。

纪安有些疑惑:"这有什么喊不习惯的?你喊纪安就行了。"

"我知道,只是叫'学姐'叫习惯了。"徐林席说着,忽然想到什么,"对了,盛湘语她们喊你什么?"

纪安嘴巴一张刚要回答,忽然反应过来他口中提到了一个熟悉的名字——盛湘语!

纪安蓦然抬起头:"你知道我和湘湘认识?"

徐林席骑着车,没回头,声音随着风传了过来:"嗯。"

"你是怎么知道的?是……昨天我发的朋友圈吗?"纪安小心翼翼地询问。

"早就知道了。"徐林席笑了一声,"你朋友都喊你什么?"

纪安的思绪很快被徐林席牵着走,笑着接过他的话茬儿:"就喊名字咯,不然还能喊什么?跟你一样喊学姐?"

一句调侃,二人都笑了。

"行,纪安,以后我也喊你的名字。"

闲聊之际,天光渐渐变得明亮,太阳从不远处的地平线上冒出一个脑袋,像是试探,又像是打招呼。

太阳逐渐升高,天空慢慢从昏暗的灰色变成灿烂的金黄色。天边渐渐变得明亮,日光透过云层照射在临安这座充满生机的城市上空。

日升,新的一天开始了。

周围的人纷纷拿起手机对着日出拍照、拍视频,徐林席却安安静静地站在一侧,背着手,目光直直地朝远处眺望。

纪安瞥了他一眼,收起手机,慢吞吞地朝他靠拢。待靠近了他,她才学着他的样子也朝远处眺望。

徐林席早就注意到了纪安,见她靠近自己却不说话,而是学着自己的样子,忍不住发问:"你在做什么?"

纪安看向他说道:"看日出。"

闻言,徐林席忍不住笑出了声,然后说了一句与此时此刻毫不相干的话:"学——不是,纪安,最开始见你,感觉你有些排斥我。"

纪安呼吸一滞,没想到他会突然提及这件事。

"我一直有种感觉,觉得你在我身边很紧张。"

纪安慌乱地垂下眼睫毛:"那是你的错觉。"

徐林席摇了摇头:"不是错觉,是真的。我感觉你——"

"徐林席。"纪安及时打断他的话,抬眼朝他笑,"刚开始面对你时,我确实有些紧张,因为我不擅长和刚认识的人相处,所以比较拘谨。所以你可能会觉得我排斥你。"

纪安静静地盯着他的眼睛,眼里的真诚仿佛在肯定自己说的话。

对视长达十秒后,徐林席先败下阵来。他移开视线,像是自嘲地笑了一声:"原来如此。"

见他的视线从自己身上移开,纪安这才敢偷偷喘一口气。

太吓人了……

她不知道为什么,就是有一种感觉——徐林席刚刚未说出口的话是她承受不了的。

或许他猜中了自己喜欢他。

但不管是与不是,她都没有勇气去承受这句话说出来之后的结果——他接受或者拒绝她的心意。

纪安不相信会是第一种情况,那只能是第二种情况了。

既然第二种情况的可能性更大,她就不可能让徐林席说出这句话。

她确实有往前进的想法,想将二人的关系拉近一步,却没想过这么快就将自己对他的感情暴露在他的面前。

纪安是一个需要面面俱到才能走下一步的人,不然也不至于暗恋这么多年,一直到如今才准备前进。

如果徐林席真的将这一份感情拉入阳光之下,而她没有做好准备,那她又该拿什么去打这场没什么胜算的战役呢?

说再多,她其实就是一个胆小鬼。

她还没有做好万全的准备,所以仓促地打断了徐林席的话。

她想往前多走几步,不想还没走出两步,就被扼杀在起点。

毕竟她好不容易才说服自己——说出喜欢他这件事,她想试一试!哪怕有百分之九十的可能会得到不好的结局,她也想去试一试这百分之十的可能。

天色逐渐变亮,周围的人开始收拾东西准备返回。

纪安刚转过身,就听见身侧徐林席的朋友扯着嗓子喊了一句:"第一次看日出居然不是跟我女朋友,而是跟你们一起看!"

话音一落,身边的人顿时闹成一片。一群人蜂拥而上,抓住刚刚喊叫的男生,七嘴八舌地训斥他。

"怎么,陪你看日出,你还不愿意?"

"就是啊!你有女朋友吗,就敢嫌弃我们?"

…………

纪安收回视线,忍着笑走到徐林席身边。

徐林席笑着说:"不过这周围看日出的,确实是情侣居多。"

纪安笑了笑，装作随意地问道："你没跟女生一起看过日出吗？"

哪承想她这话一出口，徐林席顿时瞪大眼睛，一副诧异的模样："我什么时候跟女生一起看过日出？你这话要是被他们听到，我可是要被'制裁'的，罪名是瞒着他们偷偷跟女生一块儿看日出。"

这下轮到纪安愣住了——没有吗？那他和魏佳又是什么关系？

纪安犹豫片刻，问道："高三那年学校组织爬山，你和——"话说到这儿，她突然停住，随后改了口，"站在你身边的那个女生，你们的关系不是……"

徐林席闻言，皱了皱眉，思索了片刻后问道："什么女生？"

纪安瞪大双眼。

他的反应不像是作假的……所以，他和魏佳到底是怎么一回事？

直到坐上车，纪安还是没想明白徐林席和魏佳的事情。

车子开过环山道路的转角时，纪安脑海里突然闪过一片白光。

她突然想起来，她后来也旁敲侧击地问过盛湘语，徐林席是不是和魏佳有什么关系，最终她得到的答案是否定的。

她转而问盛湘语，徐林席和魏佳在山上的事情，并说了自己的猜想。盛湘语那时候就站在她旁边，不可能不知道。

可盛湘语说，当时徐林席是独自一人，他身边压根儿就没有女生。

盛湘语还问她："安安，你是不是看错了？徐林席和一帮男生在我们后面呢！"

"我看错了吗？"

是她看错人了吗？她看到的那个真的不是徐林席吗？

可是不可能啊！当时明明她身边还有其他人认出了徐林席，也喊出了他的名字。盛湘语就站在她身侧，应该也听到了啊！

可是，她为什么要否认这件事呢？

一直到最后，纪安都没弄明白这件事。今天突然听徐林席亲口否认了当天的事情，她更是感到疑惑。

她明明看到了，也听到了"徐林席"这个名字，可是为什么徐林席和盛湘语都说当时他身边没有女生呢？

她真的看错了吗？

国庆假期结束，纪安又回到了原来按部就班的生活。

这天没有早课,不用早起,纪安一觉睡到十一点才起床。此时,林妙还躺在床上,另一个室友则早已出门了。

厚重的窗帘挡住了外面大部分的阳光,只有些许光线从窗帘的缝隙中溜了进来,使寝室不至于太过昏暗。

纪安洗漱完回来时,林妙依旧躺在床上。

纪安走到林妙床前,轻轻地拉开她的床帘唤道:"妙妙,妙妙……"

"嗯……"林妙含混地应了一声,翻个身背对着纪安。

纪安叹了口气,小声说道:"妙妙,任遇苏让我去部门找他,我得先走了,你看着点儿时间,下午要上第三、四节课的。"

林妙含糊地应了两声,不知道是真听进去了还是下意识应的。

纪安看了眼手机,没时间再耽搁了。她将林妙放在床头的手机的静音关了,想着等任遇苏那边的事情忙完再给妙妙打电话,然后匆匆拎上帆布包出了门。

今天的天气格外好,国庆过后,俞峡白天的温度没有马上降下来,校园里的学生还穿着短袖。

纪安掏出帆布包里的棒球帽往头上一戴,又整理了一下额前的刘海儿,然后快步朝教学楼走去。

她到纪检部办公室的时候,任遇苏正咬着笔帽坐在桌子前写东西。

注意到门口的动静,任遇苏抬眸看了她一眼:"来了。"

纪安关上门走进去:"把我喊来有什么事吗?"

任遇苏头也没抬,说道:"干活呗!你看看我这里的几张扣分表,帮我整理一下。"

纪安拿起桌上的表格看了两眼,见任遇苏写得专注,便有些好奇地凑了过去:"你在写什么呢?"

"简历啊,我要整理自己的资料呢!你以为我还能跟你一样一天到晚四处闲逛吗?"

听到任遇苏的话,纪安"呵呵"笑了两声:"我来帮你整理部门的表格,还要被你说。"她一边说着,一边找了张桌子坐了下来。

任遇苏嘿嘿一笑:"好兄弟,别见外。"

纪安瞥了他一眼,垂眸开始整理手里的扣分汇总表。

两人不再闲聊,专注地做着自己的事情,办公室里只剩下纸张翻动和手指敲击键盘的声音。

不知道过了多久，任遇苏总算在电脑上敲下了最后一个字。他直起身子动了动肩膀，微微侧过头去看纪安："纪安，你们这两天是不是要开始巡查了？"

纪安笔尖一顿，想了想，说道："好像是。"

"你是跟徐林席一组吧？"

不管听到这个名字多少次，纪安心里还是会产生一些波动。

她点点头，忽地垂眸，想到了一件事情——她跟徐林席自从国庆第六天在岔路口分开以后，就再也没在学校里碰到过，也就是说，他们已经有两三个星期没见过面了。

至于部门的巡查，国庆后的两周都是其他组员去做的。而且这两周，大家都很忙，补课的补课，准备实习的专心准备实习的事宜，部门没有开过会议，她也就没能遇到徐林席。

纪安尝试过给他发信息，但他总是回复得特别慢。哪怕隔着屏幕，她也能感受到对方的忙碌，便识趣地不再去找他。

她自己的生活也很忙碌，一边要补因为放假没上的课，一边要帮着导师做事情。除了实训室、教室和宿舍，她只偶尔去一两趟食堂，大部分是点外卖，其他地方更是没有去过。

人一旦忙起来，很多事情就会被抛诸脑后。

只有晚上躺在床上睡觉的时候，她才会习惯性地拿起手机看一眼微信，但是躺在列表最上方的那个头像，始终没有任何消息。

面对任遇苏的疑问，纪安只点点头以示回应。

"行吧。"他拿起手机开始翻找什么。

纪安对他这没头没脑的话和怪异的举动感到疑惑："怎么了？"

任遇苏没抬头："徐林席请假了，没在学校。你们巡查的时候，他大概也会不在，我现在找个人帮你。王宇也请假了，他手下带着的新部员，你帮着带一下，行吗？好像是一个女生……"

任遇苏后面说的话纪安没怎么听，思绪全被他前半句话带走了——

徐林席请假了？

注意到纪安没出声，任遇苏疑惑地抬头看向她，见她正盯着某个地方发呆，不禁顿了一下，然后抬手在她面前的桌子上敲了敲："回神了。"

纪安被他吓得身子一抖,思绪也拉了回来。

见她这副样子,任遇苏顿时乐了:"你发什么呆啊?我说事情呢,你想什么呢?"

纪安低下头,眼睫毛垂下来,遮住眼里的心虚:"没。"

任遇苏调侃道:"是不是在想徐林席?"

纪安倏然抬起头,有些不可思议地看着他。她没想到任遇苏会这么直白地调侃她,丝毫不顾及她会不会不好意思。

一见她这表情,任遇苏就忍不住笑了起来:"行了,行了,你别这么看着我!我怵得慌。也就只有我们俩在,我才说这件事。"

纪安不接他的话茬,转而问道:"徐林席请假了?什么时候的事情?"

反正任遇苏已经调侃完了,她索性将心中的疑惑问了出来。

"请了两周吧。我记得国庆回来没一个星期,他就又请假回去了。"

纪安闻言皱了皱眉:"回哪儿?临安?"

"嗯,说是家里有事情。"

任遇苏没细说徐林席家里有什么事,但使了个眼色给她。纪安顿时明白了他的意思——徐林席家里出大事了。

纪安一整天心都被任遇苏说的话搅得不安。

她心不在焉地上完了课,回到寝室也没心情学习,晚饭也没吃,直接爬上床,拉上床帘,将自己封闭在一个狭小的空间里。

寝室里只有她一个人,安安静静的。

纪安解锁了手机屏幕,打开聊天软件点进自己和徐林席的对话框。

两人上一次聊天还停留在上周日,他说自己刚到家,纪安察觉到他不想聊天,便给他发了一句"晚安",就匆匆结束了还没有开始的话题。

纪安抿了抿唇,指尖落在键盘上——"你现在在干什么呀?"

她盯着这行字看了许久,又抬手按了删除键,重新输入:"听说你请假了?什么时候回来?"

打完,她又觉得不妥当,再次按下删除键,重新打字:"感觉你最近很忙,注意休息啊!要是有什么不高兴的——"

打字的声音戛然而止,纪安紧咬着唇瓣,直到唇瓣泛白。

犹豫许久,纪安删除了这段话,退出了和徐林席的聊天框。

算了。

不知睡了多久，纪安被宿舍里的动静吵醒了。哪怕对方已经刻意放轻了动作，但她睡眠浅，还是被吵醒了。

她坐起身子，拿起手机看了眼时间，刚过八点。

纪安叹了口气，拉开床帘，头顶的白炽灯灯光刺得她眼睛不禁微微眯起来。

林妙听见床上的动静，抬头看向她："安安醒了。"

纪安点点头，扶着栏杆从床上爬了下去。

林妙正在摘美瞳，两手扒拉着眼睛趴在镜子前面，嘴上也没闲着，问道："是不是我把你吵醒了？"

纪安拿起椅背上的外套套上，随口答道："没有，睡很久了，自然就醒了。"

林妙摘完美瞳，直起身子看了过去，问道："你要出去？"

"嗯，还没吃晚饭。"

"我和你一起去吧！"

纪安摇了摇头："不用，我自己去就行了。"

纪安刚起床，有点儿起床气，说话的语气听起来比平时冷淡许多。林妙和她相处了一年，发现了她这个毛病，倒也不介意。见纪安拒绝自己的陪伴，林妙也没坚持，只叮嘱了两句，让她注意安全。

纪安一出门，一阵风就迎面吹来。

过了国庆，俞峡的昼夜温差有点儿大，白天有太阳的时候，气温还算高；但夜幕一降临，气温就降了下来。

大风吹着，纪安倒也不觉得冷，就是感觉有丝丝凉气钻进衣服里。纪安穿了一件薄外套，时不时刮来的风吹得她发丝乱飞，让她有些难受。

她去便利店买了一个饭团，然后坐在湖边的长椅上一边吹风一边吃着。

俞峡大学的这个湖很有名，是有名的情侣胜地。这里的湖畔每隔一段距离就有一把长椅，而长椅上坐着的大多是情侣。

她从前和林妙从这里绕路走过，真是三步一对情侣。好比现在，离她不远的长椅上就坐着一对情侣。

纪安小口地吃完饭团，又坐着吹了一会儿风，起身正打算回去，视线就被站在她不远处的一对情侣吸引了过去。

她记得他们，刚刚她吃饭团的时候，这两人就在这片区域走来走去。她一抬眼就能看到他们。

眼下见纪安站了起来，还没离开长椅两步，那对情侣就往她坐过的长椅走去。

纪安心想，怪不得一直在她身边徘徊呢，原来是他们的位置被她占了。

纪安无奈地笑了笑，将手中的饭团包装纸扔进一旁的垃圾桶里。

她没急着回去，而是绕到了操场那一侧的大道，想去那边的篮球场看一眼。

她没想着能在篮球场看到徐林席的身影，他现在应该还在临安处理家里的事情吧！

其实，她本来想问一下盛湘语的，了解一下徐林席家里是不是出什么事情了。但转念一想，自己只是一个外人，总是旁敲侧击地去过问人家家里的事情不太好，索性作罢了。

果然，篮球场没有徐林席的身影。

纪安带着几分失落，转身返回到校园大道上的时候，身侧却传来了一道熟悉的声音——"纪安。"

第五章

听他的故事

牵动着纪安一天的情绪的人突然出现在她面前,有那么一瞬间,纪安觉得,自己跟他也算是有缘分的。

徐林席背着黑色背包,一手抓着肩膀上的包带,一手插兜,笔直地站在路灯下方。路灯的光照在他身上,他头顶被光笼罩着。灯光下,他的五官模糊,像是在梦境中才能遇到的人。

徐林席走近后,纪安这才看清了他的五官。

徐林席气色很差,眼角发青,嘴唇也没什么血色,和他往常充满朝气的样子形成了鲜明的反差。今天的他,一眼就能看出很疲惫。

纪安愣了愣,半天才硬生生憋出一句:"晚上好啊!"

徐林席费力地笑了笑:"晚上好。"

"你刚从家里回来——"话头倏地止住,纪安眼里浮现出慌张。

她忘记了,忘记了关于徐林席的事情她是从别人口中得知的,也忘记了徐林席回家是去处理并不愉快的事情。

在见到徐林席的那一瞬间,她的嘴巴比自己的想法快了一步,直接将心里的话问了出来。于是,话一出口,她就后悔了。

徐林席一愣,随后像是想到什么,发出一声轻笑:"没关系。"

纪安张着嘴，即将要说出口的话被堵在喉咙里不上不下的。

两人都沉默了，似乎都在思考着下一句话该说什么。

操场那边传来细小的呼唤声以及聊天的声音，平时纪安是不会在意这些的，但此时，她却觉得格外喧嚣。

良久，徐林席率先打破了沉默。

他轻声道："陪我聊一下吧，纪安。"

两人坐的位置离操场出口较远，鲜少会有人来，一般来操场吹风的人都会选择靠近出口的座位坐着休息。这一块在偏僻处，除了零星几个夜跑的学生偶尔会路过，就再也没什么人会往这边走。

以前林妙还调侃过这地方，说是以后纪安谈恋爱了，要是嫌湖畔那里的情侣太多，可以来这里约会，绝对安静，没人打扰。

晚间的风带着凉意，两人坐在台阶的最上方，这里的风自然更大。

纪安穿了外套倒还好，徐林席却只穿了一件短袖。只不过他似乎一点儿都没感觉到凉意，手肘抵在膝盖上，身子前倾，坐在台阶上，他的发丝被凉风吹起，神情却没有任何变化。

纪安收回视线，眨了眨眼。

这算是难得的两人私下相处的机会，可她心里更多的是担心，担心徐林席接下来要说的话。

她脑子里现在乱成一团，一个又一个想法萌生出来又很快被她否定。她不敢去看徐林席的眼睛，也不敢去猜测徐林席要说的话是什么。

"纪安。"

耳畔突然传来她的名字，纪安胡乱地点头应道："嗯。"

徐林席侧过头，直勾勾地盯着她的眼睛："你是不是知道我这段时间请假是回去处理家里的事情了？"

纪安心中警铃大作，身子抖了一下。她所有的注意力都被这句话带走了，脑子里飞快地想着回应的措辞，可最后，话到嘴边只剩下一句："对不起。"

徐林席轻笑道："不用道歉，你为什么要道歉？"

纪安双手抓着自己的膝盖，指尖因为用力而泛白。她死死地垂着头，不敢抬头看徐林席。

她小声道:"这是你的隐私……"

"没关系。"徐林席忽然双手向后一撑,身子也朝后仰,"是盛湘语告诉你的吗?你俩是好朋友,这种事情应该是从她嘴里说出来的吧。"

"不、不是。"纪安下意识否认,可之后又不说话了。

她起先以为徐林席是在说这次他请假的事情,但后面反应过来他似乎另有所指。

"其实从哪里得知的都好,总归都是一件事。"徐林席说着垂下眼,"我家里的事情。"

徐林席这次回家是因为他的妈妈。

他妈妈从国外回来了,没有打任何招呼直接上了徐林席爸爸家的门,和徐林席的继母打了个照面儿。

作为徐林席爸爸的前妻和现任,闹得不愉快是必然的,两人在家门口吵了起来,还险些动手,最后还是家里的帮佣打电话找了徐林席爸爸回来,才拦住了两人。

徐林席的继母直接联系了徐林席,让他回来处理好他母亲的事情。

接到电话后没多久,徐林席就请假回了临安。

等徐林席到家里时,听家里的帮佣说妈妈已经回了她自己家,他又匆匆赶到外祖父家里,一进门就看到了坐在沙发上的妈妈赵菁。

赵菁一见到徐林席,立刻站了起来:"你怎么回来了?"

徐林席走近她,喊了一声:"妈。"

赵菁的眼眶瞬间红了,背过身去擦拭眼泪。对于这个儿子,她亏欠得太多了。

当时徐林席他爸徐鹤成背叛婚姻被发现,就跟她提出了离婚。

赵菁没想到世界上还有这样不知廉耻的人!她从小到大养尊处优,结婚后更是一帆风顺。老公上进,儿子争气,她是家里活得最好的一个姑娘。

可这突如其来的变故狠狠地打了她一巴掌。

本以为徐鹤成因为背叛的行为被发现,会对他们母子俩心生愧疚,可他不仅没有,甚至顺水推舟提出了离婚!

面对这巨大的变故,赵菁一时接受不了。在家里哭了几天以后,她做出了一个很不负责任的决定。在跟徐鹤成办了离婚手续后,她就辞职并迅速整理好东西离开了临安。等徐林席回到家时,她只留给他一则"爸妈已经离婚了,以后你跟着爸爸"的消息。

后来她跟国外的朋友取得联系,只身前往国外,准备在国外跟朋友一起创业。临走之前,她给徐林席打了电话,但徐林席没接电话,想来是在怪她。赵菁没因为这件事耽搁自己的行程,挂了电话后就登机了。

之后一年里,她每隔几个月就打一次电话回来,却没有一次徐林席是接了的。

徐林席走到赵菁身边,低下头轻声安慰:"别哭了,妈。"

那一瞬间,赵菁的心理防线崩塌,她侧过身抱着徐林席号啕大哭起来。她的情绪复杂,有愧疚,有不甘,有发泄。

在外面闯荡了一年多,除了逃避徐鹤成背叛给她带来的阴影,她也想自己闯出一番事业,告诉那些人——没有男人,她一个人也可以过得很好。

她也告诉自己,等到事业成功那天,她一定风风光光地回来接走徐林席。可她的事业刚起步,她就偶然从她和徐鹤成的共同朋友那里得知,徐鹤成当年出轨的时间竟远早于她发现的时间。

她也听说了徐鹤成后来娶回家的那个女人生了孩子,算算时间,在她和徐鹤成还没离婚时,那个女人就已经怀孕了。

在听到这个消息后,赵菁便不敢再往下猜测了。

在徐林席升高中时,她怀孕了,她想把孩子生下来给徐林席做个伴,但遭到了徐鹤成的反对。他给出的理由是两人都处在事业上升期,没有时间照料孩子。她提议可以让双方父母帮忙照顾,但徐鹤成依旧不愿意,赵菁也只能作罢。

这件事,她一直到现在才想明白——当时徐鹤成已经有了别的女人,就是他现在的妻子。而他一直反对生下小孩儿,是因为他当时已经和另一个女人孕育了另一个小生命。

多可笑的婚姻!

"妈妈这次回来,就是想跟他好好把这笔账算清楚,也想把你的抚养权拿走。以后你跟妈妈走好不好?"赵菁流着眼泪,紧紧地拽着徐林席的手。

徐林席说:"再过几个月我就成年了,抚养权在谁那里有什么关系呢?"

赵菁一愣,随后眼泪流得更凶了:"林席,你在怪我,对吗?"

"没。"徐林席摇头,"我只是不想再像一个皮球一样被人踢来踢去,不想再像条狗一样被呼之即来，挥之即去。"

当时他从学校回来后才知道爸妈已经离婚的消息，而妈妈已一声不吭地离开了临安。虽然之前他就已经耳闻父母的感情破裂，他爸爸出轨了，但他没想到，妈妈会这么果断地选择抛弃他。

他知道妈妈是一时接受不了，也是有苦衷的。但当时被抛弃的挫败感，让他介意了很久很久。他后来住在家里，那明明还是他的家，却更像是寄人篱下。

他们说有了继母就有了后爸，每每看到继母那张脸，他就会想，为什么当时妈妈不能选择带他一起走呢？

这次请假，徐林席在家里待了两个星期。这两个星期，他一直跟着赵菁处理当年徐鹤成出轨的事情——赵菁准备起诉徐鹤成婚内出轨。

这件事，赵菁不管是胜还是败，徐鹤成都会受到影响。离婚时，因为赵菁心灰意冷，一心只想逃离临安，离徐鹤成这个令人作呕的男人越远越好，什么要求都没提，只把自己名下的房子收走了。

但现在，她要徐鹤成付出代价。

赵、徐两家都因为这件事不得安宁，徐林席的继母更是指着徐林席的鼻子骂他"白眼狼"，说亲妈不要他，这一年都是她照顾他的。

徐林席瞥到一侧躲在柱子后面的那个同父异母的弟弟，一时之间说不出任何话。

打官司的周期很长，徐林席不能一直在家里陪着妈妈处理这些事情，待了两个星期后，他就回学校了。

坐上高铁离开临安的时候，他忽然觉得临安有些陌生。

只是，或许陌生的不是这座城市，而是这里的人。

这两个星期，他看过了家人不一样的嘴脸，从前其乐融融的场景变成幻影，不复存在。

他弓着背，手肘抵在膝盖上，手无力地垂在半空中。他低着头，眼睛一眨不眨地盯着面前的水泥地，头顶上的灯光直直地射下来，正好越过了他，使他身处一片黑暗的阴影中，显得落寞又孤寂。

关于徐林席的事情，纪安原本就有所耳闻，也从零碎的消息当中猜到了一些，但到底是亲耳听到徐林席告诉她更加触动。原来他高三那年，家里发生了这么大的变故,身上也再没有了天之骄子的光环。

他那么骄傲,那么耀眼,可在那一年,他家里的人却将他从高处拉了下来,灭了他眼里的光。

可即便如此,他还是用一年的时间调节好了自己的情绪,考上了俞峡大学,继续发光。

纪安很震惊,可震惊之余又有一丝窃喜。

她没想到徐林席会主动把这些事情告诉她,毕竟在他眼里,两人应该只是才认识不到两个月的大学校友而已。

他愿意跟自己说这些,会不会有一种可能——在他心里,自己是特殊的、不一样的?

这个想法刚冒出芽,就被纪安否认了。

不会的。他今天可能只是太难受了,碰巧遇见她,就跟她说了这些事。

徐林席并不是一个会随意将自己的伤口暴露在他人面前的人,但在纪安的心里,面对徐林席时骨子里的自卑,让她没办法往好的那方面去想。

纪安有些心疼地看着他。

"其实我本来不该来这里的,高考发挥失常后,在我能选择的学校里,俞峡大学已是最好的了。"

听到这话,纪安之前的疑惑都有了解释。

徐林席高中成绩那么好,明明可以去更好的学校,去"985"或者"211"高校,但最后只上了普通一本,是因为家庭的事情,对他的心态,对他的学业都产生了影响。

"我觉得人生真的很有意思。十七年来我过得顺风顺水,却在最关键的时候,造化弄人,无端生出一些变故。现实像是打了我一巴掌,嘲笑我之前的美好都是幻觉,而我,也不过是一个大家都想抛弃的累赘。"

纪安闭了闭眼,摇头道:"未来就是会有很多不确定的因素。"

她真的觉得徐林席挺厉害的,抛去他的家庭,他本身就是优秀的。她并不是在他的家庭的光辉下认识他的,她能记住他这个人,认识他、了解他,都只是因为他本身的魅力。

纪安不否认原生家庭对一个人的影响很大,徐林席自信、开朗的性格是在原生家庭里养成的,但这并不意味着他优秀的全来源于家庭——当他自己本身足够优秀时,家庭就只是他成长的辅助。

纪安原本是震惊和遗憾于徐林席没能上更好的学校，但事到如今，在她了解到他身上发生这样的变故却依然可以上俞峡大学，依然可以继续发光发亮之后，她更加认定他是一个优秀的人。

"而且，你这么优秀的人，怎么可能会是累赘呢？你明明就是大家都想争取的人，不管是你妈妈还是你爸爸，不都是想将你留在他们身边吗？"

纪安真的不会安慰人，但面对徐林席这个自己喜欢的人时，她更加注意自己的措辞，生怕自己稍不注意就惹得对方不高兴。

可听了纪安的话后，徐林席沉默了。

纪安心一紧，盯着他的眼睛看了好一会儿后，突然明白了他在想什么。

他在疑惑，疑惑好好的一个家庭何以会在一夜之间破碎，以至于母亲弃他而去，父亲另有新欢且有了另一个代替他的小孩儿。

他也在意，在意为什么母亲这次回来想带走自己，是当年她真的有自己的苦衷，还是在外闯荡时突然回想起她还有个儿子？抑或，她只是在跟父亲斗气？

他不知所措，不知道把自己放在什么位置才是正确的。

"徐林席。"纪安轻轻喊了一声他的名字。

徐林席抬起刚刚垂下去的脑袋。

"只要过了这段时间，什么事情都会变好的。你很优秀，没有家庭的光辉也一样很优秀。我知道我是一个外人，既不了解你家里发生的事情，更不能切身体会你的感受，是没有资格发表言论的。我如果不能安抚你，那就给你一个肯定吧！你真的很优秀，也吸引着很多人的目光。那么多人仰慕你，绝对不是因为你的家庭，而是因为你这个人——因为你的优秀，因为你的性格，因为在人群中熠熠发光的你……你只是单单站在那里，也照样发着光，吸引着其他人。"纪安在心里又加了一句——包括我。

"你家里的事情可能只是你成长道路上的一个挫折，跨过去了，就什么事情都没有了。"纪安朝他笑了笑，"肯定会有人一直陪着你的。"

那个会一直陪着他的人，纪安想告诉他——是她。

从喜欢上徐林席的那一刻开始，纪安就懂得了什么是心动，也尝到了喜欢一个人的甜蜜和酸涩。

离开附中后的那一年，纪安在俞峡大学遇到了很多人，但没有一个人能让她像当初遇见徐林席时那样心动，再也没有一个人能让她只是听到名字就心怦怦直跳。

纪安想，不会有另一个人了。

原来世上真的有第一次遇见就心动不止的人，徐林席是她遇见的第一个，也会是最后一个。

徐林席看着纪安的笑容，萦绕在他周身的阴霾忽然被一扫而空。

他跟纪安一样笑了起来："知道了。谢谢你，纪安。"

那个晚上，纪安和徐林席聊了很多，从他的家庭慢慢聊到附中的事情，比如两人的社交圈子、常去的地方、遇到的事。纪安这才发现，原来两人经历过很多事情，有共同认识的人，还常去同一家店。

以前附中的校园后门会溜进来很多流浪猫，学校担心流浪猫会抓伤学生，便下令保卫部赶走流浪猫，不准它们再进来。

但赶走了一只猫，又会有无数只猫跑进来，它们会躲在墙缝里，躲在花坛的最深处，甚至有一只母猫在那个狭小的墙缝里生下了几只花色差不多的小橘猫，它们就蜷缩在那个狭小的空间里生活了一两个月。

纪安记得，高考前的那几周，因为繁重的学业，她焦虑得掉了大把大把的头发，夜里也失眠。所以她总是利用傍晚的休息时间，在学校里闲逛放松。

她最喜欢绕到学校后门那里去，因为那里有一面荣誉墙，墙上有徐林席参加各种比赛获得的荣誉奖项，还贴了他的照片以及他的座右铭。

照片里的少年是高一刚入学时的模样，带着几分稚气，笑容也与高二时候的他有点儿不一样。

纪安很喜欢站在那面墙下反复端详他的照片，看了十几次也照样觉得新鲜。

也是在那几天，她看到了花坛里趴着的小猫。

学校不允许学生去接触这些流浪猫，经常会让保安驱赶它们，在这样的情况下，是不会有人去喂养这群小猫的。

纪安向来喜欢小动物，便趁着周末去买了一些幼猫可以吃的东西，然后在学校后门无人的时候，悄悄地将提前用温水冲泡好羊奶粉倒在小容器中，放到小猫面前。

就这样，纪安一连喂养了这些小猫一周左右，等她又跟往常一样端着保温杯过去的时候,却发现墙沿那儿的小猫都不见了。

纪安猜想它们要么是被猫妈妈带走了,要么是被学校发现赶走了。她为此担心了好一阵子。但因为要高考,她很快就投入了繁忙的学业中。

直到今天跟徐林席聊起来,纪安才知道,徐林席那天路过北门边的花坛正好看到那群小猫,便在放学后找了家里开店的朋友一起将猫带走,放在店里养了。

听到猫咪有了好去处,纪安释然地一笑:"它们还活着就好。"

原来她和徐林席之间还有这么一件有关联的事情,只不过双方都不知道罢了。

其实不止这一件事,他们一起在附中生活学习了两年,彼此之间有很多有关的事情,双方都不知道。

似乎有一根无形的绳索牵绊着两人,但他们都看不见,也摸不着。

自那次和徐林席聊过天后,纪安和他的关系拉近了不少。他们会在手机上聊天,在学生会工作结束后偶尔还会一起去学校外面的饭店吃饭。

天气转凉,学校旁那条种着一排银杏树的小路被金黄的银杏树叶铺满了,踩在上面会发出"沙沙"的声响。

叶子落地,风中夹杂着寒气,意味着秋天到了。

俞峡大学一年一度的校运会快要举行了。

班上的体育委员早已在班级群发过很多次关于运动会报名的事项,也在班级下课后多次号召同学们积极报名。

纪安对运动会着实没什么兴趣,她扫了几眼项目表,最后在一项一分钟投篮的项目那里画了个钩。

纪安刚放下手机,就听见身后传来一声林妙的哀号。

"啊——好烦啊!"

纪安转过头,问道:"怎么了?"

林妙把自己的手机递了过来:"你看啊!"

纪安拿过手机快速扫了一眼聊天记录,然后笑出了声。

林妙一脸不爽地抱怨道:"辅导员说我们班也得在开幕式上准备一个节目,不然太单调了,太不给学校领导面子了。我真是服了!这跟学校领导有什么关系?而且他们有没有面子,跟我有什么关系?他们既不会给我加分，又不会给我颁个奖！"

纪安把手机递还给她："哎呀，主要是班上有人愿意去表演吗？"

"我就是担心这件事！"林妙捂着脸，一副生无可恋的样子，"班上根本没人愿意花时间去排练。"

"排个简单的舞蹈就可以了，应付一下就行了嘛！"

"也只能这样了。"林妙刚转过身，没两秒钟又转了回来，冲着纪安谄媚地笑道，"安安，你说的对，随便应付两下就可以了，那你跟我一块儿去。"

纪安真的想拒绝，在跳舞这件事情上，她是真的不行。也不是跳得不行，就是面对一群人跳舞时，她总是会紧张，并且感到恐惧。

她小学的时候学过一段时间的拉丁舞，也经常被老师拉到队伍的最前方带队。但有一次，因为一个小失误，她被老师当众批评，老师无意间的一句"你跳成这样还想以后去考艺校"让她开始介怀。虽然老师的那句话只是针对她当天的失误，但在众目睽睽下，纪安感到羞愧和难受。

她想考艺校这件事，只跟家人和这个老师说过，却被老师拿出来在众多学生面前讲，哪怕当时大家看她的眼神真的没有任何恶意，但对于那时候的纪安来说，她只感觉大家就像在看一个笑话一样看着她。

也是在那件事之后，她对那个老师彻底失望，再也不想跳舞了。从第二天开始，她就没有再去上拉丁课了。

那个老师后来反应过来自己说错了话，给她道了歉，但纪安那时候只是拽着妈妈的衣角，轻轻地点了点头。之后便是妈妈和老师交涉，她不发一语。

那一天，三年级的纪安放弃了自己年幼时的梦想。

后来中学的时候，她因为意外加入了学校的舞蹈社团。那时候的舞蹈老师是他们班级的音乐老师，很严格，在课上不苟言笑。当时老师教的很多舞蹈动作很难，纪安每次都练得全身疼痛、疲惫不已，尽管这样，纪安也没想过放弃。

过了半年，学校要准备一个节目去参加市里的比赛，而且优先在纪安所在的这个舞蹈社团里选人。

在参与选拔时，一群人一个个跟着最前方的老师努力地学习动作，纪安看到自己身边的朋友、班上的同学一个个被刷了下去，而她留到了最后。

只差最后一轮比赛选拔了,老师做了一个动作,这个动作是纪安最擅长的,舞蹈老师也经常夸她是这个班上做这个动作做得最标准的。

但当时纪安忽然紧张、恐惧起来,她感觉自己快要呼吸不过来了,就连视线也开始模糊,眼泪控制不住地从眼眶里涌了出来。

最终,她做了一个决定——她穿着舞蹈鞋退后一步,然后走到老师面前,轻声询问:"老师,我能不能退出选拔?"

那时候她能清晰地听到自己的哭腔以及自己强忍着的哽咽。当时的她既恐惧,也胆怯。

老师盯着她看了很久,最后点点头,下巴一抬,让她跟那群被刷下来的同学站到一起。

纪安刚走到班上同学旁边,同学就迫不及待地抓住她的手腕问:"纪安,你怎么下来了?你不是跳得很好吗?"

纪安擦去眼泪,扬起嘴角,笑着回答:"没有啊,我跳得可糟糕了。"

现在纪安回想着这些事情,突然意识到她好像一直都很害怕被人否定,不只在舞蹈方面,还在其他的方面。

她虽然很多时候有自己的想法,但很少会主动站出来阐述自己的观点。而且一旦自己的观点跟大多数人不一样,她就更不会站出来表达自己——因为她总觉得,既然大家都是那么想的,那自己的想法和观点肯定是错的;既然是错的,她就不要站出来被否定了。

总之,她的不自信体现在方方面面,生活上是,学习上是,感情上也是。

所以面对林妙提出来的请求,纪安想都没想就拒绝了:"不好意思啊,妙妙!我不行,我不会跳舞。"

林妙赶紧道:"哎呀,不是你自己说随便跳两下就可以了吗?我没要你跳得多好啊,你就当陪我上去划水呗!"

林妙说是"划水",但她跳舞其实是很厉害的。

大一开学的时候,林妙就凭借一支舞蹈在新生才艺会演上拿到了一等奖,而且当时另外的两个一等奖都是团体节目。那天晚上,因为这支舞,林妙还被不少人搭讪了。

所以这次运动会开幕式上,林妙就算只是跳两下,也一定会比纪安跳得好。到时候,纪安只会是班上那唯一一个跳得最差的拖后腿的人。

想到这里,纪安还是摇了摇头:"我不敢,还是算了。"

见纪安的态度如此坚决，林妙也不再勉强，遗憾地叹了口气后就开始在手机上联络班上的其他人。

纪安也慢吞吞地收回了视线。

其实当初学生会招新也一样，她只是做一个自我介绍，站在台上看着那群陌生的面孔，她心里就生出恐惧，讲话的声音都颤抖了。

以她当时的表现，她原本是过不了面试的。要不是她的自我介绍里提到了临安以及她在台上回答问题时的反应让任遇苏觉得有意思，做主留下她做他的助理，纪安也进不了学生会。

安安稳稳就行了——这是纪安一直以来的想法。

晚上，纪安和徐林席巡查结束，回学生会办公室交了手上的扣分单和统计单。两人从教学楼出来后，徐林席突然提出一起去校外吃个晚饭。

纪安看了眼手机，时间刚好是晚上七点。

她今天下午没课，一下午就待在寝室没出过门，等到学生会巡查的时间一到，她就直接跟徐林席碰头去了教学楼。从中午到现在，她还没吃过东西。

于是，纪安立刻应了下来，还笑着打趣：“原来你也没吃晚饭。”

刚刚两人聊了一会儿天，纪安说了自己还没吃饭，不过那时候徐林席只是说让她注意饮食规律，也没说其他的。

听到纪安的话，徐林席愣了一下，但很快笑了笑，说道：“嗯，所以一起去吧。”

“嗯，好。”

说着，两人并肩往学校南门走去。南门外有一条小吃街，过条马路还有个商场。

路上，徐林席边走边看手机，纪安刚想提醒他走路最好别玩手机，容易摔跤，下一秒，徐林席的鞋尖就绊了一下路上的小台阶，她赶紧伸手抓住他的手腕。

徐林席这才回过神来，手掌放在心脏处安抚似的拍了拍，后怕道：“吓到我了！”

纪安失笑：“我刚想提醒你别看手机。”

徐林席抿着嘴笑道：“嗯，怪我。刚刚在找吃饭的店，注意力全在手机上,还好有你扶着我。"

不知道为什么,纪安感觉徐林席现在和她说话的语气和平常有些不一样,更像是情侣之间的打闹,她在嗔怪,而他在哄她。再加上他嘴角含着的笑……

纪安蓦地侧过头,装作没有发生任何事的样子,"哦"了一声便往前走,想要藏住自己脸上慢慢泛起的红晕。

其实现在天色已经黑了,纪安也在背光处,就算红了脸也不会被徐林席发现。但她还是小心地躲着徐林席的视线,生怕一不小心就会被他看穿。

两人的关系好不容易才进一步,她不想因为自己一时的疏忽,在不合适的时间表露自己的心意而让对方为难。

徐林席快步跟了上来,将手里的手机递给她:"看看去哪家店吃。"

语罢,他还伸出一只手抓住她的衣角。

纪安被这个突如其来的动作弄得愣了一下,怔怔地看向徐林席。

徐林席解释道:"怕你看手机的时候摔了,我引着你走。"

纪安点点头,低头看向手里的手机。

可是,手机屏幕上琳琅满目的餐饮店,她一点儿都看不进去,心思全放在抓着自己衣袖的那只手上。

其实抓着她的手腕会比抓着她的衣袖更方便牵引一点儿,这一点纪安知道,徐林席应该也知道,但他没有这么做。原因再明显不过,他尊重她——在没有经过她的同意的情况下,他不能以一种亲昵的姿势去抓她。这是非情侣的男生和女生,在交往过程中需要注意的一个地方——应该在意对方的感受。

"嗯?吃什么?"走了一段路后,徐林席见纪安盯着页面半天没动,忍不住出声问道。

纪安立马回过神,装出一副苦恼的模样,随意地滑动着手机屏幕:"啊?不知道啊!感觉都差不多。"

"吃的也就那几样,烤肉、火锅、外国料理这些,你想去吃家常菜吗?"

纪安点点头,把手机还给徐林席:"好,那就去吃家常菜吧。"

徐林席见状失笑道:"你怎么什么都随我的意思?"

纪安一怔。

"之前你也这样,基本上是看我想吃什么就去吃什么。你是不是跟我在一块儿放不开,不太好意思啊?"徐林席问她。

纪安连忙否认:"不是的,是……"

话到嘴边,纪安却发现自己无法反驳。

徐林席说的没错,纪安确实是跟着他的想法走。也不是说她没主见,其实有些时候她与徐林席的想法也会有分歧,但当徐林席说了自己的想法以后,她总是会习惯性地跟着他的想法走,吃什么,去哪儿玩,做什么,只要和他在一起,其实都是一样的。

"因为……"纪安抬起头,"我觉得你的想法挺好的。"

话音一落,徐林席的视线转了过来。他的眼睛盯着她,一双漆黑的眸子里只有一点儿很暗的光点。他一直盯着她,像是想透过她的眼睛将她看透似的。

纪安表面上很镇定,心脏却跳得极快,脑子也瞬间一片空白,一时竟忘记了下一步动作。

良久,徐林席自顾自地笑了一声,一脸淡然地收回视线,继续朝前走去。

纪安被徐林席这一系列动作弄得有些蒙,等她反应过来时,徐林席已经站在离她有七八米远的地方喊她了:"跟上啊,纪安!"

纪安甩了甩脑袋,不去想那些乱七八糟的事情,小跑着跟上徐林席。

徐林席最近变得越来越奇怪了。可是好像,他一直都是这样的。

两人在商场选了一家在本地较有名气的餐馆,现在正是用餐的高峰期,店里进出的人络绎不绝,餐厅里也坐满了客人。

他们在门口等了十分钟才等到服务员叫他们的号,并带他们入座。

"您好,这是菜单,点好了叫我就可以了。"服务员将菜单递给靠她更近的徐林席。

徐林席点点头,转而将菜单递给纪安:"看看吃什么。"

纪安摆摆手:"不用,你看着点就行了。"

徐林席还是举着菜单,坚持递给她,说道:"你来点吧!你吃什么我就吃什么。"

纪安仍有些犹豫,她不知道徐林席为什么这么坚持一定要她点菜。

但很快,徐林席就给了她答案:"以前你都是跟着我的想法来,以后就按你的想法来吧。"

第六章

他的拥抱

徐林席的话音落在这个嘈杂的餐厅里,很快就被周围的声音淹没了。

纪安低下头,佯装镇定地看着菜单,但微微发颤的眼睫毛还是暴露了她此时的情绪。

徐林席是一个很细心的人,纪安一直都知道。

徐林席现在这么做,无非是因为她之前一直都听从他的想法,所以他现在要把选择权还给纪安,想让她做主,想告诉她,她也可以做主,他不会介意的。

但纪安觉得,自己的情况和徐林席并不一样。

徐林席是因为不喜欢她,所以可以随意点一些菜,但她全部心思扑在徐林席身上,面对菜单上各式各样的菜,她只会选择徐林席喜欢吃的那几样。但她不知道徐林席偏爱什么菜,他俩之前没有单独到家常菜馆吃过,学生会团建的时候徐林席也不会点菜。

此时这一份菜单,对纪安来说更像是烫手山芋。

纪安皱着眉,思考着徐林席的喜好。在她的印象里,徐林席不怎么吃辣,也不吃香菜。而且她回想起从前每一次聚餐,比起海鲜,他更喜欢吃牛肉和羊肉。

终于，纪安开始点菜了，她点了一份羊排、一份糖醋排骨和一份素菜，便将菜单递给徐林席："你看看还要加什么。"

徐林席看着菜单，视线突然停在了某一栏上。

纪安见状，手里握着空玻璃杯，惴惴不安地问道："怎么了？"

徐林席抬眸问道："你不是不吃羊肉吗？"

纪安一愣。她确实不吃羊肉，觉得羊肉味儿太大，而且比起肉类，她其实更喜欢吃海鲜。

"之前聚餐，你就不吃羊肉。"

徐林席说的聚餐大概是前两周的学生会团建。那时候学生会十来号人一块儿去外面吃饭，在一个餐馆最大的包厢围着坐了一圈。桌子很大，幸好桌子上有转盘。

纪安记得那时候她左边坐的是林妙，右边坐的是任遇苏，而徐林席，坐在任遇苏右手边的第四个位置。她和徐林席之间隔了四五个人。

那天最后一道菜就是烤全羊，菜一上来就被大家争先恐后地抢完了。林妙夹了两大块肉，放了一块在纪安的碗里："安安吃肉。听说这里的烤全羊特别好吃，老板是内蒙古人，口味绝对正宗。"

其实没什么正宗不正宗一说，因为肉质不一样，环境不一样，就算老板是内蒙古人，在江浙这边做的烤全羊也肯定没有在内蒙古那边做的烤全羊正宗。

但不管是否正宗，纪安都不喜欢。她摆摆手，将那块肉夹回林妙的碗里："我不吃羊肉，你吃吧。"

林妙咬着肉，含混不清地问："为什么不吃啊？真的很好吃。"

纪安摇头："我受不了这味道，吃不来。"

她不吃羊肉是真的，但她没想到，那个晚上徐林席会注意到这件事。

徐林席将菜单上选好的羊排划去，点了个蟹煲："蟹煲可以吗？我记得你挺喜欢吃螃蟹的。"

"哦，好。"

"饮料的话，就喝橙汁吧。"

纪安愣愣地点头。

菜虽然是她先点的，但她把菜单给了徐林席后，他还是做主改了一些菜品。但纪安并不反感这件事——他把菜单递给她是为了她，他把菜品改了也是为了她。

等菜上齐以后,纪安才发现多了几样素菜,而且都是她喜欢吃的。这所有的菜里,包括饮料,自己喜欢的占多数。

纪安咬着筷子,视线慢吞吞地从碗里移到对面的徐林席身上。

他端着碗,夹起一块糖醋排骨就着米饭吃下。他吃得并不快,动作慢条斯理的,看起来很舒服。

只是,到底是什么时候,他知道了她的喜好呢?徐林席为什么会在意她的喜好?

这一顿饭的时间里,这两个问题一直在纪安心头上萦绕。

饭后,徐林席借着上洗手间的工夫去收银台将账结了,回来时,手里还拎着一盒泡芙。他走到桌前对纪安说:"走吧。"

纪安赶忙站起来,一路跟着徐林席走出餐厅,这才意识到徐林席又把账结了。

她赶紧道:"我把饭钱给你一半。"

徐林席笑了笑,拆开手里的泡芙盒子,拿出一个泡芙递给纪安:"不用,一顿饭而已。"

纪安接过泡芙,小声说:"不止一顿好吗?上一次你也这样。"

徐林席从不主动找纪安要钱,但纪安着这事情,吃饭时就会提前看账单,然后转一半的饭钱给徐林席。但他总是不收,逾期未收的钱最终退回到她的账户。

纪安在意这件事,两人每一次吃饭花的钱都得两百左右,而且吃的次数不少。徐林席的家境是很好,但她不想占他的便宜,所以每次转钱她都会让徐林席当面把钱收了。

纪安咬了一口泡芙,里面的奶油还带着凉意,入口即化。

她很喜欢吃奶油,饭后来一个这样的泡芙也不会觉得腻。奶油入口后,她的眉眼都不自觉地弯了起来。

他们并肩走在街上,徐林席一米八多的个子比纪安高了近一个头,纪安估算他的身高在一米八五左右。

等红绿灯的空隙,徐林席忽然问了句:"听任遇苏说你最近在排练运动会开幕式要表演的节目?"

纪安忙摆手:"啊?不是我,是林妙。我不参加开幕式的表演。"

徐林席诧异地道:"你为什么不去?"

纪安反问:"我为什么要去?"

听到她的话,徐林席转过头,有些不好意思地抓了抓脸颊:"我觉得你挺合适的。"

纪安笑了笑:"我不合适,我不敢在陌生人面前跳舞。"

徐林席回过头问道:"是因为害怕吗?"

纪安点点头:"是有一点儿恐惧啦!感觉挺吓人的。万一自己不小心出错,毁了整个节目怎么办?"

徐林席看着她沉默了一会儿,说道:"我感觉你好像一直都挺害怕这种事情的。"

纪安疑惑地问道:"嗯?"

"其实从我们一起在学生会共事的这段时间也能看出来,你从来不会主动表达自己的观点。平时开会的时候,你基本上是坐在那儿一声不吭,除非任遇苏或者其他人主动提到你,你才会接一两句,但凡遇到需要发表自己意见的时候,你都不会主动出声。"

纪安有些震惊,她没想到徐林席会观察得这么仔细,更没想到他会这么注意自己。

这个话题被徐林席主动提起,瞬间给了纪安一个突破口,她的情绪也找到了宣泄的地方。

纪安松开了紧抿的唇说道:"因为我害怕,害怕出错,害怕被别人否定。我会感觉大家落在我身上的眼神很奇怪。我心思太过敏感了,我接受不了这个。"

其实不仅是否定,就算是肯定,她也不习惯被那么多人注视着。

纪安觉得,一旦自己主动了,那她就会成为人群中的焦点。可她不敢,她恐惧所有人都把视线放在她身上的感觉。所以从小到大,就算是举手回答问题,她都很少做,因为一旦举了手,老师的视线、同学们的视线就都会落到她的身上,令她感到浑身不适。

徐林席问:"为什么呢?为什么觉得大家看向你的眼神很奇怪?"

这时绿灯亮起,他们随着人潮走上斑马线。

纪安咬着唇,不知道怎么回答。

一直等到走过斑马线,徐林席都没有催促她,也没表现出丝毫烦躁,只是耐心地等待她的回答。

纪安难以启齿，脸涨得通红。她停下脚步，徐林席也跟着停下，转过身子看着她。

见她迟迟不作回应，徐林席慢慢弯下腰，视线与她齐平，鼓励道："没关系，这里只有我们两个人，我不会把你的事情跟其他人说的。"

纪安闻言眼眸中闪过一丝波澜。她抬起头，直直地注视着徐林席的眼睛，眼睫毛也随之颤抖了一下，然后她的眼眶瞬间红了。

其实没什么好哭的，她也没什么好难受的，但不知道为什么，在与徐林席对视的那一瞬间，她的眼泪就控制不住地涌出来。

或许是因为徐林席跟自己截然不同，他拥有她想要的一切，有着她没有的东西。

她颤着声音道："我只是觉得，觉得大家看向我的那种眼神都是不好的，如果我说错了或者说得不好，那眼神里肯定带着嘲笑。"

徐林席抬手，用指腹替她拭去眼泪："对不起啊，纪安，我不应该逼着你说这件事的。让你对一个外人说这种事情，的确很难说出口。"

纪安摇了摇头："不是的。"

你不是外人，你是徐林席呀。

纪安睁着一双通红的眼睛与徐林席对视，唇瓣轻启，提出了一个大胆的要求，是她一直想做但又不敢的事情。

"徐林席，你能借我一个拥抱吗？"

徐林席一愣，忽地笑了："不用借。"他抬起一只手穿过纪安的手臂，另一只手绕过她的脑后，将她拢入自己的怀中，"拥抱这种东西，你需要直接抱我就可以了。"

纪安的脑袋紧贴着他的前襟，她的唇瓣还有些颤抖，眼泪却在一瞬间止住了。

她抬起手，穿过徐林席的腰，然后紧紧地抱住他。

这是她期待了很久的一个拥抱，在今天，终于实现了。

返回宿舍楼的那一段路，今天走起来显得漫长了许多，可能是因为两人放慢了步子，也可能是因为身边人给自己的感觉不一样了。

这一段路上，纪安对徐林席说了自己小学时期发生的那件事情，亦如之前他向她袒露自己家庭的事情一样,她也将自己不愿意向其他人诉说的事情对他说了。

人真的很奇怪,她跟自己的朋友相处了那么些年,却从来没想过要跟她们说,她也觉得没必要说,而且没人发现她的心理问题。和徐林席相处不到三个月,她却能轻易地将自己埋藏多年的心事告知对方。

"就是从那以后,我不太敢冒尖,也不太敢表现自己了。"

徐林席低头朝她笑了笑:"我知道你的意思。"他仰起头,双手在自己的脑后交叉,"我虽然没经历过这种事情,不能切身体会你的感受,但我大概能明白你心里的难受。"

纪安沉闷地点头:"嗯。"

忽然,纪安感觉脑袋一沉,她诧异地抬起头,就见徐林席的手掌竟落在了自己的头顶。

徐林席轻轻地揉了揉她的头发:"慢慢来吧,这些事情不是一朝一夕就能改变的。勇敢地迈出第一步,从简单的尝试开始吧!"

他的语气温柔,眼神、动作都是温柔的。明明知道他向来都是这样的人,但纪安还是感觉,今天的徐林席格外不一样,是她从未见过的模样。

"好。"

徐林席瞬间收回手:"突然觉得有些不好意思。"

纪安疑惑地问:"为什么?"

"我刚刚那个样子像是故意在模仿大人的小孩儿。"他举起拳头掩着嘴,轻咳一声,"毕竟你是学姐嘛!"

纪安被逗笑了。成熟的徐林席啊……

"喂!你可不能笑话我!"

"好,好。"

突然,纪安的手机亮了一下。

纪安拿起来一看,是林妙发来了信息。

妙妙:"呜呜呜——"

妙妙:"安安,安安,求求你了!"

妙妙:"还缺一个人,真的找不到人了!你能不能来救个场啊?你就帮帮你的好姐妹吧!你的姐妹我啊,因为这件事烦得不行!"

注意到纪安一直盯着手机,徐林席问:"怎么了?"

纪安收起手机道:"妙妙说,开幕式的表演还缺一个人,想让我上。"

"纪安,那就去吧!"徐林席歪头看她,"这是一个很好的机会,不是吗?一个迈出第一步的机会。"

纪安回到寝室,手指放在门把上,开门的动作突然一顿。

她低下头,视线落在手里拎着的那盒泡芙上面。

这是刚刚和徐林席分开时,他塞到自己手中的。

徐林席说:"我好像买多了,剩下的你拿回去吃吧。"

纪安想拒绝,但徐林席压根儿没给她说话的机会,把纸盒塞到她手上就跑了,只留给她一个背影。

纪安叹了口气,刚拎着泡芙盒走了几步,口袋里的手机就响了一声。她拿出来一看,是徐林席发来的信息。

他说:"晚安。"

纪安打开门进去,动静不大,但立刻就吸引了寝室里的人的注意。

林妙"噌"地从床上坐了起来,一脸激动地朝纪安喊道:"我不是看错了吧?!安安,你真的答应跟我一块儿参加开幕式表演啦!"

纪安嘴角含笑地点点头:"嗯。"

"呜呜——宝宝,你真好!你是我最好、最好的宝宝!"林妙夸张地说道,"我本来都烦得不行,实在是找不到人,这才给你发信息。我还觉得你可能还是不会答应我,没想到,呜呜——果然这种时候只有亲姐妹才靠谱!"

"嗯。"纪安笑着回应她,然后举起中的泡芙盒,"我带了泡芙回来,要吃吗?"

林妙赶紧点头:"吃吃吃!"说着,她立马翻身爬下床。

纪安打开盒子给她拿了一个,这才发现里面居然还有三个泡芙——徐林席买太多了吧。

纪安给手机充好电后,歪过头对小口吃着泡芙的林妙说:"不过,妙妙,我跳舞可能真的不行,到时候要拖你们后腿了。"

林妙双手捧着泡芙,好不容易空出一只手朝纪安摆了摆:"说什么拖后腿不拖后腿的话呀,你只要参加就很好了。"她朝纪安做出一个"打气"的动作,"万一有人说你,我直接一个拳头飞到他身上给你出气。"

纪安忍俊不禁:"那先谢谢你了。"

其实只是一句很简单的话，但这就像是林妙对她的保证——就算她跳得不好，林妙也不会怪她。

纪安打开手机，点开徐林席的微信，最新信息还是几分钟前他发来的"晚安"。

她慢吞吞地在输入框里打字："今天谢谢你啦！"

但这句话刚打完，她停顿了一下，随后删掉，重新在输入框里打字——"晚安"。

开幕式的舞蹈排练远比纪安想的顺利，她以为会出现的问题都没有出现。就连林妙都嚷嚷着说："安安，你明明跳得挺好的，怎么说自己不会跳舞！害我还真的相信你之前说的了！"

面对她的控诉，纪安只能道："我真的不怎么会，这次只是因为舞蹈简单。"

话虽然这么说，但纪安还是很高兴，高兴于自己勇敢迈出的第一步得到的不是否定。

纪安和徐林席经常会聊天，聊的话题很杂，什么都会聊一些。

俞峡大学运动会过后就是学生们的实践周，徐林席最近一直在准备实践周的事情。

他还抽空关心纪安舞蹈排练的事情，纪安跟他说挺顺利的。

徐林席连发了三个"厉害"的表情包："别担心，不会有问题的。"

纪安捧着手机，笑得嘴角都要咧到耳后根去了。

恰好这时，手机有新的消息进来，她退出徐林席的对话框，定眼一看，原来是她被拉进了一个新的群。

纪安点进群，看到里面一共六个人，都是自己的同班同学。但在这些成员里，她看见了一个她不是很喜欢的人。

"我的天……"

听到纪安的惊呼，林妙跷着二郎腿躺在床上问："怎么啦？"

纪安掀开床帘，一脸震惊地道："真是莫名其妙，我跟吴菲被邵月月拉到同一个群里了！"

"吴菲？"林妙一下子坐了起来，"是不是因为小组辩论赛啊？"

纪安微微皱眉："什么小组辩论赛？"

"就是心理课的那个辩论赛啊！今天上完心理课，老师不是说过会随机给我们组队？好像已经分好小组发到班级群里了。我也刚被拉进群。"

纪安这才反应过来，而后又是一阵懊恼："啊……"

林妙偷笑："你跟吴菲一组啊？"

纪安有气无力地点点头："真是倒霉！"

说起吴菲，她算是纪安在这个班里唯一一个不怎么喜欢的人，不止纪安，林妙也不太喜欢她。

大一开学没多久，纪安和林妙就因为学生会的事情和吴菲闹出一些口角，吴菲这人爱钻牛角尖，脾气也不太好，讲话总是夹枪带棒的。当时，她俩跟吴菲险些在班级群里吵起来。

自那以后，纪安就不太喜欢她，做什么事情都避着她。

而吴菲呢，大抵是因为大一那次吵架，每次看林妙和纪安的眼神都很奇怪，经常以一种审视的眼神盯着她俩。纪安她们被看得浑身上下都不舒服，想要去质问对方，结果对方轻飘飘地吐出一句"我又没在看你们"，把她俩噎得够呛。

"算啦，你别跟她正面接触就行。看样子你们组邵月月会带头，你跟着她走就行了。"

纪安无奈地点点头，然后放下手机，不再去想这件事。

时间在风中流逝，转眼就到了运动会的日子。

这天，纪安和林妙起了个大早化妆打扮，用林妙的话来说就是"不当跳得最好的，也要当场上最美的人"。

纪安平时很少化妆，主要是觉得麻烦。大二以前，很少有事情能让她浪费一个半小时去化妆。平常出门，她打个隔离，抹个口红，不到五分钟就能搞定，没有什么需要她每天化全妆去面对的人。

直到徐林席来了以后，纪安才开始化全妆。

但因为大一养成了懒散的习性，所以她只在跟徐林席刚开始接触和参加一些团建活动时，才会化全妆。平时跟徐林席一起巡查的时候，她也就比大一化妆时多夹个睫毛，描个眉。

今天难得化了个全妆，纪安感觉自己的手都有些生了。

"扎个马尾就好了。"林妙给自己的马尾绕上最后一圈皮筋，扯了扯头发让它变得更蓬松。然后转过身,在看到纪安的模样后,她夸张地惊呼一声,"天哪,宝宝你今天太美了!快让我亲亲。"

纪安笑着挡住林妙:"你少来啊!"

林妙站直身体,开始认真地评价起今天纪安的装束:"真的挺不错的。我早就跟你说了要多扎头发,扎起来精神一点儿,显得脸也小。"说到这里,她又开始感慨,"你要是天天这样打扮,哪里还愁没有男朋友啊!追你的男生能从宿舍楼门口排到——"

"打住啊,一天不打趣我要你命呀!"纪安瞥了一眼林妙,"而且是谁愁自己没男朋友啊?我可从来没愁过,都是你在愁。"

林妙抱着纪安的肩膀蹭了蹭,"嘻嘻"笑着说道:"哎呀,人家是心疼姐姐你孤身一人,想给你找个伴嘛!再说了,我突然想起这件事恐怕不用我来操心了哟!"

纪安收拾着桌上凌乱的化妆品,头也没回:"此话怎讲?"

林妙双手环胸,懒洋洋地倚靠在梯子上:"最近呢,我的好姐姐好像有情况了!好像是跟那个……徐林席?"

纪安收拾东西的动作一顿。

林妙丝毫没察觉到纪安的异样,自顾自道:"学生会巡查给自己排得那么勤快,明明都查完了,却还要晚个小时回来。也不知道以前那个连寝室门都懒得出的纪安最近是怎么回事,嗯?"

纪安立马转过身,羞愤地道:"你为什么会注意到这种事情?"

林妙眼睛一眯,嘴角扬起一抹意味深长的笑容。

纪安见状,心里顿时一惊,暗叫不好,中计了。

林妙拖着长音"哦"了一声:"承认了。"

纪安的呼吸像是被按了暂停键,她的脑海中浮现出了一万句措辞。

到底是她大意了,她忘记了。

喜欢徐林席这件事情被她藏了这么多年,除了任遇苏,没有任何人知道。她也想过找一个合适的时机把这事告诉林妙,告诉身边的朋友,但她想等自己和徐林席的关系稳定了以后再说。

纪安没想过,这件事会在这样一个毫无准备的早晨就这样轻易地暴露了出来。

看纪安像是忘记呼吸一般,脸涨得通红,林妙赶紧拍了拍她的肩膀:

"你这么怕干什么？我知道了这件事能拿你怎么样啊？"

"不是……"纪安红着脸拨开林妙放在自己肩膀上的手，"我只是感觉太意外了……你是怎么知道这件事的？"

林妙挑眉："嗯？还能怎么知道的？明眼人都能看出来好吧？只要跟你熟悉一点儿，知道你性格，了解你的，应该都知道你对徐林席不一样。"

纪安紧紧地盯着林妙。

原来她自以为很好的演技竟那么拙劣。她以为自己隐藏得很好，其实早就被人看穿了。

"我只是……"

"等一下！"林妙忽然打断她，"我说的是这段时间你和徐林席相处的关系有些不一样，感觉你俩有即将发展成男女朋友的趋势。但我看你的样子，你好像跟我想的不是一件事？"

纪安一愣——难道她并没有猜到自己暗恋徐林席的事情？

林妙眯了眯眼："你别跟我说你俩已经在一起了！"

纪安赶紧摇头。

林妙见状，立刻松了一口气："我说呢，你要是已经跟他在一起了，应该会表现得更明显一点儿啊！"顿了顿，她又问，"到底是什么事情啊？"

看着林妙好奇的眼神，纪安沉吟片刻，忽然释然了。

其实有些事情，不用特意选择一个自以为合适的时间，去向众人宣告，只要顺其自然地，在一个再平常不过的时候讲出来就可以了。就像现在这样，在这样一个平平淡淡的早晨，将自己隐藏了很多年、很多年的秘密，告诉她亲密无间的好友。

包括他的背影、他的声音、他的字迹以及她极力隐藏的心思。

她已经决定要勇敢一点儿，慢慢地尝试和徐林席走得再近一点儿。关于自己暗恋他的事情，已不是需要藏着的秘密。这不是一件令人羞耻的事情，这只是一种再正常不过的情感，只是青春时期的美好的暗恋而已。

"勇敢地去试一次吧……"

纪安回想起任遇苏从前说过的话。

下一秒，她抬起眼，直直地盯着林妙，眼神中带着坚定。

"妙妙，有件事我一直没跟你说。"纪安语气平静地道，"其实，我早就认识徐林席了。"

纪安的话音刚落,林妙的惊呼声跟着响起。林妙瞪着眼睛,神色有些震惊:"安安你……是我想的那样吗?"

纪安朝她微微一笑:"嗯。我之前就觉得,这件事说出来,你们肯定不会相信。"

林妙很诚实地点头:"确实没有想过。"

"所以这件事,我当时对你撒谎了。因为我觉得你们肯定会想,我这样的人应该不会做出这样的事情。但是妙妙,你觉得我是一个怎么样的人呢?其实我——"话到嘴边,纪安突然不知从何说起。就在这个瞬间,她想起过去跟朋友倾诉自己那段鲜为人知的秘密时的情景……

纪安的话音一顿,宿舍里顿时陷入沉默。

两人互相盯着对方,眼神毫不躲闪,却都藏着各自的心思。

良久,林妙率先打破沉默,给了纪安一个熨帖的保证:"安安,不管你是什么样的人,你都是我的朋友纪安。"

纪安愣住了。

她知道,哪怕她向林妙展现出那个藏在内心深处敏感又自卑的自己,林妙也不会讨厌她,也不会因此疏远她。纪安也想过在自己说出这些话的时候,林妙会说什么样的话,但她没有想过,林妙说出的会是这样的一句话。

"每个人都有自己的秘密,也会有其他人不知道的一面。我也有呀!所以不管你是什么样的人,我们都是朋友。你的事情,等时机成熟,你要是想说可以再跟我说。还有,你刚刚跟我说你对我撒谎的事情也是,这更正常了好吗?这可是你藏了这么久的秘密,换成是我,也不可能轻易说出口。"林妙忽地抱住纪安,眉眼含笑,"而且我很高兴你能跟我说你和徐林席的事情,这代表了我在你心里的地位不一般。你竟然愿意跟我分享你的秘密呀!你跟徐林席的事情,要是愿意告诉我,我也想好好八卦一下!"

林妙说着,起身朝纪安伸出手:"现在,我们可没时间在寝室里继续聊天咯!"

纪安抬眼看向林妙,然后轻轻一笑,缓缓地将手放进她的掌心:"好。"

其实,纪安懂林妙的意思。现在离集合还有半个多小时,她们根本不用急着去集合。林妙说这话,只是在给她递台阶,给她做准备的时间,想让她好好理一理自己的思绪——

毕竟,这是一个对纪安来说,很重要、很重要的秘密。

纪安站在操场的候场区，吃着刚刚跟林妙一起去便利店买的饭团，眼神有些空洞。想到等会儿就要当着众人的面跳舞，她不由得紧张起来。

她迈出的这一步会是一个什么样的结果呢？

"纪安！"

耳边倏然响起熟悉的声音，纪安猛地抬起头。

徐林席不知何时来到了她身旁，看了眼她拿在手里的饭团，不禁问道："你还没吃早饭？"

纪安笑着点头，然后问道："你怎么在这儿？"

"路过，正好看到你站在这儿，我就过来看看。"徐林席说，"怎么样？紧张吗？"

显然，他问的是她跳舞的事情。

纪安诚实地点头："有一点儿。"

徐林席笑着鼓励她："别担心，一定会顺利的。"

纪安抬起眼眸，视线不经意地落在不远处的林妙身上。她穿着和自己类似的服装，和同班的几个女生站在一起聊天。

纪安慢慢垂下眼眸，像是释然般笑出了声："会的。"

和徐林席闲聊之际，纪安余光瞥见吴菲从自己身边路过，吴菲手里拿了一台这次开幕式要用的泡泡机，边走还边朝前吹着泡泡。

纪安没太在意，只看了一眼便收回了目光，继续和徐林席说话。

徐林席指了指她手上捏着的大半个饭团，提醒道："你再不吃，饭团就要凉了。"

纪安这才反应过来，忙将饭团的包装往下拉了拉，抬手送到嘴边刚准备咬一口，面前忽地飞来一堆泡泡，尽数落在饭团上面。

纪安动作一顿，然后缓缓抬眼朝始作俑者看去。

吴菲拿着泡泡机，站在离她六七米远的位置，与纪安的视线交会后，她轻轻抬了抬手里的泡泡机，脑袋微偏，挑着眉注视纪安。

明明是应该表达歉意的那一方，此刻却是一副挑衅的表情。

纪安从不是什么步步退后无限忍让的人，不然也不会在大一的时候就公然在班级群里和吴菲发生口角。

自那之后的近一年时间里，吴菲最多是以一种怪异的眼神注视着纪安和林妙，别的更出格的动作倒没有。但今天不一样，吴菲故意将泡泡往她吃着的饭团上吹，事后又是这样一副挑衅的模样——纪安忍不了。

纪安垂下拿着饭团的手，脚刚迈开，却有人更快地挡在了她的前面。

"同学，你将泡泡吹在我朋友的早餐上了。"

纪安蓦地抬起头，她这个位置刚好可以看见徐林席的侧脸。

他脸上带着浅淡的笑容，但任谁都看得出来这个笑容没什么温度，反而令人生出一股寒意。

吴菲显然没想到纪安身边的男生会为纪安出头，这和她事先料想的不一样。但她还是很快就反应过来，嘴上说着"我是不小心的"。

纪安一听就明白了，吴菲根本就没有道歉的意思。

"哦，那请你跟我朋友道歉吧。"徐林席显然不吃吴菲这一套，说话语气淡淡的，让人看不出他现在的情绪。

"我都说了是不小心的，你们有必要这么较真吗？"

徐林席说话的语气不变："既然是不小心的，那就道个歉。"

"我——"吴菲突然止住话头，视线一转，朝站在徐林席身后的纪安看去，却见对方的眼里满是惊讶。

显然，纪安也没想到徐林席的态度会这样强硬。

林妙注意到纪安这边的动静，走了过来，用手拉了拉纪安的衣角，问道："怎么了？"

纪安回过神来，下意识扫视一圈，这才注意到她这里的动静已经引起班上一些同学的注意了。她转过头，小声地把事情跟林妙说了一遍。

林妙一听就炸毛了，扯着嗓子朝吴菲骂了一句："吴菲，你有毛病吧？你没事找事啊！"

吴菲也很生气，脱口就道："我又不是故意的，你们有必要这样吗？"

"不是故意的，那你把泡泡弄到别人吃的饭团上面，不赶紧道歉在那儿干什么？"

眼见朝这边投来的视线越来越多，吴菲气得想走，不料刚转身，她的路就被人挡住了。

吴菲烦躁地说道："请你让开，行吗？"

"道歉。"徐林席纹丝不动，只说了两个字，语气强硬得不容人拒绝。

吴菲看了眼四周，终于还是咬牙跟纪安说了一句"不好意思"。

目的达成，徐林席这才侧过身给她让路。

吴菲走后，纪安赶紧走到徐林席身边说道："谢谢你啊，徐林席！"

徐林席莞尔："没事。"

"不过你怎么突然……"纪安犹豫了一下，还是道，"我没想到你会是这种反应。"

"因为我感觉她在针对你。"徐林席淡淡地说道。

纪安一愣。

徐林席解释道："我担心你不太好意思直接说，就擅自做主了，抱歉了。刚刚那个女生把泡泡弄在你的早餐上后，丝毫没有要道歉的意思，神色也有些奇怪。我觉得，对待这种人，就不用在乎所谓的面子，不值得。"话音停顿了一下，他转而问，"你觉得呢？"

他的声音很轻，但眼神坚定。而他这句话，既像是提醒，也像是告诫。

纪安忽然浑身放松下来，嘴角慢慢扬起："我当然是跟你一样的想法，这种事情，没必要忍让。"

听到纪安的回答，徐林席如释重负般地笑了："好。"

接着，两人没聊两句话，徐林席就说要赶回自己班级的队伍了。

他一走，林妙立即凑了上来，盯着徐林席的背影，嘴里"啧啧"道："他倒是挺护着你。"

纪安点点头："其实我也没有想到。"

这虽然不过是一件小事，但是从小到大，她都没有被男孩子这样当面护着过，而且第一个护着她的男生，竟是她喜欢的人。

纪安颇有一种自己置身于幻境中的感觉。

林妙笑了笑，没在这事上多说什么，只道："安安，要准备进场了。"

"好。"

"各位领导、老师、同学们，大家早上好！金秋十月，我们迎来了……"主持人说着运动会的开幕词，说完后，就开始介绍开幕表演了，"现在进场的是……"

纪安走在方阵的中间，她目光朝主席台的方向看了一眼，那里坐着学校的重要领导，而另一边，则站满了俞峡大学的学生。

方阵移动到了主席台正中央的位置，随着林妙一声令下，方阵顿时散开排成了一个半圆形。

走到自己的位置后,纪安深吸了一口气,在心里暗示自己,不会有问题的。

随着音乐声响起,她的肢体跟着节奏开始摆动。

舞蹈动作并不难,但想跳得感觉到位是很难的。跳舞的人一共有九个,除了林妙和另外一个女生,其他都是无基础、来凑数的。

纪安之前很没有底气,但被林妙鼓励以后,心里倒也生出一点儿信心,跳舞的动作也慢慢变得流畅。

四十多秒的音乐渐渐进入尾声,纪安刚想松一口气,不知怎么目光落到了自己前方的男生身上,然后下意识地跟着他的动作做了起来。等反应过来时已经晚了——她跟着对方做了一个错误的动作!

纪安心里开始发慌,脚一软,连结尾的几个动作都做错了。

当时,她的脑子一片空白——

失败了。

开幕式舞蹈结束,队伍变回原来的方阵。

纪安的情绪已经因为刚刚的事情跌入谷底,她心里开始泛起不安,担心站在自己身后的那一排同学会因此怪罪她。

纪安越想越发待不下去了。在走到相应的位置之前,她借口去洗手间,悄然无声地离开了队伍。

纪安绕到了主席台后方。她们班级上场顺序靠前,所以还有大部分班级的队伍在候场。

这里熙熙攘攘的,学生们嬉笑打闹,也有不少人站在那儿玩着手机。总之,鲜少有人像她现在这样心事重重。

"纪安。"

听到熟悉的声音,纪安倏然停住了脚步——是徐林席。

感受到他在向自己靠近,纪安犹豫着要不要抬头。刚才舞台上的失误,让她突然不知道怎么面对他——他会因为这件事,改变对她的看法吗?

徐林席走到纪安面前,笑着问:"你们的节目结束啦?跳得怎么样?"

纪安慢吞吞地抬起头,犹豫了一会儿,还是朝他展颜一笑:"嗯,不过我出现了一点儿意外。"

徐林席挑眉:"嗯?"他顿了一下,然后笑着从口袋里掏出一根棒棒糖递给她,"给,恭喜你。"

纪安愣住了,她迷糊地从徐林席手中接过那根还带着他身上余温的棒棒糖:"为、为什么要恭喜我?我没做好这件事……"

"一点儿小失误而已。"徐林席收回手插入口袋,无所谓地耸耸肩,"那又有什么关系?你不是已经成功了吗?"

纪安的眼波微微发颤。

他说,她已经成功了……

"你不会忘记了吧?我们一开始定的目标不就是迈出第一步吗?你已经上场了,那就说明你成功了啊!这多值得恭喜呀!"

纪安盯着徐林席,他的嘴角扬着,语调轻松,丝毫没有觉得她出错了有什么关系。

一语惊醒梦中人,纪安的确忘记了,那天晚上,徐林席教她勇敢迈出第一步,指的是去参加开幕式,却没说要完美地跳下来。

"啪嗒",额间突然被弹了一下,纪安一脸诧异地抬起头。

徐林席问:"傻了吗,学姐?发什么呆啊?"

学姐,是这个称呼……

自从徐林席和纪安熟络以后,他便不再称呼她为学姐,只会在一些轻松愉快的情况下,以开玩笑的口吻故意这么喊她。

不知道是因为徐林席的话,还是因为他的这个称呼,纪安心头原本笼罩的阴霾被一扫而空,像是有光透过厚厚的云层照射下来。

她蓦地笑了起来,既是被逗笑的,更是释怀后的放松。

徐林席见状,也跟着放下心来,笑容更灿烂了。

纪安道:"没呢,是我搞错啦!"

"搞错什么?"徐林席不解地问道。

"搞错方向啦!"

是真的搞错方向了,不过还好有他可以为她掌灯指引方向,告诉她,她的第一步没迈错。

从洗手间出来以后,纪安便回到了班级队伍。她刚站到林妙身边,就见林妙兴冲冲地对自己说:"安安,刚刚旅游一班里有个男生超帅!"

"真的很帅!"一旁有女生搭腔。

纪安附和了两句,然后提起刚刚开幕式的事情:"妙妙,刚刚开幕式表演的最后一部分我跳错了,给你们——"

"哎呀!"林妙打断她,"你介意这种事情干什么?跳错就跳错呗!谁没个紧张的时候呀。"

"对呀,纪安,你可别介意这件事了。我高二的时候上台表演还当众摔了呢!我平时跳得可好了,就是那天有点儿紧张。人嘛,不可能什么事情都做得完美的。"刚才搭腔的女生也安慰道。

林妙重重地点了点头,随后俯身抱住纪安,说道:"对啊,你别在意这种事情了。而且你来救场前,我不就跟你说过了吗?你能来帮我就已经很好啦!"

林妙和同学的安慰,抚平了纪安心底最后一丝不安。

她突然觉得,好像所有的担心,都只来源于自己。那些自己特别在意的事情出错了,好像没人会介意,似乎一直都是她自己在给自己施加压力。

"好。"纪安笑着看向她们。

三天的运动会,纪安只参加了一个项目——定点投篮。

检录完了以后,纪安就待在篮球架旁静静地等着。

来参加定点投篮的学生大多是随意报个项目,所以投出来的成绩也大多不敢恭维。

看着一个个篮球在栏板上弹出,纪安忽然想起从前的自己也是这样的,一分钟的定点投篮,4个就是她的极限。

记得高中的时候,她经常去操场上走路放松,还拉着盛湘语和季蔚一起在操场的跑道上走了一圈又一圈,也正是在这种情况下,她时常能看见在操场隔壁篮球场打球的徐林席。

纪安觉得,徐林席最喜欢的运动应该是篮球,因为他每天都会打篮球。哪怕遇上天气不好的时候,他也会跟同学结伴去室内篮球场活动活动。

高二那年的运动会,纪安也像现在这样报了一个定点投篮,想着投完了事。但她没想到,那天竟会在检录处碰见那个和徐林席关系很好的女生。

或许是当初盛湘语无意间的一句"上周我弟因为和一个女生走得很近,被学校喊家长了",引起了她的注意。

季蔚问盛湘语:"你还有弟弟?"

"不是亲的。"

"哦,那个高一的徐林席吗?"

"对啊,那个女生好像是他班上一个叫程湘雯的。"
…………
后面两人说了什么,纪安有些记不住了,但她记住了程湘雯的名字。

那天在检录处,纪安听到程湘雯的名字的时候一惊,没想到她跟自己报的是一个项目。而徐林席,在程湘雯上场的时候恰好来到了现场。

不知道是因为程湘雯和徐林席的关系,还是其他原因,纪安感觉自己面对程湘雯时,莫名生出了一股很强烈的胜负欲。

例如这次投篮,她想赢程湘雯。

所以她一直注意着程湘雯,知道她投篮投中了10个。直到上场,纪安都在心里默念着这个数字——她一定要比投得比10个多。

这可怕的胜负欲并没有激发出她强大的爆发力,她反而因为过于紧张,投的篮球次次都出筐了。仅仅一分钟的投篮时间里,她额间就冒出了很多细汗。

最后哨声响起,她正好接住从篮筐上掉下来的篮球。

"纪安,4个。"

那时候,徐林席还站在旁边。当时的情况,让纪安只想变成一只地鼠遁地逃跑。

纪安把篮球递给下一个上场的选手后,季蔚她们就围了上来:"你怎么比去年还退步了?去年你投中的数量有五个吧?"

纪安捂着脸:"别说了,丢人。"

从那天以后,秉着篮球是徐林席最喜欢的球类,自己不能投篮投得太差,又秉着一定要超过程湘雯的想法,纪安开始苦练投篮。

每一节体育课,当盛湘语和季蔚一起坐在阴凉处聊天时,她便一个人抱着篮球,顶着大太阳,在篮筐下不厌其烦地练习定点投篮。

为此,她还找了班上篮球打得好的男生指导了一下动作。

"你对着那个筐的对角投就可以了。"

按照对方说的,纪安一投,球还真的擦着篮板进了。

纪安回想起那段时间的自己,简直既好笑又有病,仅仅为了那么一点儿胜负欲,就付出了那么多时间,甚至放弃了自己的休息时间,也要去借个篮球到旧篮球场练习。

旧篮球场里已经没人会去了,正好给她练习擦篮板。

好笑的是,引起她单方面的好胜心的事由还是一场乌龙。

盛湘语说："原来是一个误会，他俩不是我们想的那种关系！程湘雯和徐林席只是朋友，两人小学、初中都是同班同学。听说因为被误会了，他们两个人还被跟他们一起玩的那帮人笑话了一个星期。"

纪安心想，好吧。

但高三那年的运动会，纪安还是报了投篮。

那一年，她以一分钟投中 17 个球的成绩进入决赛，又以半分钟投中 10 个球的成绩拿下女子投篮的第五名。其实还不错，最后还能有一个奖状来安慰她一下。

所以这次俞峡大学的运动会，纪安依旧按照高中的惯例给自己报了定点投篮。

大概是掌握了技巧，哪怕一年没碰过篮球，真到上场的时候，她还是凭借擦板球拿了个第六名。

纪安刚和林妙走出操场，迎面就撞上任遇苏扶着徐林席从医务室出来。

林妙咋舌："怎么了，这是？"

任遇苏下巴一抬："这厮跳个高把自己的脚扭了。"

纪安的视线落在徐林席抬高的右脚上，她眉头微微一皱，问道："医生怎么说啊？"

"还能怎么说啊，姐姐，"任遇苏似笑非笑地看着纪安，"脚扭伤了就少走动，多休息呗！"

纪安一顿，眼帘下垂，遮住自己眼里的情绪。

徐林席也笑着说道："什么事情都没有，休息两天就能走能蹦了。"

林妙接话道："你可别吹了。"

"哦，对了，实践周以后部门要团建聚餐，这一次谁都不能缺席。"任遇苏说着，看向林妙，"特别是你，别又跟你那好男朋友出去玩了。"

林妙不服气地呛回去："你特别点我的名干什么！"

看着二人争吵，纪安忍不住去看徐林席，却不想跟他的视线撞了个正着。徐林席眼眸漆黑，见纪安看过来，他嘴角的笑容更甚，像是在传递什么信息。

纪安也笑了起来，是相视一笑呀！

第七章

下一个流程

路灯下,成群的蝇虫在光源处徘徊,绕着光源起舞。

纪安拎着一个蓝色袋子来到宿舍楼下,在周围打量一番,只见宿舍大门不断有人进进出出,有个别情侣牵着手在这周围徘徊。最终,她的视线落在了男生宿舍三楼的位置。

徐林席和她说过,他的宿舍在三楼,但她不知道具体是哪个房间。

这是纪安第一次来徐林席的宿舍楼楼下。

往常她和徐林席一起回来时,大多数时候是在岔路口就分开了,或是徐林席将她送到女生宿舍楼楼下。而且,如果有什么事情需要找对方,也都是徐林席来找她。

这么说来,她好像还没有主动来这边等过徐林席。

纪安从口袋里摸出手机,指腹轻轻地划开锁屏,目光落在微信界面最上方的徐林席发的消息上。

她刚想抬手点进自己跟他的对话框,手指却突然顿住,停在半空中,落也不是,收也不是。

她在犹豫——她这样贸然来到他的宿舍楼楼下找他,会不会打扰他?

纪安看了眼手里的袋子,里面装着治疗跌打损伤的喷雾、膏药和她跑到校外买回来的一些甜点。

她事先没征得徐林席的同意，便擅自做主买了这些东西来到他的寝室楼下，想要送给他，希望他可以快点儿好起来，却忘记了考虑他会不会收下，是否会介意。

这想法一旦冒头，就会被慢慢放大。她原本没多想，现在却越来越担心自己做的这件事是否会越界。

纪安心里犹豫得不行，眉头紧锁，在原地踱步转圈。等转到第三圈的时候，她慢慢背过身，背对着宿舍楼的门口，在花坛旁缓缓蹲下身子，然后烦躁地抓了抓脑袋，托着腮帮子思考。

"嗡嗡——"忽然，她握在手里的手机开始振动。

纪安垂眼一看，眼睛渐渐睁大——是徐林席。

她不敢耽搁一秒，赶忙按下接听键，把手机放在耳朵旁："喂？"

"你蹲在楼下……"他的嗓音透过听筒传至耳膜，刺激得她呼吸滞住——"干吗呢？"

徐林席的声音不紧不慢，语调上扬，含着丝丝笑意。

纪安感觉自己的喉咙突然开始发干、发痒，她紧张地吞咽了一下口水，讷讷地道："什、什么？"

电话那头的徐林席发出一声轻笑，然后说："你抬头。"

纪安忽地站起来，然后迅速转过身，一抬头，她就看见了站在三楼从右往左数第三个房间阳台的徐林席。他抬起右臂，朝她招了招手："现在，看到我了吗？"

只一句话，便让纪安浑身一抖，她的脸立刻涨红了。

纪安背着手，紧紧地攥着手提袋，将它藏在身后。她站得笔直，像是乖乖听话的孩子。

然后，她磕巴地回答："看、看到了。"

徐林席问："你是来找我的吗？"

纪安闻言，下意识就想反驳："我——"

但她话没说出口，就被徐林席打断了："等着。"丢下这两个字后，他便挂掉了电话，人也很快从阳台上消失。

纪安缓缓抬起手摸了摸自己的脸颊，有些烫。她轻轻眨了一下眼，背过手，企图用手背将脸上的温度降下来。

等了五分钟左右，正当纪安猜想徐林席是不是遇到什么事情耽搁了的时候，她就看到他一瘸一拐地从宿舍楼里走出来。

纪安这才反应过来他脚上还有伤，顿时心里一阵懊恼。她本意是要给他送药的，现在却要麻烦他这一番折腾……

纪安忙快步迎了上去，颇为羞愧地说道："不好意思，你脚上有伤还让你下来。"

徐林席笑了笑，说道："没事啊，是我自己想下来的。"

纪安不由自主地迎上他的视线，他直勾勾地盯着她，漆黑的眸子中像是藏了什么难以启齿的情绪，看得她浑身发麻。

纪安先一步移开视线，往下移动两寸。

好像每次和徐林席对视，她都是先逃离的那一方。

纪安踌躇片刻后，小声问："你什么时候看到我的？"

"啊，其实没多久，就是你在那儿转圈的时候。"

他话音一落，纪安的脸颊再度涨得通红，比刚才红得更厉害。

纪安怎么也没想到，徐林席会恰好在那时候看到她。当时她心里正犹豫着，便在原地焦灼地转来转去。在别人看来，这样子肯定是很蠢的，可偏偏就被徐林席看个正着。

纪安红着脸道："那你干吗不马上给我打电话？还等了那么久。"

从她转圈到蹲下，再到徐林席打电话来，中间有好长一段时间，当时她一直蹲在原地一边揪着面前草坪上的杂草一边思考。

见面前的徐林席迟迟不回答，纪安刚准备抬头看他，就听见一道不大不小的笑声落在她的头顶。

"扑哧——"

纪安一下子蒙了，抬起头，一脸错愕地看向徐林席。

徐林席单手撑着自己的下巴，做思考状，目光飘到一侧，为难地说道："因为我也不确定你来这里是找谁的，但看你等了半天，我这才给你打了个电话。所以……"他倏然收回视线，重新看向她，"你是来找谁的？"

纪安一怔，张了张口，却不知道该怎么说。良久，她垂下头，轻轻地摇了摇头："不是找其他人。"她慢慢地将藏在身后的手伸出来，将手提袋递到徐林席的面前，"我是来找你的。"

彼时正好起了一阵风,风不大,拂过二人时只轻轻地吹起他们的碎发以及纪安白色的裙摆。

把实话说出来后,纪安心里没由来地觉得舒服了。

她这句话不是告白,却胜似告白。

夜色里,徐林席缓缓扬起嘴角,连眉眼也含着笑。他从纪安手里接过手提袋,问道:"这是什么?"

纪安收回手,难得没有退缩,而是直面他炙热的目光:"治疗跌打损伤的药膏和喷雾,我室友说这几种药效果挺好的。还有一些甜点,你不喜欢吃太甜,所以我选的都是一些甜度比较低的。"

徐林席笑着反问:"你怎么知道我不喜欢吃太甜的甜品?"

糟糕!

纪安脸上的笑容一僵,她后知后觉,自己刚刚一时忘形多说了话,跟抖筛子似的将心里的秘密抖了出来。

少年看着她,发出两声轻笑。他垂下拿着袋子的手,眉毛轻挑:"嗯,学姐?你是怎么知道我不喜欢吃太甜的甜品的?"

他的语调上扬,说话方式也跟平常说话的方式不太像。语气暧昧,有一种探究的意味。

"越到这时候,越不能退缩。"纪安的脑海中忽然闪过傍晚时林妙跟她说过的话。

今天下午比赛结束以后,她便跟林妙坐在寝室里聊天,聊天的话题自然就是纪安刚曝光的秘密。

她没和林妙说太多自己的暗恋史,只是简单地说了几句,说的大多是在大学遇见徐林席后发生的事情。

林妙跟她说,既然喜欢,那就尝试一下,尝试着去直面自己的喜欢,去把自己喜欢的人追到手。

对于林妙的看法,纪安毫不意外。林妙的想法和任遇苏的一样,两人都希望她可以勇敢一点儿。

其实就算林妙不说,纪安已经这么做了。

她挺想改变自己的,不管是自身的敏感多疑、小心谨慎,还是在感情上的不自信,她都想改变。

她也确确实实在努力了,开幕式上她迈出了第一步,在感情上她也慢慢推进。

在任遇苏说完那些话以后,她就开始慢慢地将她和徐林席之间的距离拉近,并且越拉越近,寻找着每一个合适的时机。

她忽然发现,现在就是一个再合适不过的时机。

于是,面对着徐林席的目光,纪安没有丝毫退缩。她露出笑容,脑袋微微歪了一下:"你猜咯。"

如果纪安没有改变想法,那么这时候她的回答肯定是苍白而无力的谁谁谁说的。她下意识的想法都是去掩饰、隐藏自己。

但现在不一样,她既然已经迈出了第一步,也顺利地开始了第二步,那么第三步、第四步都要她自己来推动。

她自己的感情,得她自己推动着它进入下一个流程。

第一步是改变自己的想法,第二步是和他成为朋友,那么第三步呢?第三步是什么?任遇苏没教过她。

纪安也曾问过第三步该怎么走,任遇苏却只说了一句话:"我只教你走两步,剩下的你都得自己走。"

任遇苏告诉她,如果每一步都是别人教她走的,那这段感情不过是在他人的推动下完成的,是不完全属于自己的。她应该自己去面对自己的感情,自己去完成,这样得到的感情才是圆满的。

现在,看着眼前的徐林席,纪安好像明白了第三步是什么,也知道接下来的每一步应该怎么走。

徐林席有些意外,他没想到纪安会这样回答。

今天的纪安,好像跟平常不太一样了。不过,这不是什么坏事。

徐林席笑着说道:"那我就好好猜一猜。"

闻言,纪安抿嘴一笑。

那么,进入下一个流程吧!

运动会结束后,俞峡大学的实践周便如期而至。

纪安加入的那支队伍是她自己班的导师带的,虽没有像其他学生自行组队来得自由,但是能收获很多经验。

纪安每天忙得脚不沾地,不是跟着导师在外面实践踩点,就是在寝室里写实践周的报告。

林妙也在纪安这个队伍里，从她由原来每天都要打扮精致才出门，到现在只洗一把脸就出门，已然可以看出实践周有多忙碌。

纪安这边忙，徐林席那边也没好到哪里去。两人好不容易抽空约着一起去南门那边吃夜宵。

闲聊中，徐林席说自己跟了个严格的导师，事事都要求完美。他还开玩笑道："本来以为上了大学能轻松一点，怎么感觉比我在附中的时候还辛苦啊。"

纪安跟着笑了起来，端起桌上的橙汁抿了一口，然后低声说："你要加油呀！跟导师处好关系对你很有帮助的。"

徐林席点点头，刚要说话，头却突然感到刺痛，紧接着是一阵莫名而来的眩晕。这突如其来的眩晕使他没能拿稳手中的酒杯，"嘭"一声掉在桌面上，里面的酒水洒了出来，顺着他那边的桌面流下，滴在了他的裤腿上。

"徐林席！"纪安一愣，看着面前有些痛苦地按着自己太阳穴的徐林席，她赶紧伸手按住他的手臂，"你怎么了？"

眩晕只是一瞬间，徐林席很快恢复正常，眼前白茫茫的景象慢慢消散，视野也变得清晰。

他朝纪安摆摆手："没事。"

纪安担忧地问道："你不舒服吗？"

"就是头突然疼了一下，现在已经没事了。"徐林席解释道。

但他话音刚落，纪安发出一声惊呼："你流鼻血了！"

徐林席顺着她指的方向，抬起手背在鼻子上一擦，手背上瞬间沾满了鲜血。

纪安赶紧抽了两张纸塞到他的手里，示意他擦一下，关切地询问："你这好端端的，怎么会流鼻血呢？"

徐林席拿纸垫在自己的鼻子下，麗声麗气地安慰她道："大概是上火了吧。"

纪安一想，倒是真有可能。看着满桌子的烧烤，她忙道："那你别吃了，上火还跟我出来吃这么多烧烤！"

徐林席的鼻血流得不多，用纸巾垫了一会儿后就没了。

徐林席将纸团扔进垃圾桶里，纪安见状，准备起身收拾东西。这时，徐林席口袋里的手机响了。

徐林席拿出手机看了一眼，按下接听键后，将手机放到耳侧："喂？"

纪安听不到电话那头的声音，但徐林席说话时没避着她，他说的话，纪安都听在耳朵里——"嗯，在啊。"

"你怎么来了？"

"行，我现在在南门这边，你直接打车过来吧。"

"嗯。"

见徐林席挂了电话，纪安问："怎么了，有谁要来吗？"

"嗯，我朋友。"

纪安微微颔首，刚想起身回去，就被徐林席按着肩膀坐了回去。

"你干什么啊？"徐林席皱起了眉。

纪安一脸茫然："回去啊！你朋友来找你，我在这里不太合适，你们玩就是了。"

徐林席微微一哂："有什么关系，你又不是外人。"

纪安眨了眨眼，最终还是乖乖地坐在位置上没动。

等人的间隙，徐林席跟她有一搭没一搭地聊着天。

想到刚刚徐林席头疼的模样，纪安还是有点儿担心，提醒道："你刚才突然头疼，也不知道是什么原因，有时间去医院检查一下比较好。"

徐林席应了一声，下意识端起桌上的酒想喝一口，手臂却忽然被纪安抓住。他诧异地抬起眼，只见纪安正皱着眉瞪着他，语气有些严厉："你都上火了还喝酒！"

那一瞬间，徐林席感觉自己心里有一块地方像是被人踩了一脚陷了进去，有一股异样的情绪涌上心头。

与她僵持了几秒后，他笑道："我就喝一点儿。"

"一点儿都不行。"纪安语气坚定，不容他拒绝。

徐林席只好放下酒杯，朝纪安摊了摊手，示意自己不喝了。

纪安见状，这才收回抓着徐林席的手，可就在这一瞬间，她猛然意识到自己刚刚的举动有多么不妥当。

两人并不是男女朋友，只是普通的朋友，她怎么可以用那样的语气去勒令徐林席？

而且，就算是朋友之间的关心，也没有像她这样的。

纪安顿时将两手叠放，拢在自己的小腹前，低头小声道歉道："不好意思。"

徐林席不明所以："道什么歉？"

"就是刚刚，我不应该……"后面的话，纪安说的声音如同蚊子，混在这嘈杂的环境当中，很难让人听清。

但徐林席还是听懂了她的意思，耸了耸肩膀："没关系啊，我不介意。"

纪安抬起头，不可置信。

他为什么不介意？是因为根本没放在心上，谁都可以这么做，还是因为对象是她？

纪安讷讷地张了张嘴，最终还是什么都没说。

"徐林席！"不远处传来一道男声。

徐林席闻声站了起来，朝纪安身后的方向招了招手："这里。"

很快，一个人影从她身侧走过，在徐林席的另一侧落座。

人一到，徐林席就赶紧给纪安介绍："纪安，他叫北江，你之前见过的，就上次爬山的时候。"

北江将手肘撑在桌面上，抬起眸子看了纪安一眼，冲她微微颔首。

其实不用徐林席介绍，纪安也认出了北江，他和高中的时候没两样。

从徐林席和北江的三言两语中能猜到，这次北江来，好像是为了找他的女朋友。

"哦，是吗？好，麻烦你了，学长。"徐林席挂掉电话，朝北江摇了摇头，"她人好像已经不在学校了，听她室友说已经收拾好东西回去了。"

北江急忙问道："回哪儿？临安吗？"

"应该是吧。她家不是就在临安吗？"

北江霍地站了起来，拿起放在桌上的棒球帽往脑袋上一扣："行，那我先走了。"

徐林席一把拉住他的手腕问道："你去哪儿？"

"临安。"

闻言，徐林席慢慢松开了手："行。"

北江很快就走了，从他来到这里到离开，一共也没待足十分钟。

纪安这才向徐林席问起北江的情况："他为什么就待这么一会儿啊？十分钟都没到啊！"

徐林席原本紧锁的眉头顿时一松,他转过头,挑了下眉毛,似笑非笑地问道:"你还想他待多长时间啊?"

纪安这才反应过来自己说的话有些不合适,赶忙解释:"不是,我只是好奇他这举动。"

说完,她悄悄去看徐林席的反应,但他只发出一声笑,看不出他到底在想什么。

过了大约半分钟,徐林席忽然开口道:"他是来找他女朋友的。"

纪安忽然想起,之前那次爬山,她说到自己在俞峡大学上学的时候,北江确实反应很大,那时候身边的人还笑着调侃说纪安跟他的女朋友在一个学校。

"我想起来了,他女朋友也跟我们一个学校。"

徐林席点点头:"嗯。"

结完账,走在回校的路上,纪安还是有些担心徐林席的身体状态,叮嘱他一定要去看医生。

徐林席倒是点了头,但纪安看他的样子,不清楚他到底听进去没有。

分别之际,徐林席提醒纪安过两天要去部门团建的事情。

纪安忍不住打趣道:"怎么说我也是你的前辈,这种事情还需要你提醒我?"

徐林席回答道:"那还不是因为你不记事。"

两人顿时相视一笑。

纪安忽然想到这次团建的地点,忍不住再次提醒徐林席:"这次团建结束以后可能会去唱歌,到时候他们应该会玩一些游戏让人喝酒。你早点儿去医院看看,要是不能喝酒提前跟任遇苏说好。"

徐林席轻笑一声:"这次团建也算是欢送任遇苏卸任了,我只要没死,就得被他拉去喝酒。"

纪安"哼"了一声:"你别理他!要是不想喝,你跟我说,我帮你。"

徐林席眨了眨眼:"你帮我喝?"

纪安摇了摇头:"爱莫能助,我只能喝一点儿,一杯就上脸了。我可以帮你想别的方法对付任遇苏。"

头顶传来徐林席的笑声,接着,纪安就听到他"嗯"了一声:"行吧。"

徐林席抬起自己拎在手里的帽子,这是刚刚纪安绑鞋带的时候让他帮忙拿的。徐林席将帽子扣在纪安头上，嘴角上扬，眼眸中映着的灯光好似星星："你还是好好照顾自己吧。"

回到寝室，纪安坐在书桌前，捂着自己发烫的脸颊愣了半晌。

见纪安坐在那里半天没有动，林妙有些疑惑地喊了她一声。

听到自己的名字，纪安这才拉回了思绪："啊？"

纪安说完就转过头去，却见林妙的脸上写满了八卦。

林妙微眯着眼问："你在想什么啊？喊你四五声了都没反应。"

"啊？"纪安又愣了一下。她想事情想得这么入迷吗？林妙喊了这么多声她才听到？

林妙自顾自地说："让我猜猜。你刚刚是去跟徐林席吃夜宵了，能让你想得这么入迷，肯定是你们之间发生了什么事情……"突然，她错愕地惊呼一声，"徐林席亲你了？"

纪安闻言瞪大眼睛："你在口出什么狂言？居然、居然说……"

"好吧，看样子不是。"林妙叹了口气，似乎有些失望。她幽幽地看向纪安，"那你们干什么了，弄得你这么心不在焉？"

纪安没回答她，只是顺着刚刚她说的话思考了起来。

要不是林妙大胆地提起来，纪安这辈子都不敢想自己和徐林席亲吻的情景。

虽然她和徐林席之间的关系，以她自己的看法和林妙的说法，只差捅破最后那一层窗户纸，但亲吻这种事情，她真的想都不敢想。

"纪安，我是真的想过。"徐林席盯着窗外喃喃道。

纪安坐在床前，握着他的手掌，耳边虽然传来了他的话，她却没有抬头看他，视线只木然地落在他手掌的纹路上。

他的生命线很长，几乎延伸到了手掌的最下面。

可是为什么，为什么……

"纪安。"徐林席忽然反握住她的手，眼里包含了太多太深的情意，他声音低哑地道，"抬头吧，纪安，让我再看看你。"

纪安抬起头，身子也跟着起来，她一只手撑着床沿，一只手抚摸徐林席的脸颊。尽管她已经十分克制自己了，但她的手还是忍不住地颤抖。

她靠近徐林席，唇落在了他的眉心，唇发着颤，说话带着哭腔："我再亲亲你吧,徐林席!我再亲亲你吧……"

她的唇一寸一寸地往下移,从眉心到眼皮、到鼻尖,再到他的唇。贴上他嘴唇的那一瞬间,她尝到了一丝咸味。

纪安闭着眼,好似看不见就不知道,但颤抖的眼睫毛还是暴露了她的内心——有一个人哭了。

"嘎吱——"

迷糊之间,纪安听见房门被人打开的声音。她睁开眼,视线落在头顶的床帘顶棚上。

纪安眨了眨眼,躺了一会儿后,慢吞吞地从床上坐了起来,然后深吸一口气。

她抬手摸了摸自己的眼角,那里湿湿的,连眼睫毛也残留着一些泪珠。

她哭了,因为一个梦。

纪安擦了一下眼睛,而后抬手拉开床帘。

顿时,窗户外的光争先恐后地涌了进来,但光线不刺眼,饶是她刚睁开的眼睛也适应得很快。

纪安看了一眼枕边的手机,早上八点了。

"醒了啊,安安。"林妙从桌前抬起头。

纪安点点头,翻身从床上爬了下去。

"桌上有早餐,你快趁热吃了吧。"林妙一边描着唇,一边说道。

纪安将视线转移到桌上,那里放着一杯豆浆和一盒小笼包,外加一个茶叶蛋。这样的早餐算是丰盛的了。

纪安转过头问:"你几点起来的啊?把早餐都买回来了。"

林妙正好化完唇妆,盖上唇膏盖子后,笑着回答道:"不是我买的啊,是柯程礼买的。我今天要跟他出去约会,他现在在寝室外面等着我呢。"

在纪安的印象中,柯程礼是林妙的男朋友,比林妙大三岁,早就大学毕业了,现在正在他自家的公司上班。

她忘了两人是什么时候谈上的,反正肯定在她和林妙认识之前。

纪安闻言,笑了笑:"谢谢你啊!"

"宝宝说谢就生分了。"林妙拿起包准备出门,"我走了哟,不用太想我。"

纪安忽然想起晚上的团建，喊住她："等等！那你晚上的团建怎么办？"

"团建啊……没事，我一定准时到。"

"行吧。"

林妙走后，寝室里就只剩下纪安一个人。

她洗漱完回来便打开了一部动漫看了起来。她坐在桌前一边看一边吃着早餐，时不时被动漫逗得哈哈大笑。

只是渐渐地，她的兴致就降下来了。

她忽然想起了今天早上做的那个梦，让她感觉很难受、很怪异。

她很久没有在醒来的时候哭过了，这一次，她切切实实地感受到了自己在梦里经历的那种难受的情绪。

纪安抬起手抓了抓脸颊，放下时，指尖轻轻划过嘴唇。

她忽然想起梦里一件更重要的事情——她一直在亲吻徐林席，亲吻他的脸颊、他的眼睛和他的嘴唇。

说来真是奇怪，她暗恋徐林席这么多年，梦到过徐林席很多次，却从未有一次是这样的。梦里，纪安一直都是一个旁观者的视角，看着徐林席的背影。

真是够有意思的，梦外她看着他的背影，梦里竟然也是。

纪安感觉这跟自己的心态有很大的关系。她从前从未敢逾矩，更不敢把自己代入徐林席的生活里，就算是做梦都不敢。

可最近变了，她对徐林席改变心态了。

她从一开始的暗恋者，变成和徐林席关系暧昧的人了。

这种身份的转变，很快又很慢。

最近这段时间，纪安能感受到她跟徐林席之间那种暧昧的氛围。她知道，或许真的有可能，她和徐林席会在一起。

或许就是因为徐林席来到俞峡大学以后，两人的关系发生了转变，所以她对自己在徐林席身边的定位也跟着改变。

已经尝过了在他身边的那种愉快，她就不会想再回去当一个无人知晓的暗恋者了。

这一次她梦到他，从一个完全不同的视角看到他，是不是也在暗示着什么？

晚上，学生会团建，纪安和徐林席约好一起过去。

纪安收拾好来到楼下后，就看到徐林席的身侧还有任遇苏，两人有一搭没一搭地闲聊着。

纪安撩了撩头发，走了过去："你俩怎么一块儿来了？"

任遇苏神色不明地看了她一眼，揶揄道："怎么，还不准我跟徐林席一块儿来？"

纪安对他的"攻击"已经免疫了，轻咳一声表示自己管不着，然后径直走到徐林席身侧，跟他一块儿往前走，留下任遇苏一个人在身后瞠目结舌地看着。

纪安的改变确实很明显。以前那个提到徐林席的名字就脸红的少女已经不见了，现在她在适应和徐林席的一种新的关系。就任遇苏所了解的，一种处于暧昧期的关系。

任遇苏的惊讶没持续几秒，他快步走到徐林席身侧，忽地朝纪安问道："林妙呢？"

"她跟她男朋友吃饭去了，晚点儿会直接去团建的地点。"

"哦。"

跟任遇苏聊了两句后，纪安忽然想到什么，趁着任遇苏打车的工夫，扯了扯徐林席的袖口，示意他弯下腰，随后附在他耳边轻声问："你去医院看过了吗？"

徐林席不解地皱眉："什么？"

"就是你上次头疼的事情。"纪安小声道。

徐林席摇了摇头："没时间去。不过应该没什么事情，之后我都没再出现那天晚上的情况了。"

纪安点点头，松开了拽着徐林席衣袖的手。

她心想，或许是自己想太多了。

这次团建的流程和往常一样，一群人先去餐馆吃了顿饭，然后便直接去了餐馆楼上的KTV唱歌。

部门里这次来了二十多号人，普通的包厢坐不下，定了超大包厢才刚好坐下。

他们刚进包厢，酒水和小食就送了进来。工作人员刚退出去，气氛还没开始炒热，任遇苏就一把扯过小台子上用来唱歌的话筒扯开喉咙道："喂，喂，大家静一静，静一静。今天呢，是我们纪检部的团建活动，也是我最后一次参加咱们部门的团建。在这之后呢，我……"

林妙附在纪安耳边轻声道:"任遇苏提前卸任了。"

纪安点点头,她明白林妙话里的意思。

纪检部部长这一职,每个人卸任的时间都不太一样,大部分人会在大四的时候退出学生会。但任遇苏之前对纪安说过他的想法,他打算在十二月退出,而他十二月底会离校实习。

"任遇苏要走了吗?"突然,坐在一旁的徐林席转过头,在纪安耳边小声问道。

纪安动了动身子,朝徐林席的方向靠近了一些,也小声回答他:"嗯,看样子好像是准备提前走了。"

"这么快。"

纪安看了眼包厢里的众人,压低声音道:"马上就要开始竞选下一任部长了。"

徐林席忽然笑了一声:"听部长说,他准备推荐你和林妙。"

"嗯,但我觉得还是让他选妙妙。"纪安说,"我的性格不太合适。"

徐林席点点头:"当部长事情多,你就这样也挺好的。"

纪安附和道:"是啊!"

任遇苏在台上讲了半晌,最后在掌声中下了台,径直坐到了林妙身边的空位上。他拿起桌上的一瓶啤酒,起了瓶盖后递给徐林席:"先来一瓶啊,林席。"

徐林席笑了笑,刚准备接过,纪安就先伸手从任遇苏手中接过酒瓶:"我来吧,我来敬你。"

任遇苏愣了一下,随后挑了挑眉道:"你?"

纪安嫌弃地说道:"你那什么语气?"

"倒不是我看不起你,就你那情况,还是别喝了。"说完,他还撞了撞林妙的肩膀,"对吧,林妙?"

林妙刚给自己开了一瓶啤酒,听到任遇苏的话,她点了点头,转过身对纪安道:"真不是我说,安安。"她抽出纪安手中的酒瓶,放入徐林席手中,"还是让他来吧。"

纪安一愣,她恨!

徐林席身子朝前,凑到纪安面前:"没事,我好着呢!"说完,他仰头将一瓶酒饮尽。

纪安抬头就能看见徐林席仰着头的模样。他因为喝得快，几滴酒从瓶口中流出，顺着他的下巴慢慢往下流，滑过他的喉结时，被带着上下动了动。

看着眼前这一幕，纪安红了脸。她忙回过头，手指捏着自己的裙摆，身体紧绷得不敢再看他。

刚刚，徐林席的样子，也太诱……不是，太性感了吧……

"咚——"酒瓶和大理石桌面碰撞发出声音。

纪安微微侧过眼眸，这个方向正好可以看到徐林席的一截手腕。

他手背上的青筋突起，手指骨节分明，饶是灯光照下来只能看清那么一瞬间，也足够激起纪安心里的波澜。

身后的徐林席忽然动了动，身子朝她的方向倾斜，他一只手撑着桌面，一只手肘抵着纪安肩膀旁边的沙发背。

现在他的前胸和自己的后背应该只差分毫。就好像，她被他揽在怀里。

"来一把？"任遇苏举起手中的骰杯，抬起下巴示意徐林席。

徐林席应了一声，伸手在桌上拿了个骰杯。

林妙也举手说要加入，她还问纪安："安安，你玩不？"

"行啊。"纪安也跟着伸手去取了一个骰杯放到自己面前。

任遇苏瞥了眼众人，忽然说道："要不组队吧？"

这个提议并没有什么问题，大家都答应了。

林妙瞥了眼纪安，眨了眨眼，然后凑到任遇苏身边道："那我跟任遇苏一组，安安你就跟徐林席一组吧。"

纪安一愣，抬眼看向徐林席。

徐林席对上她的视线，朝她微微一笑，答应了："好。"

见徐林席拿开瓶器又开了几瓶酒，纪安在一旁不安地道："其实我玩这个挺菜的，可能会拖累你。"

纪安很少玩骰子，对这个游戏只能说会一点儿，只是一个"菜鸡"。

徐林席看着她，刚要说话，就被任遇苏抢先了一步："啧，纪安，担心什么啊？这小子玩这个可厉害了。我们仨都不一定能赢过他，你就躺在他怀里等着赢好了。"

纪安倏然瞪大眼，震惊于任遇苏口中对她和徐林席关系的形容。

虽然两人现在关系暧昧，但任遇苏这么直白地在徐林席面前调侃她，她是真的一下没绷住。

反倒是徐林席,在听到任遇苏说的话后,便朝任遇苏挑了挑眉,然后抬手按住纪安握在手里的骰杯,从桌面上滑到一边,随即发出一声轻笑:"当然。学姐,你躺好。"

纪安顿了一下,随即低下头,眉头紧锁,咬紧着唇,十指在裙摆上方绞着。

她不确定,徐林席口中的"躺好"指的是"躺赢"的"躺",还是"躺在他怀中"的"躺"。

她猜测大概率是前者,但现在两人的关系……

就在纪安心潮起伏之时,一左一右两个男人已经开始了对战。

任遇苏率先喊了个"四个六",身侧的徐林席则不紧不慢地跟了一个数。

纪安瞧见身旁的林妙正嗑着瓜子,乐呵呵地看着桌上二人对战。察觉到纪安的目光,林妙还十分大方地摊开自己的手:"自己抓。"

纪安认命地从林妙手中抓过几粒瓜子。

就在纪安分神的时刻,任遇苏忽地骂了一句,而后将骰杯盖了回去。

林妙看热闹不嫌事大,说了句:"你输了?那换我。"

换人,重新摇骰子。

徐林席先喊:"五个四。"

纪安瞪大眼,哪有人一来就喊这个的啊?纪安心想,徐林席的牌肯定很好。

她忍不住猫着身子看了眼徐林席的牌,眼睛瞬间瞪得更大了。

这、这、这……徐林席只有一个四?那他怎么敢喊"五个四"啊?

果不其然,在徐林席喊完后,林妙的神色一变,她垂眸看了眼自己的牌,还是选择跟一个数:"六个四。"

"开。"徐林席说。

骰杯一拿开,林妙那里有三个四,而徐林席这里只有两个四。

所以,很明显,徐林席赢了。

"看他那么狂,我以为他手上起码有四个四。"林妙转身向任遇苏吐槽。

任遇苏倒是见怪不怪,拿起一瓶酒"咕嘟"喝了一半,然后说道:"早跟你说了这小子很会玩这个的,你这种菜鸟别试图猜他手中的牌了。"

"谁说我是菜鸟了!"

看到任遇苏和林妙互呛,纪安微微向旁边挪动身子,等自己的肩膀碰上徐林席的身体时,她身子一僵,这才停住自己的小动作。

被她忽地一撞,徐林席以为她找自己有事,于是撑着桌子俯身将耳朵靠近纪安问:"嗯?"

纪安一顿,但很快问道:"你刚刚怎么喊那个数的?"

徐林席闻言笑了一声,身子向后靠在沙发上,双手抱胸:"瞎喊的。"

纪安微微皱眉,嘴里嘟囔道:"谁瞎喊像你那样喊啊?你玩这个挺厉害的啊,肯定经常跟女生来玩吧。"

话一说出口,纪安就愣住了。糟糕,简直是嘴在前面飞,脑子在后面追,还没追上。

徐林席也愣了一下,但很快就反应过来,然后倒在沙发上笑出了声。

纪安当然清楚徐林席在笑什么,但他笑得越欢,她就越羞恼。

最后,她忍不住推了下徐林席的肩膀,又伸手捂住他的嘴巴,凶巴巴地道:"不准笑了!"

但纪安不知道,徐林席看到她这一举动,更加想逗她了。

他的眼睛笑得弯成了两枚月牙,任由纪安捂住自己的嘴巴,"哼哼"的声音从纪安的指缝中流出,他的身子也笑得一抖一抖的。

纪安气得瞪圆了眼睛,脸在聚光灯下显得更红了。

徐林席察觉到她的情绪变化,见好就收,然后睁着一双眼睛朝纪安点了点头。

纪安这才缓缓收回手,但没等她坐好,徐林席就先一步抓住她的手腕,一用力,蓦地将两人的距离又拉近了,甚至比刚才更近。

纪安吓了一跳,手慌忙撑在徐林席肩膀上,这才稳住身体。她羞愤地抬起头,狠狠地瞪了徐林席一眼。

徐林席靠近她,脸庞在离她十几厘米远的地方停住,他笑着问:"你是不是在试探我?"

纪安眼神闪躲:"我没有,你别乱说!"

徐林席笑了一声,眼里含着笑:"有什么关系呢。"他松开纪安的手腕,身子慢慢向后倒,"学姐想问什么,我都可以,来吧,问吧。"

纪安瞥了他一眼,捏了捏手腕,一副不想搭理他的模样,试图逃避刚刚的话题。

哪承想徐林席根本不买账:"别装了,纪安。我刚刚根本没用力,就轻轻一拉，力都用在推你肩膀上了，你摸手腕再久，它也不会疼的。"

纪安闻言，悻悻地放下手，转而去捏自己的肩膀，轻咳一声以缓解尴尬。

徐林席也不继续拆穿她，而是坐了起来，将手放在她的肩膀上："真的疼？那我给你捏捏。"

纪安惊得几乎瞬间弹开，惊恐地摆摆手："不用了！不用了！不疼！"说完，她还在心里吐槽——今天的徐林席真的跟平时太不一样了。

林妙被纪安刚才弹跳的动作撞了一下，随即停止了跟任遇苏的争辩，神色怪异地来回扫了眼纪安和徐林席："你俩干什么了？"

纪安直摇头："什么都没干！"

林妙眯了眯眼，笑了一声："哦——什么都没干——"她语调拉得很长，看向纪安的眼神里充满戏谑。

纪安身子抖了一下，慌忙拿起桌上的骰杯："我、我们快来玩吧！"

"行啊，这次我可不会输给徐林席了。"

定了半瓶酒的赌注以后，两组的大战再次打响。

徐林席确实厉害，但一个人对战两个人还是困难，加上任遇苏和徐林席玩过几把后，对徐林席的心理开始有所掌握。徐林席对上他们——林妙玩这个游戏游刃有余，任遇苏是专业学心理学的人，渐渐落了下风。

这一把，徐林席又输了。

纪安刚准备喝酒，瓶子就被抽走了——这是今天不知道第几次了。

徐林席已经喝完了自己的那一瓶，他将空酒瓶往桌上一放，又拎着纪安的半瓶酒摇了摇："你别喝了吧，都上脸了。"

纪安摸了摸自己的脸颊，没有镜子，她也不知道自己到底红成了什么样，只是摸上去挺烫的。

这时，林妙也摸了摸纪安的脸说道："真的很红了，安安，你别喝了，让你旁边的人帮你喝算了。"收回手后，林妙视线一转，见徐林席在桌上找东西，便问，"你找什么啊？"

"杯子，有没有玻璃杯啊？"

"刚刚没拿啊！我看看啊……那边的杯子好像都被人用了吧。"

徐林席将酒瓶放在桌上，起身道："我去叫服务员送个杯子进来吧。"

"别啊——"忽然，一道懒洋洋的声音打断了徐林席的话。

纪安循声看去，就见任遇苏将手肘撑在桌上，拳头抵着自己的太阳穴，身子朝着她这边，不明所以地笑着。

任遇苏扬了扬眉毛："你直接对瓶喝不就得了。懒得费那么多时间去找个杯子，等你找回来，我们都玩几轮了。而且这里的杯子不见得多干净，直接对瓶喝算了。"

纪安在任遇苏第一句话说出口的时候就愣住了——对瓶喝？那不就是跟她间接接吻吗？我的天啊！

"都是自己人，纪安又不介意。"说着，任遇苏还朝纪安抛了个媚眼，"是吧，纪安？"

纪安屏住呼吸，一时间竟然不知道是该点头还是该摇头。

其实在这种地方喝酒，用同一个杯子或者直接喝同一瓶也没什么好奇怪的。纪安也没有洁癖，有时候和林妙来这里玩也懒得开一瓶新的，就直接喝她的那一瓶，林妙也是。

其实不止这种时候，关系好同喝一杯奶茶也很正常，她和跟自己玩得好的女性朋友也这样同喝一杯过。

但是——她没和异性这样共喝一杯过啊！

这不就是间接接吻吗？

纪安张了张嘴，反驳的话卡在喉咙却说不出来。她要是说出口，不就表示她介意徐林席吗？

她现在和徐林席的关系……简直微妙得不像话。

纪安看向林妙，眼神中带着求助的信号。

但林妙不知道是没懂，还是看懂了，却要推动一下她和徐林席的关系，竟然点点头："是啊，安安没洁癖。"

纪安顿时瞪圆了眼。

其实这杯酒谁喝都没关系，反正都是喝掉剩下的半瓶，反正是不会回到她的手里了。

但是，对方可是徐林席啊！

纪安的脑子飞速运转着，两个声音一直在她脑海中争执——

"不准他喝！这太尴尬了！"

"让他喝！这可是一个试探徐林席心思的好机会，他对你有没有意思就看今天这半瓶酒了！"

…………

没等纪安想出一个所以然，徐林席就用手拍了拍纪安的肩膀。
纪安一抬头，就对上了徐林席那一双带着询问的眼睛："行吗，纪安？"
"砰——"她脑海中那一根弦彻底绷断了。
纪安缓缓低下头，在黑暗中，她轻轻地点了点头："嗯。"
徐林席哑然一笑："好。"

第八章

一次盛大的告白

直到徐林席在身边坐下，纪安还是忍不住想起刚刚那一幕。

她悄悄抬起眼，看到徐林席淡定地坐在那儿，指尖捏着一枚骰子把玩着，神色空洞，不知道在想什么。

他是在想间接接吻的事吗？

忽然，一个男生走到他们面前问道："部长，你们玩国王游戏吗？"

"国王游戏啊……行啊！"任遇苏转过头，"你们呢？"

林妙爽快地答应了下来："正好无聊了。"

国王游戏，纪安听过，但没玩过。总的来说，这个游戏就是抽纸牌，从一副牌中各抽出一张牌面为2、3、4、5、6、7、8、9、10的数字牌，再按照人数将字母牌A、J、Q、K以及大王和小王添上，再放入一张空牌当国王牌。大家抽完卡牌以后，抽中国王牌的人即为"国王"，在不知道其他人拿到了什么牌的情况下，选两张牌来惩罚，可以抽惩罚牌，也可以自己想一个惩罚方式。在"国王"说出牌面数字和惩罚方式以后，被抽中的人才可以亮牌并完成惩罚。

因为有人有事提前走了，剩下的人刚好凑够玩国王游戏的人数，一共十六个人，大家坐成一排，抽中空牌的当国王。

游戏开始，一群人在十六张牌中各自抽了张牌。

纪安小心地翻开牌一看，是数字8。

"哦，我是'国王'。"林妙站了起来，将手中的空牌放在桌上，起身走到包厢中间，面对着众人，"那就牌面为7和K的上来给大家跳一支开场舞吧，妖娆的那种。"

"有病吧！"

林妙刚说完，纪安就听见身旁的某人发出一声怒吼。

纪安抬眼看过去，只见任遇苏正冲林妙瞪眼："林妙，你是不是偷偷看我的牌了？"

林妙摊摊手："你少污蔑人！我怎么可能会做这种事情？"

任遇苏认命似的走上去，跟他一同被抽到的是部里的副部长。两个一米八的大男生在喜庆的音乐下开始左扭右扭，滑稽得不行。

纪安乐得瘫在沙发上，一直咯咯笑着。

徐林席看了她一眼，提醒道："你小心点儿吧，别笑得太开心，小心下一个就是你。"

纪安顿时闭上了嘴，收起了脸上的笑容。

不知道徐林席的嘴巴是不是开过光，下一把，纪安果然被"国王"抽到了。但因为"国王"是一个腼腆的小女生，给的惩罚特别简单，只让纪安和另一个被抽到的女生互相将对方公主抱转三圈就可以了。

接下来的几把游戏，大部分人被抽上去做了各种惩罚游戏。

有徐林席和任遇苏两个大男生一起喝交杯酒，也有男生被要求抱着女生做深蹲……总之，各式各样的惩罚都有。

再次抽牌，国王牌又一次被林妙抽到了。她起身前，往纪安和徐林席那一侧看了一眼，嘴角露出一抹不怀好意的笑容。

林妙走到桌前说道："玩了这么多把，都玩腻了，我们来玩一个刺激的吧。"

"怎么个刺激法啊？"有人疑惑地发问。

林妙举起右手，将国王牌夹在食指和中指之间："那就请，牌面为3和5的两个人上来，隔着我手里的这张纸牌——亲吻十秒钟吧。"

纪安顿时瞪大眼睛，惊慌失措地看了一眼自己的牌——

数字5！

纪安使劲眨了眨眼——还是数字5！

纪安不断地乞求老天爷，对方一定要是一个女生啊！

包厢里的同学开始询问："谁啊？谁的数字是5和3啊？"

"天哪！这太刺激了！是谁啊？快出来！"

此时，徐林席甩出一张牌，平静地说道："我。"

众人凑近他的牌一看，果然是数字3。

纪安呼吸一滞——与她隔着纸牌接吻的对象是徐林席！

一群人顿时兴奋起来，徐林席身边的人一把搂过他的脖颈儿："好小子，总算是抽到你了！"语罢，他又扯着嗓子嚷嚷，"谁是数字5啊？数字5是谁啊？"

纪安抬眼看了下徐林席的反应，他还是那副样子，看不出是高兴还是烦躁。

纪安缓缓舒出一口气，慢吞吞地站了起来，然后在众人的注视下将牌移到桌上："5。"

"哎呀，真的假的！"

"居然是纪安！"

"他俩是不是玩得还挺好的啊？我经常看到他们一起出去吃饭。"

"今天不会真成就了一对吧？"

"你别说，你还真别说。"

············

任遇苏原本已经玩累了，正低头玩着手机，注意到纪安起身，他的手一顿，略微吃惊地看着她。

纪安侧过头，匆匆看了眼徐林席的反应就收回视线，目光开始飘忽不定。只那么一眼，她就看到了徐林席眼里同样满是错愕。

"OK，齐了，你俩快上吧！"

"林妙，快拿你那国王牌堵住他们的嘴。"

············

徐林席站起来，看向纪安："纪安。"

纪安抬眸，对上他的眼睛。

很奇怪，他的心情，看起来似乎并不糟糕。

"可以吗？"

听到这一声询问,纪安忽然不知道怎么回答,她移开视线,咬着唇低下头,按在桌上的手指尖因为用力而泛白。

徐林席大概是懂了她的意思,视线也从她身上移开,转而对大家说道:"喝酒吧,我们喝酒。"

"啊——"众人一片唏嘘。

"徐林席,喝酒就没意思了,亲一下不就完了?你俩又都没对象。"

"对啊!没对象怕啥?"

"喝酒可是一人要喝四瓶哟!你要是帮纪安喝,得喝八瓶。"

最后这句话提醒了纪安。

八瓶!

她刚刚玩游戏被罚喝酒已经喝到自己的极限了,现在脸涨得通红,头也犯晕,再来四瓶酒,她肯定要倒了。

重点是,徐林席肯定会提出把她的那一份也一起喝了——他今天喝了不少了,她不能让徐林席再喝这么多酒了。

理智回归,纪安不再犹豫,迅速地抬起一只手。

徐林席刚要答应喝酒,左手的手臂就被人拽住了,随后,他听见一道不大不小的声音。

"可以。"纪安说。

他怔了怔,缓缓低下头,看见纪安正仰着头,朝他点点头:"没事,我可以的,不用喝酒。"

"行了,纪安都同意了,你就别磨磨叽叽的了!"

"快让让,让他俩走出去。"

一片嘈杂声中,徐林席倏然一笑:"好。"

纪安走到林妙身边,抬眼就撞上她那一双含着笑的眼睛。

纪安不禁叹了口气,好像大家都很兴奋呢。

徐林席从林妙手中拿过那张国王牌,站到纪安身前,与她面对面。两人一高一矮,有些身高差。

做了一番心理斗争后,徐林席将扑克牌举在自己嘴边,缓缓弯下腰朝纪安靠近。

纪安眼瞧着徐林席的脸离自己越来越近,立马往后退了一步,躲开了徐林席。

她不敢啊!

林妙站在一旁催促道:"安安,你别躲啊!刚刚差点儿就亲上了。"

纪安道歉:"不好意思,再来一次吧。"

但第二次,因为两人频率不同,你进我退,最后弄得两人双双退缩。

一个男生扯着嗓子喊道:"你俩要是拿不稳扑克牌,我来拿!"

徐林席笑着骂了一句:"你是想趁机把牌抽走吧?"回过头,他垂眼看着纪安,轻声道,"再来一次吧,纪安。"

第三次,纪安在心里做好了准备。徐林席刚弯下身子,她便闭着眼迎了上去,唇不偏不倚地贴在扑克牌上。

两唇相贴,虽然中间隔着一张扑克牌,但纪安还是能感觉到自己唇上热热的,有她自己的温度,也有徐林席唇上的温度。

耳边响起倒计时,一群人兴奋地喊着:"十、九、八……"

纪安身子开始不稳,双手慌张无措地举在空中。

突然,她的肩膀被人一按,对方将她禁锢住,甚至朝自己拉近了些。

她知道,是徐林席用手扶住了她。这一瞬间,她原本无措地停在空中的手找到了依靠,令她慢慢向前,抓住徐林席的卫衣两侧。

"五、四……"

隔着扑克牌,纪安能明显地感觉到徐林席拿着扑克牌的手在抖。

"三……"

纪安缓缓睁开眼,黑暗中,她看不清徐林席的神色,只是感觉到他似乎也睁眼了,一双眸子在黑暗中透出一点儿光。

"二、一、零!"

徐林席慢慢退开,纪安唇上温热的感觉也随之消失。

与徐林席的视线交会时,纪安的脸一下红了起来,随后害羞地逃回自己的座位,拿起手机佯装自己很忙。

只是哪怕视线放在屏幕上,她还是能感觉到徐林席在自己身旁落座。

有了徐林席和纪安打头,后面的大冒险便越发刺激。

纪安和徐林席再也没有被抽到过,只不过,两人的心思也都明显不在这场游戏上了。

最后一把游戏,抽中国王牌的是副部长,他指定了两张牌,让拿了这两张牌的人上去对视,并将对方当成对自己来说很特别的一个人,对对方说一句想说但没有说出口的话。

这对于没有秘密的人来说很简单,但对于心里藏着秘密的人,例如纪安,例如任遇苏,则很难很难。

副部长说道:"K和9吧。"

很快,有人高声指出:"是部长啊!"

纪安蓦地抬起头,看到任遇苏捏着一张纸牌站了起来。

"大冒险。"任遇苏将纸牌放在桌上。

纪安就这么眼睁睁地看着他越过他们这桌——上面摆着酒,走到众人面前。

另一个被抽到的是部门里刚进来的女生,她脸上泛着红晕,眼神迷离,走起路来一摇一晃的,看样子也喝醉了。

那个女生站在任遇苏面前,和他对视十秒后,弯起嘴角一笑:"你给我有多远滚多远!"

现场沉默了一瞬,而后爆发出一阵笑声。

"哈哈哈——笑死我了!"

"哈哈哈——欢欢这话是不是对她前男友说的?她前段时间刚失恋,这是把部长当成她那劈腿的男朋友了吧?"

"我真不行了!部长真冤啊!"

…………

纪安担忧地看着任遇苏,只见他发出一声轻笑:"新婚快乐。"他的声音沙哑,低到了尘埃里。

任遇苏说完就拉开KTV的房门走了出去,只丢下一句"去厕所",人就消失了。

而那女生愣愣地站在那儿,看样子酒也醒了不少。她忽地惊讶地道:"部长刚刚跟我说,新婚快乐?"

包厢里瞬间安静了下来。

纪安低下头,大概猜到了任遇苏说这话的对象是谁。

她原本以为,在这个惩罚中,他会选择喝酒,但没想到,他竟会选择大冒险。这无异于将自己心里藏着的秘密撕开,暴露在阳光下,任人注视。

国王游戏结束,一群人见时间还早,便又开始了下一轮"大战"。

不知道是因为包厢里太闷,还是酒劲儿上来了,纪安感觉浑身发热。

她有些待不住，便起身跟林妙说："我去一下洗手间。"

林妙见她满脸红晕，眼神也有些迷离，刚想站起来陪她一块儿去，就被纪安制止了："不用，我一个人去没问题的。"

林妙虽然有些担忧，但听纪安这么说，便也没有跟上去。

纪安从洗手间出来后看了眼四周，这个KTV人还挺多的，隔音效果不怎么好，能听见各个包厢里传来的歌声。

纪安穿过走廊，刚准备拐弯时，就看到大厅正对面的阳台那儿有一个人正靠着墙，抬着的手指尖夹着一支烟，猩红的火光缀在黑幕之中。

纪安走过去，故作轻松地拍了下他的肩膀："嘿，帅哥。"

突如其来的动静让任遇苏一愣，他倏然一笑，捏着烟蒂的手慢慢放下，将未熄灭的烟头摁在墙上，待火熄灭后，又将烟蒂丢进一旁的垃圾桶。

而后，他抬眼，漫不经心地问："你怎么出来了？"

纪安跟他一起靠在同一面墙上："出来透气呗。"

任遇苏像是听到什么笑话，失笑道："看来那把游戏把你玩得够呛。"

纪安登时红了脸，开始转移话题："你别说我了。那么你呢？你为什么在外面？"

任遇苏兴致不高，毫不留情地揭穿她："你少明知故问！行了，你想问什么直接问，不用这么拐弯抹角地来打听。"

闻言，纪安也不藏着掖着，开口便问："她结婚了？"

任遇苏一呛，骇然地看向她："你就这么直接问我？！"

纪安有些尴尬地抓了抓脸。这不是他自己说的，叫她直接问嘛！

"你别跟徐林席学得说话这么直白，你以前可不这样。"任遇苏嫌弃地看了她一眼。

纪安轻咳一声："那你快说吧。"

这话瞬间将气氛拉低了。

见任遇苏不接话茬儿，纪安又说："其实刚刚你选择大冒险，而没选择喝酒的时候，我挺震惊的。任遇苏，我真是没想到，你会这么直白地将自己藏了这么多年的秘密暴露在大家面前。"

任遇苏缓缓抬起头，眼眸看向灯红酒绿的商业街："其实我也没想到我会做那个选择。"

纪安顿时止住话头，静静地听他的独白。

"刚刚玩游戏的时候,我在看朋友圈时,忽然看到了一条她发的动态。原本我以为是普通秀恩爱的动态,便不假思索地点进了那个视频,结果还真是一个秀恩爱的视频。"任遇苏自嘲地笑了笑,"只是跟往常的内容都不太一样。"

视频记录了两人牵手一起从民政局的入口处走了进去,到两人肩并肩坐在红色的背景板前拍了一张合照,再到那一个章落在红本上。视频的最后,是两个人拿着一本结婚证的自拍。

任遇苏仰着头,像是在强忍着什么,他眨了眨眼,低声说:"他们结婚了,在她生日那一天。多么迫不及待啊!刚到法定年龄,她就跟对方去领了结婚证。"

纪安听着,只觉得喉咙发酸,她想说一些安慰的话,却清清楚楚地知道,她说再多的话也无用。

或许在这时候,她只要在任遇苏身边,安安静静地听完他说的话,让他的情绪有一个宣泄的出口就可以了。

任遇苏说了很多,纪安虽然一句话都没有回。但他知道,纪安在听。

说到最后,任遇苏忽然低下头,抬手揉了揉纪安的脑袋:"所以,纪安,任何结果都好过现在我这样的结果。"

纪安好像能懂他的意思,但又不确定:"可是为什么呢?为什么你跟林妙就这么肯定我和徐林席一定能在一起?"

"你和徐林席,跟我的情况不一样。"任遇苏说,"而且不是我和林妙多么肯定,而是有人把这份试卷的答案展现在了你的面前。所谓'当局者迷,旁观者清',可能你没有我们外人看得透彻,但你敢说你真的一点儿都没有感觉到徐林席对你不一样吗?"

纪安低垂着的眼睫毛颤了颤,她不敢。

就算再迟钝,再逃避,她也不敢说自己从没感受到过。

怎么没有感受到呢?一桩桩、一件件的事情摆在眼前,再迟钝的人也会反应过来。

"纪安,我不会再教你了。"

纪安诧异地抬起头,想询问任遇苏这句话的意思。

任遇苏却突然按着她的肩膀,将她的身子转了个方向:"这些话,有人比我更清楚。他也比我更愿意解答你心里的所有疑惑,比我更适合做开导你的那个人。"

纪安的视线猝不及防地跟站在不远处的徐林席交会。她的心怦怦直跳,呼吸开始变得急促。

任遇苏缓缓松开按着纪安肩膀的手,声音中带着对她的鼓励和期许:"去吧,你的这一份答卷该交了。"

纪安跟着徐林席走出KTV的大门,刚走到楼道上,风就从四面八方吹来,她冷得打了一个哆嗦。

刚刚喝酒发的热在阳台说话时全被吹光了,现在出来又被风无死角地吹着,还真的挺冷的。

走下楼梯,纪安看了眼街边的枯树,上面只有零星几片叶子。

晚秋了啊!

突然,她的脖颈儿上落下一块软软的布料,没等她有所反应,那一块布便将她的脖颈儿一圈又一圈地围了起来。

是围巾啊。

纪安抬起头,徐林席正好站在她身后,两人的视线交会。

徐林席笑着放下抓着围巾末端的手:"晚上的温度还挺低的,注意保暖,可别感冒了。"

纪安垂下头,将大半张脸埋进围巾里,点点头,说话声从围巾里传了出来,有点儿闷闷的:"嗯。"

徐林席回想起刚刚的场景——任遇苏从他身边经过时拍了拍他的肩膀,笑着说了声:"加油。"

任遇苏说得很含糊,但是徐林席懂他的意思。

徐林席对纪安道:"我们一块儿去散散步吧。"

纪安自然没有拒绝。

KTV在一个湖旁边,两人沿着湖畔小道慢慢地走着。对于彼此的心意,双方都清楚,只差一个说出口的机会。只是这期间他们都没说话,似乎都在组织着自己的语言。

"学姐。"徐林席开口了。

纪安听到这个称呼蓦地一怔,随即心里一阵紧张。

要命,又是这个称呼!每一次徐林席只要这么喊她,都会让彼此之间的气氛变得暧昧。

纪安感觉自己呼吸得越来越快，听觉在这种环境下变得尤为敏感，只要一点儿细碎的声音都能被她捕捉到——

比如，徐林席那乱了节奏的呼吸。

徐林席哑声道："其实刚刚那次游戏，如果对象不是你，我会选择喝酒的。我不会和其他女生玩那种游戏的。"

这句话像是一枚石子丢进了湖里，不轻不重，却在湖中激起一圈又一圈的涟漪。

纪安垂着眼，眼睫毛遮住了眼里大半的情绪。她沉默着，徐林席也不知道在想什么。

徐林席继续说："我是看到拿着'5'的纸牌的人是你才临时改了主意。我被抽到时其实挺烦的，因为这个游戏玩起来太暧昧，也很容易被人起哄。我不想跟其他女生有那么多的接触，我想干脆接受惩罚。"

徐林席说的，也正是纪安当时内心的想法。

她那时候想，对方如果是女生最好，但如果是男生，那她就算一个人喝两人份的酒，也决不会跟其他男生玩这个游戏。

但谁也没有想到那一把被选中的是他俩。

"但看到你拿着那张牌站出来的时候，我立刻改变主意了。"

纪安的思绪有些混乱。

她的想法呢？

当看到对方是徐林席的时候，她真的没有一丝庆幸，没有一丝窃喜，没有一种"还好是他"的感觉吗？

纪安沉默良久，终于还是说道："其实我能感受到，你对我的感觉应该跟我对你的感觉是一样的。但我不敢确认，不敢赌那百分之十的概率。"

她当时确实是抱着一种"试探"的想法答应了徐林席，当时的惩罚也起到了助力的作用。

"所以我想问你……"

纪安想知道徐林席的想法——

"你是喜欢我的吗？"

他是喜欢她的吗？

少年忽然停下，微微侧过身，纪安也随之一动。

徐林席慢慢地弯下腰，手撑在自己的大腿上，视线与她的齐平，像是在宣告——现在，就现在，两人的感情是平等的。

他压着声音询问："学姐，我喜欢你，你喜欢我吗？"

徐林席的眼眸亮晶晶的，衬得他眼里的不安也越发明显。

两人之间那紧张的气氛被推到顶点。

或许就是这样的气氛，忽然将纪安原本焦躁不安的心绪抚平，就好像心里那一条黑暗的、蜿蜒崎岖的路上忽然出现了一盏灯，为她指引了方向。

纪安抬手抚摸徐林席的脸颊，轻声道："闭眼。"

徐林席闻言手颤了颤，很听话地垂下眼。

纪安扬起嘴角，将双手贴在他脸颊的两侧，踮起脚，缓缓朝徐林席靠近。最终，她的唇贴在了他的额上。

徐林席愣住了。

只一秒，纪安就退开了。她站在原地，再次面对徐林席那一双因为震惊而睁开的眼眸，莞尔道："喜欢。"

——很喜欢，很喜欢，一直很喜欢你。

时间停在这一瞬间。

在一盏路灯下，在静谧的湖畔，在夜风习习中，他们完成了此生最盛大的告白。

徐林席从震惊中回过神来，扣住纪安的肩膀猛地抱住她，脑袋轻轻地抵在她的肩膀处，脸埋在她被围巾围住的脖颈儿处。

纪安缓缓抬起手，穿过他的腰间，环抱住他，紧紧地。

不知道什么时候，纪安右侧的围巾被压乱了，徐林席这一贴，他的脸颊和她的脖颈儿相触碰，痒痒的。

不知道过了多久，徐林席从她的肩上抬起头，也松开了抱紧她的双臂，接着往后退了一步，去牵她的手。

"谢谢你，学姐。"徐林席说，"我们回去吧。"

"好。"

他们彼此十指相扣，步调一致地朝学校的方向走去。

只是在这途中，有一阵风吹过，拂过纪安裸露在外面的脖颈儿上。不知道是什么原因，她感觉那里凉凉的。

纪安往脖颈儿处一摸，动作瞬间止住。她放下手，垂眼一看。

在路灯下，她的指尖上闪着一点儿水光。

是水渍？不，不是。

纪安转头看了徐林席一眼。这个动作很快就被徐林席发现，他回头看向她，问道："怎么了？"

纪安这才发现，徐林席的眼睛有些湿润，声音中也带着鼻音。

她摇了摇头："没什么。"

低头的一瞬间，她的眼眶瞬间红了起来。

原来那是泪渍。

原来当一个人如愿以偿的时候，真的会哭。是高兴于得到了自己想要的，还是释怀于一段不为人知的秘密，就不得而知了。

纪安不知道徐林席为什么会哭，但她哭，是感叹自己多年的暗恋有了结果，是震惊于自己喜欢的人也喜欢自己，也是在回忆自己那一段酸涩的暗恋，庆幸自己终于走过来了。

暗恋的终点是什么？

纪安认为，是一次盛大的告白。

她现在不会去想她和徐林席能在一起多久，是否会步入婚姻的殿堂，在一起的过程中是否会有很多的争吵……

纪安不会去想了，她觉得那些是下一阶段的事情了。

今天这一次告白，就是她给自己三年的暗恋画上的句号。

"在一起了？"一进寝室门，纪安就被林妙抓着肩膀前后摇晃。

纪安挥手舞了半天，林妙才停下来。随即，纪安含笑低头，默认了。

"啊——"林妙发出土拨鼠般的尖叫，脸上不知道是因为酒精还是因为什么涨得通红，"我说什么来着？你俩肯定有戏吧？你俩是在……"

纪安自动屏蔽掉林妙接连不断提出的问题，目光盯着一处，思绪慢慢飘散，想起刚刚临上楼前的那一个拥抱。

她没谈过恋爱，从前见其他情侣在宿舍楼下缠绵半天也不舍得分开，不太能理解他们的行为。一直等到现在她也谈了恋爱，才深刻体会到了这种感受。

现在，她真的一刻都不想跟徐林席分开。

纪安挥手跟徐林席道完别后,刚准备狠下心头也不回地走进宿舍楼时,就突然被徐林席叫住。

他像是鼓足勇气一般,伸出手问:"能抱一下吗?"

下一秒,纪安毫不犹豫地扑进他的怀里,紧紧地环住他的身体,她的额头抵着他坚硬的胸膛,鼻间还能闻到他身上散发的酒味。

说来真是奇怪,在和徐林席相处过后,纪安变得越来越大胆。

除了告白时她的那一个吻,单单确定关系后走回来的这一路上,她心里就一直在蠢蠢欲动,想做些什么,想说些什么。

像现在,如果是以前,她肯定不敢这么抱住徐林席。

徐林席揉了揉她的脑袋,温柔地说道:"晚安,纪安。"

纪安从他怀中抬起头,说了一声:"晚安,徐林席。"

"纪安,这里!"

纪安刚下课,教室后门处就传来喊她名字的声音。她转身一看,是徐林席在等她下课。

纪安侧过身,把书堆到林妙前面:"辛苦你了。"

林妙挥了挥手:"去吧,去吧。"

看着纪安小跑着来到徐林席面前,然后两人牵着手交谈了几句,最后笑着一起离开。林妙不禁低头看向自己桌上的两本课本,露出一个无奈的笑容。

现在轮到她了啊。

纪安和徐林席在一起一个多月了,或许是还处在刚谈恋爱的新鲜期,两人蜜里调油,没有发生过一点儿争执。

告白的当天晚上,纪安还会担心,到了第二天徐林席会不会后悔,会不会认为那是他一时冲动下做出的决定。

第二天,她一醒来,就看到了手机上徐林席两个小时前发的信息。他问她醒了没有。当时,纪安心里"咯噔"一下,以为自己的担心应验了,于是她屏着呼吸,颤抖着手给徐林席回了句:"怎么了?"

"叮咚——"消息很快传来。

X:"能来一下宿舍门口不?我俩聊聊。"

顿时,纪安的心情跌落到谷底。她原本的害怕只有三四分,现在立马升到了七八分。

她没有耽搁时间,收起手机翻身下床,从柜子里拿了一件薄外套披上准备出门。

可她刚把手放到门把手上,脚步忽地一顿。

如果现在出去,如果徐林席真的后悔了……

纪安心里在挣扎,盯着门把手半晌,都没有推开门。直到林妙的床上传来窸窸窣窣的动静——林妙要起来了,纪安才立刻打开门,在林妙拉开床帘前一秒走了出去。

算了,逃不掉的。

从二楼到寝室门口这短短的路程,纪安愣是走了五分钟。

她在楼梯口的窗户那儿就看到了站在冷风中玩手机的徐林席。

他站得笔直,领口的拉链拉到最高处,下半张脸都埋在衣领里,看来今天外面挺冷的。

想到这儿,纪安不磨蹭了,快步走下楼。她步子中带着坚定,一副要"英勇就义"的模样。

她还没走近,徐林席却似乎感应到了她的存在,先一步抬起头。两人的目光在空中交会,纪安看到他眼里升起了欣喜。

原本被提到嗓子眼儿的心顿时落了下去,好像是她多虑了。

纪安走到徐林席身边,一把抓起他放在身体两侧的手,果然,他的手冰凉,肯定是在外面站了很久,被风吹冷了。

她不禁抬眼询问:"你来多久了?"

徐林席笑着回答:"没多久。"他抽出被纪安握在手里的一只手,轻轻地捏了捏她的脸颊,说道,"就是今天早上一醒来,我心里觉得特别不真实,于是来确定一下我昨天晚上听到的那些话是不是真的,你是不是真的喜欢我。"

他看着纪安时,眼里的炽热与真诚显而易见。

现在这个年纪的少年,很少会掩饰自己的情感。就像徐林席,在告白成功后,他便不再掩饰自己对纪安的喜欢,表现得热烈而赤诚。

纪安被他的话惹得面红耳赤,微微偏过头:"你应该有答案了。"

少年辗然一笑:"是的,答案已经在我的眼前了。"

过了一会儿,徐林席提出一起去吃早餐,但纪安还没洗漱,她便让徐林席再等她十分钟,她洗漱完换好衣服就下来。

纪安匆匆回到寝室,见室内没有任何动静——林妙还在床上没下来,看样子刚刚只是翻了个身。

于是,纪安拿着牙刷、牙杯和洗面奶蹑手蹑脚地走到阳台,快速地刷了牙洗完脸后,她回到室内给脸补了水,就开始换衣服。

今天天气还挺冷的,她穿上内搭后就套了一件毛线衣,临走时,还将挂在外面的两条围巾拿走了。

下楼见到徐林席之后,纪安就赶忙抽出一条围巾递给他:"来,来,快把围巾围上!"

徐林席看着递过来的围巾,一时语塞,不知道该不该将它往自己脖子上围。

就这工夫,纪安已经给自己围好了红格子围巾。她刚准备去拉徐林席,就见他一动不动地盯着手里的围巾看。

她这才反应过来,自己竟给了他一条粉色围巾。

"不、不好意思,我一时没注意,咱们换一下就好了。"

她不禁有些尴尬,忙三两下将自己脖颈儿上的围巾摘下来塞到徐林席怀里,跟他手里的粉色围巾交换。

换的这条围巾是红黑格子纹路的,徐林席没戴过颜色这么艳丽的围巾,但毕竟是纪安让他戴的,而且它刚刚在她的脖子上待过,他便一声不吭地围上了。

围巾打好结后,他一低头,就闻到了一股纪安身上的味道。

这味道,说不上来到底是什么味,不是香水或者洗衣液的那种浓郁的香味,而是淡淡的,闻着让人感觉很舒服的味道。

气温几乎在一夜之间就降了下来。昨天穿着一件早秋毛线衣出门刚刚好,晚上稍微冷一点儿的话需要添一件薄外套,而今天就算裹上冬季穿的厚毛线衣,也难挡晚秋时节吹来的冷风。

纪安和徐林席一同朝学校南门走去。

校内的早餐这个时间早就冷了,就算会加热,味道也并不是很好,比起学校内的,南门那边校外的早餐店更多,味道也更好。

周末的早晨,校园大道上人很少,时间刚过八点半,大多数大学生还躺在床上睡觉。

想到这儿,纪安忽然想起徐林席一大早就给自己发了消息。她问道:"你今天什么时候来的?"

"好像是七点。"

"七点？"纪安惊讶不已，不禁皱眉看着他，"你那么早来干什么？"

徐林席"嗯"了一声，手却不动声色地朝纪安的方向探去，随即抓住她摇晃着的手，紧紧握住。

他明显感觉到纪安的手颤抖了一下，三秒后他把手松开，五指从纪安的指缝中穿过，跟她十指相扣。

他的肩膀顿时放松下来，脸上也重新挂上笑容："嗯？我当时没注意，就是想见你，想快一点儿确认昨天晚上的事情是不是真的。"

徐林席略去了他在冷风中等了差不多1个小时的事情，似乎跟他急切想要来找她确定这件事情相比，那根本不算什么。

纪安有点儿心疼他，但看到两人十指相扣的手，眉眼还是忍不住地舒展开来。

纪安和徐林席在校门口吃完早餐后闲着无事，就各自回寝室准备拿几本书一起去学校图书馆学习。

纪安回到寝室时，正好看到林妙站在阳台洗漱。

见到纪安，林妙忙把嘴里的泡沫吐到了水池里，然后问道："安安，你一大早去哪儿了？我刚准备发信息问你呢！"

纪安将一份早餐放在林妙的桌上："去吃早饭了，给你也带了一份。"

"是什么啊？"

"馄饨。"

林妙用洗脸巾擦干脸走进来，而后朝纪安抛了个飞吻："谢谢你哟！"

纪安从书柜上抽了两本书装进帆布包里："我一会儿要去图书馆，你要跟我一起去吗？"

"你一个人？"

"不是。"纪安顿了一下，"还有徐林席。"

林妙顿时了然地笑了起来，声音拉得很长。她盖好面霜瓶的盖子，然后放到桌上："我就不去当电灯泡了。这可是你俩正式在一起之后的第一次约会，你好好玩吧。"

纪安被林妙说得脸红，却无法辩驳，只能快速拉上帆布包的拉链，然后把帆布包往自己肩膀上一挎，逃也似的离开了这个"是非之地"。

图书馆里很安静，这个时间学校图书馆里的人不多也不少。纪安他们选了一个靠窗的位置坐下。

徐林席从背包里拿出笔记本电脑打开，纪安瞥了他一眼，问道："做作业吗？"

徐林席"嗯"了一声："轮到我做小组作业了，前几天一直在忙其他事情，都快把这件事忘了。今天我说要来图书馆，室友提醒了我一句，我这才想起来。"

纪安注意到他话里的"其他事情"，感觉自己和他之间的事情也在里面。

她眨了眨眼，开始翻开自己的专业书，手上的笔在手指关节处转了转，随着一声呼气，笔尖落在了桌上。

图书馆里的学习氛围很浓，哪怕两人是在谈恋爱，但各自进入学习状态以后就没再打扰对方。

偶尔纪安会停下手中的笔，转头看徐林席一眼，见他每次都是眼睛直直地盯着电脑屏幕，手指飞速地在键盘上敲击着，一副专注的样子。

她好奇地看了一眼徐林席的屏幕，上面都是一串串自己看不懂的代码，顿感两眼一抹黑，匆匆转移视线。

果然是她不懂的世界！

但她回过神来后细想，这样的感觉真的好奇妙——在校园的图书馆里，喜欢的人就在自己身边……

纪安松开握着的笔，用拇指按了按自己的指关节。

她的握笔姿势一直不太正确，但因为已经养成习惯了，也就懒得去改正。而不改正的后果，就是她的指关节被压得特别不舒服。

纪安又用指尖按了按那一处被压着的指关节，小心地揉着。

徐林席察觉到她的动静，松开握着鼠标的手，低声询问："怎么了？"

纪安摇摇头："没事，就是有点儿累。"

闻言，徐林席站起来，说道："那我去买点儿吃的和喝的，你正好休息一下。"

"行。"

趁徐林席买东西的工夫，纪安掏出手机看了几条未读消息，也顺便给来信的人都回了消息。

林妙发来信息说她下午都不在寝室，要跟男朋友出去看电影。

说到林妙的男朋友柯程礼，纪安不知道为什么，一直对他的感觉都怪怪的。她隐约记得每次见到他,心里都会萌生出一种说不上来的感觉。这种感觉像是恐惧,又像是排斥。

可是为什么呢?柯程礼在成为林妙的男朋友之前,她根本就不认识他。

正当纪安百思不得其解之时,一杯热奶茶忽然被放到她的面前。思绪被打断,纪安被吓得瞬间抬起头,惊恐地看向来人。

徐林席被她这突如其来的举动吓了一跳:"怎么了?"

看清了眼前的人,纪安的心才慢慢放了下来,她不禁松了口气:"没事,我刚刚在想事情,突然被你吓了一跳。"

"啊?对不起啊!"徐林席连忙道歉。

纪安扬起笑脸:"没事,跟你没关系。"说着,她拿起桌上的奶茶,插入吸管吸了一口,然后弯起眉眼感叹道,"是芋圆口味的呀!"

俞峡大学图书馆有规定,为防止学生将书弄脏,在阅读区是不可以吃东西和喝东西的,但可以选择在自习区自营的奶茶店里点吃的和喝的,规矩也宽松很多。

徐林席莞尔:"之前听你说过你喜欢吃芋圆,图书馆的奶茶店奶茶种类不多,但正好有这款。"

"谢谢,我很喜欢。"说着,纪安捧起奶茶猛吸了一口。

结果,因为奶茶本身有些烫,她这一口又喝得太猛了,奶茶刚入口,就被烫得一呛,几滴奶茶顺着吸管口滴下来,沾在她的毛衣上。

纪安暗叫不好,今天穿的可是米色的毛衣,这下指定擦不干净了。

徐林席见状,忙从口袋里拿出纸巾,然后将她沾有奶茶渍的毛衣抓起来努力擦拭,但最终无济于事,颜色已经印在上面了。

徐林席叹了口气,抬眼朝纪安看去:"已经染色了。"

纪安把自己的毛衣从他手里抽出来,垂着眼看了看,无奈地道:"没办法,就这样吧,反正也不碍事。"

说罢,她视线一转,忽然注意到,徐林席拿回来的,除了两杯奶茶,还有两根棒棒糖。

"这是什么?"纪安一边问,一边想伸手去拿,却比徐林席慢了一步。

徐林席已经将桌上的棒棒糖攥在手心,然后举起了手,而纪安的手,却不偏不倚地擦过徐林席的嘴唇。

像是触电了一般,纪安瞬间停下动作,"嗖"的一声将自己的手缩了回来,红着一张脸不敢说话。

徐林席显然也是感觉到了刚刚她的手指与自己嘴唇相碰的触感,举着棒棒糖的手忽地一僵,眼神也柔和了几分。而后,罕见地,他脸上慢慢泛起红晕。

徐林席也不闹腾了,将手缩回来,视线在桌子上转来转去,飘忽不定。

就这么僵持了半晌,徐林席才缓缓转过身体:"那个……"

"你藏着棒棒糖干什么?"担心徐林席说出一些关于刚刚那件事的话,纪安抢先一步道出自己的疑问。

这一招果然奏效,徐林席的注意力被这句话吸引了。但奇怪的是,他脸上的红晕不仅没有消退,反而越来越多了,一直蔓延至耳根,最后整个耳郭都红了起来。

徐林席慢吞吞地将那只攥着棒棒糖的手伸到纪安面前:"是这个。"

纪安垂眸看向他的手心,是很普通的那种棒棒糖,她以前也吃过,不过好像现在很少有店会卖了。

纪安眯了眯眼,从他的手心拿过棒棒糖:"这个棒棒糖啊,我以前也吃过。"

她的话音一落,徐林席的神色顿时变得紧张起来。

徐林席小心翼翼地抬起眼,充满期待地询问:"你记得这糖?"

"嗯,我以前很喜欢吃。"

纪安越看这糖越觉得眼熟,好像在哪里见过。

"怎么感觉有点儿熟悉?但想不起来到底是什么时候的事情了。"她嘟囔了一句。

声音虽然很小,但还是被徐林席听到了,他的眼睛顿时亮了起来:"真的吗?"

纪安没注意到他的神色,盯着棒棒糖看了半晌,还是将它放回了徐林席的手心:"想不起来了。可能是我以前买得多,所以感觉不一样吧。"

徐林席顿时垂下头,一副失落的样子:"这样啊……"

纪安觉得徐林席的举止有些怪异,他为什么会突然变得这么失落?是不是跟这糖有什么关系?

她刚想询问,徐林席就将一根棒棒糖放入她的口袋中:"这根你拿着吧,挺好吃的。"

没等纪安开口,徐林席便先一步收拾好桌上的东西,再抬头看向纪安时,他脸上的神色也恢复如常了。
　　他朝纪安笑了笑,问道:"中午想吃什么?我提前定一下位置。"
　　他又变成了一直以来的样子,只在转瞬之间。
　　纪安觉得自己想多了,立马回答道:"火锅吧!"
　　"好,我知道有一家火锅店味道不错,今天带你去那家。"
　　"好呀。"
　　这就是他们的第一次约会。

第九章

一段模糊的感情

时间来到两人恋爱一个月后的某次下课后。

纪安和徐林席从教学楼出来后，就直奔学校南门那边的美食街，准备去那儿的烤肉店吃午饭。

正值饭点，烤肉店里人声鼎沸。还好徐林席提前预约了，不然光是站在饭店门口等叫号就累得人够呛。

烤肉店里喧闹不已，徐林席却专注于烤肉，等烤得差不多了，他就问纪安："这个吃吗？"

见纪安点了头，徐林席便拿着餐夹将烤好的肉放入纪安的盘中。纪安赶紧道谢。

徐林席一边翻动着烤肉，一边跟纪安闲聊起来："这周末其他学校的人要来我们学校实践，我报了志愿者负责接待他们。"

纪安咬着筷子问："哪个学校啊？"

"好像是俞峡师范大学吧。"

俞峡师范大学啊……纪安记得季蔚就在这个学校上学，不知道这次社会实践她会不会过来。

这样想着，纪安便拿起桌上的手机给季蔚发去信息询问这件事。

徐林席见状，问道："怎么了？"

纪安头也没抬地回道："我有个朋友正好在俞峡师范大学，我问问她会不会来。"

"季蔚吗？"

听见徐林席脱口而出季蔚的名字，纪安先是一愣，随后抬起头疑惑地问道："你认识季蔚啊？"

像是被现场抓包，徐林席怔住了，随即反应过来赶紧回道："不是，是听盛湘语提过你们。"

这倒也不是没可能。徐林席家和盛湘语本就是亲戚，在徐林席家里出事之前，他们还是会经常走动的，盛湘语可能在闲聊时提过她跟季蔚都是一个学校的，徐林席会记住也正常。

"这样啊。"纪安发完信息，突然想起徐林席报名参加志愿者的事情，"你怎么突然想到去当志愿者了？"

徐林席回道："当然是因为可以加分啊！为了加0.5分，我也是豁出去了。"

"你别急啊，加分的机会还挺多的。"

"不是说毕业前没达到规定的学分就不允许毕业吗？我舍友他们说还挺难的。"

"那是吓唬新生的啦！任遇苏跟我说，不管怎么样，学校最后一定会让我们把分加满的。到时候可能会有很多视频啊什么的，让你天天看，看完就加分。"

徐林席笑了笑："这样啊，不过多加一点儿也好，对评分有帮助。"

纪安点点头表示赞同："确实。"

"我觉得你也是。纪安，你别每天闲着无事做，在宿舍里除了打游戏就是追剧，平时还是要多提升一下自己。不然等你毕业了，空白的经历只会让你在自己的个人简历上一个字都写不出来。"

这样的话语突然出现在纪安的脑海中，她当时应该听得愣住了吧？徐林席怎么会说出这种话？是她记错了吗？

而且她当时并没有每天无所事事啊，她也有自己的规划和目标……两人专业不同，平时也很少在一块儿聊学习上的事情，所以她从未跟徐林席提过自己在做什么事情。她最近就在做一个课题，导师准备拿她的课题去参加比赛。因为涉及太多的专业知识,她就没有和徐林席说过,提起这件事时都是以课题作业来称呼。

和徐林席提起学分这个问题,她也没想那么多。因为比起为了微小的学分而参加这些小活动,大二、大三参加的活动会更多、更有意义,加的学分也更多。而且他们就算不参加这些活动,也能顺利毕业。她只是把这个当一个就餐时闲聊的话题,随意地和徐林席提起来而已啊……

为什么徐林席当时会这么说她?

脑海中,她盯着徐林席一张一合的嘴巴,听着他孜孜不倦地说着道理,那声音如同魔音绕耳,缠着她一刻也不松开。那音量在她的脑海中逐渐放大,大到她快要听不见餐厅里的其他声音了……

纪安感觉呼吸越来越困难,神情开始麻木。

突然,太阳穴像是被针刺了一下,疼得她瞬间清醒过来,耳朵旁原本围绕的声音也骤然消失了。

纪安不禁缓缓呼出一口气,额间冒出不少冷汗。

"纪安?纪安!"

纪安一抬头,撞上徐林席满是关切的眼神。

徐林席用纸巾替她擦去额间的薄汗,语气里满是担忧:"你没事吧?"

纪安眨了眨干涩的眼睛,嗓子有些干:"没事。"

为什么她有一种感觉,好像刚刚回忆中的徐林席和她认识的徐林席不是同一个人?

纪安忍不住伸手去牵徐林席垂在半空中的手指,小声询问:"徐林席,你能不能……"

"你说。"见纪安说话停顿了一下,徐林席忙应了一句。

纪安轻轻抠了下指腹:"能不能别再说刚刚那些话了?"

徐林席一顿,疑惑地问:"说什么?"但没等纪安回话,他很快就反应过来,点头道,"好。估计是因为你最近学业繁重压力大,我们出来吃饭还是聊一点儿开心的事情吧!"

纪安点点头,却没有说话。

察觉到两人之间的气氛有些尴尬,徐林席率先转移了话题:"你刚刚怎么了?怎么突然出了这么多汗?"

纪安摇了摇头:"没事。我就是突然感觉很累,两眼一黑。"

徐林席想起纪安最近的动态，问道："你最近是不是都在熬夜做作业？我看你昨天晚上给我发信息的时候已经是凌晨了。"

纪安点点头："可能是。"

"那我们快点儿吃完吧，你回去赶紧休息休息。"说到这里，徐林席忽然又转移了话题，"我记得你经期好像要到了，我给你买了红糖姜茶，等你睡醒就可以下楼拿了。"

纪安顿时有些蔫巴："红糖姜茶啊……"

不可否认，姜茶对缓解她的痛经很有效果。她一旦痛经，疼痛的程度，用林妙的话说，就跟生产似的。所以，为了缓解疼痛，她喝过两次红糖姜茶，而且每次喝完就会舒服很多。

但她其实不喜欢姜茶，觉得那味道实在太辣了。

纪安不忍说出拒绝的话，担心徐林席会伤心。

似乎是察觉到了她的犹豫，徐林席笑了笑，说道："听说那家店的姜茶味道还挺好的，会加一些小料。你先试试看，不喜欢跟我说，我下次就不买那家店的了。"

纪安心里熨帖不已，他似乎总能很快地察觉到她的想法和情绪波动。她不禁转身抱住徐林席，将脸埋在他的怀里，说道："好。"

晚上，林妙跟纪安提议要不要用投影仪看电影。

提到投影仪，纪安忽然想起上一次用投影仪看电影时发生的事情。

那时候她和徐林席还没在一起，两人的关系只差表明心意这一步。

当时纪安跟林妙一起坐在宿舍看电影。

这台投影仪是林妙在学校举办的歌唱比赛"十佳歌手"中荣获第二名得到的奖品。

林妙拿着投影仪下台的时候，还很欠揍地跟纪安说了一句："我本来想拿三等奖，因为奖品是电动牙刷，我的正好坏了。"

纪安撇了撇嘴角："你还是知足吧！"

思绪拉回来，纪安被林妙拉着一起为看电影做准备。投影仪在宿舍用有些麻烦，准备幕布就得折腾好一番。

好不容易弄好后，两人商量了一下，趁着有兴致，选择了一部恐怖电影观看。

随着耳边响起阴森的背景音乐，纪安的一颗心也慢慢被吊起来，她全部的注意力都放在了电影上。

"安安。"林妙突然唤道。

沉浸在恐怖气氛中的纪安，立刻被这突如其来的声音吓得身子一抖，撑着身体的手一软，"砰"的一声磕在了一旁拿来壮胆的大型玩偶上。

林妙慌忙拉起纪安的胳膊，抱歉地说道："呜呜呜——对不起，宝宝，我不是故意的。"说话之间，林妙还抱着她的胳膊蹭了蹭，朝她撒娇。

纪安没受伤，只是被吓了一跳，心里还有些发怵。她看向林妙，说道："你最好有事。"

"是真有事。"说着，林妙举起自己的手机递到纪安面前，"姐妹，你看。"

纪安一看，原来是学校表白墙的朋友圈，今天新发了一条动态，配文："求捞一下这个男生的微信，真的好帅，好喜欢！如果有对象就算了，不好意思！"

下面只有一张图，是徐林席坐在休息处喝水的照片。

照片很模糊，看样子拍照片的人跟徐林席隔了大约半个球场。但就算这样，熟悉徐林席的人也不难看出这是他。

没等纪安有什么反应，林妙便气愤地捶了一下地面："不行！我姐妹难得喜欢一个人，还能被你抢走！"她又回过头，拍了拍纪安的肩膀，"宝宝，你先别急，姐帮你搞定。"

说完，林妙就对着手机"吧嗒吧嗒"打起了字。

纪安愣了一下，刚想阻止，林妙却已经按下了最后一个键："发送！"

纪安顿时瞪大了眼睛："你做了什么？"

林妙做了一个"斩断"的手势："当然是替你男朋友斩断这朵桃花咯！"

"啊？！"

"你自己看嘛！"

纪安赶紧拿起自己的手机点开表白墙的朋友圈，那条动态刚发不久，底下安安静静的，只有林妙的一条评论——"已有女友，很美，勿扰。"

动态的评论区很安静，但宿舍顿时变得不安静了。

伴随着电影里的惨叫声，纪安也发出尖叫，她抓住林妙的肩膀前后摇晃："啊！妙妙啊！！你发了什么啊？快撤回啊！"

林妙的脑袋被摇成了拨浪鼓，但她就是不听纪安说的："为什么啊？这不是挺好的吗？而且你俩现在的关系停滞不前，我是给你们添一把火。

事成之后,你要记得感谢我哟!"

说完,她还冲纪安挑眉抛了个媚眼。

纪安顿时没了脾气。她正思考着徐林席看到这条动态的可能性有多大,身旁的林妙突然又发出一声尖叫,声量对比刚刚的,有过之而无不及。

纪安心里正烦着,头也没回地问了句:"你又怎么了?"

"姐妹!你快看那条动态的评论区!"

纪安闻言,刷新了一下朋友圈后,再次点进那条动态,林妙的评论下方,另一条一模一样的内容赫然出现在评论区。

她的瞳孔放大,视线一点一点地移动到那条评论的发出者的名字上——X。

这条评论是一分钟前回复的——

"已有女友,很美,勿扰。"

今天俞峡大学的早晨十分热闹,饶是周末,校园大道和门口都站满了学生。

"安安!这儿呢!"季蔚站在原地蹦了两下,手臂不停地挥舞,以吸引纪安的注意力。

顺着声音,纪安很快就找到了站在人群中的季蔚。季蔚今天穿了件黑色的外套,在人潮中很容易被淹没。

纪安跑过去,拉起季蔚的手走出人群,嘴上还打趣道:"你今天穿的衣服太不显眼了,我找了半天都没找到你。"

季蔚笑了起来:"行,我下次穿一件亮色的衣服。"

从徐林席口中知道俞峡师范大学的学生会来俞峡大学参观并做实践以后,纪安就联系了季蔚。

"我跟你说,我本来是没打算来你们学校的,我都决定好了要去另外一个地方做实践。结果你一条短信发过来,我就改了地址,屁颠儿屁颠儿地过来了。还不快谢谢姐姐我这么惦记你!"季蔚双手抱胸,朝纪安扬了扬下巴。

纪安也很给面子,抱着她的肩膀蹭了蹭:"太感动了,姐姐!"

说是参观实践,其实主要是参观。一进入俞峡大学校门,和纪安碰了面以后,季蔚便揽着纪安的肩膀直奔食堂,嘴上嚷嚷着"好饿啊",说是因为集合的时间太早,她连早饭都没吃。

纪安带季蔚去食堂吃了早午饭后，两人便坐在食堂聊了半晌。又一个话题结束后，见时间已经两点，且还有两个小时实践就结束了，而季蔚什么事情都没做时，她这才慌了起来。

季蔚烦躁地抓了抓头发："啊——完了，这一天又白混了！"

纪安看了她一眼，撇撇嘴，心道：你不就是来混的吗？

但毕竟事关好姐妹的实践报告，纪安还是决定带她去几个重要的地方踩点。点踩准了，那季蔚的实践报告也没什么问题了。

季蔚也很争气，或许是火烧眉毛逼出了潜力，她在纪安带去踩点的几个地方一直拍照做记录。

但就算干劲十足，实践也步入了正轨，季蔚身上那股蒙头就干的憨憨气质还是惹得一旁的纪安哈哈大笑。

季蔚气不过，勒令纪安必须陪她一起干。

纪安双手一摊，嘴上说着风凉话："我又不用做实践报告。"

季蔚双眼一瞪，鼓起腮帮子，像是一只河豚。

见她这副样子，纪安笑得更欢了。

其实纪安在朋友面前一直很放得开。她最喜欢的，就是在季蔚、盛湘语，还有林妙身边的时候了，她能释放自己的情绪，感觉很安全。

季蔚待了一天，纪安都不知道被她逗笑了多少次。就算大学以后两人见面的时间很少，但每一次见面，她俩都有说不完的话。

只是……今天还有一件事让她很在意，忍不住分神。

纪安又看了一次手机屏幕，还是没有任何信息。

解锁了手机屏幕后，她点进了微信界面，置顶那个备注为"X"的头像上也没有红点，再点进聊天界面，上一条信息还是她十二点多发给徐林席的。

中午 12 点 35 分——

纪安："你在干啥呢？"

纪安："我现在在食堂，和季蔚一起吃饭。"

再早一点儿，是她早上八点多给他发的信息，那时候她和季蔚还没碰面，她正在去校门口的路上。

早上 8 点 12 分——

纪安："早啊！"

纪安："你去当志愿者了吗？"

纪安："我现在正在去和季蔚碰面的路上，中午应该要和她一起吃饭，就不来找你了。"

但这些信息徐林席都没回复。

今天一天，他人不知道到哪里去了，是太忙了没时间看手机吗？

"看什么呢，姐妹？"

耳畔突然响起季蔚的声音，纪安几乎下意识地按下了锁屏键，然后将手机迅速往自己怀里一扣。

做完这些后，纪安才后知后觉，自己刚才的举动太过强烈了。她小心翼翼地回过头，正对上季蔚充满探究的眼神。

"呃，那个……"纪安举起手机，磕磕巴巴地解释，"朋友发来的信息，我回复一下。"

空气安静了一瞬。

纪安当然知道自己话里有漏洞，回普通朋友的信息，她至于反应那么大吗？可是现在她想找补也来不及了。

季蔚哼了一声，问道："男朋友？"讲出来的话听着是问句，语气却是肯定的。

纪安见瞒不住了，只能硬着头皮应了一声。

"徐林席吗？"

纪安闻言，愣了愣，张嘴就问："你怎么知道是……"话说到一半却突然止住了。

季蔚已经拿出自己的手机点开给纪安看了，上面赫然是徐林席的微信主页，季蔚给他的备注是"附中，徐林席（湘语表弟）"。

等确定纪安看到了，季蔚才将手机放回自己的口袋，耸了耸肩："国庆前我们见面那次，我无意间在你手机页面上看到了你微信置顶位置的好友头像，因为前不久看朋友圈正好看到了徐林席的动态，他的头像从高中开始好像就没变过，所以我一下就认出来了……"她顿了顿，眼神带着几分笑意看着纪安，"所以你的微信置顶好友，是徐林席。"

纪安一下就明白了季蔚话里的意思。怪不得那时候临分开之前，季蔚突然喊住自己，一副欲言又止的模样。当时纪安虽然觉得季蔚的行为有些奇怪，但那天徐林席的表演在即，她就没有多想。一直到现在她才反应过来，那天季蔚想问的，怕是跟她把徐林席的微信置顶这件事有关。

纪安小心翼翼地看了季蔚一眼："所以你那时候就察觉到了吗？"

季蔚"嗯"了一声，语气很随意，像是并不觉得纪安和徐林席谈恋爱是一件怪事："虽然不知道你们那时候就谈了还是正在接触，但单从这一点，我就感觉你对他肯定不一样。"

纪安呼出一口气，再抬头时，脸上已经带上笑了，如释重负的笑。

她搂上季蔚的胳膊往场外走去："真是败给你了，你怎么高中时观察能力强，现在还是这么好？"

季蔚伸出另一只手去捏纪安的脖子："你少给我转移话题！你就直说吧，你谈了多久了？这么大的事情居然连姐妹都瞒着。"

季蔚下手没轻没重的，纪安被捏得龇牙咧嘴，伸手心疼地揉了揉自己的脖子："我俩感情还没稳定啊，才一个月而已，哪里好意思这么快告诉你们？"

"那你今天不陪你男朋友，却来陪我，这好吗？"季蔚撞了撞纪安的肩膀调侃道。

纪安一张脸瞬间涨红，却还是嘴硬道："我想陪谁就陪谁，他怎么敢有意见？！"

季蔚笑着搂过纪安："嗯嗯，女人就该硬气！"

陪季蔚踩过几个点后，纪安又带着季蔚去了位于图书馆旁边的一个博物馆打了卡，给季蔚拍了张照片，今天这次实践就算结束了。

纪安本想和季蔚一起吃个晚饭，但季蔚要马上去找她社会实践小组的同学一起做实践报告，只能婉拒了。

在校门口送走季蔚后，时间刚过四点半，纪安准备去学校食堂打包晚饭回寝室吃，又想到今天一天林妙都躺在床上，便一边低头发信息问她需不需要自己给她带饭回去，一边慢吞吞地往前挪动——毕竟没看前面的路，她不敢走得太快。

记忆中，发完信息后，她就退出了和林妙的对话框，接着视线向上移了一点儿，徐林席的微信头像还是没有任何消息提示。

纪安皱了皱眉，点进与徐林席的对话框，在下方点击"＋"，在子菜单里又点开"视频通话"的选项后，页面跳出了"视频通话"和"语音通话"两个选项。纪安刚准备选择"语音通话"时，指尖却在最后一秒停住，离屏幕只有一毫米的距离，她只要稍稍往下用点儿力就能拨出去了。

半晌，纪安缓缓闭上眼，手指转了个方向按下了锁屏键。

她不确定这么贸然给徐林席打去电话会不会给他造成困扰，万一他是真的有事情，自己这样反而会打扰他。

"徐林席，晚上一起去吃饭吧！"

突然，纪安的脑海里仿佛传来一个女生说话的声音，她瞬间抬起头，错愕地朝声源处看去。

身旁的花坛前站了很多穿着红马甲的学生，他们三三两两地聚在一块儿，有些已经开始脱身上的红马甲了，看来志愿工作已经结束了。

纪安一眼就在人群中寻到了徐林席的背影，她太熟悉他的背影了。

他今天穿着一件蓝白相间的外套，背后有一个大大的字母"A"。这件衣服还是两人一块儿逛商场时，纪安给他选的。挑这件衣服的时候，纪安是有私心的，因为这个字母"A"和她名字里的"安"字的首字母正好对上。

但她没想到，第一次看他穿这件衣服是在这样一个场景下。

记忆中，徐林席身侧站着的女生很面熟，她正对着纪安，双臂却向后撑着桌面，微侧仰着头跟身旁的徐林席搭话。女生脸上带着浅浅的笑，落在徐林席身上的视线充满期待。

其实不只那个女生在等徐林席的回话，纪安也在等，不过两者的心态却截然不同。

身侧忽然吹来一阵风，一时间她的耳里只剩下风声。慢慢地，风小了，随着风吹来的还有徐林席的那一句回答——

"可以啊！"

下一秒，纪安就低下了头。

她伸手理了理围在脖子上的围巾，眼帘下垂，睫毛止不住地颤抖。

她不想在这个地方多待，快步朝前走去，她的步子越来越大，速度也越来越快。最后，她逃一般离开了这个地方。

纪安觉得，自己就像是一场战斗中的落败者。

这时，手机响起了消息铃声。纪安点开一看，是林妙发来的带饭请求。

她忽然对着手机屏幕笑了笑，打字："好。"

消息发出去的下一秒，她的眼泪从眼眶里涌了出来。

但在残存的记忆里，纪安再回头时，却发现徐林席身边除了几个男生，再无别人。

纪安刚到食堂没多久就接到了林妙的电话，说是她男朋友今天原计划和合作方约好一起吃饭，订了学校旁边的一家高档餐厅。但因为合作方临时有事放了她男朋友的鸽子，餐厅订了不能退，就约林妙过去一起吃晚饭。林妙想着纪安反正也没吃饭，就问纪安要不要去。

纪安有些犹豫："你男朋友找你去吃饭，我一起去不太好吧？"

"哎呀，你担心这事干什么？这有啥？"电话那头林妙的声音有些急促，像是正在下楼梯，"柯程礼说了，要是你没吃饭的话可以一起去吃。那家料理店还挺好吃的，不过就是太贵了，我也没去吃过几次，这次不去就浪费啦！"

纪安被林妙磨得没办法，只能答应下来。

几分钟后，林妙就到了食堂。一看到纪安，林妙就挽着她的手，问道："你今天和你朋友玩得怎么样啊？怎么愁眉苦脸的？不开心吗？"

纪安不想让她担心，也没说出徐林席的事情，就摇了摇头，勉强笑了笑："没事，咱们走吧。"

见她不想说，林妙也没再追问了。

两人到南门的时候，柯程礼的车子已经停在那儿了，林妙很自然地拉开后车门，显然是准备和纪安一块儿坐。

但车门刚拉开，林妙就愣了一下，疑惑地问道："还有人啊？"

"那是我弟弟，我不是跟你提过吗？"柯程礼含着笑的声音从前排传来，他的目光落到后视镜，"林礼，你坐到副驾驶座来吧。"

柯林礼应了一声，拉开车门就下去了。

纪安跟在林妙的身边，立刻就察觉到柯林礼直起身子的那一瞬间，头正好朝她这个方向转过来。他的神色有些深邃，只一眼，就让纪安觉得毛骨悚然，不禁呆在原地。

见纪安没有动，林妙赶紧伸手拽着她往车里坐："快进来呀，安安！"

"噢，好。"纪安赶紧收回视线，弯腰坐进车里。

柯程礼见状，和纪安打了声招呼："嘿。"

纪安没有说话，只是点了点头。记忆中，之前面对柯程礼时莫名升起的恐惧又一次涌上心头。她握紧双手，屁股朝林妙的方向挪了挪，身子朝她靠近。

林妙的情绪跟纪安就完全不同了，她扒着车座，身子往前探，用手指戳了戳柯程礼的脸颊："你怎么没说你弟也来了呢？"

　　柯程礼抬起一只手抓住林妙的手指，放在手心揉捏着，语气中含着笑意："你刚刚电话挂得那么急，我还没来得及说呢！"

　　"你弟还挺帅的。"林妙说着视线落在了刚上车的柯林礼身上。

　　柯程礼的笑容顿时淡了不少，语气淡淡地说道："你是有夫之妇。"

　　林妙立刻就察觉到了他的情绪变化，撇撇嘴安慰道："行啦，行啦！我当然知道，你才是最帅的。"说完，她就收回手，双手抱胸往座位上一靠，嘴里嘟囔着，"醋坛子。"

　　林妙和她男朋友的互动落在纪安的眼里，其实挺正常的，柯程礼的举止也没什么不妥，但为什么在她的回忆中，她一上车，心里就一直隐隐不安呢？

　　特别是……

　　她的目光看向后视镜里倒映出来的柯林礼的那张脸，他正玩着手机，似乎没发现她在盯着他看。

　　纪安的呼吸渐渐放慢——

　　特别是这个人，为什么他一出现，自己内心就充满了恐惧？记忆中，她好像是第一次对人产生这种强烈的负面情绪。

　　直到车子开到餐馆，纪安那颗惴惴不安的心也没平静下来。

　　下车时，纪安刚把手放到车门把上，车门就被人从外面拉开了。她一抬头，视线就直直地撞上柯林礼的眸子。后者微微笑着，一只手搁在车顶上，做出绅士的动作，示意纪安下车。

　　明明对方的脸上带着笑容，行为上也挑不出一丝错误，但纪安还是觉得他的笑里没有一丝温度，像是典型的皮笑肉不笑，看得人心发慌。

　　纪安也不知道自己怎么了，心一直悬着，似乎是担心柯林礼会有下一步动作，下车后，她就往旁边退了一步，然后伸手抓住林妙的手掌，像是抓住了救命稻草。

　　林妙立刻就察觉到纪安的手在发抖，不禁身子一顿，她朝柯程礼扬了扬头，让他们先走，自己则紧紧地握着纪安的手跟在他们后面。

　　他们一走进餐厅，就有门童迎上来打招呼，引他们往里面走。

　　趁着这个机会，林妙压低声音问纪安："怎么了？你怎么在发抖啊？是不是身体不舒服？"

纪安摇了摇头，眼睛飞快地扫了一眼柯林礼的背影，询问道："妙妙，你觉不觉得，你男朋友的弟弟怪怪的？"

林妙疑惑地朝前面看了一眼："会吗？我觉得挺好的啊。人长得帅，行为举止都很绅士，挺好的呀！"

这和纪安的看法完全不同！

纪安急忙道："不是的，那都是表象，他真实的样子不是这样的！"

回忆中，这句话几乎是脱口而出。

话音一落，不只林妙，就连纪安自己都愣住了。

林妙看了纪安一眼，问出了两个人都想问的那个问题："你怎么知道他真实的样子不是这样的？你认识他吗？"

纪安顿时怔住了。

是啊，她为什么会知道柯林礼真实的样子是怎样？明明在今天以前，她从来不知道柯林礼这个人啊……

纪安的记忆又混乱了起来。

林妙觉得可能是纪安想太多了："可能是因为你饿坏了吧！今天一天你都在外面，辛苦了，赶紧吃点儿好的补一下大脑。"

碰巧这时柯程礼站在前面招呼她们，林妙便拉着纪安快步走上前。

纪安却仍不太敢确定——真的只是自己想多了吗？

圆形饭桌上，柯程礼坐在主位，柯林礼和林妙分别坐在他的两侧，纪安则坐在林妙的身边。

这个位置的安排让纪安松了一口气。上桌前，她真的担心自己会和柯林礼坐在一起，现在这样倒是正好错开了，她只要埋头吃饭，吃完就可以离开这个令她窒息的地方了。

而且后来柯林礼没有了其他动作，不是在跟他哥柯程礼说话，就是自顾自地玩手机，视线半分都没有落在纪安身上。

纪安也轻松了一阵，虽然身体还是紧绷的，但压抑的感觉明显比刚刚弱了一些，也能喘得过来气了。

这时，服务员忽然走了进来，将空盘撤了下去，换了几碟海鲜料理上来。而且没等纪安反应过来，这些海鲜就被转到了她的面前。

纪安有些蒙，正想抬头说话，就听见柯林礼的声音从桌子另一侧传来："这个蒜蓉龙虾的味道还不错，你可以尝尝。"

此话一出，不只纪安，桌上的另外两人也愣住了。

柯程礼纳闷地问道：“林礼，你和纪安认识吗？”

纪安抬起头，死死地盯着柯林礼，试图从他的神情当中寻找到一丝能解释他做出这种行为的理由。

包厢安静了半晌，忽然，柯林礼将手机翻了个面，反扣在桌面上，手机的碰撞声在这个环境中显得尤为刺耳。

柯林礼扬起嘴角，慢吞吞地抬起眼皮：“没呢。”他是在回柯程礼的话，眼睛却盯着纪安，"我和纪安小姐，今天是第一次见面。"

短短一句话，却让纪安毛骨悚然。

而随着柯林礼的话音一落，纪安的身子也颤抖了一下，握着筷子的手指捏得更紧了。

但除了纪安，餐桌上的其他人似乎都没有感觉到异样。

听到柯林礼的回答，另外两人只是笑着应了一声，而后又开始聊天，仿佛一切恢复如常。

这时，纪安看到柯林礼的视线又投了过来，盯着她的脸看了好一会儿，忽然露出一个阴冷的笑容。

纪安霍地站了起来，动静不大，但包厢里就他们几个人，自然立刻就吸引了林妙他们的注意。

纪安强忍着内心的惶恐，朝林妙勉强一笑："我去一下洗手间。"

林妙见她情绪不对，关切地问道："要不要我陪你去？"

"不用。"纪安果断地拒绝了。

林妙只能召来服务员，让她带着纪安去洗手间。

上完厕所出来以后，纪安在卫生间的镜子前盯着自己的脸看了半晌。这张脸和平时一样，看不出任何区别。既然没有任何异样，那为什么那个人要用那种眼神盯着她呢？

纪安撑在洗手池旁喘了两口气，然后下意识地从口袋里拿出手机看了一眼，半小时前，徐林席曾发信息问她现在在做什么。

他没有回前面那几条信息，它们在聊天界面上像是被人遗忘了，孤零零地留在那里。

纪安垂着眼，按了锁屏键，没有回复。

她其实是有些生徐林席的气的，今天发生的每一件事都是令她生气的事情。

她以为徐林席起码会跟她解释一下，但他没有，他选择了忽略和逃避自己问的问题。

纪安强迫自己忽略徐林席，转身走出了洗手间。

可就在回包间的路上，她竟和柯林礼面对面撞上了。

那一瞬间，她的脑海中浮现出很多很多情景，但都是很模糊的情景，刺得她脑袋一阵疼。

迷糊之间，纪安看到柯林礼就站在自己的身前，轻声询问："怎么了？你从前不是最喜欢吃龙虾吗？你最喜欢吃我给你做的这道菜了呀！怎么回事，安安？你现在怎么不吃了？"

魔音绕耳，柯林礼的声音一直在她的脑海中回荡，刺激得她脑袋越来越疼，疼到她快要窒息。

终于，她被人唤醒了。

纪安睁开眼，服务员小姐姐关切地询问："小姐，您没事吧？"

纪安环顾了下四周，除了眼前这个服务员和几个路过的客人，再没有其他人了，就连刚刚一直在她面前的柯林礼也不见了。

都不见了，和他的声音一起，从她眼前消失了。

纪安一把拽住服务员的手臂，急切地问道："请问你看到刚刚跟我一起吃饭的男生站在这里吗？"

这个服务员纪安记得，是她带自己来洗手间的，在包厢时，也是她一直待在包厢里服务他们。她应该记得柯林礼的脸。

但服务员摇了摇头："没有，只有您一个人出来了。"

纪安慢慢地松开手，嘴里喃喃地重复道："只有我一个人……"

那为什么，为什么她看到了柯林礼站在她的身前，她还听见了，听见柯林礼问了她很多奇怪的话？

纪安被服务员扶起来，在服务员询问是否要叫救护车时，她摇了摇头："不用了。"她往前走了两步，忽然想到什么，又回过身对服务员说道，"麻烦你跟包厢里的那位小姐说一下，我先回去了。"

她现在的状态，是不可能回到包厢里去了。

纪安走出餐厅，彼时正是饭点，不少车子停在餐厅前，车上下来的人无一不是穿着雍容华贵，一脸意气风发的模样，与纪安落寞的形象形成鲜明的对比。

纪安拢了拢衣服,埋头走进暮色当中。

但当她站在马路边上时,眼底还是流露出了迷茫。

看着川流不息的车流,自己站着的十字路口又不断有人被接走或者自行离开,只有她独自蹲在那儿,像是被世界抛弃了。

今天真是糟糕的一天。

纪安抱着自己的膝盖,想到今天发生的事情,忍不住吸了吸鼻子。酸涩感让她控制不住地想要流眼泪,她伸手捂住眼睛,泪水还是止不住地往下流。

忽然,她面前的地面上倒映出一个人影,随即一件衣服将她罩住,她的视野顿时漆黑一片。紧接着,有人从身侧抱住她,将脑袋轻轻地抵在她的肩膀上,压着声音说:"对不起啊,纪安。"

纪安吸了吸鼻子,眼泪流得更凶了。

她讨厌徐林席。

但这个想法转瞬即逝。

纪安想,她还是不要讨厌徐林席了,她最喜欢徐林席了。

她被徐林席拉了起来,她的脑袋也从外套中探了出来,露出了整张脸,也看见了站在她面前的徐林席。

纪安看了眼披在身上的衣服,上面带着淡淡的茶香味。她的身子再次落入了徐林席的怀中。他抱得很紧,像是担心她会在他眼前消失一样。

只是,这个怀抱又好像很松,纪安抬起双手在他胸前只是轻轻一推,他一下就退开了。

纪安问道:"你怎么在这里?"

徐林席低声说:"我问了林妙,她说你们在这里吃饭,你又没回我的信息,我就直接来这里找你了。"

听到这话,纪安很想问,她是没回信息,但那之前呢,他不也是看到了她的消息却没回复吗。

话到了嘴边,她却怎么都说不出口。

想起下午发生的事情,纪安不想再继续站在人流中和徐林席纠缠,她转身朝地铁站走去。

徐林席没有阻止她,而是不紧不慢地跟在她的身后。

进地铁站买票时,他动作慢了纪安一步,还恬不知耻地开口喊:"纪安,你等等我,我马上好!"

纪安一句话都不想说了——徐林席什么时候变得这么厚脸皮了?

她加快步子进了地铁,徐林席也在关门前最后几秒跟了进来。

现在正值晚高峰,地铁里的人很多,空余的位置少之又少。

纪安拉着扶手站了半天,才看到一个空位,一天下来,她已经累得站不住了,于是想也没想就坐了过去。

位置只有一个,她坐下来后,徐林席依旧站着。

纪安也不管他,自顾自地拉了拉衣服,手里拿着手机低头假寐。

见纪安这副样子,徐林席当然能想到他的女朋友生气了。

他不动声色地站到纪安跟前,手拉住上面的扶手,替她挡去大半的人流,将她圈在一个小小的安全范围之内。

鼻间传来徐林席身上那熟悉的味道,耳边又时不时地响起地铁播报的声音,这种情况下,纪安再想装睡也装不了了。她索性拿起手机开始给林妙发信息,跟林妙解释刚刚在餐厅里她提前走的事情。

忽然,手机页面弹出一条系统信息——"隔空投送"。

纪安盯着对方的ID(账号)——"平安",看了好一会儿,认出了这是徐林席的手机名称,因为两人以前互相给对方投递过照片。

纪安想点"拒绝",手指却不受控制一般,点了"接受"。页面瞬间跳转到另一个画面,是一个表情图片,上面写着"宝宝,对不起"。

纪安看着,缓缓抬头,就看到徐林席正垂眼看她,眼神中带着一丝委屈。

不知道为什么,纪安忽然就心软了。可能因为对方是徐林席,所以她永远没办法真的生他的气。

她伸出手,拉住徐林席垂在一侧的手指,轻轻地摇了摇。然后,她另一只手在手机上操作了一会儿,按下了徐林席的头像。

徐林席看了眼手机,脸上慢慢浮现出笑容。他低下头,紧紧握住纪安的手。

她投递的内容也是一张表情图片,上面写着"原谅你了"。

这一件事,他们谁也没有解释,也没有再提起,就好像它从来没有发生过,而徐林席根本不知道一样。

回到学校后,两人没有急着回宿舍,而是去湖边坐了一会儿。这里静悄悄的,一直都是约会谈心的好地方。

看着眼前波光粼粼的湖面，徐林席紧紧牵着纪安，缓缓说道："下次要是再去自己不熟悉的地方，就发个信息给我吧！还有纪安，你要是想知道关于我的事情，直接问我就好了，不用去问我的朋友。我觉得那些事情，我亲口跟你说比较有意义。"

纪安有些蒙，脑海中隐约记起两人曾为某一件事情吵架。

记忆里，徐林席跟她说："我的事情你可以直接问我，我高中的同学他们什么情况都不知道。一句话从不同的人嘴里讲出来就是不同的意思，你如果因为这件事误会我，那我们之间会多很多不必要的矛盾。"

纪安被他的话一刺激，生气地说道："我又不知道他们会那样乱说，你跟我说了，我才知道事情的原委！好了，我再也不问你的事情了！"说完，她就跑开了。

"纪安？纪安……"

纪安渐渐回过神，迷茫地看着徐林席。

为什么，为什么她的脑海中会有一段她与徐林席争吵的记忆，而且好像就发生在昨天？可是为什么，她好像并没有经历过？

徐林席摸了摸她的脸颊，问道："你今天怎么了？怎么总是发呆？"

纪安忽然想起白天看到的事情，鬼使神差地问道："徐林席，你在意我吗？"

纪安没有看徐林席，她紧张地等着他的回答，可迟迟都听不到他开口说话。就在她失望地准备放开抓着徐林席手腕的手时，徐林席空着的那一只手忽然落在了她的脑袋上，轻轻地揉了揉。

纪安诧异地抬起头，张着嘴，愣愣地看着他。

徐林席微微一笑，压着她后脑勺的手使了几分力。

在纪安眼里，他的脸距离自己越来越近，越来越近……像是知道下一秒会发生什么，纪安闭上了眼。而就在闭眼的那一瞬间，她感觉到自己的额间落下了一个轻柔的吻。

慢慢地，那个吻从额间移到眼皮上，这让纪安能清晰地感受到自己眼睛的每一次颤动。

纪安不禁松开手，无措地在空中抓了几把，最后抓住了徐林席的手臂。

随着纪安的手一松开，徐林席的另一只手也跟着移到了她的脖颈儿处，然后轻轻地一下又一下地抚摸着，像是在安抚纪安。伴随着手指的动作，他的唇也慢慢向下探索，从鼻尖到嘴角，最后贴上了她的唇。

他的动作很轻柔，亲吻的速度也很慢，似乎并不急着做什么，反而在慢慢地享受这个过程。

这是她的初吻，是第一次和喜欢的人的吻，也是最真切的吻。

这感觉如在梦里一般。周遭的一切，安安静静的，像是在梦境里。梦境一般的环境，梦幻一般的人。

这是纪安和徐林席第一次接吻。

从开始谈恋爱到现在，除了告白那一次她轻轻吻了徐林席的额头，后面他俩就再也没有任何与亲吻有关的动作了。

他们两人恋爱，以拉手为主，情意最浓的时候也不过一个拥抱。

拉手，拥抱，再到接吻，他们一步一步地往前走。

纪安和徐林席，也不过是情侣中最平常的一对。

两人都是第一次接吻，从触碰开始，以触碰结束。

纪安微微睁开眼，黑暗中，徐林席闭着的眼睛也一直在颤抖。忽然之间，纪安心里好像有一块地方陷了进去。

原来，他也跟她一样紧张。

不知道过了多久，徐林席终于放开了她。他凝视着纪安的眼睛，一字一顿地回复纪安刚刚的话："当然，很在意。"

纪安盯着他看了好半响，最终还是没将自己脑子里混乱的想法说出来。

纪安觉得，她的记忆好像越来越奇怪了。

第十章

被特意强调的他

跨年夜当天,纪安准备和徐林席一块儿去海边看烟花。那里的海滨浴场特意准备了一场烟花秀来吸引游客。

说实话,俞峡的海没什么好看的,平日里去那里看海的客人寥寥无几,假日里人虽然多一些,但看过一次就不会再来第二次了。

但无疑,跨年夜的这一场烟花秀是成功的。因为限制了进场人数,纪安和徐林席熬夜抢了三天才抢到两张票。

跨年夜当天,纪安一下课就回寝室收拾了一番。天气很冷,但她为了好看,为了让自己显得不那么臃肿,还是穿得很少。

林妙见她大衣里只穿了一件毛线连衣裙,忍不住提醒:"安安呀,晚上海边的风可是很大的,你这么穿,到时候指不定感冒。"

纪安叹了口气,在镜子前上下打量了一下自己:"我想让徐林席给我拍照。这么好的机会,不拍照可惜了。"

"那你里面起码加一件保暖背心吧,不然到时候你肯定得冻僵了!"

纪安在"冻僵"和"保暖"两个选项中犹豫了一番,最终还是决定听取林妙的意见。

换衣服时,林妙百无聊赖地趴在床上和纪安闲聊:"自从任遇苏走后,我的大学生活真的是越来越无趣了。在学生会里，已经没有志同道合的人能跟我聊两句了。"

纪安笑着接话："你现在给任遇苏发信息，他知道你这么念着他肯定很高兴。"

"嗐，他回临安多久了？有两个星期了吧？"

纪安算了下时间："好像是。"

突然，林妙从床上坐了起来，说道："安安，你还记得吗？上次团建那天任遇苏说的那句话。我当时就想问他了，但看他那个状态，忍住了没问出口，后面也没什么机会碰到他问清楚了。你说这是咋回事啊？那天晚上你们走了以后，不少人在说这件事，都在问任遇苏是不是失恋了。"

最后一句话勾起了纪安对这件事的回忆，她斟酌片刻才抬头朝林妙微微一笑："大概是吧。"对任遇苏来说，确实是失恋。

说完，纪安从桌上拿了条围巾便准备出门："我先走啦，妙妙！"

"好，玩得开心哟！"

纪安走出宿舍大门时，徐林席已经在等着了，她搂着徐林席的手臂和他慢慢地往南门走去。

学校门口的地铁站没有到市郊区海滨浴场的路线，所以他们准备打车去两千米以外的另一个地铁站坐车。

等车的空隙，纪安和徐林席聊着天，忽然，身后嘈杂的声音中传来一道清亮的女声："任遇苏，那我和宋缘去那边的餐厅等你，你快点儿！"

听到熟悉的名字，纪安猛地回过头，就见不远处站着三个人，两男一女，其中一个男生就是任遇苏。

没等纪安开口，身旁的徐林席也看到了他，率先出声打招呼："是学长啊！你怎么回来了？"

那三人的注意力瞬间被吸引了过来，齐齐看向纪安和徐林席。

纪安这才看清那个女生的脸，标准的鹅蛋脸，五官十分精致，一双大大的杏仁眼显得她的脸多了几分幼态。女生扎着一个高马尾，脸上挂着的笑容还来不及收，看起来十分活泼俏皮。

或许是女生的第六感，纪安瞬间就意识到，这应该就是任遇苏暗恋的那个"青梅"。

"我回来找辅导员有点儿事情。"任遇苏的视线落在纪安和徐林席身上,"你们这是……要去哪儿呢?"

"去跨年咯!"徐林席笑得灿烂。

任遇苏闻言,意味深长地看了纪安一眼,像是在说:看吧,这就是勇敢者才能得到的礼物!

聊了几句,可能是注意到纪安的视线时不时地落在他身后的人身上,任遇苏这才反应过来,给纪安他们介绍:"这是我发小和她……她老公,来俞峡玩,把我抓来当向导的。"

女生闻言,不服气地反驳:"什么向导呀?我们这不是担心你一个人在俞峡太孤独了,才拉着你出来玩嘛!"

任遇苏回过头应道:"行了,大小姐,怎么说都没差啦!"

纪安从前就听任遇苏说过,他和他暗恋的那个"青梅"就是因为从小是欢喜冤家,所以就算后来他试着暗示过几次,都被对方当作玩笑。或许是因为这样,渐渐地,任遇苏也不再对对方做出与男女感情有关的暗示了。

纪安今日一看,任遇苏和这个女生的相处模式确实跟他自己说的大同小异。

从任遇苏的话里可以听出来,现在站在女生身侧的那人就是她"英年早婚"的老公,从校园恋爱到披上婚纱,两人真的是小说中的男主角和女主角。

因为车到了,纪安和任遇苏匆匆结束了话题。

坐上车以后,因为车子要掉头,他们在校门口又耽搁了一会儿。就这工夫,纪安发现,任遇苏在他的"青梅"走开后,站在原地看了对方的背影好一会儿。

"暗恋啊!"徐林席忽然说了一句。

纪安倏然抬起头,震惊地看向徐林席——为什么他会知道?

徐林席笑了笑,回答了她的疑惑:"男生之间,有时候对于同一件事情的关注点是一样的,所以我还是能猜到的。"

他的回答没有问题,就跟女生之间也会更了解一样,男生也更能感知到男生的情绪,这不是什么奇怪的事。

纪安若有所思地点点头。

海滨浴场的烟花秀的噱头果然吸引了不少人,纪安光是站在原地,就被人潮推挤了好几次。

"这样下去,等烟花秀开始了,我不在前排就根本看不到烟花嘛!"

纪安缩在徐林席的怀里嘟囔了一句。

她这句话正好被徐林席听见了，他朝四周看了看，见到几个坐在各自父亲肩膀上的小孩儿，忽然低头问她："你也像这些小朋友一样，坐在我肩膀上看吧。"

纪安顿时露出疑惑而慌张的表情。

她都多大了！她才不要！

"不用了，不用了！烟花升到天上，我一样能看到。"

徐林席闻言笑了笑，扯过纪安的胳膊让她站在自己跟前，然后伸出双臂将她抱住："站这里吧！这样我可以护着你。"

纪安闻言眉眼舒展开，温柔地应道："好。"

纪安看了眼手机，23：59，还有一分钟。

不知道是谁先起了头，人群中响起了倒计时的声音，稀稀拉拉的，声音也不齐，有些人数得快，有些人数得慢。但是到最后十秒的时候，人们的声音像是找到了归属，纷纷汇聚到一起，从"十"开始，整齐划一——

"十、九、八、七……"

徐林席忽然低头，附在纪安的耳边唤了一声："纪安。"

纪安一回头，嘴唇就被吻住。徐林席低着头，眼眸紧闭，唇只是轻轻地贴着她的，没有任何别的动作。

纪安沉醉在这个吻中，耳边的倒计时越来越近："三、二……"

徐林席微微退开，脸上扬起笑，压低声音道："新年快乐，最好的纪安。"

"零！"

"砰——"一束烟花出现在夜幕中，在空中轰然炸开，形成绚烂而耀眼的花束，然后化成星星点点的光向四周散开。

这一束烟花的炸响像是开场的号召，随着一声声"新年快乐"，更多的烟花竞相涌上天空，一束接着一束，以夜幕为背景，缤纷绽放。

2019年，伴随着海风，来到了大家身边。

看着眼前的点点星光，纪安忽然想起高三那年在临安跨年时看到的那场烟花。

鉴于高三的特殊性，学校并没有让他们跟高一、高二的学生一起放假回家过元旦，所以元旦节那天，高三学生还留在学校上晚自习。

晚上十点半，下课铃准时响起，身为走读生的纪安还在收拾书包，桌上还有一本书没拿。此时,盛湘语从前排跑过来抓住她的手腕,着急地说道:"快走,安安!"

没等纪安有所反应,盛湘语就把她拽出了教室。季蔚则一脸蒙地跟在两人身侧,显然也是忽然被盛湘语叫住的。

纪安一只手拽着还没有拉拉链的书包,感觉自己的手指快要支撑不住书包的重量了,她这才叫盛湘语松开她的手。

待纪安背好书包后,盛湘语叫上两人快步往校门口赶去。

季蔚跟在她的身侧,气喘吁吁地道:"到底去哪里啊,这么着急?"

"哎呀,你们快点儿跟上就是了。"盛湘语没回答,只催促道。

等到三人坐上门口的出租车,盛湘语喘了两口气后,这才翻出手机给纪安她们看:"是烟花啊!我们去看烟花!"

纪安垂眸看了眼手机页面,是徐林席发的一条动态,配图是一张几箱烟花筒叠在一块儿的照片,配文则是两颗星星。

"我问徐林席了,说是有人想看星星。但是临安这地方哪里有星星啊?他便去买了烟花,说反正都在空中,亮起来就跟星星一样。"盛湘语说着,转身又朝纪安和季蔚挤眉弄眼,"你们说徐林席说的那人会是谁?会不会是魏佳?"

"天哪!如果是魏佳,那估计……"

"徐林席没说是她,但我感觉像是。"

…………

后面的话纪安没听进去,她脑子里一片混乱——

星星啊,她最喜欢星星了。

临安市内是不能放烟花的,不是农历新年的日子抓得更严,但郊区是可以的。徐林席几人就将放烟花的地点选在了偏离市区的一个湖边的开发区,也亏得他们能找到这么个地方。这里因为准备开发并新建小区,所以都被铲平了,十分空旷,又临近湖边,景色不错,的确很适合放烟花。

纪安她们到的时候,徐林席一行人已经站在湖边的石滩上了,距离她们五十多米远。

盛湘语拦住二人,阻止她们继续往下走:"我们就在上面看看烟花好了,下面的人,除了徐林席,其他人我都不认识,下去怪尴尬的。"

纪安点头表示赞同,她其实也不太想下去。

这一场烟花,是徐林席放给别人看的。她很想看一眼徐林席,但她并不想看他和那个人有什么亲昵的举动——就当是一个暗恋者选择逃避面对现实吧。

夜晚湖畔的景色怡人,月光洒在湖面上,水面波光粼粼的,一闪一闪的样子,好像星星在眨着眼睛,十分好看。

纪安忍不住拿出手机对着湖面拍了两张照片。她刚把照片保存好,湖边的人群忽然躁动起来。

纪安一抬头,眼前就闪过几道白光,它们争先恐后地蹿出,到达空中时发出一声巨响而后炸开,星星点点的光炸成了一个个圆圈朝四周散开。

纪安仰着头,眼里映出这场盛大的烟花秀。

不难看出来,这些烟花都是徐林席精心挑选过的。每一束在天空绽放的烟花都像缀在夜幕中的星星,起初很小很亮,最后却闪着光扩散到四野。

他是真的好好准备了,想给他在乎的那个人看一次漫天的星星。

纪安伸手在空中抓了抓,手指上仿佛也布满了星星——她沾了那个人的光。

看完烟花后,纪安她们三人坐上盛湘语叫的网约车返程。上车后,纪安将书包往自己怀中拢了拢,然后打开手机熟门熟路地在搜索那一栏输入了徐林席的账号。

徐林席的空间没有对外上锁,就连她这种陌生人也可以看他朋友圈更新的内容。纪安不敢去加他的微信,只敢以这种方式来了解他的生活动态。

现实中,她不敢多看他两眼,在朋友圈里能多看看他的照片也是好的。

纪安滑动了一下屏幕,徐林席的朋友圈刷出来了一条新的动态——"今年的礼物是请你看星星。"

简简单单的一行文字,没有任何配图。

不用多想,纪安都知道,这条动态是发给别人的。她垂下眼眸,不动声色地退出了界面。

时间刚过零点,手机忽然开始振动,纪安点开一看,是季蔚和盛湘语发来的信息,都在祝她生日快乐。

一旁的盛湘语忽然抱住了纪安,轻轻地蹭了蹭她的肩,笑着对她说了一句:"生日快乐呀,安安。"

纪安的生日就在元旦,每年都伴随着新年一起到来。她朝自己的两个好友轻轻笑着:"谢谢,新年快乐。"

和朋友聊天之际,她握在手里的手机亮了一下,屏幕上显示的是一条手机短信,是一个陌生的号码,内容是同样的"生日快乐"的祝福语。

"生日快乐。"最后一束烟花放完,徐林席忽然在纪安耳边说了一句祝福。

纪安一愣,瞬间从回忆中抽离出来。她回过头,惊讶地问道:"你知道今天是我的生日?"

徐林席笑而不语,随后从自己大衣的口袋里掏出一条项链,像变魔术一般,将它垂在纪安眼前:"生日礼物,喜欢吗?"

纪安伸手接住,项链还带着他的温度。

项链整体呈金黄色,款式看起来很普通,唯一令纪安在意的是,项链的吊坠是几颗星星。

这会是巧合吗?

不论是她喜欢星星这件事,还是今天是她生日这件事,她都从来没有跟徐林席提过,他为什么会知道这些?

纪安抬起头,直勾勾地盯着徐林席。后者却一声不吭地弯着眉眼,像是在等待纪安的评价。

思虑再三,纪安还是没有将自己心中的疑惑问出口——也许徐林席只是从盛湘语那儿问来的吧。

纪安看着项链笑着问徐林席:"这是黄金吗?"看着很像,颜色也很正。

徐林席点点头:"前两天去商场选的,看了好久才挑中这款。你喜欢吗?我给你戴上吧?"显然,他并不在意它的价钱。

纪安自然是在意的,即便礼物再贵重,她也不会选择在这一刻说出让徐林席和她都觉得扫兴的话来。

礼物不管昂贵与否,都是徐林席用心挑选的,她只需要告诉徐林席她很喜欢就可以了。至于其他的,以后她可以慢慢提醒。

于是,纪安应了一声,主动拨开了自己披着的头发。

项链挂在她脖子上的那一刻,纪安忽然觉得很开心。喜欢的东西,被喜欢的人戴在身上,真的很开心。

徐林席给她戴上项链后,盯着她脖子上的项链看了半晌。

纪安见他一句话不说，刚想推他的肩膀问他怎么样，身子就被他往前一拉，落入了他的怀中。

这个怀抱很紧，徐林席的脑袋轻轻地搁在纪安的脖颈儿处，温热的呼吸洒在她的颈窝，惹得她有些痒。纪安刚准备伸手推开徐林席，他却先起身了。

徐林席抬手揉了揉纪安的脑袋，嘴里先是说了一句意味不明的话："今年的礼物。"接着说道，"生日快乐，纪安。"

元旦假期的第三天，俞峡大学举办了元旦会演。

这次会演原本是放在十二月底举办的，但因故推迟到了现在才举办。

今年他们班还是林妙领头，带着几个会跳舞的女生上去跳一段古典舞。当然，纪安不在此列，她对舞台向来是保持着喜欢但自己不敢上的心态，上一次上台已经用光了她的勇气。

徐林席倒是没节目，但当天他要和纪安一块儿在场内做学生会的工作。

俞峡大学对这种活动向来很重视，元旦会演这种表演类活动的重要程度仅次于校庆，所以今年的会演和往年一样办得很是盛大。

会演地点在学校的礼堂，可以容纳两千多人，但这和学校师生总人数比起来还是少了，所以今年依旧是采取网上抢票的模式。

纪安倒是庆幸，起码可以借着学生会工作的由头在礼堂内部观看表演。但毕竟是工作人员，礼堂内大大小小的事情都落在他们身上，也并不轻松。

等纪安干完手上的活时，台上已经表演完两三个节目了。林妙的舞蹈排在节目单的中间，纪安倒是没错过。

徐林席早早完成了手头的工作，找了一个位置坐着等纪安。纪安落座后，两人交谈了几句后，考虑到现在大家都在看表演，便没再多说什么。

纪安坐的这一排都是学生会的学生，"左邻右舍"都认识。台上的小品有些无聊，纪安撑着下巴，眼睛一眯差点儿睡着。又过了一会儿，她脑袋往前一倾，险些磕到前排的椅子上，好在徐林席手快，挡在了她的额前。纪安这才清醒了一些。

"这节目好无聊啊，到底是怎么入选的啊？"纪安身侧一个学生会的女生压低声音和纪安吐槽道。

纪安赞同地点点头："看样子这节目是领导喜欢的类型。"

说话间，纪安朝最前排看去，几个学校领导时不时地发出笑声。如果不是在现场，单看领导们的反应，纪安可能会觉得这是一个有意思的节目。

纪安和那个女生凑在一起抱怨了两句后，手臂突然被人一扯，身子被拉正。两人的说话声立刻被打断了。

纪安疑惑地转头看去，却见徐林席面不改色地朝台上扬了扬下巴："到林妙了。"

纪安的注意力顿时被吸引，瞪着眼睛在台上寻找林妙。她在中心位，穿着一件红色的汉服，倒是显眼。

伴随着音乐，台上的几人开始迈出第一步，袖子在空中扬起又落下，长长的裙摆一圈又一圈地转着。

林妙的仪态真的很好，扬起舞步的感觉跟她平时走路的样子完全不同，还真颇有几分古典美人的味道。

纪安忽然想起自己小时候很羡慕电视里那些穿着古装跳舞的人，她还偷偷地拿过妈妈的丝巾，在房间里一步又一步地模仿着那些人的舞姿，想象自己真的穿越到了古代。

其实不只小时候，就连现在也是，纪安依旧很羡慕能在台上应付自如的林妙。上一次运动会，纪安虽然迈出了第一步，后来在课堂上她也尝试过发表自己的意见。但上舞台表演，纪安依然没办法尝试。

不过她当个观众也很好。

林妙她们这支舞跳得相当好，舒缓却不乏味，或者是有上一个节目的衬托，台下响起的掌声明显比之前多了不少。很多学生的注意力也因此慢慢回到了台上。

纪安意犹未尽，拉着徐林席开始分享自己对这个节目的评价："从客观角度，我还是觉得林妙跳得最好，她点踩得很准，动作柔软却不失力道，林妙真的太棒了——"

"她真的跳得不错。"徐林席的声音紧接着响起，打断了纪安想说的话。

听到他的肯定，纪安更加兴奋了，刚想接话，却听见徐林席的声音再次落下——"你怎么就不能像她那样优秀？"这话不轻不重，却狠狠地敲打着纪安的心。

纪安瞬间愣住了，眼睛渐渐瞪大，不可置信这句话是从徐林席的嘴里说出来的。

但任凭自己怎么去探究他脸上的神色，纪安依然看不出任何异样。她刚想开口询问，脑袋又像是被什么东西刺激了一样，开始刺痛。

她按住太阳穴,试图缓解自己的痛感,却无济于事。

因为刺痛,纪安的视线开始模糊,她甚至有些看不清徐林席的脸。

她朝他伸出手,他却像是终于反应过来了一般,抓住她的手指将她的身子拉入怀中抱住,手掌一下又一下轻柔地抚摸着她的后脑勺。

他的语气也比刚刚缓和了不少,像是在给刚刚那句话找补:"没关系的,安安,我还是喜欢你的。就算你什么都不会,我也会要你的。"

纪安已经完全看不见了,只有徐林席的声音在她的感官中无限放大,一声又一声,刺激着她的神经,慢慢地定格在她的脑海中。

纪安抓住徐林席的衣领,呼吸急促,艰难地发出一声:"林……"

因为徐林席的一句话,纪安呆坐在原地半晌都没有回过神来。

一直到林妙换好衣服下台来找她时,她还保持着呆坐的姿势,目光呆滞地看着舞台,全然没有注意到林妙。

林妙见状,抬手在她眼前晃了晃:"安安,你怎么啦?"

纪安没立刻回过神,但注意力还是被分散了,她挣扎片刻,目光终于从舞台上移开,落在了林妙身上,而后讷讷地"啊"了一声。

见她这副样子,林妙疑惑地问道:"你怎么了?怎么魂不守舍的?"

纪安的瞳孔聚焦,终于回过神来:"什么?"她又顿了一下,"还、还好吧。"

林妙皱了皱眉,拉着她的手腕站了起来:"走吧,我们去吃夜宵。"

因为要表演,林妙连晚饭都没来得及吃,于是他们决定去吃夜宵。

而此时的纪安像是一个被人提着线的木偶,能活动,但整个人看着没什么生气。

直到出了礼堂大门,被冷风迎面一吹,纪安才感觉自己的思绪清晰了一些。

这时,一条柔软的围巾落在了她的脖子上,一圈又一圈地将她的脖子围了起来,最后在她胸前打了个松松垮垮的结。

纪安一抬头,脑袋却磕在了徐林席的下巴上,她不禁吃痛得轻呼一声。

下一秒,她的脑袋一沉,扶在脑袋上的指尖触碰到了徐林席的手心。

徐林席用手掌揉着她的脑袋,像是对待一件珍宝一样,动作小心而轻柔。他笑着安抚道:"没事,不疼了。"

好像真的不疼了。

他的手明明轻抚的是她的脑袋,却像是在轻抚着她的心,一点一点地将她心上的伤痕抚平。

纪安觉得，不只是脑袋不疼了，其他地方也不疼了。

他们选了南门那边的一家烧烤店，准备去大快朵颐。

走去南门的路上，林妙因为穿得不多，手紧紧地挽着纪安，大半个身子也贴在她的身上。她又问起了刚才纪安发呆的事情："安安，你刚刚在礼堂里怎么了？状态不太对啊！"

纪安一顿，身子也跟着一僵。

在礼堂的时候，其实没发生什么事情。只是徐林席说了那么一句话，令她心里很不舒服。

纪安抬头看了眼走在自己身侧的徐林席，后者面色如常，哪怕听到林妙的问话也没有丝毫反应，仿佛刚刚影响到她情绪的话不是他说的一样。

纪安不想把这件小事闹开，垂着眼答道："可能是困了，除了你的那个舞蹈，其他的节目都很无聊。"

"这样啊！"林妙没有多想，应了一声后，便聊起别的话题。她说的话很多，一句接着一句，后半段路基本上是林妙在说话。

到烧烤店坐下后，林妙便去前台选吃食了。纪安对吃的东西不挑，眼下也没什么心情去想选哪些吃的，便自顾自找了个靠暖气的桌子坐下。

徐林席也跟着在她身边坐了下来。

纪安今天晚上反常的举动，徐林席也察觉到了，他握住纪安的手，压低声音询问："你怎么了？今天不开心吗？"

纪安盯着他的眼睛，踌躇片刻，还是开口询问："你今天为什么要说那样的话？"

这句话已经问得很直白了，徐林席不可能不知道纪安指的是什么。

他却露出一脸茫然的表情："什么话？"

纪安静静地盯着他看，试图从他脸上寻找到一些异样。但很奇怪，徐林席的神色看起来不假，他似乎真的不知道纪安指的是什么。

那么他到底是装不知道，还是他觉得那些话是很寻常的，可以随便对她说？

话题点到为止，纪安不想再去回忆那件事了。

她轻轻摇了摇头，说道："没事。"

林妙点完烧烤坐下没多久，店门忽然被人推开，有人随着风一起进到店里来。

纪安捧着一杯热水，小口小口地喝着，直到耳边传来林妙的一声"任遇苏"，这才诧异地抬起头。

任遇苏裹着黑色的大棉袄走了过来，一脚踢开一张椅子坐下。哪怕是离开俞峡大学出去实习了几周，人却和之前一样，没有变得沉稳。

林妙半开玩笑地跟他打招呼："几周没见，在外面怎么样了，任医生？"

任遇苏笑着朝她拱拱手："受不起，受不起！我还没资格听你这声称呼呢。"

几人闻言，不觉笑出声。

刚说完，任遇苏忽地转过头，问徐林席："你跟纪安怎么样啊？没闹什么矛盾吧？"

徐林席一把搂过纪安的肩膀，下巴一抬："好着呢！"

"咦——"林妙发出一声怪声。

任遇苏的视线落到纪安身上，上下打量了她几眼，疑惑地问道："但看纪安的样子不太对啊！怎么，不高兴了？"

餐桌上几人的视线因为这话，一时间都汇聚到了纪安身上。

"是啊，我也觉得安安今天晚上的状态不对。"

"是不是身体不舒服？"

....

耳边左一句右一句的问话，让纪安有些不知所措。哪怕面对的都是自己的朋友，她也没办法说出自己的烦心事。因为就连她自己，到现在都没搞清楚到底是怎么一回事。

纪安像是被推到了浪尖上，被迫接受着大家关切的目光。

就在她想着该怎么办时，徐林席搂在她肩膀上的手抬起，捏了捏她的脸颊："可能是累了吧。"

这是一个很好的理由，光看纪安兴致缺缺的样子也很容易让人信服。

"那快点儿吃完回去吧！"林妙说完，站起身朝收银台招呼，"老板，这里的烧烤麻烦上快一点儿！"

"好嘞！"老板豪爽地应道。

大家都跟任遇苏有一段时间没见了，于是吃饭时，几人就他实习的事情聊了好一会儿。话题很杂,也不好落下哪个人,就连原本毫无兴趣的纪安都渐渐开始搭话。

其间,徐林席坐在她的身侧,一直很照顾她。她的杯子里没饮料了,徐林席会立即给她添上;新上的烧烤还冒着热气,徐林席会先拿给纪安再给自己拿。

他很了解纪安的口味,绕过了她不喜欢吃的,让纪安这一顿吃得完全没有任何顾虑。因为徐林席拿的每一样东西都很适量,她不会不喜欢,也不会吃不下。

徐林席对她的好是作不了假的,不管是这次还是之前一起吃饭的时候,徐林席都会先顾及她。他也很体贴,恋爱期间会给她制造惊喜,从不会食言,永远说到做到。

但很奇怪,他好与不好像是处在两个极端。那些不好的话说出口时,纪安甚至会怀疑,对方真的是徐林席吗?他怎么可能会说出这种话?而且每到这时候,她的头都会变得很疼,感觉非常不舒服。

纪安有时候还会产生一种想法,因为徐林席对她太好了,所以有时候他说的话或许是实话,并不是针对她这个人。

她甚至会觉得,或许徐林席说的是对的。

这种想法一旦产生,便会不断地生根,一直围绕着她,最后占据她的全身,控制她的心理。

想着这些时,她放在桌上的手突然被人轻轻碰了碰,惊得她身子抖了抖。纪安倏然回过神,目光在桌上乱晃了几下,最后落到了徐林席的脸上。

徐林席脸上浮现出错愕和关心:"怎么了?"

纪安顿时放松下肩膀,缓缓呼出一口气,说道:"没事。"她抬了抬眼,"怎么了?"

见她没事,徐林席这才笑着将一串鱿鱼塞进纪安的手心:"趁热吃,冷了就硬了。"

纪安看向自己手中的鱿鱼串,烧烤签上很油,沾上一点儿都会令人觉得不舒服。但她捏着的那一处被他包上了纸巾,让她的手隔绝了油腻的烧烤签。

其实一整晚下来,她的手上都没沾到多少油。就连吃鸡翅时,她手上沾了些油,徐林席也很快就递上湿巾给她擦手。

因为纪安最讨厌在吃东西的时候手沾上黏黏腻腻的东西。就比如她虽然很喜欢吃虾,但她会害怕弄脏手而选择不吃。

徐林席在发现这点后,每次吃饭时如果有虾或者其他需要剥壳的东西,他都会先替纪安处理好。

身为男朋友,徐林席无疑很合格,甚至可以说是很优秀的。

"纪安,你们今年啥时候回去啊?"任遇苏跟林妙喝了几罐啤酒,脸上已经泛起了红晕,就连讲话的声音都比平时大了一点儿。

纪安嚼了嚼口中的鱿鱼,咽下,"好像学校还没出放假通知吧?"说完,她还转过头问徐林席,"对吧?"

徐林席点点头:"还没出放假时间。"

任遇苏长叹一声:"我恨!好想回家过年啊,我到时候可能得留在俞峡这边了!"

林妙瞪大了眼:"你们单位不放假啊?"

"我老师不回去,我怎么可能回去嘛!"任遇苏一把鼻涕一把泪地开始说起自己实习的苦楚。

纪安感觉,他照这样下去,实习结束以后说不定都不干这行了。

任遇苏也确实可以不干这行,他家里的公司在省内挺有名气的,所以他在外面混不下去就得回家继承家业。

考虑到时间,几人没吃到太晚就结账准备回宿舍。

走到路口时,正巧大家都渴了,徐林席便主动到一旁的便利店买水去了。剩下三人各做各的事,林妙站在离纪安几米远的地方跟柯程礼打电话,任遇苏蹲在红绿灯旁边吸着烟,纪安则站在任遇苏旁边盯着马路对面的红绿灯发呆。

晚上的温度骤降,风也开始一阵一阵地刮。

现在正好是吃夜宵的时间,哪怕气温低,南门这边的大排档还是有很多人坐在店内或者店外的棚子里吃饭。周围热热闹闹的,喧闹声不断。

突然,纪安听到旁边的任遇苏喊了声她的名字,她刚应了一声,就听见他的声音再度传来:"你今天到底是因为什么事情不高兴呢?"

马路上车流不断,人行道的交通指示灯红了又绿,行人走了一批又一批。时间一直在走,没有因为谁而慢下来一刻。

任遇苏仍然蹲着，指缝上夹着已经吸了一半的烟，烟头那一抹猩红以缓慢的速度燃烧着，不多会儿便生成了一段烟灰，不用他的手去抖，烟灰被风轻轻一吹，便落到了地上，偶有几丝细碎的烟灰残留在空中不断徘徊。

他不催纪安，任由她什么时候开口，或是不开口。

任遇苏只是抬眼看向不远处——

又起风了呢。

纪安散着的头发被风一吹，变得有些凌乱，发丝在空中朝着一个方向飘动着，挡住了她的视线。

她抬手拢起耳边的碎发，露出一双眼眸。

"任遇苏。"纪安轻轻地喊了一声。

"嗯？"任遇苏身子动都没动一下，就连他的视线也依旧停留在他前方的地面上。

纪安的视线一转，看到徐林席还在架子前选着东西。她没回过头，一边盯着徐林席，一边问任遇苏："你觉得我和徐林席在一起合适吗？"

"合适不合适，不都得看你自己吗？"任遇苏将手中仅剩的一小截烟蒂摁在地面上碾了碾，然后起身将它扔进一旁的垃圾桶。他收回视线，悠悠地开口，"你想问的，不是这个吧？"

任遇苏总是这样，他的这双眼睛总能轻易地看透很多事情。纪安有时候觉得，在他面前，她的所有想法都能一眼被他看透。

其实他猜对了，纪安想问的不是这个，不过……

纪安摇了摇头，轻轻一笑："那个我自己已经有答案了。"

而原本她脑子里一闪而过的问题是，徐林席究竟是一个怎么样的人。

但这个问题只出现了一瞬间，不用任遇苏回答，纪安自己心里就已经有了答案——

徐林席是一个很好的人，一个很优秀，对所有人都很好的男生。

纪安缓缓地舒了一口气，然后将今天憋在心里的那些话讲给任遇苏听。她觉得，或许任遇苏能给她答案。

但出人意料的是，任遇苏并不相信她的话。他皱着眉，犹豫片刻后，还是说："纪安，徐林席他很好的，他真的很好。"

纪安轻轻地"嗯"了一声，而后仰起头，眨了眨酸涩的眼睛。

徐林席很好，她是知道的。

这个问题的答案，显然大家都是一致的。

之前，在和林妙的一次闲聊中，纪安把徐林席当志愿者那天不回信息的事情告诉了林妙。那时候，纪安已经不生气了，只是聊到"男朋友令人头疼的问题"这个话题时，她顺口就将这件事说给了林妙听。

哪承想，林妙听完以后却一口否定了纪安的说法，当时林妙强硬的态度令纪安有些愣神。

林妙很认真地说："不会的。他最喜欢你了，他不会那么做的。"

好像在所有人眼里，徐林席都是最好的人，他们都不相信徐林席会对纪安做出那种事情。

不远处，徐林席已经买好矿泉水，从便利店里出来了。

他走到纪安面前，往她手中塞了一瓶矿泉水。矿泉水还带着凉意，想来是室温太低的缘故。

纪安轻轻一扭，瓶盖就打开了，显然是有人提前替她打开了。

她侧眸看向徐林席，笑了笑。但只有她知道，她的笑里带着酸涩。

徐林席很好，她当然知道。

校园跑的最后一次打卡结束，也意味着这学期到了尾声。

纪安喘着气，转身朝在跑道旁边等着的徐林席走去。刚跑完步，纪安感觉每一步都像是踩在棉花上面。

最后几步路徐林席没让纪安走，他快步走了上去，将手中的水杯拧开后递给纪安。

纪安捧着水杯抿了一口水后，便叉腰站在原地，大口地喘着粗气，似乎一下子缓不过来。

哪怕是冬天，纪安还是跑得浑身发热，鬓角处还冒出了细细的汗。

徐林席抬手给她擦了擦，见她马尾乱了，又站到她的身后，给她重新绑了下头发。他的指尖从她的头皮上划过，一下又一下地梳理，要是换作平常，纪安一定整个人都酥了。

但现在不一样，刚跑完步，她是真的一点儿想东想西的力气都没有。

纪安在徐林席的陪同下压了下腿后，就跟他一块儿到食堂吃饭去了。

刚跑完步，纪安没胃口，但眼下已经十二点了，她早饭和午饭都没吃，再不吃不行了，只能硬着头皮点了碗小馄饨。

食堂的阿姨备餐需要时间，两人便就近找了个位置先坐下。

徐林席坐在纪安旁边,一声不吭地将纪安的腿放在自己的大腿上,动作轻柔地给她捏着腿,让她放松肌肉。

纪安现在也缓过来了,拧开水杯喝了口水,开始关心起徐林席的期末作业来:"你们专业的期末作业你都交了吗?"

徐林席回答道:"差不多了,基本上都是小组作业,个人作业比较少。"

纪安点点头,过两天就要期末考试了,她已经跟徐林席去图书馆复习好几天了,就等着考完解放。

纪安将腿撤了下来,身子软软地靠在徐林席身上,哀叹一声:"最近好累啊,好想快点儿回家过年!"

"再坚持一下,马上就可以回家了。"

说到回家,两个人的车票都还没买。

徐林席从兜里掏出手机,打开订票软件扫了一眼:"今天晚上开始售高铁票,我帮你一起买了。"

纪安没有异议,碰巧这时她点的小馄饨的窗口叫号,徐林席就起身替她去拿馄饨了。

纪安看着徐林席的背影,忽然发觉两人这场梦一般的恋爱已经谈了快三个月了。

徐林席对她真的很好,就跟当时所有人说的、她自己一直说的一样,徐林席这个人,是一个很好的人。

但她觉得,好的人只是她记忆中的那个徐林席。

至于当初那些让她心存芥蒂的每一件事,徐林席都从未解释过。而一件事过去了,就会被人遗忘了似的。

纪安不会去刻意提起,她喜欢徐林席,也珍惜徐林席,珍惜这份自己暗恋了这么久才得到结果的恋情。

期末考试结束后,俞峡大学开始放寒假。

纪安一大早就跟着徐林席去赶高铁了。在车上时,徐林席的神色跟纪安脸上的神色截然不同。

纪安知道他在为什么事情烦心。她回家是跟家人团聚过一个好的新年,但徐林席回家,面对的可能是一堆乌烟瘴气。

纪安抬手抚摸徐林席的手背,轻声道:"你要是在家里不开心了,一定要跟我说，我出来陪你，行吗？"

似乎是不想让她担心，徐林席闻言，朝她宽慰地笑了笑，轻轻地拍了拍她的手背："别担心。"

时间匆匆，寒假很快就过去了好些天，而这些天里，纪安基本上都是躺在床上度过的，

早上睡醒开始玩手机，一直玩到晚上，有时候天气好，她会到阳台上跟弟弟一起晒太阳。

不知道是谁先开始传的，家里人突然都知道了她有对象的事情。

有天晚上，她正躺在床上跟徐林席打电话，纪母突然走了进来，一声不吭地坐在飘窗上看着她。

纪安被看得头皮发麻，摘掉耳机坐直身子："妈，你干什么啊？"

纪母突然反应过来，一脸歉意地问："妈妈是不是打扰你跟你男朋友打电话了？"

纪安的脸立即红了，她不禁大声反驳道："妈！你瞎说什么？谁跟男朋友打电话了？"

纪母哪里会听纪安的话，她从飘窗上挪动到了床边，然后拉起纪安的手嫣然笑道："你现在都22岁了，妈妈哪里还会管你谈不谈恋爱。"

"是20岁！"纪安纠正道。

临安这边一般说年龄都会说虚岁，但纪安不喜欢这样，现在的年轻人，都巴不得自己小一点儿。

"你这孩子！"纪母笑着问道，"妈妈是希望你能找一个对你好的对象。你现在这个男朋友是哪里人？是临安的吗，还是你大学里认识的？多大啊？成绩好不好啊？叫什么名字？学什么专业啊？跟你一样吗？是你同学吗？"

纪母连环炮似的问题问得纪安都来不及回答。

想到电话那头的徐林席可以听到她跟纪母的对话，纪安的脸愈来愈红。她羞愤地将纪母从房间里推了出去："你查户口吗？哎呀，这些事情，你不要这么急着知道啦！"

纪母被纪安推出房门，不禁嗔怪道："你这孩子……"

话还没说完，纪母就被挡在了门外，她甚至听到了里面上锁的声音，见状，她只能悻悻而归。

纪安靠在门上缓了半晌,这才慢吞吞地挪到床上将耳机重新戴上,然后跟徐林席解释:"我妈妈刚刚进来了,问了很多关于你的问题,你不要介意。"

"怎么会?"电话那头的徐林席发出一声轻笑,缓缓道,"我是临安本地人,比你小一岁,姓徐,名林席。成绩?我觉得还行吧。学的是计算机专业……"

纪安一下子没反应过来:"你在说什么呀?"

"当然是回答你妈妈刚刚的问题咯。以后这些问题,你妈妈可能会再问我一遍吧。"

徐林席的回答令纪安觉得意外。

毕竟他现在这么说,另一层意思倒像是以后两人一定会走到见家长的那一步。

纪安当然想过这一步,但这是徐林席第一次这么直白地跟她说起这个话题。

莫名地,她的心里还挺舒服的。

第十一章 ☾

孔明灯

　　放假回家的大学生在家待了一段时间,总会变成即便只是躺着都招人烦的对象。

　　例如现在,纪安正趴在飘窗上一边玩手机一边晒太阳,纪母就拿着吸尘器径直走了进来,在床的另一侧弄得叮当响,似乎是想吸引纪安的注意。

　　吸尘器的声音很大,盖过了纪安手机里视频的声音。

　　她忍无可忍地摘下耳机:"妈!"

　　吸尘器的声音戛然而止,纪母一脸"你终于注意到我了"的神情抬起头,下巴微扬,等着纪安的下一句话。

　　"你这是干什么啊?今天都进我房间三次了!"

　　这话似乎在纪母的意料之中,她将手中的吸尘器往旁边一放,开始蓄力:"什么干什么?还不是你在家无所事事,也不帮着打扫卫生,自己的房间也不收拾。你要是什么事情都不干,一天到晚就躺在床上玩手机,还不如出去玩。"

　　纪安立刻反驳:"我打扫了,你自己说我扫得不干净,不让我干的。"

　　这显然不是纪母想要的答案,她干脆没接话。

　　纪安叹了口气,终于还是起了身:"行,行,行,我出去行了吧?不在家里碍你的眼了。"

纪母满意了，但拿着吸尘器被纪安推出房门时，仍不忘试探性地问："跟谁啊？"

纪安冷笑一声，她就知道她亲爱的妈妈会在这里等着她。

她不就是想打听自己跟徐林席的事情吗？那自己偏不让她如愿。

"和湘语，还有季蔚。"纪安笑着回答道。

果然，下一秒，纪母脸上闪过一丝失落，叹了一口气后，就拿着东西走回客厅了。

见危机解除，纪安顿时松了一口气。她举起手机，指尖一滑，屏幕瞬间就回到了她和徐林席的聊天界面。

徐林席最近不知道怎么了，消息回得很慢，明明上一秒还在线，下一秒人就消失不见了。

纪安指尖一顿，随后慢吞吞地在聊天框里输入："今天去放孔明灯，你别忘记了。"

她的拇指停在半空半响，最终下定决心一般点了下去。

纪安原本是计划和季蔚她们去放孔明灯的，但因为她们两人一个突然发了烧，一个被家里人提前拉回了乡下，双双放了她的鸽子。

季蔚说让她去找徐林席，纪安才想到这也是一个机会——她还没有跟徐林席一起放过孔明灯呢！

于是昨天晚上和徐林席聊天时，她就问他要不要一起去放孔明灯，徐林席一口答应了下来，两人便约了今天晚上。

孔明灯自然要等天黑了放才好看。临安这边冬天五点多天就差不多黑了，六点半刚好可以放孔明灯。而现在才下午三点，还得再等等。

纪安把消息发出去后，徐林席一直没有回复。

纪安想，他大概是没看手机，就自行先去准备了今天晚上要穿的衣服。每次和徐林席出去约会，纪安都会精心打扮，因为她觉得每一次和徐林席的约会都是值得以后回忆的。

她原以为自己收拾完以后徐林席就会回复，但手机没有进来一条信息。

纪安的神色顿时黯淡了下来。

她坐在椅子上，目不转睛地盯着手机屏幕，生怕一失神就会错过徐林席发来的信息。

"安安。"纪母推门而入,"你什么时候出去啊?"

"晚点儿吧。"

"都到饭点了,你要是还没决定什么时候出去,就先来吃饭好了。我今天做了手擀面。"

纪安看向窗外,外面的天色已经暗了下来。

她刚想答应在家吃饭,桌面上的手机忽然响了一声,有消息进来了。

纪安垂眸一看,原本沮丧的心情顿时消散了。

她扬起笑脸:"不用啦,妈!我这就出去了,你们先吃吧。"

纪安到达放孔明灯的地点时,徐林席已经在那儿等着了。

他穿着冲锋衣,竖起的衣领挡住了他的半张脸。他的头发被风吹得有些乱,但他没伸手去整理,而是一只手插兜,一只手举着手机,手指灵活地在屏幕上点着。

纪安走过去,轻轻拍了下他的肩膀:"看——"

她话还没说完,徐林席就像受到了惊吓一般,"嗖"的一声从她身边弹开,手机也瞬间熄屏了。

他离她半米远,脸上一闪而过的惊慌没有逃过纪安的眼睛。

她举着刚刚跟他打招呼的手站在原地,有些手足无措。

徐林席似乎从刚刚的惊吓中反应了过来,快步走上前将纪安抱在怀中:"宝宝,你刚刚吓我一跳。"

这个陌生的称呼让纪安听得一愣,脸颊开始升温。

这是徐林席第一次以这个称呼喊她,很意外,也很惊喜。这三个月的恋爱期里,他们都是以对方的名字互相称呼。徐林席也只偶尔会在挑逗她的时候喊她"学姐",大多数时间喊的还是她的名字。

纪安倒觉得没什么,她喜欢徐林席,也喜欢他喊自己的名字。或许是暗恋了那么久,她之前从没有听他喊过自己,所以谈恋爱以后,就算他对自己没有亲昵的称呼,只一声"纪安",她已经很知足了。

现在却意外地能听见他这样亲昵地称呼她,纪安忽然觉得,这感觉也挺不错的。

这是情侣之间的昵称呀!

纪安轻轻地咳了一声,想让自己看起来镇定一点儿,不想在徐林席面前表现出因为一声"宝宝"就迷失了心智的样子。

她将视线落在徐林席的领子上,扯开话题:"你刚刚在和谁发信息,那么入迷?我到你身边了,你都没注意到。"

"我朋友咯!"徐林席淡淡地回答道,"他们喊我晚上一起吃夜宵。"

"什么时候啊?"

"八点多吧。"

纪安微微颔首:"那你去吧。是你高中同学吗?应该有一段时间没见了,你去玩呗。"

徐林席笑了一声,拉着她的手臂忽然垂了下去,另一只手揽住她的肩膀,将她转了个身,背对着他。然后,他身子倏地向她一靠,陡然拉近了两人的距离。

他垂下了脑袋,她侧过来的视线也跟他的齐平。

徐林席扬了扬眉毛,语调中带着戏谑:"去什么去?今天晚上当然是陪女朋友咯!"

他的声音爽朗而清亮,透着真挚的情意,让人心生欢喜。

他跟纪安靠得很近,说完这句话便揽着她的肩膀将她往前推着走。他还弯下腰,大半的身子靠在纪安的背上,呼吸若有若无地落在纪安的颈窝处,有些酥麻。

忽然,徐林席转过头在她的脸颊上落下一个轻轻的吻,蜻蜓点水一般,只一瞬间,没有停留片刻。然后他直起了身子,纪安感觉身上压着的重力瞬间消失了。

纪安转过头去看他,徐林席却轻轻捏了下她的脸颊,朝她笑着说道:"走吧,放孔明灯去。"

临安对于放孔明灯管得不太严格,只要不在山附近放就行。纪安他们选择的地点是个湖泊,湖的范围很大,两岸之间也隔了很长的一段距离。这里是放孔明灯的绝佳地址。

纪安在高三的时候也放过孔明灯。

时值高考前夕,为了缓解她的压力,让她放松心情,家里人就带她和弟弟一起来这边放孔明灯。

她记得那时候爸爸买了两个孔明灯,弟弟纪平一个,她一个。纪平当时还在读小学,爸爸妈妈让他在孔明灯上写下对姐姐的祝福。

就在爸爸妈妈监督纪平的时候，纪安盯着自己手上的孔明灯好一会儿后，突然落笔在孔明灯的一侧写下了"少年永远阳光"几个字。

纪安写完最后一个字时，纪母正好问道："安安，写好了吗？"

纪安立马将孔明灯上写着"高考顺利"的一面转过来，一边举起孔明灯，一边回答道："写好了。"

"那就放了吧。"

纪安点了火，将孔明灯拿到手上。视线里，透过纸隐约可以看到外侧写着的那几个字。她一闭眼，缓缓松开了手。

孔明灯随风慢慢向上飘，带着她的愿望和她的祈盼。

待它飞向高处时，纪母眼尖地注意到纪安那一盏孔明灯另一侧也写了字，于是问道："安安，你还写了什么？"

纪安没告诉纪母："这是秘密。"她的秘密。

那时候的纪安或许怎么都想不到，自己以后有机会和徐林席一起放孔明灯。

"纪安，写个愿望吧。"徐林席将笔递给纪安。

其实纪安觉得现在的生活挺好的，没什么心愿了。如果非要说一个，说她贪心也好，不切实际也好，她想要和徐林席从校园走进婚礼殿堂。

纪安拿着笔，蹲在地上，半天下不去笔。

"怎么了？"

纪安抬起头，将笔递还给徐林席，轻轻摇了摇头："愿望太大了，一个小小的孔明灯恐怕撑不住我的愿望。"

徐林席失笑，将手中的笔绕着指关节转了一圈，最终还是将它塞回了口袋。

纪安抬眼看向他，徐林席却在此时起身，顺势将孔明灯也拎了起来："那就直接放飞吧。"他拉起纪安，将孔明灯弄好以后递到纪安手里，"孔明灯撑不起你的愿望，那我呢？我可以吗？"

纪安没有回答。

徐林席也不介意，他没有收回手，而是将手轻轻地放在纪安的手上，包裹住她的手："一起放飞吧。"

下一秒，纪安松开了手，孔明灯从她的手上挣脱，朝着夜幕中飞去。

今年，她不需要靠孔明灯实现愿望啦！

虽然徐林席说了"今天要陪女朋友"，但纪安还是让他去跟朋友聚餐了。毕竟那是徐林席的社交，不应该因为有了她这个女朋友以后就有所改变。

只是正常社交，纪安不会干涉过多。

徐林席却觉得半路丢下她不好，问她想不想一起去。

纪安有些犹豫，那毕竟是徐林席的朋友组的局，她一个外人掺和进去只怕会扰了他们的兴致。

听到她的顾虑，徐林席举起手机递到她的面前说道："这有什么？就是吃个夜宵而已。"

手机里是徐林席和他朋友在群里的聊天记录，刚刚询问她的意见时，徐林席也顺便把这事儿跟他朋友说了一声，万一要带纪安过去，彼此都好有个准备。

徐林席："说个事儿，一会儿我带我女朋友一起过来，行不？"

俞磊："我服！"

俞磊："北江要带女朋友，你也要带女朋友来刺激我！"

俞磊："你俩就是故意刺激我这个刚分手的！"

北江："6。"

北江："带呗，想带就带。"

…………

纪安哑然："你怎么这么快就问了？"

徐林席笑着搂过她往车子的方向走去："提前做准备呗！"

见徐林席拿着车钥匙在一辆轿车前停下，纪安有些呆愣："你开车过来了？这是你的车吗？"

徐林席推着纪安坐上副驾驶位，边给她系安全带边说道："不然呢？还能是我抢来的吗？"

纪安闻言，不禁失笑。

徐林席绕过车头，拉开驾驶座的车门坐了上来，然后说道："这车是我爸给我的，说是作为我考上大学的礼物。"他的嘴角忽然扬起了一抹笑，有自嘲，有落寞，"谁知道呢？说不定是对我有所愧疚，事后做的补偿呢！"

话音一落，车内陷入一片安静。

纪安看着徐林席，他握着方向盘，眼睛却是一眨不眨地盯着车标，眼神里充满了复杂的情绪。

大概是又想到家里的那些事情了。

徐林席到现在也不能理解，好好的一个家，为什么忽然就破碎了，而在他心里一直伟岸的父亲，为什么要做出那种事情。

纪安解开安全带，侧过身，伸手覆上徐林席的眼睛，阻挡了他的视线。她没有说话，但行动就像是言语，纪安觉得徐林席能懂的。

是的，他懂。

徐林席静静地坐在那儿，任由纪安挡住他的视线，既不恼，也没有其他的反应。

几秒后，他忽然发出一声轻笑，随后抬手将纪安的手从自己的眼睛上拿了下来，握在自己的手心，又低头在她的手背处落下一吻。

"是，事情都发生了，想再多也无济于事。"徐林席缓缓松开她的手，俯身重新将她的安全带系好，"他既然把车给我了，那我就收着。也没什么好在意的，我的未来还是属于我自己的。"

徐林席拉下手刹，转动方向盘："晚上出门的时候，我本来想去接你，所以才开了这辆车出来，但我刚开出小区，你就说已经打上车了。我也懒得把车开回去，就开过来了。这还是我第一次开这辆车。"

"迟早都要开的，现在开也挺好的。"

徐林席微微颔首，补充道："这也是我拿到驾驶证以来第一次开车。"

纪安倏地转头看向他，沉默了两秒后，她开口道："那你小心一点儿。"

徐林席挑眉："怎么，不敢坐了？"

纪安点点头，十分诚实地说道："我惜命。"

徐林席不禁哑然失笑。车子正好停在红绿灯前，徐林席空出一只手，在纪安的脑袋上揉了揉，另一只手撑着微微偏向一侧的脑袋，打趣道："就冲我现在车上坐着的这人，我还敢不小心吗？"

纪安眨了眨眼，往前一瞥，微微扬了扬下巴："OK，首先，你回过头看看，绿灯了，再不开就又要跳到红灯了。"

徐林席一愣，不敢耽搁，立马回过头，手打着方向盘，嘴也不闲着："你怎么不早点儿提醒我？吓我一跳。"

"谁叫你要逗我？"纪安淡淡地回答道，"男朋友啊，你要是真想安安稳稳地开到目的地，那我们两个对车都不熟悉的新手还是不要在行驶过程中聊天了。"

徐林席到底是听劝，接下来这一路，他都专心致志地开着车，并顺利地将车开到了目的地。吃饭的地点在老城区的一家餐馆，附中离老城区很近，纪安高中的时候也经常跟盛湘语她们一起去那边。那里就是停车不太方便，徐林席绕着餐馆门口的那一条街找了两圈也没找到一个停车位。

"就不该开车来这边，还不如骑个两轮的电动车。"徐林席转头对纪安说，"你先下去吧。我绕到后面的停车场去停车，那里离餐厅有点儿距离，你在餐厅里面等我更方便一些。"

纪安点点头，她确实不想再走路了。她今天穿的是一双小皮鞋，仅仅走了一段路就已经磨脚了，很不舒服。

但下了车后，纪安才反应过来，离了徐林席，她不可能独自进餐馆见他的朋友，那多尴尬啊！而且她站在店门口的马路边上吹风挺冷的。

纪安看了眼四周，发现不远处有一家便利店。在原地犹豫片刻后，她果断抬脚往便利店走去。

"欢迎光临。"店员小姐热情地冲她打招呼。

纪安觉得有些尴尬，毕竟她的本意只是进来躲躲冷风。她快速朝里走，想借着架子挡住自己。

这个时间，便利店里的客人很少，随着最后一个客人离开，店里就只剩下了纪安和站在前台的店员小姐。

店员小姐站在那儿，既不玩手机，也不做其他事情，只直勾勾地盯着纪安。

纪安走过两个货架之间，中间的空隙正好对着店员小姐，两人的视线在空中交会，而后店员小姐朝她露出甜甜的一笑。

纪安没想到在便利店里更尴尬，她还不如站在门外吹风等徐林席呢！

她随手从货架上拿了一包奶糖就径直到收银台付钱。她走的时候，店员小姐脸上还挂着笑，嗓音甜甜地说："欢迎下次光临。"

纪安将奶糖往口袋里一塞，大步走出便利店。

她在便利店里只待了不到五分钟。

纪安认命地扫视着四周，想找一个挡风的地方站着等徐林席，却看到从餐厅的门口冲出来一个人。

那是一个跟徐林席年龄差不多的男生，样貌看起来有些眼熟，但纪安想不起来在哪儿见过他。

男生站在店门口，神色焦急地朝四周张望，似乎在找什么人。直到视线移到了纪安这边,他忽然眼睛一亮,快速小跑过来,问她:"你是纪安吗?"

纪安警惕地盯着他,迟疑片刻后点了点头。

男生立马松了一口气:"我叫程凡,是徐林席的高中同学。他刚刚发信息跟我说他去停车了,让我来接你进去。"

纪安一愣。

这一瞬间,她突然想起了这个男生是谁,上一次爬山的时候他也在,以前在附中的时候,跟徐林席一起玩的那一批男生里也有他的身影。

她有些惊讶,没想到徐林席会麻烦他的朋友出来接她。

纪安赶忙向程凡道谢,程凡不在意地摆摆手:"小事而已。"他带着纪安往店里走去,路程很短,但他似乎担心纪安尴尬,还跟纪安聊起其他话题,"其实我们俩见过,上次爬山的时候,你还记得不?"

纪安点点头:"记得。"

程凡笑道:"那时候见林席带着一个女生过来,我们就觉得你们俩关系不简单。他可从来没有主动带过女生来跟我们玩啊!果然啊,你看,你们还真的在一起了。"

程凡的话令纪安感到奇怪,关于徐林席身边有没有女生这一点,他们说的都跟她的记忆不一样。她记得徐林席高中时身边有不少女生崇拜他,而且她一直记得,从他高一到高二,一直到她高考结束,徐林席身边一直有一个玩得很好的女性朋友。

纪安一直认为,徐林席和魏佳应该是关系很好的。不然他们在走廊上嬉笑打闹,还有日落下成双的身影,以及他给魏佳放烟花,这些事情又该怎么解释呢?

但很奇怪,她以为的这些事情,不仅在上一次看日出时被徐林席否认了,就连这次也是一样,他朋友无意间的一句话也否认了纪安关于徐林席的一些记忆。

"到了,就是这里。"

程凡一推开门,原本喧闹嘈杂的包厢瞬间安静了下来,里头七八个人齐刷刷地朝门口看过来。

纪安站在原地,脸一红,一时间不知道该说些什么好。

她内心开始咆哮:果然很尴尬!早知道就应该忍着脚疼,晚点儿跟徐林席一块儿进来的。

就在此时,一道声音从她身后传来:"怎么不进去?"

熟悉的声音一响起,纪安顿时松了一口气。

徐林席搂住纪安的肩膀,看着包厢里的人,笑着说道:"一个个都盯着我女朋友不说话干什么?跟你们介绍一下,这是我女朋友纪安。"

众人很快反应过来,立马七嘴八舌地跟纪安打招呼。有几个男生甚至站起来跟纪安做自我介绍。

"学姐你还记得我不?上次爬山我也在。"

"哎,我记得学姐你跟盛湘语是朋友吧。我说怎么看你这么眼熟,之前好像看到过你和盛湘语在一起玩。"

....

徐林席的朋友都很自来熟,有些面孔也确实眼熟,跟程凡一样,在上次爬山的时候就见过。

纪安很快就反应过来,一一跟他们打招呼。

徐林席牵着她坐到空位上,她座位旁边坐着另一个女生。

那女生穿着一件宽松的黑色毛衣,扎了一个低丸子头,正坐在位置上朝她笑。她的眉眼弯弯,眼里像是有一泓清泉,明丽而柔和,让人忍不住多看一眼。

女生朝纪安轻轻挥了挥手:"你好!"

徐林席在纪安耳边轻声道:"这是北江的女朋友,南枳。"

北江的女朋友?

纪安想起北江的女朋友好像也是俞峡大学毕业的,听他们说,她好像已经考上了俞峡大学的研究生。

原来她叫南枳啊。

南枳显然也听到了徐林席在她耳边说的话,笑着打了个招呼:"我叫南枳,你叫纪安是吗?"

纪安点点头,伸手和南枳轻轻握了一下。

南枳的手看起来白白嫩嫩的样子,握起来却有些粗糙,纪安甚至看到她的手上有好几个茧子。

纪安不动声色地收回视线,开始跟南枳聊天:"你好像比我大一点儿,我可以叫你南枳姐姐吗?"

南枳笑着点头:"我是96年的。听北江说,你也在俞峡大学上学。"

"嗯，姐姐你现在是在俞峡大学读研吗？"

闻言，南枳明显一愣，神色又很快恢复正常："没呢，我退学了，不读了。"

纪安暗叫不好，赶紧向南枳道歉。

南枳笑了笑，表示自己不介意。

许是因为在场的就她们两人是女生，能聊的话题自然也更多。

见纪安和南枳聊得欢，北江好几次去找南枳说话都被她不咸不淡地应付了过去。北江坐在南枳身后，看向徐林席的眼神都多了几分哀怨。

纪安也注意到了北江的举动，她是有点儿吃惊的，因为在她的印象里，北江是一个很高冷、很酷的人，倒是没想到他跟南枳谈恋爱会这么粘着她。

正想着，纪安突然注意到两人的名字，不禁说道："南枳姐姐，你跟北江两个人挺有缘分的，连名字都一南一北，十分对应。"

南枳嫣然一笑："是啊。"

大概是知道自己冷落北江太久了，南枳匆匆结束了和纪安的对话，转身去跟北江说悄悄话。

纪安也坐正了，视线慢悠悠地转到徐林席身上去。

相比于北江对南枳的黏糊，刚刚她和南枳聊天的时候，徐林席都没有过来打扰她，放任她和南枳开心地聊天。

纪安原以为徐林席可能是在跟朋友玩，所以没心思顾上她。但她一转头，却发现徐林席只是安安静静地坐在位置上，拿着手机打字，从她的视角看过去，可以看出他是在跟其他人聊天。

忽然，纪安感觉太阳穴一阵刺痛，视线也模糊起来。

她下意识抬手按住太阳穴，抓着椅子扶手的手也倏然收紧。她的眼前一片模糊，从场景到声音，都模糊了。

她用力地眨了眨眼，而后闭上眼，等她再睁眼时，她的视线才不再模糊，耳边的声音也逐渐清晰。

只是不知道为什么，这个场景，她总觉得好像跟刚才的有哪里不一样。

连身旁的徐林席也是，太古怪了。在这样的氛围里，身边的朋友都在，他却一个人坐在位置上和其他人在网上聊天。他的嘴角噙着笑，眉眼舒展，似乎很开心。

纪安眨了眨眼，朝徐林席靠近，刚想说话却因为徐林席下意识的动作而止住了话头。

他猛地侧身,几乎是一瞬间的工夫,他手里的手机就被他熄屏了,而后他尴尬地笑了笑:"怎么了,宝宝?"

他现在的反应就像是做了亏心事被人当场抓包,表现得警惕又心虚。

纪安和徐林席其实是不会互相看对方手机的,因为手机毕竟是一件很私密的东西,谈恋爱时应该尊重彼此的隐私。

更重要的是,她认为一段感情中最重要的就是信任。如果她和徐林席连这点儿信任都没有,那她喜欢他的那几年又算什么呢?

但现在,纪安萌生出想要看一眼徐林席的手机的想法。

徐林席最近怪异的举动一定有迹可循,而他的手机里,一定有秘密。

"徐林席……"纪安喊了他一声。

徐林席应了一声,伸手握住纪安蜷缩在腿上的手指,重复道:"怎么了,宝宝?"

这一举动无疑安抚了纪安的情绪,徐林席只轻轻一触碰,她就什么话都问不出口了。而这一声"宝宝",之前听的时候,她还觉得很幸福、很甜蜜,但现在她只觉得他在借此隐瞒什么。

纪安看着他的眼睛,话到嘴边又咽了下去。

徐林席一直盯着她,眼里的柔情做不了假。

纪安的那一句"你能不能给我看一眼手机"却怎么都说不出口。她想象不到,如果自己说了这句话,徐林席会有什么反应。

他会震惊吗?还是失望,或者是气愤?

震惊于她居然提出这样的要求,失望于她居然不相信他,或者气愤于她纪安竟是这样一个人……甚至,他会不会后悔,后悔跟她在一起?

纪安承受不住自己说出这句话后将面临的后果。她知道,她绝对不能说出那句话。

纪安把话咽了回去,轻轻摇了摇头:"没事,就是有点儿累了。"

徐林席一听,忙道:"那我们回家吧。"

纪安点点头,她也想回家了。

徐林席的朋友一听说他们要走,忙站起来阻拦,说什么都不让徐林席现在就走。

纪安忽然有些为难,留也不是,走也不是。

"我说你们,人家要走就让人家走呗!你们这群人没女朋友陪着,也不想让徐林席去和他女朋友约会啊。"

突然,耳边传来一道声音,是北江。

人群中立马有人回击:"北江,你别以为我看不透你,你帮着徐林席说话,是不是自己也想趁机开溜?"

"北江!咱们兄弟一场,你怎么能这样!"

北江也站了起来,手掌撑在桌子上,懒洋洋地开口道:"兄弟怎么了?兄弟也不能阻止我跟我女朋友去约会啊!"说罢,他拿起南枳挂在椅背上的外套,又拉起南枳替她穿上衣服,"我跟南枳呢,一会儿也有点儿事,要先走了。"

众人哑口无言。

南枳神色有些尴尬,转头朝大家抱歉地笑了笑。

徐林席见状,立马说道:"他可以走,那我也先走咯!"

考虑到两人带着女朋友,不可能真的强硬地让他们留下来,一群人只能作罢,勒令两人下一次聚餐要罚酒。

从餐厅出来后,徐林席就问北江他们要去哪儿,要不要送他们回去。北江却说要跟南枳四处走走消消食,婉拒了徐林席的好意。徐林席便开车径直送纪安回家了。

从餐厅出来后,纪安的情绪就一直不高,哪怕是坐在车上和徐林席说话,也是有一声没一声地应着。

等车子开到她家小区门口时,纪安忽然提出想下去走一走。徐林席盯了她半晌,最终还是将车子熄了火下车。

临安在本省的内陆,不临海,所以风没有俞峡大。纪安的家靠近郊区,晚上马路上基本没什么人。偶尔有一点儿声响,也只是风吹动地上的东西所发出的声音。

临安的昼夜温差还是比较明显的,而且是湿冷,透进骨子里。晚上被风轻轻一吹,就会冷得直打哆嗦。

这不,迎面吹来一阵风,纪安就忍不住拢了拢自己的衣服,然后打了个喷嚏。

徐林席见状,关心地问道:"不然还是回车上吧?"

纪安摇了摇头,心却一沉——其实还是不一样了,徐林席关注的细节,他对她的注意点，都不一样了。

她抬头看向远处的一抹灯光，它在一点一点地移动，光晕也在逐渐放大，大概是有车子要开过来了。

纪安侧身，脚一抬，往路旁走了两步。

徐林席赶紧跟上，去拉纪安的手。

徐林席不可能感受不到纪安的情绪，于是问道："怎么了，怎么突然不高兴了？"

纪安抬眼看徐林席，他却皱着眉，明显没有意识到她为什么会不开心。

她叹了口气，视线落到前方马路上离他们越来越近的车子上，问道："徐林席，你觉得我们还能谈多久？"

徐林席却没有正面回答这个问题，而是笑了一声："说来真是巧，今天我朋友也刚问过我这个问题。"

纪安再一次看向他。

徐林席自顾自道："他看了朋友圈我们俩的合照，他说看我们的面相，我们谈不了多久。"

"你信他吗？"纪安问。

这是纪安下意识问的，但她真的因为这句话开始恐慌，就连声音都开始颤抖。她紧张地盯着徐林席，想听他的回答。

徐林席看向她，思考片刻后，说："他看这种事情还挺准的。"

"你信他吗？"纪安只问了这一句，执拗地想从徐林席的口中知道他的回答。

徐林席定定地看着她，紧抿着唇不说话。

纪安因为他的反应，一颗心几乎要沉到谷底。

半晌，他终于鞭然一笑，捧起纪安的脸，在她的唇上落下一吻："你在担心什么呢？我当然是不相信他的话咯！"

这话瞬间让纪安鼻头一酸，眼泪瞬间从眼眶里流出来。

徐林席见她哭了，这才慌了起来。他捧着纪安的脸，用指腹抹掉她的眼泪，安慰道："怎么了，怎么了？宝宝，别哭啊！我开玩笑的。你是不是当真了？对不起，对不起，我不该跟你开玩笑的……"

纪安不知道自己到底是因为什么而哭，只记得当时自己的眼泪控制不住地往下流，想止住，却怎么都止不住。

可能是因为徐林席的一句话,也可能是刚刚他迟疑的态度,让纪安感受不到他的坚定,哪怕后面他道了歉也无济于事。

纪安只是觉得,从寒假开始,徐林席就变得有些奇怪。他那迟疑的态度,也让她心里那块高高悬挂的石头开始摇摇欲坠。

她不知道自己哭了多久,只记得徐林席一直捧着她的脸在替她擦去眼泪,嘴里柔声地安慰着,不停地跟她道歉。

纪安想,她大概需要冷静一下。

徐林席把她送到她家楼下,又安慰了几句后就离开了,纪安也没在楼下多停留。

深夜,纪安摸到床头的手机按亮,然后点开与徐林席的聊天框,除了他刚到家发来了一句信息,后面他便再也没有发信息过来了。

现在已经凌晨两点了,她以为徐林席会多说几句安慰的话,所以一直等到现在,只为等那么一句话。

可她终究没等到,他根本就没有注意到她的情绪。

聚会那天的事情给纪安敲响了一记警钟,也在她的心里埋下了怀疑与不安的种子。她开始留意徐林席做的事情,留他的变化。

说实在的,在这个过程中,纪安一直想停止继续深入探究,想让自己心中无限放大的不安消散。

她盯着手机看了半天,最终还是在对话框打下一行字:"马上就要开学了,你买票了吗?我帮你一起买了吧。"

寒假的时间很短,在家没待多久,纪安就要回学校上课了。

走的时候是纪父和弟弟纪平送她去的车站。纪父去停车,便提前将姐弟俩在车站门口放了下来。

进车站之际,纪平忽然拉住纪安的手:"姐。"

纪安转过身问道:"怎么了?"

纪平从口袋里抽出另一只手来,摸出了一个厚厚的红包递给纪安,说道:"给你。"

纪安有些吃惊,摸了下红包的厚度,里面的钱肯定不少:"给我的?这是你的压岁钱吧。"

"分你一半。"纪平说,"看你最近在家里都没怎么出去玩,是不是没钱跟你男朋友出去约会?"

听他提到"男朋友"三个字,纪安先是一愣,然后很快笑了起来,不露痕迹地掩饰刚刚流露出的复杂情绪。

她笑着拍了下纪平的后脑勺:"你胡说什么呢!"

"这是我猜测的最大可能!"说完,纪平不跟纪安继续废话,拉着她的大行李箱就往扶梯上走去。

纪安抬眼看过去,小少年身子还没长开,看起来有些单薄。在她的记忆里,弟弟一直都是那个在她身后的跟屁虫。原来不知道从什么时候开始,他已经慢慢长大了,也会观察她的情绪变化了。

纪安忽然想感慨一下时间过得真快,弟弟都长大了,突然,扶梯上的纪平回过头冲她喊了句:"你再不上来,就要错过车了!"

纪安一下子回过神,快步跑上扶梯,站到纪平身侧,叮嘱道:"你回家可别跟爸妈乱嚼舌根啊,别在他们面前说些有的没的。"

"我才不说呢!"纪平不服气地嘟囔了一声。

走下扶梯就到了车站的安检处,家属是进不去的,所以等纪父到了以后,纪安就从纪平手里接过行李箱,和他们道别去过安检。

过了安检口,纪安忍不住回过头,却发现纪父和弟弟还站在原地朝她挥手。

她忽然有点儿想回家。

纪安眨了眨眼,朝他们摆摆手,让他们回去。

走过一个拐角后,已经看不到出口了,她才缓缓呼出一口气,开始给徐林席打电话,准备和他一起坐车回学校。

纪安回校以后的日子和之前没多大区别,在校除了教学楼和实践楼这两个地方去得多,其他地方都很少去。反观林妙,她这学期因为当选了部长,要处理的学生会的事情就更多了。

纪安在寝室看完了一部电影,林妙才踏着月色回来。

一进门,林妙就把手中的包往桌上一丢,人也跟着瘫倒在椅子上,似乎一天的精气神都已经耗尽。

纪安给她倒了杯水,林妙也只是有气无力地跟纪安说了句"亲亲"。

纪安好笑道:"你今天到底干什么了,累成这样?"

林妙猛灌水，不一会儿杯子就见底了。她摆摆手，喘着气吐槽："我都不想提了。要是知道有这么多事情要做，我打死也不会被任遇苏忽悠去做什么劳什子的部长。"

任遇苏那时候向林妙介绍部长这个职位的时候，可是极力推荐她争一争这个位置。他给她列举了一大堆好处，坏处愣是一点儿都没说，搞得林妙当时心动不已，任遇苏还没卸任，林妙就撺掇着他快点儿下岗。等到自己真的上了位，她才深知自己被任遇苏骗了。

"任遇苏不是说刚开始会忙一点儿，后面就省力了吗？"

林妙没好气地拿出手机，手指噼里啪啦地打字，嘴上回应着纪安："这哪里是忙一点儿？我半条命都要没了！我现在就要去'慰问'一下他。对了，安安，明天的排岗工作，我把你和你男朋友排到一起了哟！你记得留意一下群里的信息，看看是几点。"说到这里，她朝纪安抛了个媚眼，"不用感谢我哟！"

开学有个把星期了，纪安一直没跟林妙说起自己和徐林席的事情。

记忆中，那个时候，她和徐林席之间，似乎有了芥蒂。

最开始是在放假阶段，纪安觉得，可能是因为放假，春节不常见面，两人关系生疏了一点儿。但后来回到学校，她发现自己和徐林席的关系还是跟寒假时候一样。

他们之间没有任何矛盾，就是每一天都没有什么话聊，徐林席回消息的速度也越来越慢。有的时候，纪安甚至能感受到他的敷衍。

他们那时候的感情是进入平淡期了吗？

纪安每一次感觉徐林席对这段感情腻了的时候，他又会在下一刻找补回来，就像是"打一巴掌给一颗甜枣"，他对纪安忽冷忽热。

这种交往方式真的让纪安受尽折磨，她接受不了一下在天堂、一下在地狱的感觉，她也接受不了徐林席一下对自己热情、一下对自己冷淡的态度。她每一次感受到徐林席的冷落和敷衍后，心里就萌生出找对方谈一谈的想法，但这个想法还没实践，就会被他下一秒的热情击败。

飘忽不定，没人知道这段感情究竟处于什么样的位置。

纪安试着去跟林妙，去跟任遇苏说起，但话还没讲完，只是试探地说出一句话，他们就会告诉她，徐林席绝对是一个合格的男朋友。

那为什么在她的记忆中，她会觉得徐林席对她忽冷忽热？

纪安到现在都还记得，她把自己的感受简单地跟任遇苏说了说，以求得到他的开导时，任遇苏，这个她进入大学后认识的好朋友，对她说："纪安，你是不是太敏感了？"

任遇苏的专业是心理学，纪安选择去找他，就是希望他能解答自己内心的疑惑。但她没想到，最后等来的回答是"你是不是太敏感了"。

她的朋友始终认为徐林席对她很好。

于是纪安也就打消了继续找林妙倾诉的想法。林妙的说法跟任遇苏一样，觉得徐林席绝对是一个很好的男生。既然林妙和任遇苏的想法一致，她又何必再去找林妙听一模一样的话？

她感觉，她和徐林席的这段感情濒临破裂。但没有一个人愿意相信，他们都觉得徐林席很爱她。

那为什么她会有徐林席对她不好的记忆？到底是哪里出了问题？

纪安没办法跟任何人倾诉。她就像一叶孤立无援的小舟，在这段感情中徘徊、游荡，没有任何方向。

"安安，你怎么了？"

纪安失神之际，身侧的林妙不知道什么时候已经站了起来，走到她身边碰了碰她的肩膀。纪安瞬间回过神，眨了眨眼，问："怎么了？"

林妙疑惑地问："我刚想问你呢，怎么突然愣住了？"

"啊？没事。"

似乎是不相信她说的话，林妙的神色变得有些疑惑，她小心翼翼地问道："你是不是跟徐林席闹矛盾了？"

纪安闻言，怔了怔。

毕竟朝夕相处了两年，两人关系已非常亲近，看到纪安这副样子，林妙怎么可能猜不到。

纪安犹豫了一会儿，试探着开口问道："妙妙，你觉得徐林席对我怎么样？"

"挺好的啊！刚开始我觉得他年纪比你小，谈恋爱的话，你要照顾对方，很辛苦。但见徐林席对你很上心，也不怎么让你操心，我就觉得他这个男朋友还挺好的。"林妙说。

话说到这里，其实已经很明白了，纪安觉得自己不用再说下去了，林妙一定是跟任遇苏一样的看法。

纪安点点头:"我知道了。"

林妙拍了拍她的肩膀道:"哎呀,安安,你不要太敏感啦!感情中最忌讳想东想西了。你不要想那么多。"

纪安点点头,侧身面对自己的书桌。

看吧,林妙和任遇苏的想法一样。

只是纪安觉得很奇怪,他们真的感受不到她和徐林席之间相处的怪异之处吗?就连之前徐林席一天不回复她的信息这件事被林妙知道后,林妙好像也没什么反应,也没觉得徐林席有什么不好。

记得放假之前,她问林妙,她是不是很差劲儿。林妙问她为什么会这么想,纪安就说了元旦会演当晚徐林席坐在观众席对她说的话。

而林妙的第一反应很奇怪,她斩钉截铁地说:"不可能!"

后来像是反应过来这么肯定地对纪安说这话不合适,林妙又忙跟纪安解释自己不是那个意思,她并不是觉得纪安在撒谎,她只是觉得徐林席应该不是有意说出这句话的,可能当时是在开玩笑。

这些话说得纪安心里越发难受。刚开始,纪安还会觉得是徐林席的错,但渐渐地,就连她身边的朋友,都选择站在一个"公正"的角度维护他。纪安开始怀疑,是不是徐林席真的没有问题,而真正有问题的人是她呢?

第十二章

向一端倾斜的天平

纪安和徐林席虽然明显能感受到彼此的隔阂,但都没有把这件事说出来。两人就这么保持着不远不近的关系。

纪安从宿舍楼里出来的时候,看到徐林席照旧站在那个路灯下等着她,他看着手里的手机,神情看起来十分愉悦。

如果是之前,纪安见到这幅场景肯定会很高兴,甚至会拍一张照片,并拿出来跟朋友炫耀说这是她的男朋友在宿舍楼楼下等她的样子。

但现在,纪安的心里只有怀疑——徐林席拿着手机是在跟谁聊天呢?他又是因为什么事情笑得这么开心呢?

纪安垂下眼,缓步走过去,拉住徐林席垂在一侧的手臂。

感受到她的动作,徐林席自然地搂过她,嘴角噙着笑:"来啦?那我们走吧。"

徐林席笑得很温柔,事实上他每一次笑得开心一点儿的时候,左边的虎牙都会露出来。他并不高冷,从高中的时候起,他就一直都是一个很阳光、很爱笑的少年。

恍惚之间,纪安在面前的人的脸上看到了另一张与他有几分相似的脸——但也只是一瞬间。等她再眨眼时,眼前的情景又恢复如常。

纪安的视线落在了徐林席露出的虎牙上。

他有一颗虎牙,这件事纪安在高中的时候就知道了。纪安从前最喜欢看他笑,特别是他俩在一起后,徐林席朝她笑时,常常会露出虎牙来,纪安光看着就很高兴。

每一次看到虎牙露出来,纪安就知道她的少年是真的高兴。

可今天的笑容,却让她看得心里泛酸。

徐林席,你现在的笑容是因为谁呢?是因为你手机屏幕那边的人吗?

纪安喜欢他的虎牙,喜欢他的笑,因为她知道他的笑容是给她的。

可偏偏看着现在出现的虎牙,她却觉得刺眼。

纪安扭开头,不再去看他的笑容,挽着他手臂的手也跟着紧了紧。她装作不在意的样子,随口问道:"你刚刚在看什么?"

徐林席顿了顿,拿起手机摇了摇,语气平静地道:"看搞笑视频咯!朋友发给我的,还挺有意思的。"

"是吗?"纪安垂着眼,淡淡地说道,"那也给我看看吧。"

徐林席看着她,没有说话。

纪安见状,抬头问道:"不可以吗?"

徐林席的肩膀忽然耷拉了下来,他发出一声笑,抚摸着纪安的脑袋:"怎么会呢,宝宝,我发给你吧。"

纪安舒了一口气,像是下定决心一般开口道:"不用了,你直接把手机给我看吧。发给我太麻烦了。"

似乎没想到纪安会这么说,徐林席明显愣了愣,但他很快就反应过来,眼睛直勾勾地盯着纪安。

纪安被他看得心里发毛,心也开始因自己刚刚说的话而变得慌张,觉得自己是不是说错了。

"怎、怎么了?"她吞吞吐吐地问了一句。

徐林席倏然一笑,握在手里的手机被他翻了个面,却没交给她,而是说:"纪安,你和之前不太一样了呢!"

一句话,简简单单的一句话,就将纪安打回了原形。

她咬着唇,一时间心里充斥着酸涩、悔恨、委屈等种种情绪。

纪安不傻,她清楚徐林席在这个情况下莫名说这句话代表着什么。

他知道她想看他的手机,所以才说出了这样的话。

他无非就是想说,他觉得她和以前不一样了,和他原来喜欢的纪安不一样了。

这句话轻易地勾起了纪安复杂的情绪,将她举到了一个尴尬的位置,让她选择接下来要走的路。

纪安看起来好像有很多路可以走,可以坚持自己的选择,但事实上,她只有那么一条路可以选择。

徐林席了解纪安,就跟纪安也了解他一样。徐林席知道,纪安一定会选择那一条路。

纪安闭了闭眼,而后缓缓睁开眼,嘴角扬起一丝笑:"还是算了,我现在不想看视频。我们还是快点儿走吧。"

他像是在逼她,逼她走这一条路,就连台阶都得纪安自己找,自己下。

爱情的天平已经开始倾斜,而纪安是那个先低头的人。

还记得当初表白的时候,徐林席弯下腰,与她平视,是在告诉她,两人的感情平等。可不过短短几个月,眼前的徐林席像是变了一个人,明明是一样的面孔,给人的感觉却像是另一个人。

原来承诺不是一成不变的,天平会倾斜,而在这段感情里,总要有一个人妥协忍让。

今天学生会的工作是帮学校统计实践周的经费,学生会的各个部门都派了两个成员来帮忙,纪检部则安排了纪安和徐林席。

其实在徐林席进了部门以后,不管是从前任遇苏有私心想助攻,还是后来林妙"暗箱操作",纪安和徐林席就像被绑到了一起,有需要两个人组队行动的事情轮到纪安身上,她总要带上徐林席。

统计的工作十分无趣且劳累,要在一片嘈杂的环境中听一个人把他们组的话复述清楚不是一件容易的事情,纪安要一遍又一遍地确定,还要同时回答周围的学生问的问题。

"你这个车票贴错了,这样不行的。"纪安从一旁拿过一本合格的贴票本作示范,"你要这么贴,上下左右都不能超出去。"

又劝退了一组人,纪安已然累得口干舌燥。

徐林席给她开了瓶水,让她润润嗓子。

喝完水后,纪安抽空往台下看了眼,座位上的人已经寥寥无几,只剩下几个还在订正的组。

从中午十二点到下午四点,这工作总算是要结束了。

数完手上那一沓贴着车票的账单,纪安累得脸色发白。

现在这个时间,教室里除了零星站着两三个学生,就只剩下纪安他们了,只要交完账单,他们就可以自行解散了。

徐林席拿起桌上的账单,对纪安说道:"我去交吧,你坐在这儿休息一下。"

纪安点点头,拿起桌上的矿泉水又喝了一口。差不多到饭点了,纪安刚想拿手机点外卖,视线一移,就落在了桌子另一侧放着的黑色手机上——徐林席的手机。

纪安的呼吸加快,手不受控制地拿起那部手机。

她想克制自己,她知道这是不对的。在恋爱中最重要的就是彼此间互相信任,如果连这点都做不到,那这恋爱谈得还有什么意思呢?而且纪安清楚地知道,徐林席不喜欢这种行为。

但是,从拿起手机的那一刻,纪安就做不到把它放下。

她一面犹豫,一面想打开手机看看。她犹豫,是因为她担心徐林席会不高兴,担心自己会破坏这段感情,也担心她接受不了看到的真相。

但是,想到徐林席近来的种种举动,纪安盯着眼前的手机,感觉它像是有一种魔力,不断地诱惑着她打开它。

最终,纪安没能抵抗住这种诱惑,按下了手机的锁屏键。

屏幕瞬间亮起,映入眼帘的就是一张她和徐林席贴脸的合照。这张壁纸她知道,是在两人刚谈恋爱一个月,情意正浓的时候拍下来的,并且当天徐林席就拿它做了手机壁纸。

这件事一直让纪安很开心。

时隔几个月,再次看到这张壁纸的时候,她却很难受。明明只有短短的几个月,两个人仿佛都变了。

徐林席的手机锁屏密码纪安并不知道,但她试了一下徐林席的生日——0212,屏幕显示"密码错误"。

纪安咬了下唇,输入了自己的生日。下一秒,手机成功解锁。

徐林席的手机锁屏密码是自己的生日,这件事着实让纪安愣了愣,心脏像是被人紧紧捏住,让她喘不过气来。

进到主页以后，纪安反而开始迷茫，她不知道该看什么。

恰逢这时，手机屏幕的顶部跳出来一条信息，一个名为"Jing"的人发来了一个视频。紧接着，对方又发来了一句语音。

鬼使神差地，纪安点开了这条信息。

页面跳到徐林席和"Jing"的聊天界面，"Jing"的头像是一个动漫女生形象，而刚刚发来的是一个女生正在跳舞的视频。

点开那条语音的时候，纪安的手指明显在发抖。

"怎么样？我跳得怎么样？"是一道女声，声音很嗲，娇娇柔柔的。

如果换一个场景，听到这个声音，纪安可能会尖叫着喊"老婆"，但此时此刻，纪安只想作呕。她关掉语音，那女生的声音立刻戛然而止。

纪安忍着心里的难受，手指在这两人的聊天界面一点一点地往上滑。徐林席和这个女生聊得很频繁，虽然没有什么出格的言语，但分享了不少日常。女生会跟徐林席分享日常，徐林席也会接话。

虽然这两人聊得并不暧昧，但那一大片一大片的聊天记录还是给了纪安重重一击——很多时候，当徐林席不跟她聊天，不回她信息的时候，他都在跟这个女生聊天。

纪安忽然觉得心脏很疼，疼得她眼眶里涌出眼泪，连呼吸都变得急促，仿佛下一秒就要窒息。

她眼睛紧紧地盯着屏幕，手却没有再滑动。

下一瞬间，她将手机熄屏，并将手机放回原来的位置。

纪安朝后一靠，抓着板凳的手因为过于用力，指尖已经泛白。

她没想错，这个结果，果然是她接受不了的。

没多久，徐林席回来了。

纪安的眼圈还泛红，她一声不吭地坐在那儿。

徐林席站在她面前的桌子旁，一只手去拿手机，一只手去捏她的脸："怎么了，眼睛怎么突然红了？"

他打开手机，下一秒，他的动作顿住。

纪安感觉到了他的异样，视线向上移，最终停在他的眼睛上。

他也在盯着她，脸色看起来很不好。

他们就这么互相盯着对方看了半天，最终还是徐林席先说话，他的语气有些生硬，但也带着寒意："纪安，你看我的手机了。"

明明是他的错，他却将矛头对准了她。

他的声音像是一盆冷水，将纪安从头到脚浇了个透，让她浑身冰冷。她不只身体难受，心里更难受。

纪安红着眼道："是，我看了。"

似乎察觉到了纪安的委屈，也知道这件事确实是错在他，徐林席率先弯腰，开口解释："她就是我的一个朋友。"

"你们什么时候认识的？"纪安问。

"就是之前站岗的时候，她要加我的微信，我就给了，我不是跟你说过了吗？"

这么一说，纪安忽然想起了这件事，这还是在上学期期末发生的事情。

那时候徐林席在站岗，一晚上他被好几个女生要了微信。纪安去找他的时候，他便顺口说了这件事。

当时他是开着玩笑说的，纪安也没在意，只随口问他："那你给了吗？"

徐林席说："给了啊！不过你放心，我没加她们的微信。当时那么多人看着，我觉得不给，对方会很尴尬的。"

纪安相信徐林席，以他的性格确实会为对方考虑，她便也没有多问。

而这件事，后来也没有被徐林席提起过。

只是纪安没想到，他当时明明说了不加她们的微信，那为什么现在又加了？他从那时候开始，就一直在欺骗她吗？

纪安鼻子一酸，问："你不是说没有加她们的微信吗？"她的声音已经开始颤抖，已经忍到了极限。

徐林席垂下眼："我担心对方有事，后来还是加了。"

纪安闭上眼："好。"

好，好样的。

纪安擦去眼泪，从座位上站了起来。

徐林席赶紧拉住她："我们俩真的只是朋友，你别多想，行吗？"

纪安吸了吸鼻子，只要她不想分手，徐林席说的这话，她不相信也得相信。

一是这两人的聊天记录确实看不出暧昧。虽然本身男生和女生之间互相分享日常就是一件暧昧的事情，但如果徐林席非要坚持说他们只是朋友，她也没有任何办法。毕竟她从没说过不允许徐林席有异性朋友。

二是纪安真的十分清楚现在的这段感情里,是她处于弱势,是她舍不得放下,是她想留住这段感情,而不是徐林席。

她甚至有一种直觉,一旦自己提了分手,那徐林席一定会毫不犹豫地答应。

但她敢提吗?她不敢。

纪安苦涩地笑了。她把头埋得很低,眼泪涌了出来,滑到鼻尖,再滴到地上。

她笑着,嗓音却在颤抖:"我知道,你们是朋友,你们是朋友,我知道,我真的知道……"

她一遍又一遍地重复,像是在跟徐林席说,又像是在跟自己说。

她知道的,她真的知道。

出了教学楼,纪安已经没有心情再去其他地方了。但徐林席强硬地拉着她去了校门口,还给她买了一些她喜欢的零食。

纪安手里拎着一袋泡芙,心里的酸涩更加明显。

难道徐林席真的觉得,她就是这样的一个人吗?这一袋泡芙,买的是他自己的心安,还是因为知道她喜欢他,所以很好收买?

纪安抽回被他握在手心的手,停住了跟他一起往餐厅走的步子。她垂着头,声音很低:"我不想去了,我想回寝室。"

徐林席回过头,眉头紧锁,脸上隐隐显出不耐烦:"别闹。"

"我没闹。"纪安抬起头,"我真的想回寝室,我有点儿不舒服。"

她态度强硬,显然已经下定了决心。

徐林席似乎也察觉到再纠缠下去也改变不了这个结果,瞬即嗤笑一声,眉间显出薄怒:"那随便你。"

他说完便转身往回走,大概也不打算去餐厅吃饭了。

现在的徐林席越来越让纪安感到陌生了。

明明他从前还会小心翼翼地询问她的感受,是什么时候呢?是从什么时候开始,他变成了现在这个样子?

为什么徐林席给她的感觉很奇怪,时好时坏,就好像他的身体里住了两个人?

纪安在原地思索了一番,最后还是跟上了徐林席的步子。

走到校门口的时候，前面的人忽然停住脚步，纪安一直垂着的头也抬了起来。她看到徐林席面前站着一个中年女人，她穿着一件米色的大衣，头发烫成大波浪，唇涂得鲜红。

纪安立刻认出对方是徐林席的母亲，虽然已四十多岁，却风华依旧，但和她高二时看到的样子有些差别。那时候女人站在徐林席父亲的身边，温婉地笑着，眉眼都很温柔。但现在，女人给人的感觉完全变了，变得更加犀利，变得更独立，变得更好看了。

女人视线一移，落在徐林席身后的纪安身上，问他："这是你女朋友？"她的语气不咸不淡，听不出情绪。

徐林席一把拉住纪安的手腕往自己身侧扯了扯，像是想挡住徐林席母亲看向纪安的视线："是，怎么了？"

赵菁弯起红唇："林席，你这么防着我做什么？我是你的妈妈。"

一句话，轻飘飘的一句话，击溃了徐林席的防线。

徐林席全身的防备瞬间松了下来，语气低沉："你来找我干什么？"他不再去跟赵菁争辩，只想知道她为什么来这里。

赵菁显然是带着目的来找徐林席的，她拉住徐林席的手臂，一字一顿道："林席，你跟妈妈出国。"

这不是询问句，而是肯定句——她不容徐林席拒绝。

回到寝室，纪安的脑海中不停地回响起刚刚在校门口时，徐林席跟赵菁的对话。

在赵菁说出自己的目的后，徐林席毫不犹豫地拒绝了："这件事我在家已经跟你说过我的决定了，我不想再把我们俩的关系闹得这么僵。"

赵菁走后，纪安还是不忍，小声询问徐林席和他妈妈怎么了。

徐林席笑了笑，说："我妈想带我出国，是不想让我留在我爸家里受委屈，没有哪个母亲想让自己的孩子生活在有继母的家里。跟我爸离婚以后，她的性格大变，她现在不懂变通，只想强迫我。但我不是小孩儿了，我有自己的圈子，不是她说要带我走我就要走的。"

纪安安慰他："你妈妈还是关心你的。"

"大概是吧。"

"吱呀——"宿舍门被推开了，林妙端着脸盆从外面走了进来，"回来啦！"

纪安应了一声。

林妙步子一顿，大概是感受到了纪安的情绪有些低落，她小心翼翼地问："怎么了，安安？发生什么事情了？"

纪安抬头看向林妙，回想起今天从徐林席手机里看到的信息，刚想开口，但一想到之前提到徐林席时林妙的反应，她话到嘴边又咽了回去："没事，就是有点儿累了。"

闻言，林妙松了一口气："那就好。要真发生什么事情了，你一定要跟我说。"

纪安点头，应了两声。

林妙见状，这才端着脸盆，哼着小曲儿，往阳台走去。

纪安看着她的背影，神色忽然有些复杂，垂在膝盖上的手指不禁微微蜷缩了一下。她抬手在自己的眼角处按了按，放下时，指腹处已经湿润了。

她刚刚差一点儿就要和林妙说这件事了。她也是一个普通人，遇到感情问题也想跟自己的好朋友倾诉。但发现自己的朋友们态度都一样，她就知道自己不管怎么倾诉，都只是在做无用功而已。

纪安其实很想问林妙，因为她真的无法给自己解答——在这段感情里，她做错了吗？

可她不敢问，因为纪安觉得林妙给她的，还会是和上次一样的答案。

或许是因为手机的事情，徐林席找纪安的次数越来越少。

他主动给纪安发来的信息越来越少，纪安能感受到他的敷衍、他的冷淡。每每当她主动给徐林席发信息时，收到的却无一不是对方一句简简单单的回复——他丝毫没有表现出想和纪安聊天的想法。

纪安能感觉到徐林席的心和自己越来越远了。

三年的暗恋，五个月的恋爱，这对纪安来说不只是一段普通的恋爱，在它的背后，是她的一整个青春。

可是为什么？为什么她感觉自己越来越抓不住徐林席了？到底是什么原因？

看着徐林席简短的回复，纪安心里那些乱成一团的问题暂时搁浅，她只知道，她不能就这么放任徐林席离开。

起初，纪安以为他们只是进入了恋爱的厌倦期。她想，只要熬过这段时间，她和徐林席的关系一定还能回到原来的状态。

于是，她主动约徐林席去做很多热恋期的情侣会做的事情，跟他在一起的时候，她总会亲昵地抱着他的胳膊。

纪安认为，两人的关系之所以开始破裂，还是因为那次的手机事件。所以她不再去追究，哪怕那件事明眼人都看得出是徐林席的错，她也选择忽略。爱情的天平一旦倾斜，身在下方的她，只有妥协，才能维护这段感情。

她没有去问徐林席后来跟那个女生还有没有再聊天，她现在更关心的是徐林席的情绪。

在这段关系中，她变得越来越敏感、小心，她时刻担心自己一不注意，就会把徐林席从自己身边推开。

纪安和徐林席之间的问题，就连林妙都看出来了，她不再像之前一样维护徐林席，而是问纪安："你最近是不是太黏着徐林席了？怎么都是你去找他，他怎么不来找你？"

面对林妙的疑问，纪安先是一愣，而后下意识替徐林席说话："他太忙了。没事，谈恋爱嘛！谁找谁都是一样的。"

纪安感受到了，林妙对徐林席的态度发生了天翻地覆的改变，从原来的称赞变成了不满。

但纪安并没有在意，她感觉其他人对徐林席是什么态度，并不是那么重要了。

林妙摇了摇头："不一样，纪安，你现在不开心了。"

林妙观察到纪安这段时间的状态，纪安已经开始进入疲惫期了。她总是会坐在一个地方发呆，叫她也没有反应。有时候，纪安甚至会莫名其妙地抱着林妙哭。

林妙问她怎么了，纪安却只是说这段时间压力太大了。

纪安不愿意跟林妙说事情的真相，她在撒谎，在掩饰，林妙还是看出来了。对比纪安和徐林席从前热恋期的状态，和现在有着明显的差别。

"妙妙。"纪安忽然拉住林妙的手，打断她，"可是开不开心，又有什么关系呢？我更不想失去他。"

纪安之前渴望一个答案，渴望她的朋友能告诉她一条正确的路，那时候大家给她的答案都是让她自己去感受。

如今，纪安就算知道自己这样做不合适，继续走下去受伤的只会是自己，她也停不下来了。她的脑海中，一直有一个声音在告诉她，再坚持一下。

所以她自动忽略了徐林席的冷淡，原谅他的错误，收敛自己的情绪，决心要把这条路走到底——她想要一个有关于她青春的答案。

"妙妙，你说是不是因为我做得不够好，所以才导致我和徐林席的关系到了这个地步？他不想回我的信息，是不是因为我太无趣了？"

纪安的喃喃低语让林妙瞬间炸了锅。她双手扶住纪安的肩膀，咬着牙道："姐妹，你别这么想啊！你到底在想什么啊？你为什么要贬低自己？你很优秀，好不好？别因为一个男人开始怀疑自己。"

纪安眨了眨眼，眼泪顿时从眼眶里流出，声音微微颤抖："不是的，他之前看你跳舞的时候也说过，他说我为什么不能像你一样优秀……妙妙，我知道我是挺差劲的一个人。"

林妙瞬间安静了，她死死地盯着纪安的眸子。良久，她突然问："安安，你有没有想过，徐林席早就不喜欢你了？"

纪安一愣，嘴唇开始颤抖："不，不会的，他不会不喜欢我的……"

"我是说真的。"林妙直勾勾地看着纪安，"以你们现在的状态，他迟迟不跟你提分手，有没有一种可能是在等你提呢？"

纪安怔住了——徐林席不喜欢她了，在等她提分手，所以才故意冷落她吗？

"因为他想维护自己的形象。如果是你提的分手，他就可以将自己塑造成一个被分手的受害者的形象，然后去开启下一段感情。虽然我很不想这么说你的男朋友，但他现在给我的感觉就是这样，他就是在晾着你。"林妙冷静地分析道，"冷暴力、打压，这些不就是他对你做的吗？他不就是在逼你自己忍受不了，主动跟他提分手吗？"

这一番话说完，气氛变得有些死寂。

林妙死死地盯着纪安，似乎是想告诉她别再犯傻了。

可这些道理，纪安真的不懂吗？

虽说"当局者迷，旁观者清"，但纪安很清楚他们这段感情的变化。她能清楚地分辨出徐林席前后态度的变化，知道他最开始是真的喜欢她，自然也知道他后来对她的喜欢已经淡去了。

她怎么可能分不清呢？她只是接受不了，她接受不了徐林席已经不喜欢她的事实，也不想让自己的暗恋最终落得这样一个结局。她想麻痹自己。

纪安的眼睫毛颤了颤，随后缓缓抬起眼，她毫不掩饰地看着林妙的眼睛，笑了笑：“可是妙妙，他不应该是这样的男生，他很好的。不只是我，你和任遇苏，都知道他是一个很好的男生，不是吗？他真的变了吗？"

林妙瞬间噤了声，扶着纪安肩膀的手也慢慢滑落。

纪安轻声道：“我就是没办法相信，没办法相信他变了。我知道你是为我好，但……你再让我等等吧，让我再相信他一会儿吧。"

从学生会办公室出来时，外面的太阳很大，刺得纪安忍不住眯了眯眼。

今天天气很好，她本来是想找徐林席一起去游乐场的，但徐林席说他社团有事情，就没去成。

纪安站在出口处，低头看了眼手机。中午十二点半，没有任何未读信息——他没回信息。

纪安关上手机，走出了教学楼。

太阳很大，温度也比前两天高了不少。纪安注意到学校里的树似乎长了新叶子，想来是春天到了，气温也回暖了。

记得高考前的那个春天，纪安每天都抱着书苦读。她学的是文科，要背的东西多，那时候除了一些主课，其他课都变成了自习课。

纪安所在的班级对自习课管理得并不严格，用他们班主任的话来说，已经到最后的阶段了，学与不学都是自己的事情了。所以自习课除偶尔有老师占用外，基本没老师会来盯着。

他们的教室在走廊的最后一间，旁边就是楼梯。因为要记、要背的东西多，所以教室里的声音比较嘈杂，很多同学会选择去楼梯间或者走廊上选一个安静的位置背书。纪安也在此列。

某天，她捧着一本政治书从教室走出来，看到周围已经被同学们占满，她便顺着楼梯走了下去。走到一楼时，她看到廊桥处已经换上了新的月考榜单。在那里，高三各科成绩的第一名的照片会被贴上去，而高三文科组语文学科的第一名就是她，那儿张贴着她的照片。

那是一张蓝底的证件照，照片里的她披着头发，嘴角挂着浅浅的笑。

这张照片实在说不上好看。上面的她穿着的衣服太过老气，让人感觉很严肃。她也不上相，精修过的照片还没有她本人好看。

纪安无奈地叹了口气，刚想移开视线，却意外地发现自己照片的左下角有人用黑笔写了字，简简单单的四个字——"高考加油"。

这字迹很熟悉，纪安一眼就认出这是徐林席写的字。他的字很特别，总是习惯在每一个字的最后一笔轻轻钩一下。

他给自己送祝福了？！

瞬间，纪安愣在原地，直勾勾地盯着公告栏。

就在她还在想缘由的时候，她忽然瞥见，自己照片旁边的人的名字下方也有一个"高考加油"。纪安的呼吸顿时乱了，下意识地，她的视线往上移，上面的照片下方也有。最后，她在魏佳的照片下找到了那熟悉的四个字……这反常的一切在她心里有了答案。

原来，只是因为他想给魏佳写"高考加油"的祝福，为了不引人注意，他才给所有人都写了同样的祝福，而自己的祝福只不过是顺便收到的。

饶是这样，纪安还是拿出笔，在另一侧高二的榜单上，在徐林席的照片旁，写下了一句"生活愉快"。这句话不会被人注意到，就算注意到了，大家也不知道是谁写的，不会有人猜到是她。

视线落回自己的照片上，纪安竟松了一口气。

她庆幸，还好这次她能考到这个成绩，阴差阳错地得到了徐林席的祝福。哪怕他想要祝福的对象不是自己，但是这样也够了。

回忆结束，纪安收回落在花坛旁的视线，径直往宿舍的方向走去。

"叮咚——"手机传来熟悉的消息提示音。

纪安的步子一顿，手打着战儿去拿手机。解锁手机后，看到发信人时，她的心跟着落了下来，心里难掩失落。

是同学发来的信息，让她发一下表格。

纪安按着对方的要求操作完，正要关手机时，林妙的信息突然发来了。

她说："不好意思啊，安安。刚刚是我情绪不太好，你不要放在心上，快点儿回寝室好好休息吧！等晚点儿我回来给你带好吃的。"

刚刚临走时，因为纪安说的话，林妙恨铁不成钢地骂了她两句，语气很冲地跟她讲了几句道理，见她听不进去就不理她了。纪安见状，这才从办公室里出来了。

纪安其实没有生气，也没有因为林妙说的那些话难受。因为她知道，林妙其实都是为了她好。

纪安虽然固执，但她分得清对错，只不过哪怕知道是错的，她也想继续。

给林妙发了一个"抱抱"的表情后,她转身换了个方向。

到食堂的时候,纪安刚想给林妙发信息问她要不要吃点儿什么,谁知一抬眼,她就在人群中看到了一个熟悉的背影——徐林席。

纪安遥遥地看着,徐林席那桌坐了很多人,基本是男生。但徐林席身侧坐着一个女生,两个人挨得很近,脑袋都快要碰到一起了。

恰好这时,那个女生转过头,刚好让纪安看清她的半张脸。

纪安的记忆力一向很好,特别是记人,虽然和廖菁文只寥寥见过两面,但她还是能认出对方。她是那个在新生才艺会演里,跟徐林席一起合唱,被其他人说和徐林席很般配的女生。

廖菁文和徐林席是同班同学,两人的关系即便近一点儿,别人也只会觉得他们是关系比较好的朋友。但先入为主的印象,在对方跟徐林席一起唱歌,两人并肩站在一起时,纪安就已经感到不快。眼下这种情况,她更加高兴不起来。

食堂里很嘈杂,出入口处人来人往,纪安光是站在这里就吸引了不少人的目光。此时,有人从门外走进来,而她正好站在入口处挡了道,那人便伸手碰了碰她,语气很友好地说:"麻烦让让好吗?"

那人的声音很大,一下就吸引了附近人的注意力,包括徐林席那桌。

纪安清楚地看到徐林席转过头往她这个方向看,然后视线落在她身上。她张了张嘴,刚想说些什么的时候,徐林席却收回了视线。

下一秒,她的手机响了一下。纪安拿起来一看,是徐林席发来的。

X:"你站在那儿干什么?还没吃饭吗?"

简简单单的两句话,两个人明明隔着不远的距离,他却连开口喊她都懒得喊,而是选择发信息。而且他连发信息,无视了早上她给他发的"早安"。

纪安摁灭手机屏幕,转身走出食堂。

彼时正好有车从她身边经过,喷了她一脸的尾气。纪安也不恼,自顾自地笑了笑。

原来他还是会看手机的。

第十三章

秋天过去了

回到寝室,纪安发现此时通常都在图书馆的另一个舍友竟也在寝室。

见到纪安,舍友站在原地,有些局促,像是在犹豫。

纪安眨了眨眼,虽然因为徐林席的事情很不高兴,但她不会因此而迁怒其他人。她脸上扬起笑,和舍友打招呼:"楚楚,这个时间你怎么回来了?"

杨楚楚咬了咬下唇,下定决心一般走过来,将手里的手机递给纪安:"不好意思啊,安安,我不是有意偷拍的……"

纪安垂眼一看,楚楚的手机里是一张照片——在一片昏暗的卡座里,一个女生亲昵地搂着徐林席的胳膊,笑得娇羞。而徐林席,虽然光线很暗,纪安却还是能看出他脸上带着一抹笑。

"这是我昨天做兼职的时候拍到的,虽然感觉这样不太好,但我觉得,这种事情还是有必要跟你说一声。"

纪安的脑袋"轰"的一声像炸开了,心脏像被人用力地抓住了一样绞痛。

这个人是徐林席吗?

纪安晕晕乎乎的,眼前的景象似乎变得模糊了,让她看不清照片上的是徐林席还是和他长得像的另一个人。

因为纪安和徐林席的恋情不是秘密,两人都在各自的朋友圈公开过。

杨楚楚虽然在寝室待的时间少,但回来的时候也会到听到纪安聊起她的男朋友,也看过徐林席的照片。

再者,之前徐林席刚和纪安在一起的时候,他买了三杯奶茶和一些吃的送来给纪安,说是请她和舍友吃的。

杨楚楚和纪安交情浅,不知道纪安和徐林席的感情已经处于消磨的阶段了。当然,她不知道也正常,毕竟就算是林妙,也不清楚徐林席具体的所作所为。

尽管纪安不确定这个人是不是徐林席,但她还是有意瞒着所有人,替他瞒着其他人。

即便做出这些事的人真的是徐林席,她也不太想让大家知道。纪安接受不了曾经那么喜欢的少年被别人非议,被别人贴上"不好的男生"的标签。

纪安觉得,现在自己这种处境,怪不了任何人。

从她选择隐瞒,选择原谅徐林席的行为开始,她就没有任何资格去跟其他人抱怨。就算最后受伤的是她,也是她活该。

纪安抬眼朝杨楚楚微微一笑:"谢谢你呀,楚楚!我会处理的。"

杨楚楚似乎还想说些什么,纪安却打断了她:"对了,你怎么会去那里做兼职?那里治安不太好,你要小心一点儿。"

杨楚楚的思绪很快被纪安牵着走,她点点头:"没事,我知道。那天是我朋友有事情,让我给她替了一天班。"

纪安微微颔首,又简单聊了两句后,杨楚楚就出门了。

看着寝室门被合上,纪安弯着的嘴角慢慢落了下来,眼里的笑意也渐渐散去,和刚刚的她判若两人。

纪安走到阳台打开水龙头,水流立马争先恐后地涌了出来,"哗哗"地击打在水池的瓷砖上。她按着开关,往右转动,水流越来越大,越来越急,水落在瓷砖上溅起的高高的水花也溅到了她的脸上。

纪安漠然视之,合拢两手放到水龙头下接了一捧水,然后"唰"的一声扬到自己的脸上。她没有避开,那一捧水除了打湿她的脸庞,也落到了她的前襟处。

成串的水珠顺着纪安的下颌滴到领子里。早春的天气虽然回暖了不少,但温度还不算高,冰凉的触感惹得她不禁打了个寒战。

被凉水这么一刺激,纪安的思绪也跟着回笼。

她关上水龙头，回到寝室里，打开笔记本开始做作业。

纪安很冷静，她清楚地知道自己现在到底在做什么。她知道自己这么做会造成什么样的后果，她非常清楚。但她还不想认输，她想拼尽自己最后一分力，将这段苟延残喘的感情挽回来。

那天，纪安一个下午都没有回复徐林席发的那条信息。

说是冷，其实不过是纪安克制着自己的冲动。整个下午，她每隔三分钟看一眼手机，最终，到了晚上，她还是决定发信息给徐林席。

她问他："你是不是想跟我分手了？"

纪安盯着手机屏幕看了很久很久，其间什么事情都没做，就一直盯着手机屏幕。屏幕暗了，她就摁亮，周而复始，耐心而执着。

过了半个小时，徐林席的消息姗姗来迟。

他说："没有。"

简单的两个字，他否定了她的说法，否定了她想了一下午的事情。

纪安盯着屏幕上的字，嘲讽地笑了笑。

徐林席否定了他想分手的事情，看似果断，但也只有两个字，他甚至都懒得多问一句。

或许他们这段感情，就是在互相较劲儿，看谁可以坚持到最后。

拍立得是在林妙震惊的神色之下拿出来的。

纪安对林妙说，她想和徐林席拍几张照片。

她说这话的时候正在打量着手中的拍立得，眼里和嘴角都含着笑，全然看不出前两天伤心难过的样子。

如果不是已经知道了纪安和徐林席的情况，林妙可能真的会被她现在的状态欺骗了，以为两人还好好的。

林妙的神色有些复杂，但看纪安那么开心地摆弄着手里的拍立得，她还是咽下了想要说出口的话，缓缓叹了一口气。

纪安想在学生会团建的时候跟徐林席拍两张照片，也想印证一些事情。她就是想试试，试试看徐林席的态度。

第二天的团建，徐林席因为有事不在学校，会晚一点儿回来。他还发信息问纪安想喝点儿什么，他给她带回来。

徐林席回来的时候，正好赶上团建的游戏时间。一群人在操场上围成一个圈,纪安和林妙坐在一块儿。纪安见徐林席回来,刚想招呼他坐到自己身边,就见他径直走到了对面,跟一个男生坐到了一起。

她抬起的手一僵,讪讪地放了下来。

这个小插曲没人注意到,游戏正常进行着。纪安却没什么心情,抱膝坐在那儿。

游戏是击鼓传花,音乐声停下的那一瞬间,书在谁手里,就由谁来接受惩罚。学生会人多,一连几轮下来都没轮到纪安。

纪安感觉自己轮不到也挺好的,她没什么兴致。

又一次音乐声停下,耳边响起学生会成员的起哄声,嘈杂的声音中夹杂着几声徐林席的名字。

纪安耳朵很尖,听到徐林席名字的瞬间就抬起了头。

主持人抽了一张惩罚卡牌,大声道:"抱着在场的一名异性绕场地走三圈!"

话音刚落,就有人开始起哄:"来啊,徐林席!你对象在那边呢!"

"对啊,正好可以抱纪安了。这是给你机会呢!"

被人提到自己的名字,纪安心里也有些期待。

她其实不太喜欢在这种公开的场合秀恩爱,但她现在很希望徐林席能过来抱住她,告诉所有人,他还是她的男朋友。

徐林席却没有如大家所愿,他缓缓地站了起来,笑着说道:"手臂受伤了,我给大家唱支歌好了。"

游戏者如果不接受指定的惩罚的话,只要表演一个节目就算通过了。毕竟还是在学校操场,大家不能提出其他过分的要求。徐林席这般主动请缨,大家也没意见。

只是,纪安在听到徐林席拒绝的下一秒,分明感觉到周围不断有人看过来。她有些羞愧地低下头,拽着自己衣角的手陡然捏紧。

游戏进行得很快,一直到结束,纪安都没有被抽中,林妙还说她今天运气很好。

接下来就是招呼大家拍几张照片留念。纪安跟徐林席说过这件事,所以纪安在拿出拍立得后,走到徐林席身边把他从人群中拽出来时,徐林席倒也没感到意外,很顺从地和纪安合了照。合照时,他也很自然地搂住了纪安的肩膀。

闪光灯一照,一张照片从相机里出来了。

林妙抽出那张照片递给纪安:"你先拿着,等会儿就成象了。我拍得绝美,你一定喜欢。"

徐林席也表现出感兴趣的模样:"给我看看。"

纪安笑道:"还没成像呢!"

"那你先放着吧!"说完,他又回到男生堆里聊了起来。

纪安愣在原地,一时间竟不知道该做什么。

整个团建活动,除了跟纪安拍了那一张合照,其余时间里,徐林席像是在刻意躲着纪安,不是在跟这群人聊天,就是在跟那群人聊天,但就是没有来找过纪安。

林妙也看出了端倪,有些不悦,但碍于纪安的面子,她隐忍着没发火。

等到最后,徐林席给大家点了奶茶,一杯杯分发的时候,他手中的最后一杯递给了林妙,却没有看到纪安那一杯的影子。

纪安终于忍不住了,她鼻子一酸,转身就上了台阶离开操场。

"安安!"林妙一下没拉住纪安,喊了她一声后,旋即转头就朝徐林席发火,"你是不是有病啊?你一天都躲着她干什么啊?"

林妙的声音有些大,顿时吸引了其他人的注意力。

见气氛不对,有人立刻反应过来,开始打圆场,推搡着徐林席:"快去追啊!女朋友都生气了还不追!"

徐林席像是反应过来,抬脚朝纪安离开的方向追去。

纪安刚走到操场入口处,就听见身后传来一阵脚步声。

她没回头,她知道来人是谁。

没一会儿,她的手腕就被人拽住了。

"纪安。"

一个称呼,让纪安刚刚平复的情绪再次崩溃,她眼眶一红,眼泪在眼眶里打转,却迟迟未落下。

徐林席扳过她的肩膀,见她两眼通红,他不禁神色顿了顿,帮她擦去眼泪:"你怎么了?"

纪安抿着唇没说话,眼泪却在此时流了下来,但她强忍着,不让自己发出一点儿哭声。

这时候操场的人很多,入口处来来往往的人更是不少。两人的动静引得经过这里的人频频注目。

许是因为那些好奇的目光,徐林席拉着纪安往旁边躲了躲,利用台阶遮住两人的身影。

他又问了一遍:"你到底怎么了?"

像是下定决心一般,纪安吸了吸鼻子,而后抬起头,一字一顿地问:"我的奶茶呢?"

徐林席愣了愣。

纪安又问:"你说要给我带的奶茶呢?你为什么没给我?为什么大家都有,只有我没有?"

接连几个问句,将纪安的委屈放大至徐林席的面前——纪安想问的其实不是那杯没有送到她手里的奶茶,她只是感到委屈——被徐林席忽视的委屈,被徐林席拒绝的委屈。徐林席的冷淡和这段感情即将走向的结局,像是一只无形的手,按压着她的心脏,让她喘不过气来。

纪安难受,不只是因为这杯奶茶,更是因为她已经看到了这段感情的结局,看到了它即将走到尽头,而自己却无能为力。

她一遍又一遍地问他,眼泪流得越来越凶。她的声音颤抖,带着哭腔道:"徐林席,你是不是已经不喜欢我了?"

终于,她问出了这一句话。

徐林席盯着她看了半天,紧抿着唇,眉头紧锁。他看得越久,纪安心里就越不安。

半晌,他开口了:"纪安。"

纪安的呼吸都跟着慢了下来,目不转睛地盯着他。

"奶茶我买了,就在我的背包里。"徐林席说,"我刚刚只是没先拿给你,不是我忘记了。"

纪安呼吸一滞。徐林席没有正面回答她的问题,纪安不懂他的意思。

但他说的奶茶的事情,像是打了她一巴掌,告诉她,她刚刚的胡闹有多么可笑。她和她说的话,在徐林席眼里,就是一个笑话。

徐林席拽起她的手,语气有些烦躁:"走,跟我下去拍照。"

他想拉着她往前走,可纪安定在原地,他拉了一下没拉动。徐林席再回过头看她时,已经很不耐烦了:"怎么了?"

纪安按住他的手,往旁边一甩:"我不想下去了。"

这句话落下,空气像是被凝固住一般。

徐林席盯着她的脸看了半晌,嗤笑一声:"行。"

说完,他转身离开,没再管纪安。

纪安愣在原地,看着他的背影离自己越来越远,竟一次都没有回头。

他走了。

纪安有一种预感,这次徐林席走了,就是真的走了。

有一群男生拍打着篮球从她身侧跑过,带起了一阵风,很小很小的风,纪安却觉得,这风好大,吹得她眼睛像是进了沙子一样,让她难受得想要流眼泪。

纪安不想再留在这里,她找了一个安静的地方慢慢蹲下,靠在墙角,抱住自己的肩膀。

天色慢慢暗了下来,操场上的人也越来越少。不知不觉,她在这个无人在意的角落待了好几个小时,姿势也从蹲着变成了坐着。

她慢慢站了起来,等双腿没那么麻了,才从角落里缓缓地走出来。

纪安微垂着头出来时,一不注意,跟路过的人撞了一下,她身子受不住力,往后跟跄两步,撞到了后面的墙壁上。

对方忙跟她道歉,可不知道为什么,纪安明明没觉得有多痛,眼泪却突然"唰唰"掉了下来。

对方被她吓了一跳,以为是她被撞疼了,一直跟她道歉。

纪安摇摇头,径自离开了。

她知道,她不是因为身体的疼痛而落泪。

纪安慢吞吞地走回宿舍,快到宿舍楼下时,放在兜里的手机忽然振动起来。

纪安猜测,大概是林妙在找她,毕竟她消失了一个下午。想着马上就要回宿舍了,纪安便没有管。

但一抬头,纪安却看到不远处的宿舍楼下有一个有些眼熟的身影,看轮廓是男生,很高。她心一紧,想到了某一个人。

快步走近后,纪安这才看清了那个人的脸,是任遇苏。

她垂下眼眸,心中升起一丝自嘲——是啊,怎么可能是他?

纪安整理了一下情绪,再抬头时,任遇苏已经走到了她的面前。

不等纪安扬起那抹虚假的笑，任遇苏先一步开口道："纪安。"

纪安眼眸微抬，她看得出任遇苏的表情和眼神都与往常不同。

任遇苏抬手揉了揉她的脑袋，将她衣服的帽子拉起来给她戴上，像最开始鼓励她勇敢的时候一样。

然后，任遇苏轻声说："和徐林席分手吧。"

任遇苏的一句话，把纪安拉回了现实，强迫她面对她不想直面的问题。

这件事可真够有意思的，当初劝她勇敢的人是任遇苏，像是有始有终一般，现在劝她分手的人也是任遇苏。

但纪安知道，任遇苏不会没事来管这些闲事。他会来这里，要么是林妙找了他，要么是徐林席找了他。

女生的第六感通常很准，在任遇苏说完这句话之后，纪安心里就隐隐浮现出一种猜想。她缓缓抬起头，问："是不是徐林席让你来跟我说的？"

"纪安，我首先是你的朋友。"任遇苏说，"他是来跟我说了一些你们的事情，我也已经看出他的想法了。我觉得你们没必要继续谈下去了，你们这段感情再坚持下去，受伤的只会是你。不等你提分手，徐林席也会来找你。"

任遇苏说，傍晚的时候徐林席突然找了他，说他感觉和纪安还是不太合适。

在徐林席说出第一句话的时候，任遇苏就能感受到对方想表达的意思。徐林席不过是想让身为纪安朋友的任遇苏去跟纪安讲这件事。

任遇苏垂眸，语气很平静："你和徐林席不合适。"

这话从任遇苏的口中说出来，纪安只觉得很可笑。

突然之间，所有人都对她说，她和徐林席不合适。林妙这样说，任遇苏也这样说，当时信誓旦旦地说她和徐林席很般配的两个人，突然都改变了先前的说法，转而提醒她，她和徐林席的这段恋爱关系不健康，他俩不合适，应该分开。

纪安没有深究任遇苏和林妙为什么会突然改变了他们原本坚定不移的说法，因为她知道这没有任何意义。

她点了点头，然后拿起手机，当着任遇苏的面拨打了徐林席的电话。

电话铃声响起，一声，两声，三声，在第四声的时候，电话终于被接通了。

对方像已经知道纪安打这通电话来是要做什么，接通电话后也没出声，只静静地等着纪安说话。

纪安双目通红,手紧紧地捏着裤缝。

接通电话之前,她对徐林席仅存着的期盼就是他能说些什么,即便不解释,哪怕是问候一句都好。但徐林席没有,他只是沉默着,等着她的那一声宣判。

"吧嗒"一声,纪安眼里滚出来的泪珠砸在了地面上,接着是一颗又一颗,纪安紧抿着唇,不舍得说出那句话。

似乎是耐心耗尽,电话那头的徐林席终于出声了:"纪安,有事情就说。"

他的语气很不耐烦,在这个周围安静的环境的衬托下,纪安甚至可以听到对方轻轻地"啧"了一声。

他的态度说明了一切,她没有资格不舍得了。

纪安吸了吸鼻子,颤抖着声音说出那一句她斟酌了很久的话:"你现在是不是就在等着我说出那句话?你既然很早就有这个想法了,为什么一定要我提出来?"

徐林席没说话,但听电话那头的动静,纪安觉得他似乎很烦躁。

任遇苏忽然伸手按住纪安的肩膀,朝她轻轻地摇了摇头。

纪安从他的眼里看懂了他的意思——多说无益。

她猛然低下头,握着手机的手因为太过用力,已经开始颤抖。在对方的沉默中,纪安说出了那句她万般不愿说出口的话:"徐林席,如你所愿,分手吧。"

她的话音刚落,对方就笑了一声,果断地回答:"好。"

纪安猛地挂掉电话,一瞬间,她的眼泪再也忍不住,从眼眶里流了出来。

任遇苏将她抱住,语气老成地安慰她:"今天哭完,就不要再想着他了。不想和他碰面的话,让林妙给你调整一下学生会里的工作,你以后别跟他碰上就行了。我们都会帮你的。"

不知道是哪句话触到了纪安的神经,她双手拽紧任遇苏的衣服,将头埋在他的前襟处,忽然放声大哭。她从没有哭得这么大声过,也没有流过这么多的眼泪。

这一哭,纪安像是要把这段时间以来受的委屈和对这段感情的不甘都哭出来。为这段感情哭泣,为她的青春感到不值。

可是谁能想到,青春里那样阳光优秀的少年,会是这样的一个人呢?

那三年的暗恋,她都看不透对方究竟是一个什么样子的人。她接受不了那个占据她整个青春的少年变成这副模样,也接受不了他选择用这种"凌迟"的方式来结束他们这段感情。

回想告白当晚,他也是一个会因为告白成功而流眼泪的大男孩儿,也会小心翼翼地询问她,愿不愿意跟他在一起。纪安不理解,难道那时候他眼里的爱意,他对感情的珍视,对她说以后两人感情平等的那些话都是他装出来的吗?

纪安想过,一段感情平稳地走向婚姻是很难。但她和徐林席在一起以后,从未想过这段感情会这么潦草地结束。

这段时间的每一件事,他说的每一句话,都像是打在她脸上的巴掌,告诫她,那个夜晚她相信他眼里的真挚是多么愚蠢。

那个少年,只能是记忆里的少年。

而那段时间,就像是幻境一般。

和徐林席分手后不久,纪安和林妙养在阳台上的那一株绿植发起了嫩芽,春天到了。

下午时分,阳光洒进来,落在皮肤上是温暖的。纪安脱下厚重的棉袄,被林妙从电脑前强拉着去学校的湖畔散步。

湖边种着几棵柳树,纤细的柳枝垂在湖面上。风轻轻一吹,柳枝便缓缓低下头,与水面亲密地接触。一下又一下,柳枝在水面掀起了一阵又一阵的涟漪。

被风吹起来的不只有柳叶,还有纪安的碎发。

前两天,趁着午休的时间,她去理发店把自己留到腰间的头发剪了,现在头发的长度刚好在脖子中间的位置。

从理发店出来的时候,纪安下意识去抚摸自己的长发,手一抓空,才想起自己的头发已经剪短了。

中长发干净利落,纪安的脸型不挑发型,她剪了中长发后只是换了一个风格,人照样是好看的。

林妙虽然对纪安的中长发有些不适应,但纪安中长发的样子确实看起来比平时精神了不少,更有活力。

风又轻轻一吹,纪安的碎发被吹乱,从侧面扬起,遮挡了她半张脸。

纪安试着整理了两下，见还是乱着，索性不再管它。

春天的风与冬天的风大不一样，所谓"春风拂面"，那吹来的春风中带来的是丝丝暖意，吹到脸上并不觉得寒冷。

纪安看了眼周围，春天的气息已经很浓厚了，繁花绿叶，就连校园大道上那一棵在冬天像是枯了的大树都长了很多翠绿的新叶子。

"看什么呢？"林妙走上前，搂住她的胳膊。

纪安静静地盯着那棵树，听着阵阵鸟啼，而后她微微一笑，感叹道："春天了呀！"

秋天过去了，冬天也过去了，现在是春天了。

纪安仿佛做了一场与徐林席有关的很久很久的梦，这个梦把以前与他的点点滴滴都回忆了一遍。

纪安从床上醒来时，偌大的房间里只剩下她一人。

今天的天气似乎也不错，阳光透过纱帘洒进房间的角角落落。

纪安伸手在身侧的床上摸了摸，床单已经凉了，睡在旁边的人也不知道是什么时候起来的，应该有一段时间了。

纪安起身下床，扭开房间的门把手时，大门处忽然传来了一阵动静，是大门电子锁开锁的声音。

纪安愣了几秒，扭开房门走出去。

玄关处，林妙拎着两个大袋子正在换鞋，听到房间门打开的动静便抬起了头，见是纪安便赶紧打招呼："醒了呀！快来帮我拎东西，我要累坏了！"

任遇苏跟在她的身后，听到这话不免觉得好笑："两袋子膨化食品只是看起来大，最轻的都给你拎了，你还嫌重。"

"你少管我！"林妙呛了回去。

纪安从林妙手中接过零食袋，打开看了一眼："你买这么多零食干什么？小心吃了口腔溃疡。"

听到纪安的话，林妙脱鞋的动作一顿，看向纪安的眼神里蓦地带了些惊喜。

纪安没注意到这点，自顾自地拎着零食放到了客厅的沙发上。

"你快去洗漱吧，我们俩买了早饭回来一起吃。"

"好。"

看着纪安走进洗手间，林妙赶紧拉住任遇苏的胳膊："你刚刚发现没？

"发现什么？"任遇苏疑惑地道。

"安安的状态呀！"林妙欣喜地说道，"安安今天早上的状态明显比前两天都好，话也多了些，精气神也好了很多。"

任遇苏却不似林妙那样高兴，他神色淡淡地一边从袋子里把东西一样一样地拿出来，一边说着："你急什么？还有一个过渡期呢。等那个时期过了，她才算是适应了。"他朝林妙努了努嘴，"你忘记了？她上次情绪崩溃的前一天的状态是不是也挺好的？结果第二天就进医院了……别高兴得太早了。"

林妙闻言，顿时沉默了。

那是一年以前的事情了，纪安前一天早上还跟林妙说想抽空回临安去看看爸妈，结果第二天林妙来找纪安的时候，就见她晕倒在客厅。医生说她是情绪太激动才晕过去的，身体没多大问题。

只是纪安醒来以后，情绪就越来越不稳定了。林妙陪了纪安几个月，纪安也不见好，她的神志不太清楚，又开始经常说一些莫名其妙的话。一直到现在，她的状态也没有完全恢复。

见纪安从洗手间出来，两人默契地住了嘴，各自坐到吧台前吃早餐。

吃饭时，纪安忽然对林妙说："妙妙，你今天就回去吧,不用陪着我了。"

纪安的话一出口，林妙便坐不住了。她停止喝粥，将手中的碗筷一放，毫不犹豫地拒绝了："不行！"

任遇苏却按住林妙的肩膀，阻止她下一步动作："听纪安把话说完。"

纪安的食欲一直不好，特别是生病的这段时间，什么东西都吃不下。今天的早饭也是，只喝了一点儿白粥，她就开始犯恶心。

纪安抽了一张纸擦了擦嘴角，再抬头时，脸上挂着一贯的笑容："我觉得我现在状态还不错，我家离你公司那么远，你来回多不方便啊！没事，我一个人住没关系的。"

林妙刚想说话，却被纪安打断。纪安自顾自地说："我自己这病生得莫名其妙，还要麻烦你们一直照顾我。说真的，我自己都不好意思了。说来病因也没什么大不了的，就是研究生那段时间压力太大了，但都毕业好些年了，我现在真的可以独立地好好生活了。"

听完纪安的话，林妙和任遇苏罕见地沉默了。

纪安觉得自己的情况还蛮拖累人的。

她隐约记得当年她和徐林席分手以后，没多久就听到徐林席又谈了一个女朋友的消息。林妙知道后,在寝室把他痛骂了一顿,说他那种人都是一样的德行。

纪安其实自己也接受不了,跟徐林席分手以后,她对他的想念越发浓烈。她知道对方已经不是自己所认识的那个少年,或许自己根本就不了解他,怎么说他都并非良配。但纪安还是会难过,回想起恋爱时他对自己的好,她怎么都不明白他为什么会突然就像变了一个人。而这个问题,她迟迟没有得到答案。

想念越发浓烈时,纪安甚至想过去找他。但她是一个很冷静的人,也知道很多事情错了就不要再犯第二次错。恋爱时,她对他的纵容就是错误,导致天平倾斜后再也无法挽回。所以即使再想去找他,她也控制住了自己。

跟徐林席的这段感情对纪安的打击很大,以至于过了很多年,她都没有完全走出来。

大二升大三那年,徐林席就出国了,听说他争取到了学校和国外大学的交换生名额。从那以后,她就再也没有在学校看到过徐林席。

后来本科毕业,她考上本校的研究生,留在学校读了研。她记得她的抑郁症就是那时候被发现的,医生说是她给自己的压力太大,又有事情梗在心里,得不到纾解,在多种因素的冲击下才诱发了抑郁症。

但好在最后纪安顺利地毕业了,进了俞峡本地的一家公司。工作那两年,她的情况时好时坏,直到公司大换血,她的顶头上司换人了,她的噩梦又开始了。

职场中的打压让纪安喘不过气来,她的抑郁症复发,情况甚至比她之前最严重的时候还差。为了躲避职场,她选择了辞职,留在家里做自己的副业,当一个网文作者。她以为自己能逃过现实对她的打击,却遭遇了网络暴力。

恰逢这时,任遇苏从海外回来,他开始给纪安做心理治疗。林妙等好友也一直陪伴在她的身边,她的情况才开始好转。

在她感觉状态还算稳定的时候,她当然不想再拖累自己的朋友们。

见纪安坚持,林妙也只能作罢。下午走的时候,林妙反复叮嘱纪安在家要好好生活,还说她会不定时过来检查。纪安都是笑着回答。

林妙最开始还不太放心,但在纪安后来又陆陆续续地接受了几次治疗,病也没有犯过以后,她也渐渐放下心来了。

任遇苏也说，纪安现在的状态差不多已经稳定了，只要按时吃药，就可以慢慢好起来。虽然短时间内痊愈不了，但可以慢慢来。

隔天，林妙去找纪安吃饭，还带了火锅食材过来。见林妙工作了一天，纪安便自己弄这些。

火锅做好后，两人坐在餐桌前，围着一个小火锅边吃边聊，林妙看纪安的状态是真的好了不少，心也跟着放松了些。

纪安虽然吃得不多，但在林妙面前，也往嘴里塞了不少的菜。

聊天过程中，林妙试探般问了句："安安，你现在还想着徐林席吗？"

听到这个熟悉的名字，纪安握着筷子的手一顿，太阳穴忽然刺痛，脑海中浮现出很多模糊的情景。

自从跟徐林席分手以后，纪安就变得不太相信爱情。年少时最喜欢的人都能成为她看不懂的人，更别提其他人了。后来她生病了，对恋爱就更没有想法了。

记忆里，徐林席对她做的那些事情，当年解释不了，是因为她对对方还有着高中时候的滤镜。但随着时间的沉淀，就能想明白很多事情。纪安觉得，或许从高中开始，她就没有真正了解过这个人吧。

从想清楚这些事情开始，纪安就把自己的青春当成一场自己幻想的梦。既然是梦，她就不要将它代入现实中了。

"安安！"

纪安缓缓抬起眼，看到林妙按在自己手腕处的手，一脸关切。纪安感觉头的阵痛慢慢退去，并且很快就恢复了正常。

纪安摇了摇头："我可能从来就没有了解过他吧。之前我怎么都放不下的人，可能只是高中那个活在我记忆里的人，不是后来遇见的那个人。当年我之所以耿耿于怀，也不过是因为不甘心。我已经想通了，反正现在……我已经不爱他了，不爱他那种人了。"

只是不知道为什么，说起这些话，纪安的心脏还是会隐隐作痛。

一连几日，天色都阴沉沉的。

纪安前一晚没睡好，就在白天睡了个回笼觉，再醒来时已经是下午两点了。此时房间内一片昏暗，平时这个时间屋内都很亮堂。但最近天气不是很好，太阳也好几天没出来了。

她从床上坐起来,听到窗外传来雷声,心里隐隐感到不安,像是忘掉了什么重要的事情。

纪安靠在床头做着深呼吸,希望能缓解心理上的不适,但是徒劳无功。

她拧着眉,从床头拿起手机。中午的时候,林妙发了几条信息给她,但大概知道她在睡觉,就没多打扰,提醒她睡醒回个电话。

纪安刚想回电话,手指往下一滑,却不慎点进了朋友圈的动态。她刚要退出,朋友圈的动态却在此时刷新,最新的一条动态映入她的眼帘。

是盛湘语发的,她发了一张梧桐树的照片,配文是"你最喜欢的梧桐,你现在应该两岁了吧"。

很奇怪的文案,但那张照片却像是有一股魔力,直直地冲进她的心里。心脏被猛地一击,纪安感觉到一阵剧痛。

纪安的眼眶开始泛红,呼吸越来越重,一下又一下,喘气声越来越急促。她蜷缩在床上,像是一条濒死的鱼儿。她费力地睁开眼,颤抖着手指找到紧急联系人并将电话拨了出去。

电话的"嘟嘟"声和她的喘息声在空旷的房间里回荡,突然,她的头开始眩晕,视线也一片模糊。

"嘟——"电话终于被接通。

迷糊之间,纪安听到了电话那头的林妙喊了一声她的名字,之后她就失去了意识。

不知道昏睡了多久,纪安再度睁开眼时,面对的是一个有些眼熟的天花板。天花板上贴了很多星星,纪安只在一个地方看到过。

"醒啦?"听到沙发椅上传来的动静,任遇苏转身问了一句。

纪安挣扎着起身,她想起来了,她被林妙送到了医院,在医院躺了一会儿就被林妙送到任遇苏这儿来了。

她能被送到任遇苏这里来,只能说明一个问题——她这次晕倒大概还是因为心理疾病。

耳边传来"刺啦"一声,在纪安抬头之际,任遇苏已经将双手负在身后,笔直地站在她面前看着她。

纪安索性躺在沙发椅上,等待着他对自己目前这种情况的宣判。但等了半响,纪安也不见他说话,终于忍不住抬头询问:"我又怎么了?"

任遇苏转过头,目光挣扎着从她身上移开,落到了窗外的路灯上,像是藏起了什么情绪。

纪安这才意识到,天已经黑了。

"没事,过一会儿你就可以回去了。"任遇苏的语气显得很平静。

自己现在的情况,任遇苏不说,纪安猜不到。但她感觉今天任遇苏的状态不太对,情绪很低沉,不像是平时的他。

纪安不禁扯了扯任遇苏的白色衣角:"任遇苏。"她有些认命地闭上眼,"你跟我说吧,我现在是什么情况?"

"扑哧——"

纪安闭着眼等了一会儿,没等到自己想要的答案,倒是等到了任遇苏的一声嗤笑。

她睁开眼,任遇苏已经伸手替她理了理前襟,然后拍了拍她的脑袋:"行了,真的没事。你会晕倒呢,跟你的情绪有关。哦,对,和你的睡眠也有关系——你这两天是不是没怎么睡觉?"

"我睡了。"纪安嘟囔一句,脑海中忽然想起自己晕倒之前的情景。

她借着任遇苏的力从沙发椅上起来,边用皮筋把自己的碎发扎起来,边问:"任遇苏,你说我脑子是不是坏掉了啊?"

任遇苏好笑地道:"你又在胡说些什么?"

"没胡说,我今天总感觉心里空落落的,感觉自己像是忘记了什么东西,很不安。"

任遇苏脱外套的动作一顿,随后说道:"你今天回去真的要好好睡觉了,不可以再熬夜写你那什么稿子了。"他侧过身,提醒道,"我之前就跟你说了,那个稿子写完,你就不要去写其他的了。"

纪安摇头:"我没写了,我就是看了好几遍。"

任遇苏低下头,整理衣服的动作看起来有些焦急:"也别看了,看多了反而心里难受,点到为止就好。"

纪安还是感觉今天的任遇苏有些怪异,但说不出来哪里怪,只能点头说"好"。

从任遇苏的诊室出来后,一辆银色的轿车停在两人面前。

车窗被摇了下来,露出林妙那张化着浓妆的脸,她下巴一抬,道:"上车吧。"

纪安和任遇苏拉开车门上了车。一上车，任遇苏就双目一闭，瘫倒在座位上，哪怕车内灯光昏暗，也不难看出他脸上的疲惫。

倒是林妙边开车边通过后视镜往后看："安安，你现在还难受吗？"

纪安摇了摇头："已经没事了。你这是从哪儿回来呢？"

"今天我们公司有品牌发布会，推不掉，所以把你送到任遇苏那里后，我就赶过去了。"

闻言，纪安微微颔首，顿了顿，她又道："谢谢你啊，妙妙！"

"哎呀，你真是的！跟我这么客气干什么？"林妙抿了抿红唇，看向纪安的眼神中还带着担忧，"你今天真是吓到我了！一个人住还是容易出问题吧，不然你搬到我家来，跟我一起住吧？"

听到这句话，纪安脑海中忽然浮现出一个人影。于是，她问林妙："我到你那边住，会打扰你和柯程礼吧？"

纪安的话音刚落，林妙脚一踩刹车，车子正好停在红绿灯前。而后，她回过头，脸上露出惊恐的神色。

纪安有些疑惑，微微转过头，发现就连刚刚闭目养神的任遇苏也不知道什么时候睁开了眼，在黑暗中一动不动地注视着她。

纪安纳闷儿道："你们这么看着我干什么？"

林妙立马反应过来，笑着打圆场："没呢！我就是突然听到他的名字不太适应而已。"

任遇苏松了一口气，眉眼舒展开，再一次闭上眼。

林妙接着补充道："安安，我和柯程礼已经分手了。今天晚上，你就住到我家来吧！你离我这么远，我真的不放心你。"

纪安愣了愣，林妙和柯程礼什么时候分手的？

她皱着眉，仔细地想了想，却发现自己并没有这一部分的记忆。但不应该呀！两人大概不是突然分手的，不然任遇苏应该也会不知情，刚刚也会像她一样问一句才对。但他没有，也就意味着他早就知道这个消息了。

任遇苏都知道林妙跟柯程礼分手了，为什么她不记得了？难道是她生病的那段时间发生的事情吗？

纪安想追问下去，但想到这毕竟是林妙的私事，最后还是垂下眼，没选择问出口。

这时，任遇苏也在一旁劝说："纪安，要不你还是去跟林妙住吧？她最近生活也不规律，你跟她一块儿住还可以看着她。"

任遇苏这话一说出口，纪安就明白了他的意思。

这其实就是一个借口而已，任遇苏清楚纪安现在的作息，她自己都很难调整，更别提监督林妙了。他说这话只不过是为了让她心理负担小一点儿，让她能够接受建议，去林妙那儿住一段时间。

想明白其中的关节后，纪安也不想让自己的朋友担心，终于点头答应了下来。

林妙先送任遇苏回了家，再开车往自己的家中驶去。

"今天先住下吧，明天我陪你回去收拾一下东西。"林妙对纪安说道。

纪安应了一声。

林妙见状松了口气，打开车载音箱，选了首比较欢快的歌，摁下单曲循环。

车窗外的建筑物飞速地向后倒退，街边路灯的光映在纪安的脸上，忽明忽暗。在一个红绿灯前，车子停了下来。旁边是一个湖畔公园，从车上看去，里面漆黑一片，给人一种阴暗幽深的感觉。

纪安记得这个地方。

不过，公园附近的建筑物多了不少，它对面之前是老旧的小区，现在都被拆除了，改成了一个大商场，商场周围也建了不少高档公寓。

时过境迁，物是人非。毕业后，她在这个城市待了这么多年，却很少来这边，平日里也会绕过这个地方。今天要不是绕路送了任遇苏，又因为林妙搬了新家，车子是不会经过这条路的。

但现在这里已然换了一副新面孔，看不出从前的半点儿影子。或许这也是在提醒她，她该往前走了。

纪安在林妙家一住就是半年。

这半年里，她的情绪状态稳定了不少，也没发生过之前那种晕厥的情况。虽然她的脑海中有时还是会浮现出很多陌生的情景，头偶尔也会感到刺痛，但次数越来越少，任遇苏也说，她在慢慢好转。

有一天晚上，她帮林妙找东西的时候，无意间在柜子里发现了一个纸盒。纸盒的边缘已经起了毛边，看样子有些年头儿了。

纪安把它放到最外面，伸手想去拿最里面的盒子，不料手肘往旁边一撞，纸盒忽地掉在木地板上，发出一声很闷的撞击声。

声音引来了林妙,她喊着"怎么了",脚步声离房间越来越近。

纪安忙回了一句"没事",然后蹲下身子收拾散落在地的东西。她拿起一个相框,翻面的瞬间,她的视线倏然顿住。

居然是一张合照——她和林妙、任遇苏、徐林席四个人拍的合照。照片里,四人站在俞峡大学的校门口,林妙站在她的身侧,而徐林席戴着一顶白色的针织帽站在她旁边,手臂亲密地搂着她。

纪安又拿起另一个相框,是同一个背景下,她和徐林席两个人的合照。

纪安对这两张照片都没有印象,忘记到底是什么时候拍的了。她的第一反应是大二时和徐林席恋爱时拍的,但看起来总感觉有些奇怪。

"哐当——"

纪安一抬眼,发现林妙愣愣地站在她面前,而刚刚的声音,正是林妙手上的手机掉落在地上发出的。

纪安把掉在纸盒边的手机捡起来递给林妙:"小心一点儿啦!"

"哦,哦,好。"林妙的神色有些怪异,胡乱地应着。

接着,她在纪安面前蹲下,眼睛直勾勾地盯着纪安。

纪安没察觉到她的怪异,仍低着头说:"你这里怎么还留着我和他的合照啊……我和他单独的那张合照,你找个时间扔了吧。"她把手中的相框递给林妙,而后继续整理地上的东西,"我和他的回忆,实在是不怎么好。"

房间里顿时陷入一片沉默,只剩下纪安整理东西的声音。

良久,林妙问:"安安,你现在……"

纪安打断她:"妙妙,我现在已经快忘记这个人了。"她又笑了笑,"我早就想清楚了,当年的那段感情对我来说就是一个笑话,包括他这个人,都是不值得的。我现在对他既没有恨,也没有爱了,就当他是我生命中一个微不足道的人。"

一个,微不足道的人……

这句话似乎刺激了林妙的神经,她的眼眶瞬时红了起来。意识到自己失态后,林妙赶紧伸手捂住自己的眼睛,笑着说:"这样也好,这样也好……"

林妙喃喃地重复着同一句话,声音几乎哽咽。

纪安再迟钝,也注意到了林妙的情绪异常。她小心翼翼地拨开林妙的手,迟疑地问道:"怎么了,妙妙?"

林妙的眼睫湿漉漉的,但脸上还是带着笑,她用轻松的语气说:"没事儿呀,安安,我是在为你高兴。真的,在为你高兴。他那种男人……"她顿了顿,轻声道,"确实不值得你留恋。"

纪安的肩膀放松下来:"那就好。"

这确实是纪安最真实的想法。当年徐林席对她做的事情,她后面想起来仍然会难受,但从来没有恨过他。她只是在感叹自己不值得,多年的感情落得一个这样的结局。

现在回想起来,对他没有恨,可能就是她对这份感情最后的交代了。她已经不想让这件事情影响自己的生活了,她想任他在时间长河中慢慢磨灭,在她的记忆中淡去。

一段不值得的感情,一个不值得的人,真的没必要怀念。

只是不知道为什么,想到这里的时候,她的心脏又开始隐隐作痛。但这种感觉只持续了一会儿,她很快就恢复了正常。

林妙已经收拾好地上的东西了,抱起箱子时,她深深地看了纪安一眼,眼里的情绪是纪安从未见过的,像是藏着什么话。

纪安心生疑惑,但她知道林妙有自己的想法,她不会去刨根问底。有些事情,顺其自然就好,纪安清楚,林妙是不会害她的。

当天晚上,林妙问纪安之后想做什么工作。

纪安思索了很久,最后说想开一家咖啡店。林妙闻言很高兴,跟她说了很多想法,恨不得立马就帮她把店开了。最后还是纪安按住她,说今天先睡觉,才结束了这个话题。

纪安想开咖啡店不是没有理由的,她现在的情况不适合去职场工作,而她的副业也被任遇苏否决了。她想了半天,忽然想起她从前有个梦想就是用稿费开一家咖啡店,并在里面摆上自己出版的小说供人阅读。虽然自己出版小说这件事可能没法儿实现了,但是开咖啡店这个想法还是可以努努力的。

家里人听说她想开店,都很支持,对他们来说,现在纪安只要愿意好好生活就已经很不错了。纪安的弟弟纪平正好在俞峡这边读大学,纪父纪母就让纪平来帮她操持店里的事情,还给她打了一笔开店资金。

其实纪安并不缺钱,她看过自己卡里的余额,足够撑起一家店了。她并不知道自己为什么会这么有钱,林妙告诉她这些钱是她生病那段时间通过卖小说版权赚来的,林妙替她把这些钱都存起来了,她才有现在这么丰厚的家底。

纪安也没多想,她自生病以后很多事情都全权交给了林妙处理,后面的事情,她没管太多。

只是某一天突然想起这些事,她还是感觉到一丝古怪,但不知道古怪在哪里。

半年后,纪安的咖啡店开业了。

咖啡店的店面是接下了一个蛋糕店的店面改装的,因为原本的装修风格和纪安想要的类似,所以她只稍稍改装了一下。

开业那天,纪安的朋友都来捧场了,盛湘语和季蔚也来了。

盛湘语这些年一直在国外,今年才回国,不过她一直待在临安处理事情,之前没来过俞峡。季蔚也是,从师范大学毕业以后就回了临安,考了教师资格证,现在是一名小学老师。

纪安说,大家难得来一趟,她准备在后厨做一顿饭庆祝一下。

林妙见状,赶紧站了起来,说要帮她。大家也纷纷说要一起做。

纪安点头应下,一边解开围裙一边说:"那我和纪平出去买点儿火锅半成品回来,我们吃火锅吧。"

"行啊。"

咖啡店后面那条街就有一家卖火锅食材的店,距离不远,所以纪安他们很快就拎着东西回来了。

就在快要到咖啡店门口的时候,纪安发现那里停了一辆保时捷卡宴,车牌号有些眼熟。车前靠着一个人,那人穿着一身整洁的西装,头发梳得一丝不苟,鼻梁上架着一副金丝框眼镜,正单手拿着手机在看,垂在一侧的手指上则夹着一根燃烧了一半的烟。

纪安眯了眯眼,男人则正好朝他们这边看了过来,两道视线猝不及防地在空中交会。纪安认出了来人,是柯程礼。

她走了过去,柯程礼先朝她颔首:"好久不见,纪安。"

纪安点点头:"你来这里是……"她说着,顿了顿,朝咖啡店里面看了一眼,"找林妙?"

柯程礼垂下眼,没接话,只道:"你开店了啊?"

"是啊!"

"挺好的。"柯程礼从西装口袋里抽出一张名片，又从车上拿了支笔，在名片上"唰唰"写了一串数字递给纪安，"要是需要帮助可以找我，这个是我的电话号码，微信同号。"

纪安接过名片，疑惑地看了他一眼。

柯程礼之前虽然是林妙的男朋友，但她和对方并不熟，这么多年彼此也从未留过任何的联系方式。现在他突然将他的联系方式给了她，先不说他和林妙已经分手，毫无关系了，就算没分，纪安也觉得怪异。

柯程礼没多停留，给完名片以后就开车走了。

回到咖啡店后，纪安就把这件事告诉了林妙，林妙听完后，先是一惊，随后很快反应过来，并且拒绝了纪安递过来的名片。她说："他既然这么说了，你就接着。"林妙顿了顿，又道，"反正，这本来也是他应该做的，你收着就是了。"

纪安的视线从名片移到林妙身上，在纪安看来，林妙虽然看起来表情淡然，脸上的神色也掩饰得很好，但微微颤抖的眼睫毛还是暴露了她的情绪。朋友这么多年，纪安当然知道林妙有事情瞒着她。但现在林妙不想说，纪安也就不好问。

第十四章

徐林席，你在哪儿呢

咖啡店开始营业后，纪安的生活也步入正轨。

门店所处的地段一般，上门的客人虽然不算多，但基本会成为回头客。平时纪平要上课，店里就只有纪安一个人，纪安便想招聘一个人来帮忙。

纪平给她推荐了自己学校正在读研的学长，名字叫谢树浩，不过这个人看起来不像缺钱的人。

纪安有些犹豫，但想到是自己弟弟推荐的人，她还是聘用了。

谢树浩人很好，工作很勤快，很多事情不用纪安吩咐，他自己就会主动去做。他为人也细心体贴，知道纪安要按时吃药以后，就会定时提醒她，还会给她倒上一杯温水。店里的重活累活，他也没有让纪安干过。他承包了店里的大部分工作，只要能忙得过来，他就不会让纪安来帮忙。知道纪安会忘记吃饭，就算休息日，他也会带着饭跑到店里来帮忙，让纪安去吃饭。

他不知道从哪儿得知道纪安喜欢吃甜食，便经常会带些来给纪安。纪安想付给他钱，他也不收，说是这些甜食也没多少钱。有一次，因为甜点不干净，纪安吃坏了肚子，谢树浩知道以后就开始自己学做甜点。他是俞峡本地人，所以经常在家里做好甜点送来给纪安。

他对纪安很好，那一份好，就连旁人都能看出来。

林妙来店里找纪安,坐在吧台上和她闲聊,话里却是一句都不离谢树浩:"这小子明显喜欢你啊!"

纪安正擦拭着玻璃杯,闻言看了她一眼喷怪道:"你胡说什么呢!"

"谁胡说了?"林妙朝谢树浩的背影努努嘴,"又是给你送饭,又是学着给你做甜点,你当这些事情是员工会对老板做的?"

此话一出,纪安也沉默了。

她不是感觉不到谢树浩对她的感情。两人的年龄差摆在那里,对她来说,他就是一个小男生,小男生的感情,她怎么可能看不出来呢?只是,她还没有进入下一段感情的想法。

她现在 28 岁,已经是奔三的年纪了。因为生病的原因,家里人对她的感情生活已经不指望了,也没催过她。纪母曾经跟她说过,就希望她天天开开心心,一个人也没关系。

所以,纪安真的想过,这辈子就自己一个人过了。

可现在却有人想将她已经封闭的心打开,闯入她的世界。

林妙跟她说这件事的时候,问她心里在想什么。其实她一直没有拒绝就是最好的答案,她想试着去接受。

谢树浩会带她去看烟花,会在咖啡上画爱心送给她,会在晚上打烊的时候给她表演吉他弹唱,末了还送上一句"希望明天的纪安可以更开心"。

纪安还跟他一起领养了一只白色的小狗,取名"开心"。

生活在往好的方向发展。

但偶尔,纪安还是能明显感觉到自己的记忆缺失了一块。她感觉自己忘记了一些事,也忘记了什么人。

谢树浩跟纪安求婚了。

那年她 31 岁,谢树浩也已经研究生毕业,从她的咖啡馆退了出去,进入了一家国企工作。

去年,谢树浩长达两年的追求终于有了回应——在朋友的撺掇下,纪安选择跟他在一起了。

只是时间越久,她心里的不安越来越明显。

这三年来,纪安一直有一种"自己是不是忘记了什么"的感觉。这种感觉在她跟谢树浩在一起后越发强烈。有时候,她会透过谢树浩的脸看到另一个人,在他弹着吉他的时候,她也会在他身上看到另一个人的影子,只是,她看不清那个人的脸。

于是,她又开始频繁地头疼,胸口发闷,喘不上气。谢树浩见状,提出想搬到她家里来和她一起生活,但被纪安拒绝了。

其实随着这种怪异的感觉越来越强烈,她就越发介意她对谢树浩的感情。纪安十分清楚,她对谢树浩并没有爱情,她当时会同意和谢树浩在一起,一是被他热烈的追求触动了,二是觉得他俩还挺合适的。

纪安想过自己应该去爱他,但她的身体和心理都在抗拒,好像"爱"这件事,不是她能控制的。

纪安对任遇苏说了这件事,但他听完以后神色忽然变得很凝重,仿佛这是一件很严重的事情。

纪安小心翼翼地问:"我的病是不是又复发了?"

没人能解释心理疾病为什么会突然复发,也没人能保证治疗过一次它就能痊愈。而现在,任遇苏的神色已经告诉了纪安答案。

知道答案后,纪安轻轻地吐出一口气,然后笑了笑:"没关系,我积极接受治疗就是了。"

但任遇苏的神色并没有放松下来,他还是皱着眉,手里握着一支笔,迟迟没有在她的病历上落下一个字。

纪安只当他一时没能接受,转换了话题,问出了自己的疑惑:"那个……任遇苏,我是不是忘记了什么事情啊?"

这一句话让任遇苏顿时抬起头:"什么?"

"我总感觉自己忘了什么,好像忘记了一个人,但是我怎么都想不起来。"纪安如实回答道。

任遇苏深深地看了她一眼,最后叹了口气,强调:"你现在很好,你没有忘掉任何事情。"

这句话他说得古怪,像是在提醒纪安,又像是在提醒他自己。

纪安走后,任遇苏将笔往桌上一扔,伸手按着桌子用力一推,椅子瞬间被他推离了桌子几十厘米远。他骂了一句脏话后,拿出手机开始打电话。

从任遇苏这里得不到自己想要的答案,纪安悻悻而归。走在街上,看着周围人来人往,她心里那一股不安再次升起。

她赶紧打车回家,生怕自己在街上多待一秒就要发病。

一连几日,纪安都待在家里没有出门。其间谢树浩来找她,她也没办法跟对方聊多长时间。但对方很坚持,就算不聊天,也会按时来给她做饭、送零食。

纪安对他的愧疚越来越深,她跟谢树浩道歉,但他并没有说什么,只是说他知道,他会一直陪着她的。

谢树浩对她越好,她就越愧疚。

她强迫自己去爱这个人,却适得其反。不知道是心里排斥还是其他原因,她反而对对方产生了莫名的厌恶。

纪安的心里响起一个声音,她的爱应该属于另一个人。

或许是老天不甘于某些东西就这么被她遗忘,终于在某天将答案递到了她的面前。

开心从早上开始就在家里闹腾,不是在笼子里低声号叫,就是跑到纪安的腿边一直蹭她,弄得她没办法专心做事。

它一直"嗷嗷"叫着,总咬着纪安的裤脚往外扯。

纪安知道它是想去散步,前两天都是谢树浩带它出去散步的,但这两天因为谢树浩出差了没来,开心也就两天没出去散步了。

无奈之下,纪安只能拿起遛狗绳,牵着开心去小区里散步了。小区也有不少人牵着狗出来散步了。

傍晚时分,小区里到处是居民三三两两聚在一起的身影。白天的天气燥热,但到了晚上会凉快不少,所以大家都爱在这个时间出来透气。

纪安牵着开心到达一处比较偏僻的公园后,它迫不及待地想挣脱开绳子,纪安见状,先观察了一下四周,确定空旷无人后,便取下了牵狗绳。开心没有了束缚,立马朝不远处那一群小狗跑去。

原来它也是有朋友的呀!

见开心玩得高兴,纪安也没呵斥它,只是跟在它不远处,时刻观察它周围的情况,并欣赏起这个公园的景色来。

她在这个小区住了好几年了,却一直没来这个公园坐过。之前主要是生病的原因,她不太爱出门,身体好转以后又忙着工作上的事情,开心之前也是由谢树浩养着的,所以她一直没什么机会来这里。现在开心来到她这里,是谢树浩看她情绪不稳定,想让小狗陪陪她。

现在的晚风还是带着一丝燥热。晚上的温度虽然比白天低,但毕竟是夏天,实际上也低不了多少。纪安在长椅上坐了一会儿,额间就冒出了不少汗。她有点儿想回去了。

这时,耳边突然传来脚步声。

"你是……纪安学姐吗?"

纪安抬起头,视线慢慢地向上移,在看到对方的脸时却愣住了。

对方的长相很眼熟,纪安却有些想不起来是谁。

"真的是你啊!"女人手里牵着一个小孩儿,看清是纪安后,一脸惊喜。但见纪安一脸茫然,她就猜到纪安没想起她,不禁眨了眨眼,"你忘记我了啊,我是程湘雯呀!"

这个名字,纪安有点儿印象,好像是徐林席的高中同学。

纪安的记忆力一向很好,虽然很多年过去了,她也不太记得对方的长相,但关于程湘雯,她还是有点儿印象的,毕竟当年她因为一场误会对对方产生过一些敌意。

纪安站了起来,问道:"你认识我?"

纪安记得她和程湘雯并没有什么接触,两人之间并不认识才对。唯一的交集不过是她误以为对方和徐林席有关系而闹了一个乌龙而已。

程湘雯为什么会认识她呢?

程湘雯微微一笑:"当然啊,前几年我们不是一起吃过饭吗?不过后来为什么没在徐林席的葬礼上看到你呀?"

这句话如同手雷在纪安的脑海中炸开,耳鸣声紧接着而来。

纪安感觉自己的耳朵像是要炸掉了似的,一直有声音在她耳朵旁回响,将外界的声音屏蔽。她摇了摇脑袋,试图把这个声音甩出去。但耳朵里的噪声非但没有消失,反而越来越多,越来越密。

纪安难受地捂住耳朵,使劲地摇了摇脑袋。

程湘雯被她的反应吓了一跳,伸手抓住她按在自己耳朵上的双手,脸上也露出了惊慌的神色:"你……学姐你怎么了?你没事吧?要不要叫救护车?"

程湘雯的声音在纪安的耳里就像是被水淹没了,很模糊,也很刺耳。

纪安迫切地想要知道程湘雯口中的答案,她费力地睁开眼,咬着牙问:

"你说什么？徐林席的葬礼？他死了吗？"

为什么？她到底丢失了什么记忆？

徐林席到底是怎么回事？他是怎么死的？

"轰——"纪安的脑海中忽然浮现出很多情景，有徐林席温柔地吻着她的唇的情景，有徐林席躺在病床上的情景，还有他被推进手术室的情景……好多好多，陌生的，她记忆里没有的情景。

"啊——"纪安蹲下身子，嘴里发出一声尖叫。

脑海中突然浮现的这些情景将她的思绪占据，并迅速扩散，越来越多，像是要将她的头炸开似的。

程湘雯站在她面前，不知所措。

而纪安刚刚那一声尖叫把周围不少人的注意力吸引了过来。有两个站在健身器材旁边的老太太见状，赶紧道："这是怎么了？快打120啊！"

程湘雯恍然大悟，一边从口袋里掏出手机，一边跟纪安说："你等等！学姐，你等等，我马上打电话……"

可没等程湘雯说完，纪安猛然起身，推开面前的人，跌跌撞撞地朝公园出口处跑去。

她脚步不稳，每走一步都像是要跌倒一般，身边不少站着的人都被她撞到了，想伸手搀扶她，却被她躲开。

程湘雯心里暗叫不好，刚想去追她，身侧的小孩儿扯了扯她的衣摆："妈妈，那个阿姨怎么了？"

程湘雯这才想起她身边还有孩子，而等她抱着孩子追出公园时，周围已经看不到纪安的身影了。

她忽然意识到，自己好像说错话了。

纪安浑浑噩噩地走在街头，周遭的景色在她眼里变得模糊，耳朵里的声音还没散去，如同苍蝇一般一直绕着她哼叫。

她的心脏开始痛，脑海中有什么东西呼之欲出。

一瞬间，她回到了之前的样子。

她开始神志不清，偶尔撞上路人，听到别人的怒骂，她也没搭理，自顾自地朝着某个方向前进，嘴里不停地念叨着一句含混不清的话。

忽然，在她的脚踏上马路的一瞬间，她听到一道尖锐的刹车声，紧跟着是身边人的惊呼声。

"啊——"

模糊的视线中,一束亮光朝她飞驰而来,前后不到一秒的时间,她的身子开始剧烈疼痛,她也昏了过去。

就在这一瞬间,她忽然听清了自己刚刚口中呢喃的话——

"徐林席,你在哪儿呢……"

在一阵又一阵的旋涡中,纪安看到了徐林席戴着针织帽靠在病床上。她想伸手去抓他的帽子,但被对方拦住了。他咧嘴笑着,可笑着笑着,他的眼睛就红了。他朝纪安摇了摇头,说:"不好看。"

画面一转,来到了一个陌生的房间。

她看到自己平躺在床上,浑身无力的样子,伸出床沿的那只手也无力地垂着。

她看到徐林席破门而入,紧跟他而来的是她的朋友们,每个人的脸上都带着慌张和恐惧的神色。

他走到她的身边,抬起她的手腕看了下伤口,随后在她的额间落下一吻,抱起她离开了那个房间。

起身的那一瞬间,躺在他怀中的纪安看清了他发红的眼眶。

她听见徐林席说:"对不起。"

紧跟着又出现了很多很多的情景,这些情景无一例外,对纪安来说,都是陌生又熟悉的。

那些丢失的记忆一波又一波地涌入她的脑海中。她想起来了,想起了所有的事情。

纪安睁开眼时,映入眼帘的便是一片雪白的天花板。

她能感觉到,她的脸上还戴着什么东西。她微微转头一看,是一台医疗机器,这里是医院的病房。

忽然,有脚步声朝她靠近,转头的一瞬间,她看到纪平脸上露出震惊的神情,随即他惊呼一声:"姐!"

"你醒了!"纪平的神色顿时转换成了惊喜,意识到现在不是说话的时候,他赶紧按铃叫护士过来了。

纪安动了动手指,还有知觉。

纪安醒来的消息很快在亲朋好友中传遍了,原本出去吃饭的纪父和纪母立刻赶了回来,林妙也不知道是从哪儿赶来的,和纪父他们一同进了病房,围在她的病床前。

医生给纪安做完检查后,朝纪父他们露出了笑容:"身体已经没事了。"

纪父他们跟着医生出去了解纪安的病情了,房间里就只剩下林妙了。

林妙握着纪安夹着仪器的手,四目相对时,她的眼眶顿时红了,险些落下眼泪来。

纪安见她这样,张了张嘴,声音有些喘:"哭什么?"

纪安刚醒,身体还处于极度疲惫的状态,单单说这么一句话,就用尽了她浑身的力气。

但只是这一句话,就让林妙立马破功,眼泪"哗哗"地从眼眶里滚了出来。林妙握着纪安的手,额头抵在她的手背上,肩膀不停地颤抖着,眼泪源源不断地砸在床单上。

一时间,房间里只剩下仪器运作的声音和林妙的啜泣声。

看着眼前的林妙,纪安忽然想起这些年林妙为自己做的事情。不管是那一段丢失的记忆,还是每一次她生病陪伴在她身边,林妙和任遇苏,都用尽他们全身的力气把她从死神的手里拉回来。

林妙做的每一件事,都是为了自己好。

当年的那件事,大概也让林妙陷入无法原谅自己的困境。哪怕纪安从未怪过她,但林妙还是因那件事深深自责。

林妙曾经哭着对她说:"我一辈子都不会原谅自己!"

想到这里,纪安抬手抽出自己的手,转而握住林妙的手指,又朝她笑了笑:"没关系的,妙妙,我真的从来都没有怪过你。"

林妙的哭声戛然而止,她猛然抬起头,眼里透着不可置信。她的唇开始发抖,小声问:"你都想起来了?"

纪安缓缓地点了点头。

见状,林妙再也控制不住自己的情绪,哭得越来越大声,那些惨烈的、不甘的、悔恨的情绪似乎都通过这止不住的哭声发泄了出来。她紧紧地抓住纪安的手,仿佛下一秒,纪安就会从她的眼前消失似的。

纪安当然知道林妙想到了什么。

她恢复了记忆,就等于他们之前做的所有事情都前功尽弃了,而纪安的心理疾病可能这辈子都没办法医治好了。

纪安也知道，自己现在只是刚醒来，还太累，还没有到情绪崩溃的时候。等过几天，她的情绪就会开始不稳定——她没办法过正常人的生活。

纪安住院的这些天，林妙请了假一直陪在她身边。白天的时候纪父和纪母会照顾纪安，林妙回去补觉，晚上则是林妙来陪床。

纪母劝林妙回去休息，但被林妙婉拒了，最后只能作罢。趁着林妙回家补觉了，纪母便坐在床前，一边给纪安掖被子，一边道："妙妙这孩子啊，跟你是真的要好。这么些年了，你留在俞峡不肯回临安，一直都是她跟遇苏在照顾你。"她抬手摸了摸纪安的脑袋，温柔地一笑，"安安，你一定不要辜负大家对你的好，要好好生活啊！你看，大家都在努力让你好起来。"

纪安勉强笑了笑："妈妈，我欠他们太多了，你们也是。"

"傻孩子。"纪母眨了眨眼，眼眶里蓄满了眼泪，"一家人哪能说什么欠不欠的？朋友对你那么好，你就要赶紧把身体养好，以后好好地陪在他们身边，这才不算欠人家呀！"

纪安乖巧地点点头，视线却落在纪母的脸上——原来一眨眼，她的妈妈脸上就已经多了这么多的皱纹，头上的白发也越来越多。他们都老了，却还要操心她这个女儿。

这两天，纪安的病情反反复复，思绪开始变得混沌，头也总是感觉很疼。她还经常会神志不清，情绪爆发的时候，会讨厌所有人的触碰，包括医院里的医生。她一个人蹲在角落，有任何异性在她身边，在纪安的眼里，都如同野兽一般。好像她只能躲在一个角落，紧紧地抱住自己，才能保护自己。

每每这时，林妙都会跪在她的面前抱住她。从刚开始的痛哭，到后来冷静地安慰她，林妙又开始习惯这样的纪安。

纪安情绪崩溃的时候没有什么预兆，一样东西，一些话，都有可能会刺激到她敏感的神经。稍微好一点儿的时候，她会一个人躺在床上，用被子蒙住自己，蜷缩着发抖，嘴里一直呢喃着，说着别人听不懂的话。

林妙看她现在这样的状态，是真真切切地回到了四五年前的样子，甚至比那时候还要差。那时候，徐林席刚去世，纪安也像这样，神经极度敏感，一点儿动静都能刺激到她。

在纪安眼里，徐林席对她来说是救赎，但在外人来看，徐林席却是把她从一个深渊里拉出来后，又给了她另一重打击的人——人怎么能接受爱到骨子里的人，在自己的眼前一点一点地消失呢？

但是当年没有任何办法，就算徐林席消失了四五年，当他再次出现的那一瞬间，纪安依然选择相信他，而且只相信他。

林妙不会去评判他俩的爱情，也没资格去评判。

这是一种，就算站在旁观者的角度，也会动容的感情。

所以最后，林妙原谅了当年徐林席不告而别对纪安造成的伤害，也改变了自己的看法。

根据纪安现在的情况，医生建议家属把她送去专门的疗养院治疗，但家人和朋友都不同意。

身体康复出院后，纪安就回到自己的家住了几天。这些天，纪父和纪母都住在这儿，因为房间不够，林妙只能早上过来晚上回去，周而复始。纪安劝过林妙，但林妙说自己现在就想和纪安在一起，不然不放心。

纪安忽然意识到，自己的病早就影响朋友的生活了。

纪安又问起任遇苏，林妙说他出差了。纪安点点头，心也跟着放了下来。这些天都没见到任遇苏，她还担心他是不是遇到了什么事情。

在家过了一周，这一周里，纪安的状态基本上都是靠药物控制的。她在被任遇苏接手治疗以后，就再也没有看过其他的心理医生。纪安也很排斥其他人，只愿意让任遇苏给她治疗。

但这毕竟不是长久之计。短短不到一个月的时间，纪安的情况越来越差。她清醒的时间越来越少，虽不会做出很出格的事情，但只静静地坐在那里，谁叫都不搭理。

有几次，纪安能明显地感觉到自己的情况比之前更差。她试探地询问自己的母亲："妈妈，对于你们来说，我是负担吧。"

纪安的话音刚落，纪母就红着眼训斥道："胡说！安安怎么会是爸爸妈妈的负担呢？"

纪母突然想起纪安读高中的时候，她问纪安的理想是什么，纪安告诉自己，以后想要当一个小说作家。纪母那时候却告诉纪安，要把重心放到学习上面。

纪母忽然好后悔，她以前就应该让自己的女儿快快乐乐地长大，让她有自己的兴趣和爱好，而不是在堆砌的作业和辅导班中长大。

"如果以后纪平要结婚了,他对象的家庭肯定会介意他有一个我这样的姐姐吧?"纪安忍着疼,说出了这句话。

纪安记得徐林席还活着的时候,她的情况还没有这么严重,看着徐林席那张消瘦的脸,她真的想永远都陪着他。他太孤独了,没有人爱他,她想去陪陪他。但每每看到坐在自己身边为她哭泣的家人和朋友,她忽然就对这个世界心软了。

在这个世界上她还有很多爱的人和爱她的人。所有人爱她一场,她没办法那么自私地抛弃他们离开。

她那时候絮絮叨叨地跟徐林席说了很多很多话。徐林席告诉她,她要快点儿好起来。

后来呢?后来她的病情加重,她忘记了柯林礼,也分不清徐林席到底是徐林席还是柯林礼。她只记得那段日子的伤害,只记得留在记忆中的徐林席。就那么一瞬间,她记忆中那一段不属于徐林席的记忆被强加到了他的身上。

于是,在她的记忆里,徐林席成了一个不好的人。

那时候的她,是在逃避,逃避那一段不堪的日子,逃避徐林席的离开。身体的自我保护,将她拉入一个自以为安全的虚幻世界里。

但是现在,纪安忽然意识到,其实就算自己活着,也不过是大家的累赘。

就在纪安情绪消极,跌到谷底的时候,任遇苏回国了。他不是一个人回来的,他还带了一个年纪稍长的男人回来。任遇苏跟纪安说,她马上就可以好起来了。

纪安不懂他话里的意思,他却笑着揉了揉她的脑袋。

任遇苏和那个陌生男人商讨完以后,就来到了纪安的房间,一同来的还有林妙。任遇苏拉了张椅子在房间坐下,林妙则爬上床抱住纪安,她的手在纪安的肩膀上轻轻地拍着,似乎在安抚她的情绪。

任遇苏沉吟片刻,缓缓地问道:"纪安,我们再试一次吧。"

他口中的再试一次,是以催眠为主的心理治疗,即将她的记忆删改或是消除。

四年前,他就想过用这种方法治疗纪安,以防她接受不了徐林席的离开。但还没等他跟纪安和徐林席开口,纪安便用自己的方式护住了自己。

纪安刚想说话,任遇苏再一次开口:"这一次,我们把他忘记,好不好?"

"轰——"

一道声音在纪安的脑海中炸开，她的身子狠狠地抖了一下，然后她开始不停地挣扎，想要从林妙的束缚中挣扎出来。

她不停地蹬着被子，神色惊恐地摇头，嘴里一直说："不要，我不要，我不要忘记他！"

纪安的眼里蓄满了眼泪，轻轻一眨，眼泪就流了出来。她看向任遇苏的神情变得越来越害怕。

久久挣扎不开后，纪安转身抓住林妙的衣领，带着哭腔乞求："妙妙，妙妙，我求你了，不要让我忘记他！求你了，我不能忘记他啊！你们不可以这么对他……"

纪安的情绪几乎崩溃。她可以接受在她幻想出来的世界里，徐林席的形象改变了，毕竟就算这样，他还是在她的记忆里，她还知道有这么一个她爱的、也爱她的人。但她不能接受忘记徐林席，如果她也忘记了徐林席，那他就真的从她的世界里消失了——她不能接受这个人从她的记忆里消失。

她知道，徐林席肯定也不愿意接受这个结果。他那么爱她，怎么可能愿意让她忘掉他呢？

"不要，我不要！徐林席肯定也不愿意，他不会想要我忘记他的。他只剩下自己了，他的爸妈都不要他，没人想要他。只有我爱他，他只有我了。我不能忘记他，我要是忘记了他，那他一个人得多孤单啊！我不要他一个人去承受那些……"

林妙心疼得眼泪直流，抱着浑身颤抖的纪安不停地安抚："安安，你冷静一点儿！你停下来好不好？我们不是真的想让你忘记他，但你要知道，这里还有很多很多爱你的人和值得你留恋的人……"

说到最后，林妙已经哽咽了。她再也忍不住了，抱着纪安痛哭出声，她一直在说，一直在哀求纪安留下来。她不敢放手，她怕自己松手的一瞬间，纪安就会在她眼前消失。

"嘎吱"一声，任遇苏站了起来。他走到床边，垂着眼眸，从口袋里拿出一部手机递给纪安："你应该知道这是谁的手机，音频里最新的那一条，就是你想要的答案。纪安，我等你一个晚上。"他弯下腰，轻轻抱住纪安，"请你，一定要好好考虑一下林妙的话，好不好？"

说完，任遇苏便起身准备离开。

林妙被任遇苏拉起来后，又轻轻地拍了拍纪安的后背："安安，不只是你需要我，我也需要你，真的。"

她下床离开了房间，合上房门后，房间里只留下纪安一人。

林妙抬起头，看到站在房门外的任遇苏眼眶发红。像是调侃，她道："你哭了啊。"

任遇苏回击："你不也是？"

林妙没说话，她想起自己认识任遇苏这么久以来，他的每一次情绪波动基本是因为纪安。她见他哭过三次，一次是纪安被徐林席从房间里抱出来的时候，一次是纪安在医院，在他们眼前第一次情绪失常，躲在角落里瑟瑟发抖的时候，还有就是今天这次了。

她以前觉得，任遇苏是不是对纪安有不一样的感情。后来她发现，原来任遇苏对纪安是一种哥哥对妹妹的情感。对他来说，纪安已经是亲人，是妹妹了。

纪安坐在床上，神色呆愣地盯着面前的手机。

她当然记得这是谁的手机，哪怕过去了这么多年，她还是记得，这是徐林席的手机。

任遇苏说，里面有她想要的答案。

纪安盯着手机看了半天，最终还是把手机拿了起来。明明已经过去很多年了，当她拿起手机的那一瞬间，纪安却好像依旧能在这部手机上感觉到徐林席存在的气息。

手机的锁屏是两人的背影合照，是他俩从前去海边拍的。

当年徐林席去世时，她已经思绪混乱了，所以她都不记得徐林席是什么时候去世的。

纪安每点一下手机，手指都在颤抖。

手机没有锁，一滑就进到了主页。手机已经是好几年前的旧款式、旧系统了，现在打开还会卡顿。纪安却并不着急，她找到音频，点进去的一瞬间，就看到最上面那条长达三十分钟的语音。

她点开音频播放，手机里传来一阵声波，然后响起徐林席的声音："嘿，朋友们，真是难为你们又要听我念叨了。"

听到熟悉的声音的刹那间,纪安眼里流出泪花,呢喃道:"徐林席……"

"你们听到这条语音的时候,应该已经办完我的葬礼了吧?第一个听到我语音的是不是任遇苏啊?想来你应该是记住了我的话,不到万不得已,不要把这部手机给纪安……"

前面大半段是徐林席跟任遇苏说的话,而且大部分是围绕纪安展开的,他叮嘱任遇苏要照顾好纪安。

他说:"有你们陪在纪安身边,我就放心了,她一定能离开我好好生活的,纪安很厉害的。"

听到这段话,纪安原本在眼眶里打转的泪水又流了下来。但想到刚刚徐林席说的最后一句话,她赶忙捂住自己的嘴巴,不让自己哭出声来。

徐林席夸她很厉害,她不能在他面前哭。

"要是纪安情况真的很糟糕,那接下来的语音,你就拿给她听吧。"

纪安呼吸一滞,紧接着,她听到徐林席亲昵地喊她的名字:"安安,你最近还好吗?不过你如果能听到这条语音,证明你的状态应该不怎么好。现在平复一下心情,听我说说好吗?"

"你还记得我们第一次在俞峡大学遇见的样子吗?"

徐林席说着两人在俞峡大学发生的事情,从初相识说到在一起,再到他选择在她的世界消失。

"我走的时候就在想,你肯定接受不了这件事情。跟你一样,我也接受不了自己得了这个病,所以我选择逃避。当时我的想法是,不想让你因为我的病掉眼泪,也不想你为我操心。"

"我觉得,让你快乐地生活,远比我们拥有彼此更为重要。"

他说起两人重新相遇的那段时间,他说他很高兴,但也担心,他一直都在担心的事情,就是他怕自己死后,纪安的状态会越来越差。

"后来我也意识到了,我们俩的重逢并不是我在救赎你。我本来想用自己剩余的那点儿时间把你的状态慢慢调整过来,让你快点儿好起来。但是我高估了自己,我根本等不到你好起来的那一天。"

"这两天,我一直在想,我死了以后,你该怎么办。你的状态会不会比我遇见你之前还差?你会不会接受不了我的死亡?你肯定会想,死亡是一件很可怕的事情,我却一个人孤零零地死去了,你接受不了,所以你想要跟我一起走,去陪伴我。"

"但是纪安,如果你真的选择这么做,那我们的相遇就真的没有意义了。我希望我的出现能把你治好,而不是让你变得更糟糕。

"前段时间,你情绪突然失控,你把我认成了那个人。你开始害怕我,躲着我,我的触碰让你产生厌恶。你抱着林妙,哭着跟她说让我滚出去。那时候,我忽然想到自己不久于世,如果你能恨我,把我当成你最恨的那个人,这样你是不是就可以走出没我的阴影?如果可以,那你把我当作你最恨的人也无所谓。

"不知道是不是我的心愿被老天爷听见了,你把我完完全全地当成了那个人,他对你做的一些不好的事情也被穿插到我们的回忆中了。说起这件事,我真的很不爽!我们那么美好的记忆,居然要因为他,变得不美好了。

"不过呢,我其实还是高兴的。听任遇苏说,这或许是一个契机,一个让你忘记那个人,也同时放下我的契机。听任遇苏说,在你幻想的世界里,我成了一个惯用'冷暴力'、洗脑和打压你的坏人,一点一点地消磨你对我的感情。挺好的,是成为你记忆中的坏人,还是成为你死去的男朋友,我想了想,前者应该更好一些,这样我的出现对你来说就只是跌了一个跟头,没什么好难忘的。所以我还挺满意的,这样我就能放心地走了,你也可以好好活下去了。

"因为对我来说,你可以好好地生活下去,比一切都重要。我跟他们说,纪安是很厉害的,她很快就能康复,然后会有一个美好的未来,有家人,有朋友,然后幸福地生活下去。而我,会一直陪伴在你的身边,以任何形式,看着你变成更好的自己。

"纪安,这也是我唯一的愿望了。你能不能替我实现?

"纪安,好好生活吧!"

第十五章

噩梦的开始

手机里,徐林席的声音戛然而止,语音结束了。

纪安强忍着眼泪,点开了徐林席的相册。里面几乎都是他们两人的合照,也有一些她单独的照片。

这些是四年来她唯一一次看到这么多关于徐林席的照片,有搞怪的,也有他偷拍她的,很多很多,这些都是他们感情的见证。

徐林席有删照片的习惯,隔一段时间就会清理一下手机相册。重要的照片,或是和其他朋友的合照,他都会存在电脑上后就把手机里的删掉,唯独和纪安有关的照片,他一张都不会删。照片清过一批又一批,只有纪安的照片能在他的手机里留下。

纪安的拇指摩挲着屏幕,眼泪"啪嗒啪嗒"地砸在手机屏幕上,也砸在照片中的徐林席脸上。

她伸出手指抚摸他的眉眼、鼻子,再到嘴巴,她想要记住这张脸,想要把他刻在心里,永远都不忘掉。

那个晚上,任遇苏和林妙一直站在门外,听着纪安的哭声从压抑到肆意,听着她一遍又一遍地哀号,一次又一次地喊着徐林席的名字。

林妙好几次忍不住想要冲进去抱抱她,都被任遇苏拦下了。

他朝她摇了摇头："这是她最后一段和徐林席相处的时间了。"

纪安和徐林席是在大学重逢的，契机是他加入了学生会。

和她记忆中一样，两人顺理成章地在一起了。恋爱后，徐林席对纪安很好，他小心翼翼地呵护着纪安，跟纪安小吵的时候都很少，更别说大吵或是冷落她了。

他不会让纪安低头，一有矛盾，先低头的那个人一定是徐林席。

任遇苏曾经听徐林席说："如果我能和纪安在一起，我一定不会让她受委屈的。"

他说过，他不会让她受到一点儿伤害。

恋爱期间，徐林席确实做得很好。那时候，纪安也觉得这一场暗恋的终点会是婚姻的殿堂，她会成为最美的新娘，和徐林席相守一生。

但或许是老天刻意捉弄二人，大二那年的寒假，徐林席突然从纪安的世界消失了，没有任何预兆。他只留下一句"分手吧"，就把她的微信删了。

纪安找了很久也没有找到他。开学以后，徐林席也没有来上学。听他的同学说，徐林席退学了。

他没有给她一个合理的理由，无缘无故退学了，从她的世界消失了。

她找人打听了一个月也没有任何关于他的消息，最后，她找到了徐林席的家里。

别墅的大门一开，一个抱着小孩儿的女人从里屋走了出来。她将小孩儿放到地上，朝身边的阿姨道："你带他去玩吧。"然后，她走到纪安面前，扬起下巴，"有事吗？"

隔着一道铁门，纪安能清楚地看到对方眼底的轻蔑。她忍了忍，好脾气地询问对方关于徐林席的消息。

女人一听，发出一声嗤笑："林席啊，他已经被他妈妈带走了。他已经满18岁了，以后就不归我们管了。你要想知道他的消息还是别来我们家了，去找他妈妈吧。"

女人说完，没给纪安反问的机会，就转身进去了。

纪安没法子，只能寄希望在盛湘语身上。她是徐林席妈妈那边的亲戚，应该会知道徐林席妈妈的消息。

盛湘语给她的回答却是——徐林席已经出国了。

她说："大姨年前回来把徐林席带走以后就没跟我们联系了。毕竟去年国庆大姨和徐林席的爸爸那边闹得那么凶，大姨应该也不想回来了。这次好像是徐林席让她回来带他走的。徐林席说他想出国，离开这里。"

原来是徐林席主动要走的，没有任何人知道原因。

纪安不甘心，回到俞峡以后就一直给徐林席发信息、打电话，祈盼他能回复自己，让她有勇气面对那些风言风语。

可她没想到，最后的一丝希望却是被徐林席亲手掐灭的。

他发来短信说，他不想留在国内了，他想去国外跟着自己的母亲发展，他以后不会再回她的信息，这个号码他也会注销。

这条信息是徐林席给纪安发的最后一条消息，从那以后，他这个电话就变成了空号。她真的失去了徐林席的联系方式。

纪安第二天就发烧了，烧了四天才好起来，之后她就再也没有提过徐林席的名字。

林妙为了让她打起精神，经常带着她去认识各式各样的人。

在林妙男朋友组织的一次聚会当中，纪安认识了柯林礼，那个让她噩梦开始的男人。

柯林礼虽然是柯程礼的弟弟，但两人的长相和性格完全不一样。

柯程礼为人高冷，除了在林妙面前会露出自己真实的情绪，在外人面前都是一副不苟言笑的样子。

而柯林礼的性格，则和高中的徐林席很像，阳光开朗，为人温柔、绅士，性格也有趣。他笑起来的眉眼和徐林席高中的时候很像，好几次纪安和他相处，都会透过他的眉眼看到徐林席的影子。

她和柯林礼认识以后，柯林礼经常会以朋友的身份约纪安和林妙出去玩，林妙也拉着纪安穿梭在柯林礼开的各种派对上。

三人越来越熟悉，渐渐地，林妙也发现了柯林礼对纪安的那点儿心思。她开始撮合纪安和柯林礼，想让纪安借此走出徐林席的阴影。

柯林礼在林妙的助攻下，开始主动约纪安，但都被纪安拒绝了。他问纪安为什么，纪安说她还没做好进入下一段恋情的准备。

林妙却说："柯林礼喜欢你，这段时间相处下来，我觉得你也挺开心的。安安，没必要总是陷在一段感情里，哪怕对方是你从前最喜欢的人，但过去了就是过去了。徐林席敢做出那样的事情，你就证明给他看，你又不是非他不可。"

林妙的话触动了纪安,不知道带没带赌气的成分,纪安开始和柯林礼接触。

和柯林礼短暂地接触下来,纪安发现他待人还挺真诚的。他会关注她的很多细节,就跟徐林席一样。他喜欢打球,也喜欢各种各样的乐器,他会温柔地给她唱歌,甚至会在她生日的时候给她编曲。纪安有时候觉得,他的身上真的有徐林席的影子。

柯林礼喜欢盯着她的眼睛,跟她说很多很多话。而每每这时候,纪安都会将他的话记在心里。

渐渐地,她开始沉迷于柯林礼。像是一段感情的寄托,她铆足了劲儿想向另一个人证明,她也可以爱上其他人。

大三下学期的时候,她和柯林礼在一起了。

开始的时候,两人就跟正常恋爱一样,彼此之间情意正浓,也很少说违背对方的话。

柯林礼对她很好,就像当年的徐林席对她很好一样。她身边的朋友在认识柯林礼以后,都向她夸赞他。纪安也觉得,这一段恋爱她谈得很开心。

柯林礼这人很有耐心。他特别懂得怎么走进一个女生的内心,对于纪安这种人,他第一步就是要让纪安对他的好感到愧疚,让她没办法拒绝自己。柯林礼学的也是心理学,但和任遇苏不一样,他很早就接触心理学了。

当时的纪安并不知道,自己在他的眼里,不过是一个被攻略的对象。

在纪安上研一的那一年,柯林礼的态度转变了,开始经常对她进行一些心理暗示,对她进行情感上的打压。

在一次酒会上,柯林礼上台和一个女生同台表演四手联弹。纪安则站在下面,乐此不疲地替他录像。

等柯林礼下来的时候,她把自己录的视频递过去给他看:"你们真的好厉害呀!我把你拍得很帅。"

她仰着脸,想等到柯林礼如同往常一样的表扬的话。

他却开玩笑般地说了一句:"你看人家多优秀,之前家里还有意向把我和她凑成一对呢!她啊,学历、样貌、才艺样样拿得出手,你跟她完全不一样呢!"

纪安一愣,直勾勾地盯着柯林礼。

柯林礼忽地一笑,将她拢到怀中:"可是安安,就算你什么都不会,就算大家都觉得你差劲儿，我也会喜欢你的。"

纪安心里觉得怪异，但还是顺从地点了点头。从那时起，她开始反思，自己是不是真的很差劲儿？

也是从那之后，柯林礼经常对她说这种话。

一次，她在跟导师做完课业后，就去找柯林礼一起吃饭，饭后柯林礼想带着她一块儿去听学校的讲座，但纪安拒绝了，她说："我今天太累了，就不去了。"

柯林礼神色不变，嘴里却道："纪安，你能不能有点儿上进心？你每天不是闲着无事做，就是在宿舍里打游戏、追剧，平时还是多提升一下自己比较好。你看看其他人，都比你厉害。不要以为考上研究生就万事大吉了，现在研究生也没什么稀罕的。"

纪安被柯林礼说得无地自容，最后，她还是拖着疲惫的身体和柯林礼去听学校的讲座了。

讲座讲了什么，她记得很清楚，那天她因为柯林礼的话，听得非常认真。其实，那个讲座对她来说没有任何帮助，她只是不想再在柯林礼面前落下话柄。

随着柯林礼一句句心理暗示发生作用，纪安变得越来越敏感。

有时候，她想得到柯林礼的一句认可，拼了命地把事情做好，对方却只是淡淡地说一句"一般"，末了还会补上一句："安安，你不用做这些的，就算做得不好又怎么样？我还是会要你的。"

纪安刚开始还能察觉到柯林礼话里的问题，她曾想去反驳对方，但每每对方捧着她的脸盯着她的眼睛的时候，她就控制不住自己的思绪，会跟着对方的话走。

久而久之，每做一件事，纪安都会下意识地怀疑自己是不是很糟糕，那这么糟糕的人，还会有人喜欢她吗？

她对柯林礼越来越依赖，纪安希望，柯林礼的社交是对自己敞开的，她喜欢对方能给她十足的安全感。

但柯林礼没有，他发现纪安这个状态以后，直接给她下了剂猛药。

柯林礼并不是住校生，他在学校附近有房子。有时候两人会约在他房子里看电影，一起下厨做饭。他的生活并不规律，纪安对此上了心，周末的时候会去他家里叫他起床。

但研二的一个周末,她一进到屋子里就闻到了一股浓烈的酒味。

纪安以为是他昨天跟朋友聚餐喝太多了,也没多想,给他熬上粥以后,就去房间叫他起床。柯林礼比纪安小三岁,在恋爱后期,纪安就像姐姐一样照顾着他。

她拍了拍柯林礼的被子喊他起床,柯林礼宿醉了一个晚上,头疼得厉害,眼睛都睁不开,便在床上赖着不起。

纪安听他对着自己撒娇,只能叹口气,然后起身,一边收拾房间里被丢在地上的外套,一边说:"等粥熬好了,你一定要起床哟!"

恰好这时,她闻到了那件外套上有一股浓烈的女士香水味。她神色一凛,转头问:"你昨天去哪里了?"

"和朋友聚餐啊!"柯林礼在被子里发出闷闷的声音。

"你衣服上沾了谁的香水?你昨天是不是跟女生坐在一块儿?"

"我朋友的吧!"

他说得坦然,让纪安挑不出一丝错误。

纪安还想问点儿什么,可柯林礼已经坐了起来,他露出烦躁的神色,说道:"不然我把他们都叫过来跟你解释?真的都是朋友,她们都有男朋友的。你是不是不相信我?"

他眉宇间带着不悦,看纪安的眼神也没往日那般柔和。

纪安呼吸一滞,刹那间,她掩饰一般低下头:"不用,我相信你。"

纪安没处理过这种感情问题,从前和徐林席在一起的时候,不管什么事情,徐林席都做得很好,和女生的社交自觉,对她说话的分寸感,都处理得完美无缺。就连偶尔发生了小矛盾,也都是徐林席低头。

纪安不知道为什么在和柯林礼的这段感情里,自己会变成这样。

可她已经习惯了柯林礼在她身边,她离不开他了。

或许就是纪安的纵容,柯林礼的行为越来越过分,他会和其他女生聊得火热。纪安对此不满,担心柯林礼和其他女生暧昧。

可当她提出要看柯林礼的手机时,他会爽快地给她看。纪安查看了一圈,发现他和对方的聊天都是朋友之间会聊的话题,不暧昧,也没有什么出格的话。

她心一慌,把手机还给柯林礼。柯林礼却满脸写着失望:"不相信我是吗？你自己也看到了，我不会做对不起你的事情的。"

纪安越发愧疚，赶紧向柯林礼道歉。但柯林礼的态度很冷淡，不管她怎么说都没有原谅她。

就在纪安惴惴不安，觉得这段感情要被自己毁掉的时候，柯林礼又会来抱住她，亲昵地说："没关系，就算你不相信我也没事，我原谅你了。谁叫我爱你呢，是吧，纪安？"

因为类似的事情发生得多了，每一次都是以她误会柯林礼，而柯林礼选择原谅她结尾，以至于后来即便发现柯林礼在教学楼和一个女生接吻，纪安也不敢去找对方对质，生怕又是自己误会了他。

她在心里欺骗自己，因为距离实在太远，会不会是她看错了呢？毕竟柯林礼是不会做对不起自己的事情的。

毕业后，纪安开始进入职场。常年被柯林礼贬低，被他做负面的心理暗示，她已经陷入深深的自卑。她不是没发现过自己的怪异，她也想向外界求救，但她身边的朋友几乎都是她和柯林礼共同的朋友，她根本不知道向谁求救。

一次聚会，她在柯林礼身边战战兢兢地坐了一个晚上，趁着柯林礼去喝酒的空隙，她问身旁的女生："穗穗，你觉不觉得柯林礼对我有些奇怪？"

女生吃惊地道："奇怪吗？我还跟我男朋友说柯林礼对你很好呢！"

从表面上看来，柯林礼确实是大部分女生都想要的恋爱对象，细心、体贴，他们一度认为，纪安能和柯林礼在一起，实在是太幸运了。

纪安不死心，后来又问了林妙。结果，林妙也说她是不是想多了。纪安一咬牙，把内心的担忧说了出来："不是的，妙妙，柯林礼他……"她的话戛然而止。

纪安想说一句柯林礼的不好，细想之后，却是一点儿不好的地方都想不出来。就连那些他与其他女生暧昧的记录，也全都是她的误会。柯林礼这人，在她面前也没有表现出不好。

林妙笑着拍了拍纪安的肩膀："你不要想太多啦！柯林礼这人，我跟他身边的朋友打听过，也问过柯程礼了，他们都说他是可以托付的人。你就放心谈恋爱吧！"

林妙说过段时间她要去国外进修。她爸妈托了关系，才把她塞进去的。

"等半年以后我回来，就可以直接去 MA 工作了。你不是说你上班的地方'奇葩'很多吗？等我回来了，你就别工作了，我赚钱养你呀！"

听到这话，纪安却提不起兴趣，只是麻木地点头。

回到家，她刚进门，就被柯林礼抱住了："宝宝，你现在是不是对我有意见啊？"

纪安诧异，不知道他为什么会说这句话。

柯林礼委屈地道："你是不是误会我了啊？我对你的用心，你还看不出来吗？我对你多好啊！你的生活起居都是我照顾的，你为什么还怀疑我对你的感情呢？"

纪安毕业后就和柯林礼一起住了。柯林礼的工作不像她一样需要朝九晚五，他很自由，所以家里的事情基本上都是柯林礼在料理。

他确实在这些事情上对纪安很好，物质上的一切都满足了纪安，不然纪安也不会在朋友面前说不出一句关于柯林礼的不好的话。但这段感情，纪安就是觉得奇怪。

因为柯林礼这一闹，纪安就再不敢去问朋友了。柯林礼说他会多想，纪安不想给彼此增添麻烦。

没多久，她就在柯林礼的劝说下辞去了工作，开始在家做自己的副业。

但柯林礼不喜欢她看网络上的那些东西，纪安也不敢忤逆他，所以副业她都是趁着他不在家的时候做的。

纪安活得越来越没有自我，她的世界里只剩下柯林礼了。

她越来越自卑，越来越敏感。她全身心地投入到了柯林礼身上，没有了自己的工作，也很少跟朋友联系，她只有柯林礼了。

而柯林礼似乎很满意这样的她。一个晚上，他抱着纪安说："你是我一个人的了。"

柯林礼开始肆无忌惮地控制纪安的社交，从不让她上网，再到后来不让她出门。而他自己，则是日日在外面，把纪安一个人留在家里。

似乎知道时机已经成熟，知道现在的纪安离不开他，柯林礼不再顾及纪安，开始肆无忌惮地做一些恋爱中对方最不能接受的事情。他每每回家时，都带了一身的香水味。

纪安问他，他就说："都是工作应酬，你应该知道的，你现在不工作，家里只有我养你，那我只能比以前更努力呀！"

他把所有的责任都推给纪安，让纪安没办法发脾气。

而柯林礼和其他女生暧昧得越来越明显，甚至到了明目张胆的地步。

那一次，柯林礼难得带纪安去爬山，和他的一大群朋友一起。他对纪安嘘寒问暖，她累了，他就背她，她渴了，他就贴心地递上水杯，从不嫌纪安麻烦。他营造的好男人形象十分成功，朋友都向纪安夸他，说她有一个好男友。

纪安却并不高兴，准确地说，她已经很久没有笑过了。

在家里，她就犹如一个提线人偶，任由柯林礼摆布。他让自己干什么，她就得干什么。她没了自己的性情。

而柯林礼对她笑时，她也没了以往的欢喜。她从前最喜欢柯林礼的笑，喜欢他弯着的眉眼，喜欢他充满柔情地看着自己。但现在，他越笑，纪安就越觉得他陌生，他身上再也没有那个她喜欢的影子了。他笑得太开心，只会令纪安觉得恶心。

纪安猛然发现，柯林礼和徐林席一点儿都不像，是她看错人了。

下山的时候，她对柯林礼说自己要去洗手间，柯林礼让她和同行的女生一起去。但走到半路，纪安忽然想起自己没带纸巾。

同行的女生说："没事，我带了。"

纪安却摇了摇头道："我只用那个牌子的纸巾。"

柯林礼对她做的这些事情，让她的生活习性都发生了改变。她开始对某些事情特别执着，比如一张纸巾，如果不是那个牌子的，她用着都会觉得无比脏。

她折回去拿纸巾的时候，正好就看到了那一幕——以落日为背景，她的男朋友在和另一个女生毫无顾忌地接吻。

一瞬间，纪安扶着一旁的树"哇"的一声吐了出来。

她的动静立刻吸引了那两个人的注意。柯林礼赶紧跑了过来，一边从兜里掏出那个牌子的纸巾，一边问："宝宝，你怎么了？"

他帮纪安顺着气，又毫不嫌弃地替她把嘴角的污渍擦去，仿佛刚刚在和别的女生接吻的人不是他一般。

吐完以后，纪安推开他，站在离他几米远的地方喘了两口气。

柯林礼一靠近她，她就反胃想吐。可刚刚那一吐，把她胃里的东西都吐完了，现在胃里吐不出东西，她只能干呕出一摊酸水。

身边陆陆续续有朋友回来，问她怎么了，柯林礼却替她回答："可能是中午吃多了，现在身体不舒服。"

朋友见状点点头，看着一声不吭的纪安，没再说什么。

一直到下山，纪安都跟柯林礼保持着距离，不让对方靠近自己一步。临走时，柯林礼来拉纪安，却依旧被纪安躲开。

柯林礼皱了皱眉，但还是说道："安安，别闹了，跟我回去。"

纪安躲开他伸过来的手，但狭小的范围里，不管她怎么躲还是被柯林礼抓住了手腕。慌忙之中，她一把拉住了身旁女生的手，眼眶一红，疯狂地朝她摇头，嘴里含混不清地说："不要……"

女生神色犹豫，刚要伸手，柯林礼却开口道："纪安刚刚跟我吵了一架，现在在跟我闹脾气。她有点儿焦虑症，情绪不稳定的时候就会这样，不好意思。"

女生张了张嘴，刚要劝说两句，就被她男朋友拽走了："人家小情侣的事情，你就别管咯！快让柯林礼带她去医院看看吧。"

那女生最终还是挣开了纪安的手，安抚纪安道："没事的，快跟林礼回家吧，你俩好好谈一谈。"

纪安最终还是被柯林礼带上了车，眼见逃离无望，她坐在副驾驶座上一声不吭，神色呆愣地看着窗外流逝的风景。

柯林礼叹了一口气："你今天怎么了？怎么突然跟我发脾气？"

一直到了家里，纪安都没开口说话。

柯林礼安抚了她一个晚上，也不见纪安有什么反应。于是，他强迫纪安盯着他的眼睛，一遍又一遍地跟纪安说话。最后，等纪安闭上了眼，柯林礼才停止自己的行为。

第二天，纪安起床时，发现身边的人已经不在了。她走出房间，看到柯林礼系着围裙站在灶台前熬粥。

听到动静，柯林礼回过头朝她露出笑容："醒了？去刷牙洗脸，然后来吃早饭。"

纪安迟缓地摇了摇头，朝柯林礼伸出手："把我的手机还给我。"

柯林礼神色一冷："早上玩手机不好。"

"我知道。"纪安垂着眼，脸上看不出情绪，"但是我今天要走。柯林礼，我们分手吧。"

"哐当——"汤匙掉在瓷砖地面上发出清脆的响声。

柯林礼依然笑着，仿佛刚刚失态的不是他。他慢条斯理地解开系在腰上的围裙，绕过吧台走到纪安身边，问道："怎么了呢，宝宝？好端端的，为什么要分手？我对你这么好，一大早就起来给你熬粥，你还要跟我分手？你这样做太无情了吧？"

他的声音如同魔音一般不停地在纪安的耳朵里回荡，越来越响，几乎占据了她的耳膜。

纪安捂着耳朵尖叫一声，伸手在前方胡乱推搡了两下，却被柯林礼一把拽住了手腕。

她抬眼，眼睛猩红："柯林礼，我要跟你分手！分手！就现在！你放开我！"

"宝宝，你为什么要这么做呢？是我哪里做得不好吗？"柯林礼充耳不闻，拽着纪安的手腕不断地朝她靠近，一遍又一遍地重复着那些每日在她耳边呢喃的话。

但今天的纪安听不进一句，她一直重复着一句话——"把手机给我"。

终于，柯林礼脸上的神色完全变了，他阴沉着脸，手一用力，陡然拉近了他与纪安的距离。

柯林礼嗤笑道："什么时候，你变成这样了？"接着，他一字一顿道，"分手，不可能！"

纪安顿时瞪大眼睛："你要做什么？柯林礼！你想干什么？！"

"既然你要分手，那我只能这样了呀！"柯林礼强行拽着纪安往楼上走，纪安不愿意，他就将她抱了起来。

卧室的房间门"嘭"的一声被踹开，紧接着，她被柯林礼丢在了床上。

"纪安，你现在只能留在我的身边。"

那几天，纪安都没出过那个房间。

她开始听柯林礼的话，潜意识里，她觉得外面的世界都充满了恶意。

她也不敢再单独出门，成日只躲在昏暗的房间角落，生怕触到一丁点儿光亮。

柯林礼却照常出去社交，只是在外面的时间比以前少。他对外的借口是要留在家里陪女朋友，于是大家都夸他对女朋友很好。

柯程礼还打趣道："什么时候去跟纪安商量一下结婚的事情，爸妈他们都很着急,你别耽误了人家女孩子。"

"哥,纪安跟我还不着急呢!"柯林礼微微一笑,"我和纪安,还要先过两年二人世界。对了,林妙什么时候回来?"

提到林妙,柯程礼的神色一下子柔和了下来。他笑了笑,说道:"还有几个月呢。等她回来,我们俩就准备商量一下婚事了。"

柯林礼笑嘻嘻地说:"那我就等着喝你们俩的喜酒了。"

晚上,柯林礼回到家,把这个消息跟纪安说了。

纪安总算是有了一点儿反应,她坐起来,眼圈通红:"柯林礼,你能帮我把纪平喊来吗?我想回家。"

柯林礼爬上床,温柔地将她抱在怀里:"宝宝,你现在情绪太不稳定了。等你情绪稳定下来,我再让弟弟来接你,好吗?"

纪安蜷缩在他的怀中,没有一丝触动。

这段时间,她躲在这个房间里,唯一能见到的人只有柯林礼。柯林礼每次回来,都会跟她讲一些外面社会多么不好的话,让纪安的思维跟着他的想法走。

柯林礼抚摸着她的脑袋道:"安安,我是最爱你的人,没人比我更爱你了,你要相信我,我不会害你的。"

但纪安的食欲越来越差,她吃得很少,稍微吃多一点儿就想吐,不管柯林礼怎么劝说,她都吃不进去。

柯林礼没办法,说道:"宝宝,你要是把这碗饭都吃进去,今天就可以和林妙聊天,怎么样?"

听到林妙的名字,纪安的情绪产生了一丝波动。她强忍着恶心,吃下了一碗饭,饭后,柯林礼兑现承诺,把手机递给了她。

她打开手机一看,才发现这段时间朋友和家人发给她的消息都是柯林礼回复的。

恰好这时,林妙打来电话。

柯林礼朝她一笑:"宝宝,你知道应该要聊什么吧。"

纪安顿了顿,缓缓地点头。柯林礼满意地点下接通键,林妙的声音从里面传了出来:"嘿,安安!好久没跟你打电话了,你想我了没有?"

听到林妙的声音,纪安的眼泪顿时从眼眶里流了出来。她沙哑着声音道:"想。"

"咦？你的声音怎么带着哭腔？是不是好久没听见我的声音，把你感动得哭出来啦。"

柯林礼用手抚摸纪安的脑袋，朝她一笑，纪安的神色立刻变了："妙妙，你什么时候回来？"

"还有几个月，你是不是想我了？我马上就可以回来啦！你就在家等着我吧。等我回来养你，不受工作的气。"

这时，柯林礼忽然出声道："安安已经辞职咯。"

"哎？辞职了？这么大的事情怎么没告诉我？不过辞职了也好，不用受气了。那现在是柯林礼在养你吗？"说到最后，林妙还自顾自地出声调侃。

柯林礼也跟着笑了笑："迟早都要养，早一点儿也没事。"

纪安和林妙没聊多久，后半段基本上是林妙和柯林礼在聊，聊到最后，柯林礼把电话还给纪安时，林妙还向纪安夸了柯林礼。

纪安闻言，只垂眸点点头，匆匆挂了电话。

柯林礼笑着亲了一下她的嘴角："宝宝，你真好。"

纪安躲在这间屋子里，过了一天又一天。

有一天中午睡醒，柯林礼说要带她出门，去和柯程礼吃一顿饭。

纪安点点头，跟在柯林礼身旁，被他带到外面的餐厅里。这一顿饭，她吃得没滋没味。

其间，柯程礼把柯林礼喊到了包厢外。包厢里的隔音并不好，纪安清晰地听见柯程礼问柯林礼："纪安的状态怎么有点儿不太对劲？她最近身体不舒服吗？"

柯林礼笑着回答："嗯。她这两天心情也不好，所以看起来没什么精气神。改天我会带她去医院看看。"

"行，一定要去检查一下。"

这之后过了几日，柯林礼突然把手机递到纪安跟前："你朋友的电话。"

纪安垂眸，是任遇苏的电话。

柯林礼点了接听键，也开了免提。

电话接通的一瞬间，任遇苏的声音从手机听筒里传了出来："喂，纪安吗？"

她已经好久没有听见任遇苏的声音了。他前年去国外进修心理学，回国的次数很少，因为时差问题，两人也很少打电话。

纪安接过手机说道："我在。"

电话那头的任遇苏一愣，忽然问道："你的声音怎么回事？怎么听起来这么沙哑？你生病了？"

纪安抬头，看向柯林礼。

柯林礼朝她点了一下头，于是，她回答道："嗯。"

"哪里不舒服，身体还是心理？"

一句话，像是一枚石子掷入了纪安的心灵深处，很小的石子，但泛起的涟漪很大，有什么东西呼之欲出。

她的眼眶越来越红，她的呼吸也变得急促。

电话那头的任遇苏一直在问她，纪安想回答，但喉咙里像是被人压了一块石头，让她吐不出一个字来。

柯林礼俯下身子查看她的情况，用口型问了句："怎么了？"

突然，纪安一把抓过柯林礼握着的手机，眼泪瞬间从眼眶里涌了出来，她带着哭腔喊道："任遇苏，我的心脏好疼……"

刹那间，电话被柯林礼挂断。他身子往后一退，纪安一下没有了支撑力，硬生生往前撞了一下，额角磕在了桌子上。

她顿时吃痛地低呼一声，撑起身子看向柯林礼。他的神色很冷，双唇抿成了一条直线。

他不高兴了。

纪安身子一抖，手撑住自己的身体往后退。这一动，她的头又开始剧烈地疼，痛感席卷全身，窒息的感觉比刚才更甚。

她蜷缩在沙发上，伸手想抓住眼前的人，对方却往后一躲，静静地站在旁边冷眼看着她。

渐渐地，她身体的颤动越来越弱，最终停了下来。

纪安昏了过去，失去了意识。

纪安再次醒来时，发现自己躺在一个陌生的房间里。整个房间充斥着消毒水的味道，周围的摆设都是阴暗无光的，她身后的那道墙的正中间还摆着一个吊钟，"嘀嗒嘀嗒"地响。

纪安感觉脊背一阵发麻。她慌张地爬下床，连鞋都来不及穿就朝房门的方向跑去。手指按上门把手的一瞬间,她听到门外传来了脚步声以及男人细碎的说话声。

"她情况不太好,林礼,你——柯林礼!"

一道熟悉的男声传了进来,纪安听出这是柯程礼的声音。他的声音带着愤怒,但还是压着音量说:"你怎么能把纪安搞成这个样子?你这样还是人吗?"

"哥,我这也是为了纪安好。"柯林礼的声音含着笑,似乎面对柯程礼的怒火,他也没有丝毫悔改之意。

"你这样让我怎么跟林妙交代?你这么做太不是人了!纪安也是活生生的一个人,你怎么能把她弄成这个样子!"

纪安听不下去了,她扭开门把手想要出去,却发现这个房间的门被上了锁。她又转动了两下,却都是徒劳无功。她不禁泄愤似的用手肘去撞门,发出一声声剧烈的响动。

门外聊天的声音戛然而止,纪安听不见外面的声音了。她像是疯了一般,抓起屋内的东西就往门上砸,木门很快就被她砸出一个坑。

这时,门开了,可进来的只有柯林礼一人。

他忽略房间里的狼藉,径直朝纪安走来,然后一把将坐在地上的纪安拉到怀中,安抚似的拍了拍她的背。

纪安一改往常的顺从,不停地挣扎,想从他的怀里挣脱出来,同时嘴里含混不清地说着什么。

柯林礼却没有生气,只是不停地抚摸着她的脊背,强迫纪安盯着他的眼睛。渐渐地,纪安在他的怀中安静下来。

纪安闭上眼,耳边柯林礼那些如同魔音的话语再度响起。眼泪顺着她的眼角流了下来,最后隐没在她乌黑的头发里,她苦苦地哀求着:"你能不能,放过我……"

像是听到了笑话一般,柯林礼的神色顿时变得愉快:"宝宝,就算我放过你,你离得开我吗?除了我,还有谁会要你呢?"

柯林礼的这句话透过她的耳膜传入她的大脑,和从前的那一句又一句的话重叠,不停地在她大脑的神经上跳跃。

纪安的心一下沉了下去,她自嘲般地笑了笑。

是啊,她现在这个样子,没人会要她了。除了柯林礼,没人会要她了。

如果徐林席回来看到她现在这个样子,也会嫌弃她吧。

纪安在这个房间待了三天。这期间,柯林礼似乎很忙,待在房间里的时间很少,基本上饭点和晚上才会回来。

这三天里,纪安想了很多。她想起了自己跟徐林席之间戏剧般的感情——她从高中时就开始关注徐林席,到后来两人在俞峡大学重逢,他在她的记忆里一直都是那个耀眼的少年。直到后来两人分开,她强硬地改变了自己对他的看法,赌气似的和柯林礼走在了一起。一直到今天,她都再也没有见过徐林席。

细想她会和柯林礼在一起的源头,还是最初在派对上看到的那一眼,他那和高中时候的徐林席酷似的眉眼,却给纪安制造了一场噩梦。

其实大学时候的徐林席因为家庭的变故,没有了高中时的那份自信。哪怕还是那样温柔,但他远没有高中时候潇洒、阳光了。他的性格中增添了不少阴郁,哪怕跟纪安谈了恋爱以后,他也没有完全好转。

但他一直都在克制自己的情绪,只要面对纪安,他永远是一副不需要她操心的模样。可纪安还是知道,高三那年的变故对他影响很大。所以她一直努力地想要让徐林席恢复到从前的状态,她想再看一眼那个骄傲而耀眼的少年,想让他回来。

也是抱着这个信念,她才注意到柯林礼,那时候他的身上有一种高中时候的徐林席才有的意气风发。

可是,纪安忽然发觉自己错了。

她不应该把自己的感情寄托在其他人身上,徐林席只会是徐林席,他不会变成任何人,任何人也不可能代替他。不管是高中时候的徐林席,还是后来的徐林席,他都是她记忆中唯一的少年。

她做错了,愿意承担这一切后果,愿意跟所有人道歉。如果这样,她还能再见一次徐林席吗?她不会怪他当初没有任何理由就提出分手,她只是想再看一眼那个梦中的少年。

纪安平躺在床上,心脏跳得飞快。她慢慢地呼吸,身体却越来越乏力,头晕得也更厉害了,她感觉到自己的眼皮不停地往下坠。

意识模糊之间,她看到房门被推开,门口站了许多人。有一个人朝她飞奔过来,呼唤着她的名字。

好熟悉的声音。

纪安想看一看他,但不管怎么做,视线都很模糊。她看不清那人的脸,但能清楚地感受到是他。

算了,这样也挺好的。

真好啊,原来老天还是怜惜她的,还是愿意让她再见他的。

第十六章

再见啦，徐林席

纪安感觉自己沉沦在一个旋涡里很久很久。模糊之间，她再一次看到几年前她与徐林席分手时的场景。

手机"叮咚"一声响，却带来了对于纪安来说最为残忍的消息。

"我们分手吧。"

纪安的脊背瞬间绷直，握着手机的手不停地颤抖，眼泪像断了线的珠子一般接连不断地砸在手机屏幕上，泪渍模糊了屏幕上的那句话。

纪安擦拭的动作一停，而后慢慢止住，好像这样做，她就看不到这条消息，就可以当作事情没有发生过。

可自欺欺人也应该有一个限度。她可以自己骗自己，代替他对自己说很多很多话，但绝对不该是现在这样的情况。

她真的想不通，为什么徐林席可以这么狠心，一声不吭地从她身边离开，难道她连被他知会一声都不值得吗？起码，这句"分手"该面对面跟她说，而不只是通过这冰冷的文字，不是吗？

手机慢慢从她的手中滑落，悄无声息地落在被子上。

寝室里静悄悄的，林妙她们刻意放轻动作，都在为她考虑。可越是安静，纪安心里就越疼。

纪安捂住自己的嘴，将脑袋靠在膝盖上，眼泪不停地从眼眶里流出来，她压抑住哭声，但颤抖的肩膀还是暴露了她的难受情绪。

昏迷时，纪安以为自己快死了，她忽然就不在意从前发生的任何事情了，她可以原谅徐林席的不告而别，原谅他狠心地抛弃自己，她只有一个愿望——

能不能让我再见见你啊，徐林席……

"醒了！醒了！任遇苏，你快来啊！"

耳畔传来惊喜的呼唤声，纪安缓缓睁开眼，看到的便是林妙那张熟悉的脸。

看到纪安睁眼的一瞬间，林妙蓦地捂着嘴哭了起来，她一边给自己擦眼泪，一边对着纪安挤出笑来："安安……"

纪安慢吞吞地看了看周围，她的床边围了一圈人，有爸妈，有朋友，最后，她的视线怔怔地落在床尾的那个人身上。

他戴着黑色的针织帽，穿着黑色的长袖T恤衣衫。他微弯着眉眼，嘴角带着浅浅的笑容。面对她的视线，他也没有躲闪。

她终于见到了那个朝思暮想的人了。

医生给她做完检查后，朝大家点点头："她的身体没什么问题，就是太虚弱了。病人刚醒，别大补，先让她吃点儿清淡的东西。别这么多人围在她的身边，让她好好休息。"

最后一句话是重点，纪母和林妙的哭声戛然而止，两人都不敢再发出一点儿声音，生怕打扰了纪安。

任遇苏拉起林妙道："叔叔、阿姨，我们先出去，你们聊。"

纪父点了点头，随后目光再次落在纪安身上。

纪母坐到纪安身侧，拉起她的手哽咽道："安安，想吃点儿什么吗？告诉妈妈，妈妈去给你买回来。"

纪安迟缓地摇了摇头："没有。"一说话，她才发现自己喉咙干得像是要裂开，她本能地说道，"水。"

纪母反应过来，忙倒了一杯水，小心翼翼地将吸管递到纪安跟前："慢点儿喝。"

纪安没什么力气，水也没喝多少，只喝了一点儿润了润喉咙。

回答了自己父母的几句问话后,她再抬眼时,发现刚刚那个站在自己床前的人已经不见了踪影。

仿佛他刚刚的出现,只是她的错觉而已。

"他居然敢这么对你!妈真是糊涂,上次他来家里,我居然没发现他是这样的人……"纪母掩面痛哭,"我真是糊涂!"

纪安拉了拉纪母,想朝纪母笑一笑,但她实在是笑不出来。

醒了没多久,纪安身体支撑不住,又睡了过去。

等再次醒来,已经是半夜了,她的床前只趴着林妙一个人。

林妙睡得很浅,纪安轻轻一动,她就立刻惊醒了,然后打开床前的小台灯,关心地问道:"安安,是要喝水吗?"她一边问,一边将旁边早就准备好的温水递到纪安的面前。

纪安见状,用吸管喝了点儿水,再抬眼时,却发现林妙正眼睛通红地看着她。

纪安一愣:"怎么了?"

林妙将杯子放在桌上,揉了揉眼睛:"没事。"

细听她的声音还带着些哽咽,看样子是刚哭过。

纪安的神情迟钝,她看着空荡荡的房间,忽然道:"我今天好像看到徐林席了。"

林妙一愣,忽然站了起来:"你想见他吗?他来了,他真的来了!"

闻言,纪安眼底终于有了些波动。

没等纪安应声,林妙就打开房门,将他喊了进来。

他还是白天纪安看到的样子,还是那么高,就是看起来比几年前瘦了不少。

从他进屋开始,纪安的思绪就开始恍惚。她看着徐林席走到她的床前,在她跟前蹲下来,轻声喊了句她的名字:"纪安。"

一瞬间,纪安的眼泪滑落。她伸出手,触碰徐林席温热的脸颊,喃喃道:"徐林席,真的是你啊,真的是你……"她的手指轻轻地在他脸上抚摸着,眼泪不停地掉落下来,声音哽咽,"真的是你啊……我真的见到你了……"

徐林席的眼圈也红了,他握住纪安的手,嘴唇发颤,虔诚地在她手背上落下一吻:"是我,纪安,真的是我。"

刹那间,纪安脑海中的一根弦绷断,被关在房间里那段时间的回忆纷纷涌了上来。他喊她的名字……

她猛地抽回手,身子往后缩,想要拉开自己和徐林席的距离。她开始发抖,不停地颤抖着摇头,反应变得强烈:"不要!不要!"

徐林席神色一愣,林妙也被她的反应吓了一跳。

纪安不停地呢喃,看向徐林席的眼神充满了害怕:"不要碰我……"

房间里的气氛一僵,就连空气都凝固了一般。

下一秒,林妙先转过身掩面哭了起来,徐林席起身,缓缓地、不停地朝纪安靠近。

纪安害怕得不停发抖,手在身前挥舞,试图阻止徐林席的靠近。

下一瞬,徐林席紧紧地抱住了她发抖的身体。

纪安身子一僵,而后拼命地挣扎起来,想要推开徐林席的手臂,却怎么都挣脱不开。慌乱间,她狠狠地咬住搂在她身前的手臂。

她颤抖着,咬得越来越用力。徐林席却一声不吭,任由她狠狠地咬。

纪安的哭声凄惨,在这寂静的夜里格外突兀。值班护士被她的哭声引来了,想来查看纪安的情况,但都被纪安挣扎着躲开了。她的双腿没被控制住,便不停地蹬着,丝毫没顾及任何人。护士险些被她踢到,站在一旁不敢上前。

徐林席垂下头,安抚似的在她眉间落下一吻。他声音沙哑地说:"纪安在我心里,一直都是最好的女孩儿,一直都是。"

像是内心的柔软被人触及,纪安的情绪全然崩溃。她抱住徐林席号啕大哭:"我是这个世界上最差劲的人。他说,除了他,没人愿意要我。我好恨我自己,为什么我这么差劲……"

徐林席却一遍又一遍地重复:"纪安很好,真的很好。"

与此同时,林妙和护士悄无声息地离开了房间。

房间里的哭声依旧凄惨,中间夹杂着几道温柔的安抚。纪安的情绪被释放,将这段时间的痛苦和压抑全发泄了出来。

纪安反反复复地说着刚才的话,徐林席亦是,纪安说贬低自己的话,他就一一反驳她。

哭到最后,纪安开始问他为什么要突然跟自己说分手。她哭着拍打徐林席的胸膛,想把他从自己身边推开。她说:"徐林席,我讨厌你!你为什么要跟我提分手?你为什么要走啊?到底是为什么?我就这么不值得你亲口跟我说一句理由吗?到底是因为什么,让你走得这么彻底?我们的感情又算什么？"

像是在他的怀中找到了归属感，她心里藏了很多年的怒火也敢发泄出来了。

恨吗？她肯定是怨过他的。当年他一声不吭地消失，只留下一句"我们分手吧"。纪安无数次地怀疑自己，到底是她哪里做得不好，竟然让他厌恶到连多说一句话都不肯。

但是当自己在无边深渊里陷得越来越深的时候，她就再也不怨了。她开始不停地乞求，乞求能再看他一眼。她既不生气，也不恨，她就只想再看他一眼。

现在她看到了，她真的看到了。

纪安哭着说她讨厌他，怪他，但她真的恨他吗？

其实早就不恨了。

但纪安的话还是刺激了徐林席，他弯下腰，额头抵在纪安的肩膀上，任由她在自己身上拍打泄愤。

他知道，这是他应得的。可事到如今，徐林席还是想对纪安说一句："纪安，我不是不爱你才离开的，我很爱你。"

忽然，纪安的动作停了下来，她感受到了，自己的颈窝处有温热的液体滴下来。它滑过她的锁骨，最终消失在她的前襟里。

徐林席的声音很嘶哑，在这个房间里显得格外刺耳："我生病了，纪安，我生病了。"

徐林席说他生病了。

他俯身在自己的肩膀上无声地流眼泪。这是纪安第二次见徐林席哭，第一次是在两人告白的时候。那时，他也是这个姿势，也像现在这样悄无声息地流下眼泪。也是因为这眼泪，纪安对徐林席有了改观。

"你生什么病了？"纪安目光呆愣地看着他。

徐林席张了张嘴，刚要说话却被纪安打断了："我不要听！你别说了！我不要听你说这些！"

她的情绪又变得糟糕了，挣扎着闹了起来。

听着耳边不断传来的哭声，徐林席抱着纪安的手收紧，不停地安抚她。渐渐地，哭声小了，纪安也在他怀中安静了下来。

她睡着了。她身体原本就还没康复，这么一闹，人也累了。

安顿好纪安后，徐林席从房间里出来。

护士还站在门口，关切地问："病人怎么样了？"

徐林席说道："睡着了。不好意思，麻烦你们了。"

"没事的。"

护士走后，徐林席走到林妙身边坐下。

被纪安这么一闹，林妙也没了睡意，但面对徐林席，她依然没什么好态度。此时，走廊很安静，只剩下她和徐林席两人。

虽然徐林席安抚纪安有功，但林妙还是忍不住挖苦他："当初走的时候连个理由都没有，现在还回来干什么？回来继续刺激她吗？"

徐林席眼底的猩红还没散去，他将手肘撑在膝盖上，双手合十："对不起。"

林妙说："你这声道歉应该留给纪安。"

"我知道。"徐林席顿了顿，又道，"谢谢你啊，林妙。"

林妙没好气地道："谢我做什么？纪安又不是你一个人的。那么你这次回来，总不会再走了吧？"

林妙刚把话说完，就发现徐林席的神色一僵，她的心里顿时升起一丝不安："你不会还想离开吧？"

徐林席低声说："还是会走的。"

林妙猛地站起来，想发怒，但考虑到是公共场合，还是强压下了自己的怒气。她压着声音，咬着牙问："你想让她的状态变得更差吗？"

"我会在那个时间之前，尽力帮助纪安调整好状态。"话虽如此，徐林席也不能百分百确定自己还能撑到那个时候。

林妙盯着他看了半响，骂了一句脏话后悻悻地坐下。

最开始林妙是反对徐林席来看纪安的，要知道当初徐林席一声不吭地离开给了纪安不小的打击。林妙对他也有怨恨，觉得徐林席没资格再出现在纪安面前，也担心纪安的状态会因此变得更差。

任遇苏却说："他是有原因的。"

讲到这里，任遇苏的情绪忽然变得有些低沉，声音也不自觉低了下来："让他们自己解决吧，这件事让他自己弥补吧。"

林妙虽然不知道任遇苏说的徐林席离开的原因是什么，但总归还是让徐林席来了。就跟任遇苏说的一样，有什么事情还是让他们两个当事人自己解决吧。"

　　只是……林妙看了眼病房，纪安现在的状态真的不好。

　　"那个人那边……"徐林席忽然问。

　　林妙的怒火顿时被浇灭，她情绪低落下来，小声道："我会替纪安处理好的。"

　　"好，那就好。"

　　林妙打开手机，看到上面有几百个未接来电，都是同一个人打来的。她垂下眼眸，把那人拉进了黑名单。

　　那天中午，林妙忽然接到任遇苏的电话，他的声音很急，说纪安可能出事了，问她能不能抽空赶回来。

　　听到这句话的瞬间，林妙只觉得大脑一片空白。她举着手机，好半天才问了一句："出什么事情了？"

　　"你能回来吗？不能回来，就把你男朋友的联系方式或者纪安男朋友的联系方式发给我。纪安的情况可能不太好。"

　　任遇苏说完后，林妙还没有反应过来，他忍不住又喊了她几声，林妙才从震惊中回过神："我马上回来。"而后，她拎起包迅速往外走。

　　她和任遇苏不在一个地方，航班买不到同一趟。她比任遇苏先回国，到达俞峡的时候，她先去找了柯程礼。

　　柯程礼对她的到来并没有感到意外，倒像是在他的意料之中。他推了一天的工作，从助理那里接过车钥匙，说道："走吧，我带你去找她。"

　　林妙忽然拉住他的手腕："你们到底瞒了我什么？"

　　柯程礼闭了闭眼，手一用力，拉着林妙往前走："先去找她吧。"

　　林妙的眼圈瞬间红了。

　　坐上车后，林妙从柯程礼的口中了解到了纪安的情况。

　　柯程礼也是最近才发现自己的弟弟有心理障碍，他对待感情是一种不健康的心理。他认为，喜欢一个人就是要让她不顾一切地留在自己的身边。

　　柯林礼对柯程礼说他爱纪安，可他一边约束着纪安，一边跟其他的女生亲近。也是因为这样，纪安才提出要离开柯林礼。

　　柯林礼自然是不愿意，甚至想，与其放她离开，不如毁掉她。

　　可怕的占有欲！他不仅控制住了纪安的心理，还让纪安自愿留在家中不敢出门。因为在纪安提分手之前，她就跟不少朋友失去了联系，哪怕是最亲密的几个人也都出国了，她身边没有其他人了。

柯林礼拿着她的手机冒充纪安给她的朋友、家人回信，等她情绪稳定了，又一步一步地布局，让她给朋友通话以增加可信度。柯林礼每一步都很冒险，但每一步都在他的棋盘上。

柯程礼也是在柯林礼带着纪安到了郊区的别墅时，才知道纪安已经被折磨成那样了。他劝自己的弟弟收手，柯林礼却说："哥，我会保护好她的。"

那时候他才意识到，他从来没有了解过自己的弟弟。

从小学柯林礼被爸妈从国外接回来的那一刻起，他就没有了解过。

"真是疯子！"林妙听完，红着眼怒骂了一句。

柯程礼却带着几分绝望地笑了一声，细看之下他的眼睛也泛红了："林妙，等找回纪安以后，我们是不是没可能了？"

林妙手指轻轻动了动，转过头说道："柯程礼，要是纪安真的出事了，我会恨你的！"

意料之中的答案。

柯程礼哂笑一声："知道了。"

从他在自己的弟弟和林妙之间选择了前者的那一刻起，他就知道自己跟林妙再也没有可能了。

他当时犹豫了，不忍自己的弟弟因此入狱。但他忽略了另一个重要的人，纪安是林妙最好的朋友，她在林妙心里的位置不比他低。

他们会经过机场，林妙让柯程礼把正好到达机场的任遇苏带上。任遇苏上车时，却带了一个她很久没见过也没想过会再见到的人——徐林席。

可她没空追问任遇苏，一心扑在纪安身上。

他们很快就到了别墅。这栋房子本是柯林礼的爸妈送给他的成年礼物，现在却被他当作实施犯罪的场所。

推开门的一瞬间，林妙看到纪安穿着一身白裙躺在床上，一只手伸出了床沿，上面流满了鲜血。

那一刻，林妙的心跌到了谷底。

而柯林礼，他的确是一个疯子。在林妙他们带走纪安以后，他就去警局自首了。他承认自己的一切罪行，也说明了虽然两人是在恋爱，但所有的事情都是他强迫的。

后来的事情是纪安的父母和她的朋友帮忙处理的。当事人的精神状态不好，甚至连出庭都没办法。

最后也真的印证了纪安当时对柯林礼说的话："你这是在犯罪。"

纪安的状态越来越差。

她手臂上的伤口没伤及要害，当时昏迷只是因为身体太过虚弱了。可身体康复以后，她的心理却是怎么都好不起来。

林妙他们也没想到，纪安康复后第一天的状态，居然是最好的。

纪安拒绝所有异性的触碰，包括徐林席。他们一碰她，她就会开始焦躁，身体开始发抖，控制不住地干呕。

她不愿意靠近徐林席，林妙以为她还恨徐林席，就顺着她说："那我把他赶走好不好？我让他以后别来了。"

纪安却猛地抓住林妙的手臂，拼命地摇头："不要，不要！"

她不想靠近徐林席，是不想听他说出那段患病的残忍事实。但她想看着他，只想看着他一个人。

徐林席在病房门口看了很久，一连几日，他都是这样站在门口透过玻璃看着纪安。

徐林席最终被任遇苏拉着坐回了椅子上。

任遇苏关切地问："你的身体还好吗？"

徐林席应了一声，似乎不太想提起这个话题。

任遇苏叹了口气："晚点儿你进去跟她说一下你的事情吧。看她现在的情况，应该是能猜到你想说什么，只是不能接受。但你已经出现在她面前了，不能再一声不吭地消失了。"

"你也说了她的身体状况太差，跟她讲这些，她承受不住的。"徐林席有些犹豫，他觉得眼下并不是一个好时机。其实就连他出现，都不是一个正确的选择。

"你不说，她就不知道吗？"任遇苏轻声道，"你没忍住把你生病的事情透露给了她，从那时候起，你们就没有回头路可以走了。"

任遇苏说的话刺中了徐林席的心。他本来没打算再出现在她的生活中，他只想好好地看看她，在生命的最后时刻，他只想把她记住。

"与其各自生活，心里却惦记着对方，不如坦诚相待，让她陪你过完最后一段时光。"

任遇苏抬起眼眸，里面是让人捉摸不透的情绪："你不是也很痛苦吗？对自己好点儿吧。而且现在，只有你能把她拉出来了。"

"吱呀——"林妙从病房里走出来，两眼红红的，大概是刚哭过。

她这段时间一直这样，只要看到纪安的模样，她就忍不住哭。纪安哭，她就在旁边跟着哭，谁劝都没用。

"纪安睡了？"

林妙摇头："没，情绪稳定了一点儿。我去给她买点儿吃的。"

任遇苏站了起来："我跟你一起去。"

临走之际，徐林席忽地站了起来。

"你也要一起去？"问话的是林妙。

徐林席转头看向病房内："你们去吧，我进去陪陪她。"

"你——"

林妙刚想说话，就被任遇苏拉住了胳膊。任遇苏朝林妙摇了摇头，然后转头对徐林席说："你们好好聊聊吧。"说完，他就拽着林妙走了。

徐林席站在门口徘徊了很久，最后深吸一口气，拧开门把手走了进去。

纪安安安静静地坐在床上，用手臂抱着膝盖，把自己蜷缩成一团。她歪着头，眼睛一眨不眨地盯着窗外，哪怕是听到门口传来了动静，她也没有一点儿反应。

徐林席朝纪安走近，然后站在床边轻轻地喊了一声她的名字。

纪安身子一僵，静了几秒后突然开始躁动，她拿起枕头往徐林席的方向扔去，不知道什么时候，她已经泪流满面。她尖叫着，手不停地推搡着徐林席："你进来干什么？你出去啊，你出去！"

徐林席却直直地站在那儿，硬生生地承受她扔过来的所有东西："我想跟你聊聊。"

纪安停止了手中的动作，身子往下缩，捂住自己的脸："我求求你了，你出去好不好？我不想跟你聊！求求你了，徐林席……"

看着她屈身痛苦的模样，徐林席忍不住了，他跪在床上，把纪安从床的另一侧拉了过来，紧紧地禁锢在自己怀中。纪安被他的动作刺激到，开始在他的怀里挣扎。

徐林席却收紧手臂，将她的脑袋按住。他眼眸通红，沉默了半晌后还是开口道:"我得了白血病,活不了多久了。"

他松开手,摘下自己头上的针织帽,那里光洁一片。从前的短发都掉完了,头光秃秃的。

他原本是不想把这件事告诉纪安的,纪安现在的状态已经很差了,再加一件他的事情,可能会给她造成更大的打击,使得她的状态变得更差。徐林席甚至不敢出现在纪安面前。

那时候,他只是想跟在任遇苏的背后去看一眼纪安。但看到纪安毫无生气地躺在床上的那一刻,他忍不住冲进去抱住了她。之后他也没舍得离开,直到医生说她没事,他才放下心,想要离开医院,继续躲在暗处看着她。可任遇苏拦住他,一句"她一直都想见你"就让他留在了医院。

之后,他真实地出现在纪安的视野中。

任遇苏跟他说了这段时间纪安的状态,她会在深夜的梦中喊他的名字,就连被救出来的时候,她也是无意识地呢喃了一句"徐林席"。

任遇苏说,纪安还是爱他的。

"纪安对你的感情,远比你以为的要深。

"当年你离开的时候想的是什么?你觉得你们只是谈了半年的恋爱,她对你的感情不深,及时止损对她比较好是吗?可是徐林席,你想错了,纪安对你的感情很深,她也不止喜欢了你半年。"

任遇苏仰起头,回忆起往事:"你是她青春里的唯一。她很爱你,远比你想的要爱你。"

"你觉得自己离开她是有原因的,是为她好,可是你有没有想过去问一下她的意见?

"你离开的初心是好的,但造成的结果不好。她只会觉得,是不是她有什么问题,你才离开她。她会怀疑自己,怀疑自己的青春。这会在她心里产生芥蒂。

"你有没有想过,真正相爱的人,最好的相处和解决问题的方法不是你以为的为她好。

"她想要的是沟通,你能给她吗?两个人坐下来,把当年的事情解释清楚,再一起想想这件事该怎么办,你让她参与一下,不要自作主张地替她规划,行吗?"

任遇苏问他:"你觉得是彼此挑明自己的心意,把自己的困难告诉对方，然后一起度过最后的时间，互相陪伴好，还是你又一声不吭地走掉，任由她猜东猜西好？"

病房里，听到徐林席的话，纪安的动作一僵。徐林席的话像是替她的内心做了宣判——木已成舟，她已经不能继续逃避这个结果了。

"当年离开你，也是因为这个。不是不爱你了，而是我不敢爱你，我怕和你继续在一起会耽误你。我觉得，让你及时止损比什么都好，我不想让你跟一个没有未来的人在一起。"

面对她投来的视线，徐林席尽力不在她面前露出悲伤的情绪："那时候为了瞒过你，我就跟着我妈出国了。但出国没多久，我就回来了，一个人待在俞峡。我本来想，这么默默地看着你挺好的，我没敢奢求太多，只想在生命的最后一段时间里，看着你快快乐乐地生活。"

终于，纪安眼底有了波动，她伸手抚摸他的脸颊，声音很是沙哑地开口问他："你好好治病了吗？"

"治了。"徐林席温柔地一笑，"每一次都很孤独，也很疼。但我的信念就是，我想活下去，这样就可以多看看你，哪怕多看一眼也好。"

"为什么会孤独啊？你父母他们都没来陪你吗？"

"纪安，我从国外回来，就是因为我妈不需要我，我爸也不要我。我爸有了自己的家庭，我妈也有了自己奋斗的目标，他们都不想要我……"

徐林席轻轻一眨眼，有一滴泪从眼眶里流出来。纪安抬起手，把他的眼泪拭去。

"纪安。"徐林席哑声道，"没人爱我，你能不能快点儿好起来？除了你，没人想要我。"

这句话唤起了纪安最后一丝信念，她从床上爬了起来，跪在徐林席跟前，主动伸手抱住他。

她轻声说："抱抱我，徐林席，抱抱我。"

徐林席抱住她的腰，她很瘦，比从前瘦了太多。

纪安吸了吸鼻子，说道："我会爱你的。"

徐林席的最后一句话触到了纪安心中最柔软的那一处，她的软肋永远都是徐林席。听着徐林席说出需要她的话，她忽然就想为了他好起来，毕竟，现在只有她爱徐林席了。

纪安慢慢开始能接受徐林席的触碰，也只能是徐林席。

徐林席的身体很脆弱，但还是强撑着去照顾纪安。

纪安很配合地做心理治疗，身体没有问题后就出院了。纪父和纪母带她回了临安，徐林席也跟着她回去了。

因为纪安很依赖他，纪父和纪母也看得出来，便让他留在家里，住在纪平的房间。

徐林席会定期陪纪安做心理复查，会带着她去和他的朋友见面、聊天。

有时候，两人会一起坐在飘窗上望着远处发呆。

纪安会抱着徐林席的胳膊，指腹轻轻地摩挲着那几处被她咬出来的痕迹，心疼得一直掉眼泪。

徐林席就安慰她："一点儿都不疼。"

纪安每每想到以前的事，都很痛苦，为了转移她身上的痛，他就会让她咬他的胳膊，好像这样就能帮她分担一些苦痛。

徐林席生了病以后，身边没什么人陪他，于是他重新拿起了吉他，在没有纪安的日子里，他的身边只有音乐陪着他。

他找了一家咖啡厅，在那儿兼职唱歌。他其实并不缺钱，他的父母虽然不愿意要他，但给了他很多很多钱。他做兼职，不过是想证明自己存在过。

住到纪安家以后，他把吉他也带来了。纪安难受的时候，他就抱着她，唱歌给她听。

纪安很喜欢听徐林席弹吉他，徐林席弹奏的时候，她不哭也不闹，坐在一旁看他。有时候徐林席不知道，她喜欢的是他的歌声还是他这个人。

但没多久，徐林席就去俞峡做化疗了。

后来林妙来陪她，她问纪安："你会不会怪我？我没能早点儿发现异常，没能早点儿把你带出来。"

想到那时候，纪安小心翼翼地问她，柯林礼这人是不是有点儿奇怪，她还笑着说他挺好的，林妙就懊悔不已。为什么她没能在那时候就察觉出她的异样？她甚至撮合两人，是她把自己的朋友推向了深渊。

林妙哭着向纪安道歉，她说："对不起，安安，我应该陪着你的。"

纪安替她擦去眼泪，迟缓地摇了摇头："不怪你，真的不怪你。"

徐林席的情况不太好，纪安重新回到了俞峡。她现在的状态比最开始时好了一些，那段时间，徐林席一直陪着她，而现在，她也想陪着徐林席。

听了徐林席的话后，她一直在努力让自己好起来。虽然目前的治疗对纪安来说只是治标不治本，但有一丁点儿好转，她的朋友和徐林席都很高兴。她也是这么想的，她想好起来，然后好好地去爱徐林席。

她的情况其实不是很稳定，到后期，她发病时偶尔会出现幻觉，甚至再次把徐林席认成了柯林礼，害怕他，躲避他。

她与徐林席的状态就这么反反复复，徐林席好了就来照顾她，他病倒了就由纪安去陪伴他。

两人就这么坚持了一年，生活很平淡，反复的病情，闻不完的消毒水味，医院成了他们最常去的地方。

徐林席最后还是病倒了，瘦成了皮包骨。他躺在床上，看起来毫无生气，他的病床两侧都是医疗器械。主治医生说，他已经坚持了很久了。

纪安坐在一侧，手里攥着他的手指发呆。

其实这是两人最常见的相处模式，她因为病不太爱说话，徐林席也因为生病没什么力气说话。他们就这么对视着，也能待个一天，第二日依旧如此。

耳边是医疗器械的"嘀嘀"声，消毒水味道很重，纪安从前就不喜欢这个味道，现在却是她最熟悉的味道。

徐林席的手指轻轻地动了动，他喊了一声她的名字。

纪安抬起头，无声地望着他——只需要一个眼神，彼此都能知道对方想要做什么。

徐林席莞尔："我一直有个秘密没告诉你。"

"什么啊？"

他摇了摇头："下辈子吧，你好好生活，我会一直等你的。等我们下辈子见面，我再告诉你吧。"

纪安闻言眼睫毛轻轻颤了颤，她俯身，一个吻落在徐林席的脸上，眉眼、鼻子、嘴巴，每一处她都很仔细地亲吻着。

而后，她退开，微笑着道："我记住你了，下辈子一定要见面啊！"

徐林席的眼眶微红，嘴唇微微发颤："纪安。"

"嗯。"

"我是真的想娶你。"

我知道。

徐林席又一次从 ICU（重症加强护理病房）出来时，纪安感觉到他能陪伴自己的时间不多了。

她抓住徐林席的手指，说话都带着哭腔："徐林席，要是你走了，我坚持不住了怎么办？"

这个问题，纪安问过徐林席很多很多次，徐林席也回答过好多回了，但纪安总是会忘记，然后又问一次，徐林席总是不厌其烦，一遍又一遍地开导她。

这次也是，徐林席虚弱地笑了笑，说："不会的，纪安，你不只有我。你还有朋友，还有家人，这世界上还有很多很多人爱你，你以后会过得很幸福的。而我，看到你幸福，也会很开心。"

纪安抱着徐林席痛哭了一场，等她再从徐林席怀中出来时，她忽然想起一件事："徐林席，这么久了，为什么不见你爸妈来看你？"

徐林席的笑容一滞，没等他说话，纪安又道："你读书的时候，他们都争着要你的抚养权，为什么你生病这么大的事情，他们都不来看你？"

徐林席盯着纪安的眼睛看了好一会儿，最终叹息道："谁知道呢？"

事后，徐林席将这件事告诉了任遇苏，并问他："纪安现在的病，是加重了还是？"

任遇苏沉思了很久，然后给出了一个模棱两可的答案："加重了吧，哪能那么快就好。"

徐林席无奈地一笑："我也看得出来，她都记错了，我明明是一个没人要的人。"

任遇苏深深地看了他一眼，叹了口气："臆想症这东西很难说清楚，没人可以预判她的记忆会变成什么样。把柯林礼做过的事情强加到你身上，估计是这病让她身体做出的本能反应。而让你在她的记忆中变回原来那个天之骄子的模样，估计是她自己的愿望吧。纪安可能一直很想要原来那个意气风发的被所有人爱着的少年回来。"

所以，她臆想的那一段记忆中，改变了徐林席的父母都不愿意要他的这段记忆，不忍他这么好的一个人被抛弃。

而徐林席，就算经历了那样的变故，也依然还是那个意气风发的少年。

徐林席生命的最后一段时光，纪安没有陪在他的身边，因为她已经分不清徐林席和柯林礼两个人了。

她选择性地将那段不好的回忆忘记了，但之前柯林礼对她的伤害她忘不了。在这样的情况下，她把柯林礼做的事情完完全全地安在了徐林席身上。

任遇苏说，其实也能预想到这种情况。毕竟当初和柯林礼在一起时，纪安将自己对徐林席那一份不甘寄托在柯林礼身上，就是一个错误。

恐怕这么多年和柯林礼相处下来，她早就忘记了自己的那一份感情到底是属于谁的。

因为从前错误地寄托了感情，加上她现在开启了"自我防护"的模式，所以她开始幻想自己曾经的经历和生活。

在这个过程中，她忘记了自己和柯林礼谈恋爱的那段日子，也不记得自己和他在一起过，只记得徐林席。而柯林礼给她带来的伤害又改变不了，她就将这部分的记忆安放了徐林席身上。

"我早就跟你说过吧？纪安和柯林礼会在一起的很大原因，是柯林礼和高中时候的你很像，不只是笑起来的时候像，就连整体的感觉也像。"任遇苏说。

任遇苏问出了纪安口中她臆想的场景——柯林礼在日落前和其他女生接吻的场景，柯林礼在和纪安谈恋爱时和其他女生暧昧的事情，柯林礼在生活中纪安的不好，等等，这些都还在纪安的脑海中，不过对象却从柯林礼换成了徐林席。

听到任遇苏说起这件事，徐林席躺在床上都被气笑了："我真是，净给他'背锅'了。"

任遇苏看得出，徐林席的笑容背后，是数不尽的落寞和苦涩。

像是感叹一般，徐林席长长地叹了一口气："纪安也是，居然把我想得这么差劲。"

话是这么说的，可他的语气中却听不到一丝怪罪的意味。

任遇苏垂下眼帘，踌躇片刻后，说："林席，最后的这点儿时间，你应该看不到纪安了。"

这句话很残忍，任遇苏说出来前做了很长的心理建设。因为他实在是想不到，还有什么会比让一个快要死的人连在最后的时间都见不到最爱的人残忍的事情。

徐林席笑了笑,说道:"没事,这段时间陪伴过就已经很好了。"

徐林席去世的那一天,离他十千米之外的公寓里,纪安猛然感觉心脏剧痛。林妙问她怎么了,纪安却缓缓地摇了摇头。

纪安的视线落在电视机下那一束枯死的花上,然后她轻轻地喊了一声林妙的名字。

纪安轻声说:"我刚刚突然想到了徐林席。"

林妙问她想到了什么。

纪安眨了眨眼睛,费力地回想着自己跟他的一段段回忆。

"就是,从前恋爱期间一些不好的事情。

"他对我不好,我们谈恋爱期间,他经常不回我的信息,对我使用冷暴力。你还记得大二那年,有一次你男朋友带我们去井楼吃饭吗?他那天还带了他的弟弟。

"其实那天我很不开心,因为那天徐林席一直没有回我的信息,从早上到晚上都没有回。我以为他在忙,结果回去的时候,我就看到他跟一群志愿者站在一起休息。他的身边还有一个女生,他那时候明明在看手机,却没有回我的消息。后来那个女生问他要不要一起去吃饭,他答应了。

"后来有一次我们一起去完成学生会的工作,那时候我还在他的手机里看到他和其他女生聊天的记录。他骗我,他骗我没加那些女生的微信,结果他不仅加了,还经常跟一个女生聊天。我发现这件事以后,他还生我的气,怪我不应该看他的手机。

"其实我那时候就应该感觉到,他没有那么喜欢我。"

纪安自顾自地讲着,完全没有注意到身边的林妙已经红了眼眶。

林妙紧闭着唇,死死地压抑着自己的情绪,生怕下一秒就会忍不住打断纪安。她强压下哽咽,像是抱着最后一丝期望般说:"我记得安安以前是最喜欢他的。"

纪安点点头:"是啊,我喜欢他,但他不喜欢我。"

"徐林席以前身边就有其他的女生,他还为那个女生放过烟花。有一次远足,我还看到他和那个女生一起在落日下接吻。"

她喃喃道:"妙妙,如果能重来,我再也不要喜欢徐林席了。"

林妙立马背过身，再也控制不住地哭了出来。

纪安注意到了，问她怎么了。

林妙回过头，又哭又笑："没有，我只是心疼你。"

林妙忽然明白了，纪安和徐林席的这段感情永远没办法回去了。纪安的臆想，已经不止是在大学期间了，就连更早以前的那些事也被改变了。徐林席在她眼里的形象，彻底变了。

在纪安的脑海里，柯林礼做过的事情就是徐林席做的，不管是高中时候的徐林席，还是大学时候的徐林席，都被附上了柯林礼的影子，成了一个彻底的坏人。

而原本的徐林席，被她抹去了。

后来纪安再度清醒，她想起了全部的事情。

她控制不住自己的病，尽管她拼命地和病魔做斗争，但她还是没能改变现状。

她非常不想将徐林席刻画成一个不好的人。在她心里，徐林席就是最好的人。

或许是因为心底对自己记忆被改变的排斥，她的记忆变得十分混乱。

比如对徐林席态度多变的林妙和任遇苏，再比如记忆中一些人影重叠的暗示……

她不舍得将徐林席完全刻画成柯林礼那样的人，所以臆想中的记忆总是有些莫名其妙，也不停有其他反常的事情在提醒她，这些都是假的。记忆中，任遇苏和林妙的态度就是最好的解释——某些时候，他们会一直强调徐林席是一个很好的人，但其实不是他们在强调，而是纪安在给自己这份矛盾的心理暗示，是她在强调。

其实所有的事情都是有迹可循的，找到了，她也就清醒了。

天边泛起白光，给天地分出了一条明显的界线。

"咔嗒"一声，纪安从房间里走了出来。客厅里的人都闻声抬起头看向她，所有人的脸上都带着一丝紧张。

她垂下眼帘，说道："任遇苏，我们走吧。"

纪安躺回到了那张熟悉的沙发椅上，身前面对的是那个跟着任遇苏回来的男人。他让所有人都出去，只留了纪安一个人。

这个男人是任遇苏在国外认识的朋友，在这一领域的造诣很深。他是特意回来给纪安做治疗的。

　　这也代表着，她没有回头路了。

　　这时，任遇苏养在花盆里的盆栽落下一片叶子，它飘飘悠悠地落到了空旷的书桌上，显得尤为孤寂。

　　纪安问："这一次，我会永远忘记他吗？"

　　他轻轻一笑："等你们再次相遇的时候，一定能认出彼此。"

　　纪安点点头，缓缓闭上眼。

　　再见啦，徐林席！

　　我一定会好好生活的，听你的话，好好生活。

　　所以，你要等我啊！

　　一年后，纪安来到任遇苏家中吃饭。

　　林妙也在，她说她今天要下厨做一顿大餐，让纪安等着大饱口福。

　　纪安温和地笑了笑。偶然间，她发现任遇苏的沙发上放着一个被整理出来的盒子，盒子上方放了一张他和一个陌生男人的合照。

　　林妙走过来，脸色一变，刚要从纪安手中夺走照片，就见纪安举起照片问："这是谁啊？他长得真好看。"

　　任遇苏走过来，俯下身道："这是我的一个学弟，你不认识。"

　　而此时，林妙背过身，眼眶里流出了眼泪，她慌忙擦去。

　　再也没有能刺激纪安的人了，她真的忘记徐林席了。

　　"他长得真好看，特别是笑起来的时候。他叫什么名字呀？"

番外一

徐林席

1.

夏日炎炎，体育馆内的空调"呼呼"运转着，挂在空调前方的红带子被冷风吹得不停地摇摆。

耳边响起一阵哨声，一场球赛结束了。

徐林席歪着脑袋左右拉伸了一下，双手捧着脸胡乱抹了两下，拭去了因为运动冒出来的汗。额前的碎发已经被汗水打湿了，他五指叉开往上一梳，碎发便朝着左右两侧垂落，露出光洁的额头。

"林席——"

他闻声抬头，接住了从空中抛过来的矿泉水瓶。他拧开瓶盖，一边往嘴里灌水，一边朝观众席走去。

"哎，林席！"程凡抬手朝徐林席身上捅了捅，"你看那边，那个女生今天也在。"

徐林席顺着程凡的视线看去，不远处的裁判身边站了一个穿着红马甲，扎着高马尾的女生。

不知道女生和身边的裁判说了什么，两个人都哈哈大笑起来。

今天不是她第一次来这里，整个九月，她都在球场帮忙。听说她是附中的学生,是被老师喊来当志愿者的。

今年九月有场很重要的篮球赛,这半个月的训练里,每天都能看到这个女生的身影,风雨无阻。

她跟他们一样,按时到场,大家训练结束散去后,她才离开。每当训练结束的时候,她都会给队员准备好毛巾和水,不管是什么工作都做得细致入微。

徐林席注意她很久了,她对人总是笑盈盈的,也会在球员垂头丧气的时候上前打气。在两队因为事情发生口角时,她也会毫不退缩地站在队伍最前面据理力争——这副样子,着实吸引人。

不过很可惜,她不是徐林席他们队伍的后勤人员,而是隔壁附中的后勤人员。

她似乎和身边的裁判老师达成了一致,说笑完后,便快速跑向体育馆的大门处。没多久,她就拖着一辆手拉车进来了,车上放了两箱运动型饮料。

很快有附中的人迎了上去,帮着她一块儿把饮料搬到隔壁附中球员的休息处,一瓶一瓶地分发给大家。她脸上还带着浅浅的笑:"大家下半场要加油啊!"

忽然之间,徐林席觉得握在手里的矿泉水很碍眼。

他有些烦躁地拧上盖子,将矿泉水瓶往脚边一放,似乎多看一眼,心里的烦躁就多一分。

是不是只要去了附中,就可以喝到她递过来的水了?

这时,带队的老师走了过来,问他:"徐林席,你刚刚比赛的时候腿怎么了?你跑起来的样子怪怪的啊!"

徐林席视线一抬,稍稍顿了顿。

上半场比赛的时候,他的脚扭了一下,虽然伤得不重,缓慢行走没什么问题,但跑起来就钻心地疼。

"你要是脚扭了,得跟我说,不能一个人强忍着,不行就让替补上。一场比赛而已,没什么大问题。"

老师说得风轻云淡,但其实这场比赛对他来说很重要。他为今天的比赛准备很久了,作为学校的篮球队队长,他当然希望自己为学校打的最后一场比赛能有一个完美的谢幕。

徐林席读的学校是重点中学,最在意的就是学生的升学率,所以对体育方面的活动一直不太重视。他今年已经初三了,他父母也跟他说了这一年要把重心放在学习上,所以他打完这场比赛就要退出篮球队了。

而且到了高中以后,他听从了父母的建议,把重心放在学习上面,不会再加入篮球队了。

所以,这是他参加的最后一场大型比赛,他一定要带队拿一个好成绩。

学校招的替补实力并不稳定,比赛前两天就连番失误。这让徐林席实在不太放心把下半场的位置让给替补。

他不相信对方,他想要赢。

见徐林席摇头,老师没多说什么,只叮嘱了两句便离开了。

程凡见状,凑过来问:"你刚刚伤到脚了吗?"

徐林席瞥了他一眼道:"我没有。"

"那就好,我还担心你是因为不放心让替补上故意隐瞒呢!"

徐林席心想,你说对了。

但不管怎么说,这一场比赛他不容许出现任何意外。

下半场比赛,徐林席还是强撑着上了场。

但可能是老天故意捉弄人,徐林席脚踝处的疼痛越发强烈。在队里的球员把篮球传到他手中,他准备迈开腿的一瞬间,脚踝处传来一阵剧烈的疼痛。他稍稍顿了顿,就在这短暂的失神片刻,对方的球员就拦住了他的去路。

比赛已经到了白热化的阶段,这个球若投不进篮筐,他们就要打成平手了。

徐林席屏着气,忍着疼痛,开始运球绕过对方球员跑起来。最后在三分线的位置,他远远地将球往篮筐上一投。

篮球在空中画出一道弧线,最后重重地砸在篮筐的边缘,接着猛地弹射开来,飞至一旁。

随着篮球一同跌出场外的还有徐林席,他重重地往一旁的地面倒去,因为惯性,身子翻了两个跟头,一看就摔得不轻。

哨声响起,徐林席按住自己的脚踝,额间冒出了冷汗,他的视线已经有些模糊,嘴唇不停地哆嗦。

"徐林席!"

队里的球员纷纷跑到他身边,围成了一个圈。有人小心翼翼地扶住他的肩膀想将他从地上拉起来,但稍稍一动,徐林席就吃痛,喊了一声。

随行医生跟老师这时也走到他的身边，蹲在他面前给他检查。

医生皱起眉："整个脚踝都肿了，别说打篮球，这两天走路都成问题。先到观众席上去吧，给你脸上，身上的擦伤上点儿药。"

徐林席这样，不仅不能继续上场，还导致他们队失去了重要的一分。比赛还没结束，他们学校还是派出了替补。

徐林席情绪不太高，坐在观众席上没吭声。

"纪安，你来给他上药吧。"

耳边传来医生的声音，徐林席没抬头，直到身前落下了一个人的身影，她小声询问："同学，能抬抬头吗？我给你上药。"

声音传入耳朵，徐林席原本放空的思绪顿时被拉回，他的身子跟着一僵，愣了半天，才抬头去看面前人的脸庞。

只是视线触及她面容的一瞬间，他便匆匆移开，脸颊泛起红晕。

真是，要命啊！

"你伤得很严重……"

少女的声音传来，同这个声音一道传来的还有她浅浅的呼吸。

两人的距离很近，少女的呼吸落在他的脸上，忽轻忽重，像是有一根羽毛一下又一下地在他的脸颊上挠痒痒。

"好了。"纪安起身从一侧拿了一瓶水递给徐林席。

徐林席接过后小声道了声谢，然后看着纪安在他的身边坐下来。

说实话，徐林席真的不想以这副面貌出现在她的面前。脸颊一侧火辣辣的，不用照镜子，徐林席都知道自己脸上肯定有一大片狰狞的伤口。他的脸被伤口覆盖了大半，这个样子真是没有半分美感。

这时，同队有人跑来跟他说明天的比赛替补会替他上场。尽管他早就预想到了这个结果，但在亲耳听到的那一瞬间，他还是很不甘心。同时，他心里涌出浓浓的愧疚。

队友小心翼翼地问他："队长，你明天还来吗？"

真是气不打一处来，徐林席闷声吼了句："不来了！"

队友在原地站了好一会儿，最后还是什么都没说就离开了。

时间一分一秒过去，场上重新响起哨声和拍打篮球的声音，但徐林席始终没有抬头看。

"你明天真的不来了吗？"纪安忽然转头问他。

徐林席怔了一下，眼睛跟着眨了眨："什么？"

纪安撕开创可贴，递给徐林席，示意他贴在手肘上，然后说："感觉你的队员都挺想你过来的。"

徐林席垂眼看了看自己膝盖上的伤："我这样，也过不来吧？"

"是这样吗？"纪安点点头。

没头没尾的一句话，落在徐林席的耳朵里，就像是在他的心里挠痒痒，不停地诱惑着他朝某个方向走。

鬼使神差地，徐林席突然说道："其实前面比赛的时候，我的腿就扭到了。"

他不知道自己为什么要跟纪安说这件事，但在这样的场合下，在前言不搭后语的情况下，他就是莫名其妙地说出了他今天的烦恼。

"但是我担心自己受伤下场以后，换上了替补，我们队会输，就一直忍着疼去比赛，但没想到，还是出意外了。"徐林席笑了一声，"我可能还是太天真，把自己看得太高了，觉得没有自己就什么都不行。"

他抬起头，看向纪安，问道："那个，我这样的行为是不是很糟糕啊？"

"会吗？"纪安没回头，"但你的队友都很相信你，不是吗？"

从刚刚不断有人跑来问受伤的他关于战略的问题，从每个队友脸上担忧的表情都能看出来，这个队的主心骨是他。

"他们都相信你，你也相信一下他们呀！"

徐林席愣住了。

纪安缓缓地道："你的想法，我能理解，不过这场比赛，你们队没有了你，不一定会输的。你看！"

徐林席顺着纪安的视线看向球场，球队里的每一个人都拼尽了全力，包括后来上场的替补队员。

"你可以试着相信他们。"

话音刚落，不远处有人喊纪安的名字。少女闻言，起身朝他挥了挥手："我先走了，弟弟，你别给自己太大的压力。"

少女的脚刚迈出去，又退了回来。她把手伸进口袋里摸了半天，最终摸出一个东西放在徐林席的手心。

徐林席低头一看，是一根棒棒糖。

纪安笑得眉眼弯弯："这根棒棒糖就送给你吧，祝你接下来的比赛一切顺利。"

这也是往后那么多年里,他的头像一直是一根躺在他手心的棒棒糖的原因,而各个社交平台的昵称也是那天的日期。

那天的比赛结束,他们学校的球队险胜对方,进入了明天的总决赛。

徐林席第二天依旧来到了体育场,他进场的一瞬间,他们队里的球员纷纷笑嘻嘻地迎上来,七嘴八舌地询问他脚伤的情况,还有人说让他赶紧制订一个作战对策。

被人围在中间,徐林席却微微抬着头,视线穿过人群,在场内不断地巡视。

今天他没看到那个女生。

在休息区坐着看比赛时,他听到队里候补的队员说:"昨天附中输掉了高中组的篮球赛,所以今天就没来了。"

原来如此。他昨天提早离开,不知道这件事。

徐林席慢吞吞地收回视线,不知道下一次再见到她会是什么时候。忽然之间,他的心中萌生出了一个目标,他要上附中。

少年时期他情窦初开,一想到那个人,他的心脏就会怦怦直跳。晚上睡觉时,他脑海中也总是会不断地回忆起那个人。她嫣然地笑着,站在人群中朝他招手。

那天他将自己拙劣的内心说给她听,其实已经做好了被她异样看待的准备。冲动之下,他把那段时间最脆弱的心理展现在她的面前。就在他沉着神色,准备听她指责他这种想法不对的时候,他听见女生说,她能理解他的想法,甚至给他增添了信心。

温温柔柔的语调,像温润的山泉落到了他的心里。他第一次这么注意一个异性,也是第一次认识这样的女生。她和自己接触的女生不同,他对她的情愫也是不一样的。

伴随着夏日的燥热,少年心中的一腔热血也逐渐显现。

2.
假期之余,徐林席在空间里看到了自己表姐发的一条动态,并提到了另一个账号。

动态是两个女生的合照,表姐身旁的那个女生,就是他在篮球场遇到的那个。

或许是少年的一腔热情,带着几分小心,他复制了对方的账号,然后切换了小号点了添加好友。

对方并没有设置好友验证,下一秒,手机界面就变成了两人的聊天界面。他成功加对方为好友了。

她似乎并没有注意到好友列表里多了这么一个陌生好友。一连几日,徐林席和她的聊天框也只有一句"我已经通过你的验证,快来和我聊天吧"。

但光是这样,徐林席就已经满足了,好像两人之间的距离又拉近了。

他放下手机,看向自己面前铺满桌面的试卷,手指间夹着的笔转了一圈,最后落笔在试卷上写了个大大的"C"。

还有一年,他要上附中。

他的成绩很优异,其实这个目标对他来说并没有难度。只是因为多了一个想上这所学校的理由,平添了一分紧张,他心中就多了一分忐忑。他想要再努力一点儿,让这件事没有任何意外。

学期过半,他忽然在空间刷到了一条动态,是她的游戏截图。

徐林席顺藤摸瓜找到了她的账号,犹豫了很久,最后按下了"添加"。她问他是谁,徐林席沉默半晌,在聊天框上打字问她要不要一起打游戏。

于是,他们成了"素未谋面"的网友,从游戏到各个社交账号。

中考结束,他顺利考上了附中。

他在社交软件上告诉她,他考上了一所目标学校。

她说,恭喜他。

踩着八月末的尾巴,他背着书包走进附中的校门时,一眼就注意到了站在门口当志愿者的女生。

她穿着红马甲,一如一年前的样子。

徐林席拉了拉书包的带子,慢吞吞地走到女生身旁询问:"同学,可以问一下高一的教学楼在哪里吗?"

这是试探,试探她还记不记得她。

女生抬头看了他一眼,指了指不远处的教学楼:"在那边,分班表在那栋楼楼下,你走到那里就能看到了。"

她神色淡然,只是学姐对待新生的态度。

徐林席知道，她没认出自己，或者说，她不记得去年的自己了。

但失落的情绪一瞬间就消失了，他想，既然来到了附中，已经代表他们的关系拉近了一大步。

这时，他听到她身侧的人喊她的名字——

"纪安"。

他记得她的名字，在那个夏天就记住了她的名字。

徐林席在附中的日子循规蹈矩，和初中时没什么区别。

只多了一项，那就是他的视线会在人群中多留意几眼——他想寻找某个人的身影。

高二那年的跨年夜，他想带纪安看一次星星。因为暑假时，他曾在游戏闲聊之余得知纪安想看星星。

这个季节，临安正在营业的烟花店很少。他跑遍全城，包括周边的县区，总算找到几家还在营业的烟花店。

徐林席在烟花店里挑选了很久，跟老板反复确认了烟花的种类以及样式，最终找到了那一款燃放后形状与星星最为接近的烟花。

然后，他去找了盛湘语，告诉她自己要去郊区放烟花的消息。

盛湘语还笑着打趣他："怎么突然要放烟花了？给谁放的？"

徐林席瞥了她一眼，说道："没谁。"

他教室靠近走廊的那一个窗台突然出现了纪安的身影，徐林席顿了顿，盯着那个方向看了半晌，在对方要看过来之前移开了视线。

他抓了抓脸颊，漫不经心地说："我是说，你也可以把你的朋友带过来一起看烟花。"

跨年夜那天晚上，他的朋友把魏佳也带来了。徐林席倒没什么意见，不过是多带一个人而已。

他兴致不高，站在湖畔边不停地摆弄着手中的手机，视线不断地往另一侧的堤岸上看。朋友们则围成一个圈，一直在讨论今天这场烟花。

终于，他在堤岸看到了一丝亮光，远远看去能看到三个人影，徐林席知道，那是盛湘语她们。

他马上将手机塞回口袋，又从口袋里摸出打火机，"啪嗒"一声，微弱的火苗出现在这一片昏暗中。

朋友问他:"要放烟花了吗?"

徐林席应了一声,目光从堤岸收回:"放烟花了。"

那一场烟花,是为她而绽放的。

纪安高考前夕,他在学校的荣誉榜上看到了纪安的照片。

他很少注意这个榜单,也是第一次看到纪安的证件照。

少女披散着头发,长度刚好到肩膀,她的脸上带着浅浅的笑,眉眼弯弯的样子看起来十分温柔。

徐林席站在原地盯着那张照片看了很久很久。

最终,他拿出一支笔,在榜单上所有人的照片下面都写下了一句祝福,最后来到纪安的照片下方时,他停在那里好一会儿,郑重地写下了"高考加油"四个字。

好像只有这样,他跟她说一句祝福的话才会变得名止言顺。

收回笔的那瞬间,他露出了笑容,跟照片上的女生一样的笑容。

徐林席高三那年,纪安考上了俞峡大学,那时候他想过跟她考同一所大学。可是他的成绩很好,所有人对他的期望都是"985"或"211"的大学。

当他试着跟自己的朋友提起想要考俞峡大学时,朋友们都是一副不可置信的表情。就在他犹豫时,上天却似乎知道了他的想法,替他做了选择。

他高三那年,父亲背叛婚姻,母亲心灰意冷之下选择了出国。那一年是徐林席人生中最灰暗的时期,家庭破碎,成绩一落千丈。

他曾试图去缓和父母的关系,但父亲选择了别的女人,跟母亲离婚以后,他的父亲就迅速和别的女人结婚了。

当时,他想跟着自己的母亲,母亲却抛弃了他,她说:"林席,不是妈妈不要你,是我现在实在没办法接受。"

所有人都不要他,他在父亲的新家里是一个外人,母亲弃他而去,天之骄子就此不复存在。

他永远不能忘记,当他站在那个熟悉又陌生的家里时,继母却坐在沙发上,轻轻地抚摸了一下自己的孕肚,淡淡地对他说:"林席呀,你马上就要有弟弟了。"

这些事情一直影响他到高三下学期，在附中所有人都在快马加鞭努力向上的时候，只有他在不停地后退。他那时候还有一个很阴暗的念头，他想堕落下去以报复自己的父亲。

但后来他发现，自己的堕落并不会影响他的父亲，父亲的注意力都在继母肚子里的孩子身上，他们对那个未出世的孩子寄予了很高的厚望。他的父亲，没了他，也有其他的选择。

他知道，以后这里就不是自己的家了。

后来，朋友的一句话让他重新有了目标，朋友说："你要是还想上俞峡大学，就别再堕落下去了。不然，你连俞峡大学都考不上了。"

徐林席猛然想起，俞峡大学还有一个他觉得很重要的人。哪怕那个人并不认识自己，但纪安，是那时候的他最后的希望。

三言两语概括的那一年，是他再也不想经历的噩梦。

那年夏末，他背着包走进俞峡大学，他看到了那道黑暗中唯一的光。

徐林席想，他不想在背后注视着她的背影了。

3.

那天的告白，是他对自己的感情最后的交代。

在纪安说出她也喜欢他的时候，徐林席没忍住抱着她哭了。眼泪落下来的那一瞬间，他忽然想，自己上一次哭是什么时候呢。

他忘记了。他父母离婚的时候他没哭，在自己家里被排斥的时候他没哭，在黑暗中摸索着前行的时候他也没哭，但告白这一天，他哭了。

其实不是那天，在很早很早的时候，他就想要爱她一辈子。

白血病是大一那年的寒假发现的。

确诊那一天，他拿着病历坐在医生面前一言不发。他不能接受，为什么在一切都在好转的时候，老天要来跟他开这种玩笑。

医生见他这个年纪就得了这种病，深深地叹了一口气："同学啊，这种病好好配合治疗还是可以……"

话说到一半，医生就止住了声音。

或许医生更清楚，徐林席的这种白血病只能靠治疗延长几年的寿命，却永远都没办法完全治愈。

徐林席撇了撇嘴，想要乐观地看待这件事，却实在是没办法调整好心态。他捏着病历的手指泛白，嘴唇颤抖，一遍又一遍地看着最终结果。

最后，他站了起来，低声向医生道谢："谢谢你，医生。"

医生点点头："同学，这种事情，你还是要跟你父母说的。"

他哑声道："好。"

徐林席走出医院时，他的父亲正好开车到医院门口接他。他上车以后，徐鹤成还在因为医院这条路一直堵车而烦躁。见到徐林席，徐鹤成也没缓和脸色："是什么事情非得我来这里接你？你看看医院这边多堵！"

徐鹤成的态度让徐林席心里一凉。

其实到现在他也不能理解，为什么一夜之间，从前那个疼爱他、视他为骄傲的父亲像变了一个人。好像现在的他不是徐鹤成亲生的一样，从前的那17年，徐鹤成好像是另一个人。

徐林席脑袋重重地靠在椅背上，缓缓闭上了眼："我生病了。"

"什么病？"

"白血病。"

车子里瞬间陷入死一般的寂静。

车子猛地停住，徐鹤成转过头，不可置信地看着他："你说什么？！"

徐林席不想说第二遍，转头躲过徐鹤成的视线。

徐鹤成在车上点了一支烟，默默地看着窗外的车流。不知道过了多久，他掐灭了烟，重新发动车子，并再次开口，声音听不出情绪："去治病，多少钱都去治。"

徐林席有时候觉得徐鹤成真的是一个很矛盾的人，他对徐鹤成的感情也很复杂。父亲是他的启蒙老师，从前的疼爱也做不了假。他觉得，或许现在对方还是爱他的，只不过爱被分成了两份，而更大的那一部分在徐鹤成的新家里。

徐林席打开手机，看到了被微信置顶的人发来的消息，纪安问他现在在做什么。

她很粘他，他也很喜欢她这样。

徐林席垂着眼睫毛，敛去眼中的情绪，退出了社交软件。

那个晚上，他做了一个梦，他梦到自己躺在病床上，纪安则趴在他的床前一直哭。她说，如果他死了，她就陪着他一起，到哪儿都陪着他。

徐林席被这句话吓醒了，起身坐在床上愣了很久。

隔天，他在网上看了一天有关白血病的内容。从前没仔细了解，现在一看，他才发现它的恐怖。

他在一篇篇文章和视频中见证了太多的生离死别，有爱情的，也有友情和亲情的。

他中断了和纪安的联系，他还没想好自己应该怎么办。

他开始频繁地出入医院。

那段时间，他在医院里看到了太多的人情冷暖，好像不只自己，还有好多好多的人在痛苦地活着。

徐林席发现，比起那些生病的人，他们身边活着的人反而更辛苦。他们时时刻刻担心着病人的身体，还得顾及病人的感受，每天都担惊受怕，以泪洗面，担心某一天病人会突然离世。

他隔壁病床的病人是一个年轻的男人，在身边照料他的人是他的妻子。从聊天中，徐林席得知，年轻男人的病是结婚前就发现的，妻子不顾家人的反对坚持要嫁给他。两人已经坚持三年了，现在男人的状态越来越不好，他妻子的情绪也因此一直不佳。

这三年，他们花光了所有的积蓄，每一天都很辛苦——化疗的疼痛，死亡的恐惧，分别的不舍，很辛苦，真的很辛苦。

他的妻子因为他的病，在前段时间被确诊得了抑郁症，也因为照顾他，在明明只有二十来岁的年纪看起来却像是三十多岁。短短三年，她却苍老了十岁。

男人说："她以前啊，也很喜欢打扮的。"

他说，早知道会这样，他就应该在确诊那一天和她分手，让她及时止损。跟一个没有未来的人生活在一起，对方真的会很累。

爱之深，更是没办法接受对方变成这样。

如果及时止损了，那对方的未来或许就会不一样了吧。

徐林席听完后，沉默了。做完化疗出院那天，他隔壁病房有个老人离世了，他的老伴一直在门口掩面哭泣。

他突然意识到，原来活着的人更痛苦。

他们要一辈子活在对方的阴影里，要不断地想念一个去世的人，想摸摸不着，要忘记忘不掉。

走出医院，他就给纪安发信息说"我们分手吧"。

徐林席清楚地知道，纪安爱他，就跟他爱她一样。如果她知道自己的病，一定不会同意离开他。如果知道他会死，那她更是会把他记在心里一辈子。

他不想她一辈子都活在他死亡的阴影里。

与其让对方接下来的所有日子都活在阴影里，不如让对方及时止损。他知道自己没资格替纪安做决定，但这个决定，他一定要做。

他一个人又有什么关系？他的纪安是要有更好的未来的。

除夕夜，徐林席被窗外响起的烟花和爆竹声吵醒了。

临安的年夜饭一般是下午三点吃的，他在楼下吃完那一顿并不热闹的年夜饭就上楼睡觉了，一睡就睡到了晚上七点。

徐林席脑袋晕乎乎的，坐在床前出了半天的神才稍稍好转。

他打开房门下了楼，正巧碰上徐鹤成抱着弟弟站在大门的玄关处，继母正坐在椅子上穿鞋。

听到他下楼的动静，门口的三人都明显一愣，似乎都没想到他会突然下楼。

"林席啊！"徐鹤成先打破了沉默，"我们准备去小区的公园里放烟花，你要不要跟我们一起去？"

徐林席刚要说话，就看到了继母脸上不悦的表情。

他顿住了，话也卡在喉咙里。

这时，弟弟忽然在徐鹤成的怀中闹了起来，他挥舞着手中的烟花棒，声音尖锐："我不要跟他一起去放烟花！我不要！我不要！"

"徐子成！"继母瞪了弟弟一眼。

弟弟嘴一撇，顿时开始委屈地掉眼泪，嘴里发出呜咽声。

原本一家人欢欢喜喜的出游变成了一场闹剧，而这件事的始作俑者，被安在一直没有说话的徐林席身上。

徐林席垂下眼睫毛，轻轻地笑了笑："不用了，我不太舒服，就不跟你们出去玩了。"

他给自己倒了一杯水后，就上了楼。

他们家是一栋小洋楼，三楼有一个不大的小阳台。徐林席端着水杯，站在阳台围栏的边缘处，静静地端详着不远处的公园。

过了一会儿,他便看到自己的父亲和继母的身影出现在公园里。他们替徐子成点上了烟花,任由他拿着烟花棒到处奔跑,而他们两个大人像是玩老鹰捉小鸡一般追在他的身后。

只是这么远远地看着,徐林席都感觉能听见他们一家人的欢笑声。

公园里有好多人聚在一起放烟花,小孩儿聚在一起玩闹,大人站在一起谈笑,欢笑声随风传到他的耳里。

在新年里,所有人都是快乐的,除了他。

新年还这么孤独的,恐怕只有他了吧!

徐林席躺在床上的时候,忽然想起小学的时候自己想跟父母一起去放一次烟花,却被二人拒绝了,母亲的借口是自己工作忙没有时间,父亲的理由则是与其浪费时间放烟花,不如去学习。不止那年,那之前,那之后,他都没有跟家人一起放过烟花。

那一夜,临安城的上空出现了很多违规燃放的烟花,一束又一束,却没有一束烟花是为他而放的。

4.
徐鹤成的一通电话把赵菁从国外喊了回来。

那天家里的气氛很僵,一男一女坐在沙发上商量着徐林席的事情。双方的态度都不是很好,观点不一样,争吵也发生了好几次。

徐林席从楼上下来时,两人正好再一次发生了争吵。

徐鹤成希望赵菁把徐林席带到国外去,可以更好地治疗他的病。他工作很忙,所以希望赵菁可以照顾徐林席。

赵菁却是跟他完全相反的想法,她坚持徐林席应该留在国内,在国内有家人和朋友相伴,而在国外,他只会是孤零零一个人。

但不管双方坚持的理由是什么,徐林席都知道他的父母是想把他推给对方。

其实在哪儿都一样,他都会是孤零零一个人。

所以当他们问他想要去哪里的时候,徐林席想到了纪安。

他知道自己只要留在这边,就一定会被纪安找到。她会拼了命地找他,找他问一问"分手"的理由。

徐林席认为自己是懦弱的,他没办法面对纪安的眼泪,也对她说不出狠心的话。他演不出自己不爱她的样子,要知道他最爱的人就是她了。

于是,他立马就做了选择。

他看向赵菁,一字一顿地说:"妈,我想跟你走。"

一方面,他是为了躲避纪安;另一方面,他还在奢求这份已终止的母爱。

但当初出国时的两个目的,最终只实现了一个。

他的妈妈并没有什么时间照顾他,除了钱,没有给他任何东西,包括那一份他奢求的母爱。

他知道赵菁很辛苦,他在家住着,每天到凌晨才会碰到喝醉的赵菁回家。为了应酬,她每天都很辛苦。徐林席劝过她,让她不要为工作这么拼命,可得到的却是赵菁的斥责。她说:"我不工作哪里来的钱?没有钱,谁能给我们母子俩安全感?你的病要钱,生活也要钱,林席,你要理解我!"

他选择出国,是想在自己生命倒计时的这段时间里,妈妈能爱他多一点儿。但很遗憾,他没得到他想要的母爱。

他成功地躲过了纪安,开始一个人孤独地接受治疗。最后,他忍受不了身处异国的孤独,陌生的街道、陌生的语言让他无所适从。生命倒计时的钟声敲响,他越发想念远在海岸线另一端的纪安。

于是,他回国了。

他在俞峡的一家咖啡厅找了一份兼职,在暗处留意着纪安的生活。他看着她慢慢走出没有他的生活,认识新的朋友,有了新的男友。

她的生活在往好的方向发展,她成功地走了出来,再也不需要他了。

他观察过纪安的新男友柯林礼,和柯林礼接触过的人对他的评价都不错。在徐林席眼中,柯林礼对纪安也很好。柯林礼应该是一个很好的选择吧。

看着纪安生活得越来越好,徐林席很庆幸,庆幸自己当初离开是一个正确的选择。纪安现在生活得幸福美满,他也安心了。

可庆幸之余,他又有一些遗憾,但那点儿属于他的遗憾,是可以忽略不计的。

毕竟,只要纪安好,他就好了。

他的遗憾和纪安的幸福比,根本算不了什么,纪安生活得好,对他来说才是最重要的。

徐林席兼职的咖啡厅的老板娘对他很好，明明他才是来打工的人，老板娘却包揽了大部分活儿，只让徐林席做一些轻松的活儿。

这是徐林席第一次感受到一个陌生人的善意。

他想报答一下老板娘，便时常给她还在上高中的儿子补课。他以前的成绩并不差，虽然大学没毕业，但能考上俞峡大学，高中的知识点对他来说倒是不困难。

老板娘的儿子叫谢树浩，他性格开朗大方，喜欢吉他，尤其喜欢徐林席那把时常背在身上的吉他。

徐林席觉得他和自己很像，两人在一起能聊的话题也很多。他会在辅导完谢树浩的功课后，和他一起坐在店里的沙发椅上合奏。他教谢树浩弹吉他，还对谢树浩说以后会把这把吉他送给他。

谢树浩很高兴，一直说他真够义气，说认识他真好。

但对徐林席来说，自己要谢谢谢树浩，他是自己最后一个朋友。

有一次，他在店里晕倒了，再醒来时人已经躺在医院了。谢树浩和老板娘都坐在病床前陪着他。见徐林席醒了，老板娘出门去喊医生了，谢树浩则留在病房内。

少年红着眼睛，坐在床前艰难地说道："你怎么不告诉我你生了这种病？我们还是不是朋友了？"

是徐林席拜托老板娘别把他的事情告诉任何人的，所以相处了这么久，谢树浩都不知道徐林席罹患白血病的事情。

徐林席笑了笑。他本想在生命的最后关头孤独地死去，不结交任何朋友，永远独来独往。但无意间，他走进了这家店，认识了老板娘，开始在店里打工，和谢树浩成了朋友。

徐林席本来想，只待一段时间就离开的，但因为他们的善意，他一直舍不得离开。

他觉得自己是自私的，一个不知道什么时候会死的人却还要去认识其他朋友，让他们徒增一份悲伤。但他没忍住，他还是没忍住贪恋这最后一份温暖。

医生检查完他的身体后，让他住院做化疗。

这是第一次，他化疗的日子里身边有其他人的陪伴。

出院那天，徐林席跟谢树浩讲起了有关纪安的事情。像是最后的祈盼，他想让世界上还有人记得他对纪安的感情。

谢树浩年纪不大,但在这件事上完全体会到了他的感受,还笑着说:"那我们两个人就一起在暗地里守护她吧!你要保护的人,就是我要保护的人。"

再次见到纪安,是在街边的路上。

其实知道纪安过得好以后,徐林席就降低了自己去找她的频率,这一次碰见纪安,是意外。

她站在她的新男友柯林礼身边,但看起来很不对劲。

她没了往日的生气,整个人就像一个提线木偶,跟着柯林礼行动,神情也是呆呆的。

徐林席了解纪安胜过了解自己,他一下就发现了纪安的不对劲。他跟踪他们,到了他们住的小区楼下观察。

他不敢轻举妄动,便观察起柯林礼的举动,发现他最近几次下楼都是一个人。

他找到了纪安和柯林礼所住的楼层,也试着在柯林礼外出时去敲门,但里面一直没有人应声。

来过几次后都没有任何收获,他还是心有疑虑,主动联系了任遇苏并告知他这里的情况。过了几个小时,任遇苏回电说他很快就会赶回来。

徐林席这下确定纪安出事了,于是重新回到小区寻到纪安的家门口,还是跟之前一样,他敲了几下房门,都没人应答。

他刚准备报警,身后邻居的房门打开了,一个老太太走了出来,问他是不是这间房子主人的朋友。

徐林席没答,反而问:"您认识这房子里的女生吗?"

"不认识,我刚搬来,但这房子里总是传来哭声。我还以为你和他们是朋友,还想找你问问情况呢。"

"那他们在家吗?"

"上午我看到他们出去了。一个男人抱着那个女生出去的,他说他女朋友身体不舒服,要去一趟医院。"

老太太的话如一记闷雷在徐林席的脑子里炸响,他的呼吸猛地加快,情绪激动,开始大口大口地喘气。

不一会儿,他的鼻子开始流血。老人见状,惊呼一声,从玄关处抽了几张纸递给徐林席。徐林席点点头,将纸塞进鼻孔。

但这样根本没用,血很快浸湿了纸巾,不停地从鼻腔里流出,怎么都止不住。徐林席用手捂着,血就从他的指缝中流出来,浸满了他整只手,甚至滴到了地上,触目惊心。

老人关切地问要不要叫救护车,徐林席却摇了摇头,用那只沾满血的手从口袋里掏出手机,一步一步地往电梯间走去,想快点儿离开这个地方。

但没走两步,他的身子一歪,重重地倒在了地上,手里的手机也重重地砸在了地上,屏幕瞬间碎裂,那一通电话也没能拨出去。

徐林席再次醒来时,发现自己正躺在医院的病房里。

房间里静悄悄的,一个人都没有。他赶忙拿起桌上的手机,屏幕虽然裂了,但好在还能用。

他看了眼时间,现在已经是第二天的早晨了。

手机有很多未接来电,都是来自任遇苏的。他赶紧回拨过去,刚接通电话,任遇苏的声音就迫不及待地从听筒里传了出来——

"喂?喂?你怎么才接电话啊?我现在在转机,差不多中午就可以到俞峡了。你人现在在哪儿?"

"俞峡机场吗?我来找你。"徐林席没回答他的问题。

任遇苏也没察觉出异样,说道:"嗯,对。"

"等我,我马上来。"

挂掉电话后,徐林席就拿起椅子上的外套准备下床,却正巧被推门进来的护士撞了个正着。

护士快步上前拦住徐林席:"哎呀,你还不能下床!"

徐林席顿时急了:"不是,我有急事。是医药费的问题吗?我现在就跟你去结账。"

"你身体还没好,还要躺在床上静养两天!"

"我不躺着,我回家,我真的有急事。"

最后,护士拗不过徐林席,还是放他走了。徐林席一出急诊大门,就打了一辆出租车直奔机场。

机场离市中心医院有一个多小时的车程,加上早高峰期间堵车,徐林席在路上耗了将近两个小时。

到了机场以后,他在里面等了几个小时,终于等到了任遇苏。

可看到任遇苏的那一刻,他知道,事情远没有自己想的那么简单。

他跟着任遇苏他们到了郊区的一片别墅群,车子最后停在了别墅群最里面一栋欧式风的别墅前。

他的心里涌出一股不好的预感,所有的猜想在推开那扇紧闭的房门的一瞬间被证实。

他看到了,看到了穿着白裙毫无生气地躺在床上的纪安,她的手腕上还流淌着血,她像是一朵凋零的花朵,已经没有了生命的气息。

那一刻,徐林席脑海中浮现过千万种可能。

他想去杀了那个摧毁了这朵花的人。

纪安的状态很差。

从林妙和任遇苏口中,他知道了一些零碎的信息。仅靠着这些,他也能想到纪安遭受了什么样的对待。

他想去找那个男人,却被任遇苏拦住了。

任遇苏说:"那些事情交给我们吧,纪安这边就交给你了。徐林席,你有没有想过?不管是几年前的纪安,还是现在的纪安,都很需要你。"

那天晚上,徐林席想起很多之前他和纪安在一起的情景。

其实这些回忆并不陌生,这些年他一个人的时候总会想起两人曾经的模样,给自己一些活下去的动力。

当年的徐林席,自作主张地替纪安做了一个他觉得是为她好的决定,一直到今天以前,他一直都觉得自己这个决定是无比正确的。

但是现在,他开始反思,自己从前是不是做错了,他是不是不应该自以为是地替纪安做决定。

要是早一点儿,他早一点儿发现纪安和柯林礼的异样,或是再早一点儿,在纪安和那个男人在一起之前就阻止他们,纪安是不是就不会受到伤害了?

他后悔,后悔自己当时仓促地做了那样的决定。

他应该选一个最适合纪安的办法,而不是打着为她好的旗号,做出一个现在被证实是错误的决定。

那天晚上,他走进了纪安的病房。

虽然不知道这一次的决定是否还会产生不好的结果，但徐林席想，就让他在生命的最后时刻赎罪吧，以弥补他对纪安的亏欠。

徐林席陪着纪安回到了临安，在这段时间里，他陪着她去做心理治疗，带她回母校附中散步。他记得从前纪安和自己提过，她很喜欢他和他朋友之间的氛围，所以这次回来，他重新跟自己高中时期的朋友联系上，带着纪安跟自己的朋友见面。

北江知道他生病的那天，两个男生，哦，不，现在都已经成长为男人了，他们一同蹲在路边——纪安已经在车里睡着了，也是因为她睡着了，徐林席才能有时间和北江单独聊聊。

北江的指尖夹着一根点燃的烟，但他没抽烟，也不说话，就那么沉默着。

徐林席不知道他什么时候开始抽烟的，不过他知道北江的情况也不太好，北江跟南枳分手以后就北上打拼了。这么多年没见，他没想到北江也学会了抽烟。

似乎是感觉到气氛古怪，北江没忍住嗤笑一声，将手中的烟扔在地上摁灭，骂了一句脏话后，把烟蒂扔进了垃圾桶。然后，他转过头，看向徐林席的眼睛有些红："真有你的！"

徐林席知道他说的是自己生病失联的事情，做朋友这么多年，有些话不用挑明，彼此也能明白对方的意思。

徐林席先起身道："行啦，这次就当提前来跟你道别了。"他的目光落在躺在车后座睡觉的纪安身上，眼底总算浮现一些笑意，"接下来的日子，我得好好陪她，把她的病治好。"

北江也跟着起身，问道："你有没有什么要我帮忙的？"

徐林席张了张嘴："帮忙啊……"随后，他自顾自地笑了一声，"等我死后，帮我照顾照顾纪安吧。"

徐林席的病情加重，他要回俞峡做化疗。纪安知道以后，坚持跟着他回了俞峡。

更糟糕的是，纪安的病情也越来越严重，寻常的治疗已经控制不住她的病情了。她生病的时候，徐林席就忍着疼痛从病床上下来抱住她，一遍又一遍地安抚她的情绪。

纪安越是这样，徐林席就越心疼。因为她的反应越大，就代表她从前受到的伤害越大。

她的情况很糟糕，甚至出现了之前没有出现过的病症。她把他和柯林礼弄混了，把曾经和柯林礼的那些不好的记忆强加在他身上，他在她的记忆中，成了一个坏人。

任遇苏说，这是她自己臆想出来的，是她的心理防备。他从纪安凌乱的语言中得知，从前她之所以会和柯林礼在一起，就是因为柯林礼特别像高中时候的徐林席。

"那时候的纪安把自己对你的念想强加到了柯林礼身上，她对柯林礼做的事情，都是从前想和你在一起做的事情。她当时就过不去这个坎儿，所以在看到柯林礼身上有你高中时期的影子的时候，就选择和他在一起了。通俗一点儿讲，她找了个你的替身。"任遇苏指了下面前密密麻麻的记录，"因为柯林礼的事情对她的伤害特别大，比我们预想的都大。而她现在给自己筑起了一道防护墙，她一个人躲在里面，压抑着自己的情绪。久而久之，导致她现在对现实的记忆开始出现混乱，她把你当成了柯林礼，把柯林礼当成了你。"

他叹了一口气，继续说："可能慢慢地，在她的臆想中，你们会被融合成一个人。林席，柯林礼对她做的那些不好的事情，可能都会被她误会成是你做的，而你在她记忆中的模样，可能会被改变。"

这其实是一个坏消息，因为徐林席在她的记忆中会变成她憎恨的人，变成一个她永远无法原谅的人。

但也不是没有好处，任遇苏说，在爱与恨的交织当中，她可能会平衡这段感情，平衡两种情绪。而且这样一来，以后徐林席去世了，纪安的执念或许就不会那么深，慢慢地，她可以在朋友的陪伴下好好活着。

但如果哪一段感情高于另一段，这个平衡就会被打破。

任遇苏觉得，如果放任纪安臆想，最对不起的人就是徐林席。他的爱，将永远不会被当事人知道。

徐林席听完任遇苏的分析，一连多日的紧张情绪却释然了不少，他笑了起来："其实这样挺好的。"

他看着桌上纪安的病历，眼底流露出愧疚："比起让她一直记着我而好不起来，如果恨我、忘了我才是更好的选择，我甘之如饴。在我心里，纪安比我自己重要。"

纪安的臆想症越来越严重。她发病的时候不再愿意靠近徐林席,她会害怕他,憎恨他,她会将滚烫的热水泼洒在徐林席身上,看向他的眼里充满憎恶。

有一次,她甚至扯住徐林席,把他带到警察局报警,她说:"我要你去坐牢。"最后,任遇苏匆忙赶来解释了情况后,徐林席才被释放。

而纪安,已经被林妙带走跟她一块儿住了。

纪安不记得自己发病时的状态,不发病的时候,她倒是不排斥其他人,也不排斥徐林席,甚至会在徐林席住院的时候陪他一起做化疗。

她变得不爱说话,但会紧紧地拉着徐林席的手,像是在告诉他,她会永远陪着他。

那天,她坐在他的床前,双手握着他的手掌。他轻轻动了动手指,喊了一声她的名字。

纪安抬起头时,他笑了笑,忽然想起自己从前暗恋纪安的事情:"我一直有个秘密没告诉你。"

"什么啊?"

"下辈子吧,你好好生活,我会一直等你的。等我们下辈子见面,我再告诉你吧。"

他还是觉得,这种事情还是不要在自己快死了的时候说出来了。他吊着她的胃口,但愿两人下辈子还能再见面。

"纪安,我是真的想娶你。"

徐林席最后的日子里,纪安没有在身边,她的臆想症加重了,她一直活在自己臆想的世界里。

任遇苏和林妙来看他,陪了他很长一段时间,问他还有没有想做的事情。徐林席摇了摇头:"没有了,好好照顾纪安吧。"

北江这些徐林席高中时的朋友也来了,徐林席却不太想见他们。他觉得自己这副模样太丑了,会被他们笑话。

谢树浩和老板娘也一起来看他了,谢树浩现在已经读大学了,考上的也是俞峡大学。

但最令徐林席惊讶的,还是他的父母不知道从哪里得到了消息,知道他现在在俞峡,都匆匆赶了过来。

赵菁跪倒在他的床前，哭声一阵又一阵，最后还是护士过来制止她的。

徐鹤成呢，他的脸上也充满懊悔和愧疚，眼眶发红。

其实在俞峡的这些年，徐林席也曾经想过，自己的父母会不会找到这里来。起初，他还是抱有那么一丝期盼的，但随着时间的流逝，他的这个想法越来越淡，心里也有了答案——他们应该是不会找来了。

不过他好像猜错了，他现在快死了，他的父母却都赶来了。

他们哭完以后就开始在他的病床前争吵，赵菁说以为他回国以后，一直都是徐鹤成在照顾他，她就没回来找他。徐鹤成则说，徐林席和赵菁出国以后，他一直以为徐林席还跟着赵菁。

多么可笑的借口，其实只要互相打一个电话就能知道的事情，但两人因为对彼此的怨恨，即便中间隔了一个患有白血病的儿子，也都没有给对方打电话关心过他的身体状况。

不过，徐林席还是相信他们俩都没说谎。

毕竟他们都发了信息来"慰问"他，他都回复了"挺好"，这么多年，给他的钱也一直没有断过。

除去看病的花销，徐林席能用钱的地方不多。他父母欠他，而他欠纪安，所以，他给纪安留了一笔钱，剩下的都还给了父母。

做完这一切以后，本来以为该释然了，但他还是放不下纪安。

他看向窗外，今天俞峡的天气不太好，外面的树枝不停地摇摆，应该是刮了很大的风。

现在的纪安，在干什么呢？

昏迷之前，徐林席的脑海中如同走马灯似的回忆起自己这些年经历过的事情，其中最多的还是自己和纪安在一起以后的回忆和对她的喜欢。

啊，他从前还想过呢，想陪纪安好久好久。

现在实现不了了吧……

他的意识渐渐模糊。

那么，就这样吧。

我最爱的纪安，快一点儿好起来吧。

番外二

旁观者

纪安当年写的那本小说大火，很多人翻到了她从前的社交账号，平台的编辑也来询问版权相关的事宜。

林妙知道这个消息的时候，正躺在躺椅上晒着日光浴。彼时纪安正赤着脚在沙滩上和谢树浩追逐嬉闹。

趁着淡季，纪安组织咖啡店的员工一块儿来三亚团建。说是团建，其实总共不过四人——纪安他们咖啡店的三个人，外加一个林妙。

林妙懒得动，就躺在躺椅上和任遇苏打电话。

任遇苏自从出了国以后，除了会回来查看纪安的病情，一年也就回来一两次。他现在变得越来越忙，但对纪安的事情还是和以前一样上心。

"你不回来真是太可惜了，这里还蛮舒服的。"林妙说。

任遇苏低低地笑了一声："是吗？对了，你辞掉了工作？"

"对，不都逼着我走吗？那就如他们所愿咯。"林妙漫不经心地说道，似乎并不把这件事放在心上。

"那你准备什么时候复工？"

"再看看吧，先休息一段时间。"

…………

挂掉电话后，林妙闲着无事，便登上了纪安从前写文的那个社交账号。

后台的消息一直都是爆满的，她没看私信，直接点进了评论区，这才发现端倪——纪安写的这本书爆火了。

林妙愣了愣，这本书自纪安写完发布以后就一直是不温不火的状态。她其实还挺满意的，这样就挺好，有个地方纪念着他们两个人的感情，又不用担心会影响现实生活中的纪安。

但随着这本书的爆火，林妙也收到了纪安的编辑发来的信息，说的无非是这本书爆火的情况以及版权相关的问题。

林妙盯着这条信息看了很久，又去看了眼网上的信息，发现其中有几条大火的言论超出了林妙预想的情况——

"这本书提到的女主和男主角所在的高中就是我们隔壁学校！"

"回楼上，我就是那个学校的，之前有一次假期在学校补课正好碰上了一对男女在学校里散步，我之前看过作者的照片，虽然是几年前的，但那个女生真的很像作者，我还偷偷拍了一张背影。"

这条评论吓得林妙一激灵，"噌"地从躺椅上坐了起来。

看照片上的背影确实是徐林席和纪安，纪安从前也确实会在微博分享自己的日常照片，只是没想到这么巧会被碰到。

不过细想之下，一切又好像都在情理之中。

纪安这本书的风格和从前不一样，文中的地址都是照搬现实的地名，学校也是。这件事林妙很早就发现了，这些都是她恢复记忆之后改的，纪安大概是想，这是最后一点儿和徐林席的记忆了，她想留作最后的念想。

林妙了解，但是……

林妙也清楚地知道网络世界的可怕，一点儿蛛丝马迹都有可能会被网友扒出来而殃及现实生活。从前不温不火没人知道，她觉得没什么关系，但现在，确实不是一个好的苗头。

这件事，林妙一直耿耿于怀。

她想要阻止这件事继续发酵，毕竟对比其他的，纪安的心理状况永远是第一位的。但这件事又是纪安和徐林席最后的念想，她觉得自己没有资格替纪安做选择。

因为这件事，她这两天都没好好玩，就连纪安都看出端倪了。不过，纪安只以为她是为工作烦心，就说大不了她也来咖啡店打工。

看着纪安笑盈盈的模样，林妙心中忽地有了答案。

就让她做这个恶人吧！毕竟她没办法放任纪安再出任何问题，纪安现在生活得很开心。

回到俞峡后，林妙登上了社交软件开始编辑文案。她以纪安朋友的身份讲起这本书的由来，一段段文字，证实了纪安和徐林席的这一段故事。

林妙忽然想到，徐林席去世之前，她、纪安、徐林席和任遇苏一起去海边过了一个周末。

那是一个风和日丽的日子，她和任遇苏自驾到纪安家里接上了纪安和徐林席。两人早早地就站在小区门口等着了，远远看去，阳光洒在他们身上，他们彼此为对方遮挡着刺眼的阳光。

因为化疗，徐林席的头发已经掉光了，成日戴着一顶针织帽。今日难得地，他穿了一件亮色的衣服，和纪安身上的是同款。

车子停下时，纪安正好牵着徐林席垂下的手指。

两人上车后，任遇苏忽然笑着问："怎么突然想到要去海边玩了？前段时间说要带你们去看樱花，你们都不愿意。"

纪安眨了眨眼睛，开口说话的却是徐林席，他笑着说道："看樱花的人太多了，我不喜欢。安安见我不喜欢，就自然也说不去咯！"

纪安闻言顿了顿，微微一笑。

林妙收回视线——事实上，不喜欢人多的地方的人是纪安。

"这样啊，那今天去海边就好好玩吧！"林妙笑着说。

他们的目的地是海上的小岛，要乘坐轮船过去。

从船舱内出来时，林妙看到徐林席和纪安正站在甲板上。

纪安无声地笑着，手指向旁边的小岛。徐林席则站在她的身侧，将摄影机的镜头对准纪安。

纪安有些害怕，犹犹豫豫地说："还是不拍了吧。"

"我想多看看你的照片，多拍点儿吧。"徐林席撒娇似的。

纪安最后妥协了，她重新站在栏杆旁边，任由徐林席拍下一张又一张照片，哪怕她一直都是一个动作——拘谨地站着。

但徐林席还是不停夸她很好看。收起摄影机的时候，他揉了揉纪安的脑袋:"拍得很好看,回俞峡我就洗出来,你留一张,我也留一张,好不好?"

纪安乖巧地点点头。

林妙走过去,说:"我给你们俩拍一张合照吧。"

徐林席愣了愣,笑着摇了摇头:"我就不拍照了,不上镜。"

其实徐林席的五官和轮廓都很硬朗,是很上镜的。但他这么说,林妙就没有勉强。

后来听任遇苏解释了这件事的缘由,她才反应过来。原来那时候的徐林席就已经在计划着离开以后的事情了,他给纪安拍了很多很多张照片,却鲜少拍两个人的合照,就是担心他离开以后,这些合照会成为纪安过不去的一个坎儿。

整个旅程,徐林席和纪安就在甲板上静静地看海。

临近下船的时候,因为晕船一上船就倒下睡觉的任遇苏终于起来了,一起来,他就问:"徐林席呢?"

林妙正收拾着背包,头也没抬:"和纪安在甲板上呢。"

"他还玩得下去啊?这家伙跟我一样晕船,反应比我还严重一些。来之前,我就跟他说好了,让他跟我一样吃过药以后倒头就睡。"

林妙一愣。

下船后,徐林席将纪安交给她,借口要去上洗手间就离开了。

她和纪安站在原地等了好一会儿,没等到徐林席,却接到了任遇苏打来的电话。

电话一接通,任遇苏就问:"你和纪安在一块儿吗?"

林妙点点头,不动声色地拉开了手机和纪安的距离,顺便关掉了免提,担心任遇苏说些其他的事情。

"你跟纪安先走吧,我们这边还要一点儿时间。"

"你们在干什么啊?"林妙皱着眉问。

"徐林席这家伙晕船啊,在厕所吐了半天也缓不过来。我先带他找个地方休息一下,可不能让纪安瞧见。反正民宿的人应该在门口等你们,你们就先过去吧。"

任遇苏说话的空隙,林妙甚至能听见电话那头徐林席在一旁的干呕声。

任遇苏骂道:"你这是忍了多久啊?脸色都发青了,一开始就该听我的,好好躺着睡觉不好吗?"

回应任遇苏的，还是徐林席的干呕声。

林妙想，徐林席大概是想陪着纪安吧，毕竟纪安一直在甲板上玩，兴致比来时高了不少。

因为徐林席和任遇苏回来得晚，一行人在民宿耽搁了一下午，等到傍晚才出门去散步。

彼时海边正好有流浪歌手在唱歌，唱的正是当年徐林席唱过的那一首《如果爱忘了》。

纪安一听到这个曲调，就定定地停住了。

徐林席知道了纪安的想法，他弯下腰，询问道："想听歌吗？我给你唱一首好吗？"

纪安眼底浮现出笑意，轻轻地应道："好。"

"那你帮我录下来好吗？"

"好。"

徐林席走过去和流浪歌手交谈了一番，随后从对方手中接过了那把吉他，稍稍试了下音后，徐林席便弹唱起来。

他的声音和吉他的声音顺着声卡在音箱里被扩散开来，他低沉的声音游荡在周围，磁性的嗓音很快吸引了不少过往的游客停住脚步。

随着周围的人越来越多，林妙的心也跟着紧张起来。

她紧紧地盯着纪安，观察着她的一举一动。原本以为她会因为周围的人群而感到不适应，但纪安没有，她只是专注地盯着手机里的徐林席，眉眼弯弯地朝徐林席笑着。

这一刻，她的世界里仿佛只剩下她和徐林席两个人。

"不能给我的／请完整给她

我说我忘了／不痛了

那是因为太爱太懂了……"

事后，任遇苏悄声问徐林席："你让纪安帮你录像，是不是担心周围的人群会让她感到不适应，所以给她找件事情做？"

徐林席莞尔："被你发现了。"

林妙忽然懂了那句歌词的意思，"那些幸福啊／让她替我到达"。就跟徐林席对待纪安的感情一样，所有不能给他的东西，他都希望能给纪安，不好的都发生在他身上，好的就都在她身上应验吧。

这是徐林席最真实的想法。

隔天早上，林妙从床上起来的时候，旁边的单人床上已经没有了纪安的身影，整个屋子空荡荡的，只有她一个人。

不知道为什么，她心里忽然有些慌张，掀开被子就冲出了房间。

民宿的房间大门统一都朝向一个露天的阳台，打开门的一瞬间，林妙就看到了携手走上阳台楼梯朝她而来的纪安和徐林席。

林妙顿时松了一口气，随后一股愤怒涌上心头，她瞪着眼质问："你们怎么出门都不说一下？我还以为纪安丢了呢！"

徐林席还是如往常一般笑着，目光落在纪安身上，满眼的温柔："我们只是出去走走而已！"然后，他拍了拍纪安的脑袋，"你先去洗漱吧。"

纪安刚走，徐林席就撑着墙开始咳嗽，很剧烈，但此时海浪的声音正好响起，他的咳嗽声被顺利地掩盖。

林妙赶忙问："没事吧？"

"没，喀喀——没事。"

"你的身体还坚持得住吗？"

"没关系。"

徐林席抬起头，咳嗽声刚停，他的鼻子就流出了鼻血。

像是已经习惯了自己身体突如其来的变故，徐林席淡定地从兜里掏出纸巾按在自己的鼻子上，然后坐在露台的椅子上仰面朝着天空。

林妙见状，给他拿了一瓶矿泉水放在他面前的桌子上，然后拉开他身边的椅子坐下，一时无言。

不知道过了多久，徐林席忽然道："今天凌晨，纪安来敲我的房门，跟我说她想去看日出，我就陪她去了。"

"嗯。"林妙淡淡地应了一声。

"今天的日出跟我们从前看到的日出都不一样，是粉色的，是纪安最喜欢的。我看得出来她很高兴，我就想，我们好不容易出来一趟，能让她这么高兴也挺好的。"徐林席继续道，"但是在回程的路上，她忽然提起我们上大学时候回临安看的那一场日出，也提起了我们高中时一次远足的事情。"

徐林席絮絮叨叨地说着,林妙听得有些迷糊,不能理解他话中的意思。

"她问我,高中的时候我是不是和一个女生关系很好,不然为什么要跟那个女生一起看夕阳。"

林妙一愣:"你做了这种事情吗?"

徐林席笑着摇了摇头:"她好像,记错了。"

徐林席说起纪安这两天的古怪之处以及她混乱的记忆,她总是会问徐林席一些莫名其妙的问题,就跟今天提到的那一次远足一样。

他听着纪安的话,忽然想起之前纪安在生病之后躺在他的怀中跟他提起自己被柯林礼控制的事情。她其实不爱讲这些,因为她潜意识里是想逃避这一段回忆的。

但是那一天,她莫名其妙地提了起来,提到了他在恋爱期间和其他女生聊天的事情,还提到了爬山那天,她站在山上看到他和其他女人接吻。

其实徐林席一直不能理解为什么柯林礼要一边控制纪安,一边去和其他女生聊天暧昧。他想了很久,一直到今天,他才想明白,柯林礼这样做,不过是在刺激和试探纪安。

而他刺激的后果,就是把纪安变成了现在这个样子。

"我本来是想带她去看最美的日出的,但是没想到……"徐林席叹了口气,嘴角虽然还挂着笑,但语气十分落寞,"林妙,她好像把我和那个浑蛋搞混了。"

这是一个不好的兆头。

那个假期之后,纪安的记忆就开始错乱了,他们把她带去检查,最后得到的结果是,她患上了臆想症,而这,大概是徐林席最不能接受的事情吧。

他在最爱的人眼里,变成了她最恨的人。

"他走的那一天,跟我们聊了很多。他一直觉得对不起她,他说其实只要她能好起来,之后可以好好生活,把他想成什么样的人都没有关系。这些日子以来,他们两人能相互陪伴已经足够了。哪怕他在生命的最后时刻见不到她,他也已经很满足了。

"现在她已经开始好好生活了。她和他的过去对她来说的确是一段刻骨的回忆，但对现在的她来说，却是负担。她身边的朋友、家人，包括我在内，都不能承担失去她的风险。

"他们的故事不能被她记住，但还能被其他的人记住就已经很好了。起码除了我和她的朋友，还有更多的人知道他爱她的事情是真实存在的。大家惋惜于他们的感情，我们也一样。不过呢，不管是我们，还是他，都想她永远生活无忧。

"这本书的版权这两日就到期了，之后我会选择将它下架，这个社交平台我也会设成私密，就让他们的故事留在大家心中，而不是在网上被广泛传播。我替她感谢记住这个故事的你，江湖不见。"

写完博文的最后一个字，林妙点了发布。

之后的几天，她和纪安的父母将纪安的社交账号处理完毕后，这本小说也被下架了。

林妙将这本书的文档存在一个私密的网盘里，就如同那个被纪安从记忆中抹去的人一样消失在了这个世界上。

生活恢复了正常，没有人再来打扰纪安。

徐林席忌日那天，林妙和谢树浩一起去看了他。

照片上的徐林席是他生病前的模样，看起来还是一个意气风发的少年。他弯着眉眼，露出的笑容隐隐可以看见他的虎牙。

林妙记得纪安从前最喜欢他笑着的模样了，还跟她说过好几次。

林妙将花放下，轻声道："今年她一切都好。"

车子开回咖啡厅时，林妙同谢树浩一起下车的场景被纪安瞧见，纪安诧异地问他们从哪里回来。

林妙还没来得及开口，纪安就凑到她身边闻了闻，说她身上有花香，问她是不是去买花了。

林妙顿了顿，刚要说话，谢树浩就从车子后座拿了一束向日葵下来递给纪安："猜得真准，送给你的。"

纪安顿时欢喜地笑了起来："谢谢。"

林妙眉眼一松，看向纪安的眼神也不自觉地柔和许多。

纪安，就跟向日葵的花语一样，朝着太阳，朝气蓬勃地向上生长吧！

不只是我们，还有一个被你忘记的人，也是这么希望的。